田代一葉著

近世和歌画賛の研究

汲古書院

序

本書は、近世、特に後期に盛んに詠まれることになった「和歌画賛」という和歌の一形態について考察するものである。

和歌において、「絵を詠む」ということが盛んに行われた時期は二つある。一つは、九世紀末から十一世紀半ばまでの約百五十年間に流行した屏風歌であり、もう一つは本書の対象である近世の和歌画賛である。

屏風歌の盛行が貴族、特に藤原氏の台頭という歴史的な事実と結び付いているように、和歌画賛も文化の成熟や庶民の生活・教養のレベルの向上など、歴史や文化史と結び付いている。そのことから、本書でも和歌の内容だけではなく、詠まれた場や背景についても周辺資料から考察することを試みた。

和歌画賛を考える上での問題意識として、

一、なぜ近世期に盛んに詠まれるようになったのか。

二、どのような場で詠まれていたのか。

三、和歌画賛の独自性とはどこにあるのか。

を設定した。そして最終的には、

四、なぜ絵に和歌を添えるのか。

ということについても考えてみたい。

貴族だけのものであった屏風歌と違い、ある程度の文化的教養を身につけている者なら、誰もが詠むことも享受することもできた和歌画賛が果たした役割とは何だったのかということについても、本書を通して考察していきたい。

目　次

第二部　資料編

凡例

・和歌の引用は、清水浜臣『泊洦舎集』、伴蒿蹊『閑田詠草』、千種有功『千々廼屋集』、本居大平『稲葉集』、石川依平『柳園家集』の本文は『校註国歌大系』（国民図書、一九二七～一九三一年）によったが、可能な限り原本にあたり、私に歌番号を付したものもある。香川景樹『桂園一枝』『桂園一枝拾遺』、村田春海『琴後集』、そのほかの家集、また本歌や参考歌については、翻刻のあるもので特に断らない場合は『新編国歌大観』（角川書店、一九八三～一九九二）の本文と歌番号によった。翻刻のない資料に関しては、原本によった。
・本居宣長の著作は、『本居宣長全集』（筑摩書房、一九六八～一九九三年）によった。
・『万葉集』については、江戸派歌人の清水浜臣・村田春海の章に関しては、加藤千蔭著『万葉集略解』（寛政八年〈一七九六〉成）の訓に従い、ほかは寛永版本の本文を参照し、適宜漢字をあて『新編国歌大観』の旧番号を付した。
・歌論については『近世歌学集成』（明治書院、一九九七～一九九八年）および『日本歌学大系』（風間書房、一九五六～一九九七年）によった。
・古典文学作品の引用については、特に断らないものについては、『新編日本古典文学全集』（小学館、一九九四～二〇〇二年）の本文に従った。
・本文の引用にあたり、概ね私に句読点濁点を付し、異体字や旧字は、正字や現行の字体に改めた。引用本文中の傍線、傍点なども、特に断らないものに関しては引用者による。
・西暦は、各章での各年号の初出のところにのみ入れ、表では省略した。

・図および表番号は各章ごと付し、図版の番号は全体の通し番号とした。
・各論部第二章の伴蒿蹊の論と、同第三章の香川景樹の論の後に、参考図版として、論の内容とは直接関わるものではないが、画賛の写真資料を掲載し、解説を付けた。

近世和歌画賛の研究

第一部　論文編

総論部

総論　――和歌画賛とは何か――

はじめに

総論では、「和歌画賛とは何か」という副題を設け、各論で得た個々の事例も踏まえつつ、題画文学の中での和歌画賛の位置を確認するとともに、具体的にどのような場所で、誰によって詠まれ、どのようにして享受され、また記録されたのかなどの視点から考察し、和歌画賛の全体像の把握を目的とする。

総論の骨子を簡単にまとめてみる。一、「題画文学の流れ」で、古代中国で始められた題画文学が、日本に入り、屛風歌や詩画軸など独自に発展を遂げて、近世の和歌画賛に至るまでの流れを概説し、二、「画賛の定義」では、用語としての画賛の定義と、本書において画賛歌と認定した基準について述べる。三、「和歌画賛の先行研究」では、本書に先行する和歌画賛研究について、四、「近世絵画の状況」では、画賛の「画」の部分である当時の絵画の状況について、それぞれ概観する。五、「近世和歌画賛の展開」においては、古歌を書きつける画賛についても触れ、近世和歌画賛がどのように展開していったのかを辿る。

ここまでは、和歌画賛を考える上での基礎となる部分であり、各論部との関わりは薄いが、以降の六から十については、各論の成果や、論には盛り込めなかったものの調査の過程で得た知見を集成した。

六、「画賛を詠む歌人」では、近世初期から幕末の歌人の家集などを調査し、天皇から一地方歌人に至るまで、幅広い層にわたる歌人が画賛を詠んでいることを述べ、七、「画賛が詠まれた場」では、どのような場で画賛が制作されたのかについて、八、「画賛はどのように記録されたのか」では、記録媒体として、家集・類題集・叢書に収録された画賛と、それぞれの特徴を示し、九、「画賛歌の詠み振り」では、「絵画から和歌へ」「和歌から絵画へ」という二つの視点を設定して、和歌画賛の代表的な詠み振りを示す。十、「画賛量産の理由」では、流行の理由とも関連してどのような要因があるのかを考察する。

以上の十項目から、総論では、近世和歌画賛の概説を試みる。

一、題画文学の流れ

題画とは、文字通り画に題した文芸、特に詩歌を指す。絵画に内在する詩情を詩歌の側が言葉によって捉え直したものと言い換えてもよい。異なった表現方法を取る絵画と詩歌とによる重層性を楽しむ詩歌の一形態である。題画文学の大まかな流れについて、日本での題画文学を見ていく前に、影響を与えたとされる中国文学での題画についても少し触れておきたい。

(一)古代中国の題画文学

青木正児氏「題画文学の発展」(1)には、中国の題画文学についての整理があり、そこには「画賛」「題画詩」「題画記」「画跋」の四種が示されている。以下、氏の論により、中国での題画文学についてまとめてみたい。

絵に関わる詩歌のうちで最も古いものが「画賛」であるが、ここでの「画賛」とは、像賛を主として四言の韻文よりなり、内容は描かれた肖像画の主を称賛するものに限られる。魏の襄王の墓から発掘された竹書七十五篇の中に「図詩一篇　画賛之属也」とあり、「画賛」は戦国時代（紀元前四〇三～紀元前二二一年）にはすでに存在していた。「題画詩」の登場は唐代（六一八～九〇七年）に入ってからと見られ、詠物詩の流行により、屏風画の図様を詠むものなどが出てくる。青木氏は「かくの如き詠物詩にして、若し画賛と同様に之を図上に題せんとする欲求起る時は乃ち題画詩となる理なり。故に余私かに以為らく題画詩なるものは画賛と詠物詩と会流せる処に生れしに非ざるか、而して画賛は其の本流なり」と述べられていて、画賛の、絵と同じ画面に書きつけるという特性と、詠物詩とが結び付いたものが「題画詩」であり、それは「画賛」の流れを受けているのである。

画賛と題画詩を大きく分ける点として、画賛は賛頌（歌や言葉で褒め称えること）が主であるため客観的な表現に限定されていて、描かれた人物に対しての説明以上のものに成り得なかったが、「題画詩」では主観的に対象の絵を捉えることができ、題画文学が大いに発達するきっかけとなったという。その後も「画賛」の形式は、像賛でのみ用いられたが、それも詩体が用いられることが多くなり、擬古体の像賛でのみ四言の「画賛」が続くこととなった。

「題画記」と「画跋」は散文であり、本書の主題には直接関わらないので簡単にまとめると、「題画記」は絵を描いた者が描いた事情やその絵に対する考えを書いたものであり、「画跋」は絵を描いた者以外の者が絵を描いた人物や絵の内容について記した文章を言う。

「題画詩」により、絵に対して主観的に詩歌を詠むこと（たとえば、絵の中の人物に自己をなぞらえることや、描かれた風景の中に入っていくこと）が可能になったことにより、中国での題画文学は盛んになった。続いて、日本での題画文学について見ていこう。

（二）日本への題画詩の移入と展開

日本における題画詩歌[2]の嚆矢としては、一般に『経国集』（天長四年〈八二七〉成）所収の「青山歌」詩群と「清涼殿画壁山水歌」詩群が位置付けられているが、『万葉集』の、

忍壁皇子に献る歌一首　仙人の形を詠む
とこしへに夏冬行けや　裘《かはごろも》　扇放たぬ山に住む人　（巻九・一六八二）

が、絵を詠んだ詩歌としては『経国集』に先立つ可能性を持っているという。詞書の「形」は「かた」と読み、ここでは仙人の絵を詠んだことを表している。

また、藏中しのぶ氏「題画詩の発生――嵯峨天皇正倉院御物屏風沽却と「天台山」の文学――」[3]は、『文華秀麗集』（弘仁九年〈八一八〉成）所収の三詩（一二三〜一二五）が、『経国集』より以前に成立した日本最初の題画詩であることを指摘する。ここでの題画詩の絵は山水画であり、藏中氏は、

嵯峨朝詩壇における題画詩・障屏詩の発生と展開は、老荘神仙の景趣をもつ〈山水画〉と〈山水詠〉の交流、すなわち表現様式を異にする絵画美術と文学との〈山水〉を軸とした文化の総体的ダイナミズムの産物としてとらえるべき問題であろう。

と述べられているように、初期の題画詩において描かれたものは山水であり、前掲の万葉歌を含め、神仙世界を題材として詠まれるものであったようである。

日本での題画詩の詠み振りとしては、安藤太郎氏の整理によると[4]、嵯峨天皇を始めとした『経国集』詩人たちは、画師の賛美、実物と画の相違、画の不変不動性を詠んでいるのであるが、時代を下った菅原道真では、画中の人物に

なり代わって詠む表現や、老荘儒仏の文献を踏まえた思想的な詩へと変化しているとある。
平安朝初期の漢詩文の盛行は、十世紀頃には衰えを見せる。唐絵屏風に漢詩を詠み添えた題画詩と入れ代わる形で、それに倣った、大和絵屏風の絵の世界を和歌で表現する屏風歌が詠まれるようになる。ただし、題画詩自体がなくなったわけではない。平安中期から後期にかけて、絵画、詩ともに和様化し、院政期にはそれが一段と進んだことにより、題画詩の制作もむしろ増え、漢詩文での第二の題画の流行期である五山文学の詩画軸へと移っていく。

続いて、題画と和歌が結びついた屏風歌について見ていこう[5]。

屏風歌であることが確実なものの中での早い例としては、『古今集』に載る素性の、

寛平御時、御屏風に歌かかせ給ひける時、よみてかきける

忘草なにをかたねと思ひしはつれなき人の心なりけり　（恋五・八〇二）

があり、九世紀末には屏風歌は存在していたことになる。

屏風歌は、九世紀末頃から流行の兆しが見られ、十世紀に入ると急激にその作例が増加するが、十一世紀には終息した。当初は『古今集』の専門歌人らによって天皇や皇族のために制作されるものであったが、時代を経るに従って臣下が屏風歌の注文主となることが増え、『拾遺集』時代には藤原道長が屏風歌の世界でも大きな権力を持っていたという。公的な行事や儀式の場で用いられる大規模な屏風歌は、政治的にも重要な道具として存在していたのである。

屏風歌の制作の流れについて、田島智子氏は[6]、典型的なケースとして「まず注文主が専門歌人に歌を注文する。専門歌人は屏風の絵に合わせた歌を詠み、注文主に提出する。注文主はその中からよい歌を撰定し、能書家に頼んで色紙形に揮毫させ、屏風に押させる。そのような色紙形に揮毫された歌、または撰定の際にふるい落とされてしまっても揮毫されることを前提に詠まれた歌が、屏風歌である」とまとめられている。

その詠歌方法には、歌人が「絵を直接見た場合」と、「絵を見ていない場合」（略画や詞による説明で歌を詠む）の両方があるが、後者の方がより一般的であると考えられている。また、絵を見ず「言葉の題」として与えられて詠んだ場合、そこには絵の中の何に重きを置くかなど、依頼主の解釈が加えられることもあって、歌人は依頼主の代弁者としての性格を持つという。屏風絵によってそれまで詠まれていなかった題材（具体的には『古今集』に見られない題材）が詠まれることにもなり、歌材の拡大とも結びついていった。さらに、詠み振りの面では、『古今集』時代の歌人は様々な工夫の上で、絵と共に鑑賞してこそ面白い屏風歌を詠んだが、それ以降は絵を伴わなくても理解できる歌が詠まれるようになったという。たとえば、「子の日」という題材について、『古今集』時代には野遊びを詠んだり、ほのめかす程度に「松」を詠むものであったが、『後撰集』時代では、「子の日」という題材を直接言葉として詠み入れ、松引を具体的に歌にする傾向が見られるということが指摘されている。(7)

道長の没後、屏風歌は急速に衰退していく。百五十年間という短い流行期間ではあったが、和歌史上で果たす影響は大きなものであった。そして、題画詩が流行期を終えた後もその命脈を保っていたのと同様に、十二世紀半ばには、大規模な屏風歌も復活し、賛賀や入内などのハレの場において制作され続け、近世期に到っても多くの屏風歌が詠まれているのである。

(三)　詩画軸

中世において流行した題画文学は、禅林で詠まれた、いわゆる詩画軸である。(8)詩画軸という用語は当時においてはなかったようであるが、詩と画が同じ画面で一体となった掛軸のことである。我が国での画賛物の本格的な歴史はこれに始まるとも言われている。鎌倉時代に宋代（九六〇～一二七九年）の中国より禅宗の絵画が伝わり、禅の境地を体現した仙人を描く道釈画や、水墨による花鳥画、山水画が描かれるようになると、これらに賛詩を書き込むことが行われた。そのことが深化して南北朝末ごろから流行が始まり、室町時代に入って「応永の詩画軸」と呼び習わされる、五山僧（主に京都五山）を中心とした題画詩の大流行が起こる。

絵は水墨画で、複数の禅僧による題辞や賛詩・序文が、絵を覆い尽くさんばかりに書き込まれていることが特徴である。中国の元（一二七一～一三六八年）末、明（一三六八～一六四四年）初期の士大夫画でも同じように詩画が一体となった図はあるが、室町期の詩画軸のように極端に詩に重きが置かれたものはないという。絵は詩を詠むための契機であり、挿絵程度の存在のように扱われている。

詩画軸の画題は、主に書斎図と送別図で、現存する詩画軸の中で最も早い時期の作とされるのが、送別図の代表例とも言える「柴門新月図」である。絵は、満月の夜、茅屋の門前で主人が客を送り出すところで、最上段には玉畹梵芳の序文があり、そのほか十七人の僧による賛詩が書き連ねられている。送別図とは、故郷を離れ五山の寺で修行をし、再び故郷に帰る僧のために、友人や周囲の僧たちが送別の意をこめて作ったものである。もう一方の書斎図は、禅僧たちの隠遁生活への憧れを反映したもので、山紫水明の中に書斎を描くのが最も基本的なものであった。

そのような詩画軸は、禅僧たちが、中国の文人への憧れから彼らをまねて行う多彩な文芸活動の一つであったが、それらは塔頭において行われ、時には宴席を伴うこともあった詩会の場でしばしば作られたという。その制作については、あらかじめ詩題が定められている場合と、即席で着賛を求められる場合の両方があったらしい。

隆盛を極めた五山僧たちによる詩画軸も、応仁・文明の乱（応仁元〈一四六七〉～文明九年〈一四七七〉）によって、僧侶たちが地方へと拡散していくことにより、急激に衰えていく。その一方で、かつてのような大流行はないものの、都から移住していった五山僧たちにより、地方（鎌倉や山口）においても詩画軸が制作されることになったのである。(9)

このように、日本における題画文学は、中国からの影響を強く受けつつも、独自に展開してきたと言えるのであろう。詩歌のジャンルや形態は異なっていても何度も大流行してきた題画文学は、古典文学を考える上で大切な一要素と言うことができよう。

その題画文学が最も盛んに行われたのが、近世期であり、漢詩、和歌（和文）、狂歌、俳諧、川柳など韻文学のあらゆるジャンルで画賛が行われていたと言っても過言ではない。また、絵画も文学も、ともに制作する層も享受する層も急激に拡大したため、それまでの題画文学と異なり、権力や宗教の場で制作され、享受されるのみならず、幅広い層の人々が担い手になっている点にも近世的な特徴がある。

そのような中で近世和歌画賛は、平安時代以降行われてきた題画文学の伝統（特に屛風歌）を、直接的または間接的に受けながら、近世という当代性にも触発されて成り立っていると言える。どのような特徴があるのかについては、次節から述べていこう。

二、画賛の定義

本節では、本書の主題である近世和歌画賛の定義について述べたい。

和歌画賛とは、絵を見て、その絵に対する和歌を詠み、同じ画面に書きつけたものを言い、また、そのようにして詠まれた和歌をも含む用語である。

「和歌画賛」という名称は、一般的なものとは言えず、本来、画賛の「賛」の語には、その絵を詠んだ詩歌という意が含まれているため、意味が重複しているとも言えよう。ただし、様々なジャンルの詩歌で画賛が詠まれる近世において、和歌での画賛ということを区別する便宜上、この名称を用いることとしたい。

ここで言う「画賛」が、中国での「画賛」（像賛を主とし、四言）とは異なっているのは自明のことであるが、和歌に「画賛」の語を用いることについて少々検討を加えていきたい。

和歌において「画賛」という用語が使われ始めたのがいつからなのかは、はっきりとは確認できなかったが、「賛」または「讃」という語を、絵画に書きつける画賛の意で用いた早い時期のものと思われる例が、正徹（永徳元年〈一三八一〉生、長禄三年〈一四五九〉没。七十九歳）の『草根集』[10]と、正徹の愛弟子であった正広（応永十九年〈一四一二〉生、明応二年〈一四九三〉没。八十二歳）の『松下集』に確認できた。

ここでの賛（讃）の使用例を見てみると、『草根集』では、「彼関東下向の御方より、天神の御影に歌一首賛にかきてとうけ給はるを（下略）」（五八八九）というような人物の賛もあり、鑚仰の意で使われているとも取れるものもあるが、「或人扇の賛を所望ありし絵に、片面に松に舟、うらのかたに月烏二あり」（二三二〇〜一）や「権律師心敬、唐物のぢくの物に賛を歌にかきてとありしに（下略）」（七一七五）というものもあって、こちらは画賛の意で用いられていることがわかるのである。『松下集』も同様に像賛と景物の絵の賛がある。

正徹は、京都五山の一寺である東福寺の僧であり、頂相や詩画軸に親しむ環境に身を置いていたこともあって、和歌の詞書にも「賛」（讃）の語を用いたものかとも考えられ、弟子の正広もそれに倣ったのだと想像される。

この後の画賛としての「賛」（讃）の用例として、『新編国歌大観』および『新編私家集大成』収録歌の範囲では木下長嘯子（永禄十二年〈一五六九〉生、慶安二年〈一六四九〉没。八十一歳）の『挙白集』（慶安二年跋）に見られ、堂上歌人の歌論書にも[11]「絵賛」「画讃」などの言葉が散見され、その後は近世和歌の世界で一般的に用いられていく。「賛」と「讃」の用字については、用例の少ない近世前期頃までは、揺れが見られるものの、中後期頃からほぼ「賛」の字の使用が一般的になっていくようである。

ところで、近世期には用語としても定着してきた画賛であるが、和歌の画賛といっても、様々なパターンが考えられる。それらを図解したのが【図1】である。

画賛は大別して、古歌を書きつける場合と、自詠の和歌を書きつける場合の二種類がある。また、どちらの場合でも、絵は、自画（和歌を着賛する者が絵も描く）と、他者による絵の場合とがある。絵は同時代の絵師によるものが大半を占めるが、古い時代の絵に着賛することもある。自詠についても、その絵にあわせて詠む場合と、過去に詠んだ歌（旧詠）を書きつける場合とがあり、旧詠の場合には、画賛として詠んだ歌を転用する場合と、題詠などのもともとは画賛ではない歌を着賛する場合とがある。

また、古歌ではないものの、歌の主以外が着賛する場合もある。たとえば、本書各論部第五章でとりあげる本居大平（宝暦六年〈一七五六〉生、天保四年〈一八三三〉没。七十八歳）は、養父本居宣長の死後、宣長の旧詠と自らの歌の両方を着賛するよう求められていることが家集から知られ、宣長の娘の美濃が着賛した「常盤雪行図」「歌妓図」（各論部第五章の【図版11・12】参照）があるなど、宣長の歌を後人が認めた画賛が存在する。(12)

ところで、本書は、主に家集や歌稿などに書き留められた画賛を対象として、画賛を考えるものである。

ここで、本書が画賛と認定した基準について述べておきたい。家集などに収録された歌が画賛かそうではない一般の詠歌かの判断は、概ね詞書の記述に頼るしか方法がない。木下幸文（安永八年〈一七七九〉生、文政四年〈一八二一〉没。四十三歳）の『亮々遺稿』（弘化四年〈一八四七〉頃刊）のように一巻を画賛にあてた場合や、各論の第五章で述べる本居大平の『画賛歌』のように画賛だけを集めた集という場合には、それらはすべて画賛とみなすことができそうであるが、『画賛歌』では、秋田名産の蕗を唐紙に摺り写した摺物の賛や、画賛として認めた以外にも絵に触発されてさらに数首詠んだ歌を書き留めたりしていて、すべてが画賛とは言い切れないのである。別の歌人の例を見ても、摺物や押し花、蒔絵などに歌を詠んだもの（いわゆる「賛」）が、家集の中の画賛歌群に入っている場合も多々あり、当時の歌人の感覚では、画賛の範囲というものは現在の定義よりも緩やかではなかったかとも想像されるのである。

右のような事情から、家集内で画賛が続く画賛歌群に入っていても、絵であると明記していない、たとえば「柿本人麿」とあった場合、詠史として人麿を詠んだのか、絵を見て人麿を詠んだのかわかりにくい場合がある。

ここで問題になるのは、絵を見ているか否かではなく、着賛があったのかということなのだが、「柿本人麿」とだけあるような場合、本書では、基本的には画賛とは見なさない方針を採った。本来画賛とは、前述の青木正児氏のまとめのように、描かれた人物に対しての称賛を詠むものであったし、それは直接的には絵画の表現に触発されてのものではないのだろう。右記の例の人麿が、「人麿のかたに」とあった場合でも同じことが考えられるが、その場合は画賛と見なした。

また、画賛の認定基準として、詞書に「――の絵に」「――（の）かたに」「――（の）ところ」などとあるものに限定したが、前述した画賛歌群という家集内での配列によって、画賛であると考えるのが妥当だと判断できる場合は、画賛としたものもある。この基準というのは、歌人によって異なっていて、厳密に詞書に絵を詠んだことを記す歌人と、それにこだわらない歌人がいて、その時々によっても変わってくるのであるが、基本的には、絵を詠んだと解して無理のない場合に絞って考察対象とした。

この「絵を詠んだ」ということにも、二つの意味があって、一つは、絵の余白など、絵と同じ画面にそれを詠んだ歌を書きつける画賛であり、もう一つに、着賛を伴わない、絵を見て歌を詠むだけのものがある。このことについては、本書各論部第七章「村田春海の題画歌――千蔭歌も視野に入れて――」で取り上げるが、着賛されたか否かの判断

【図1】

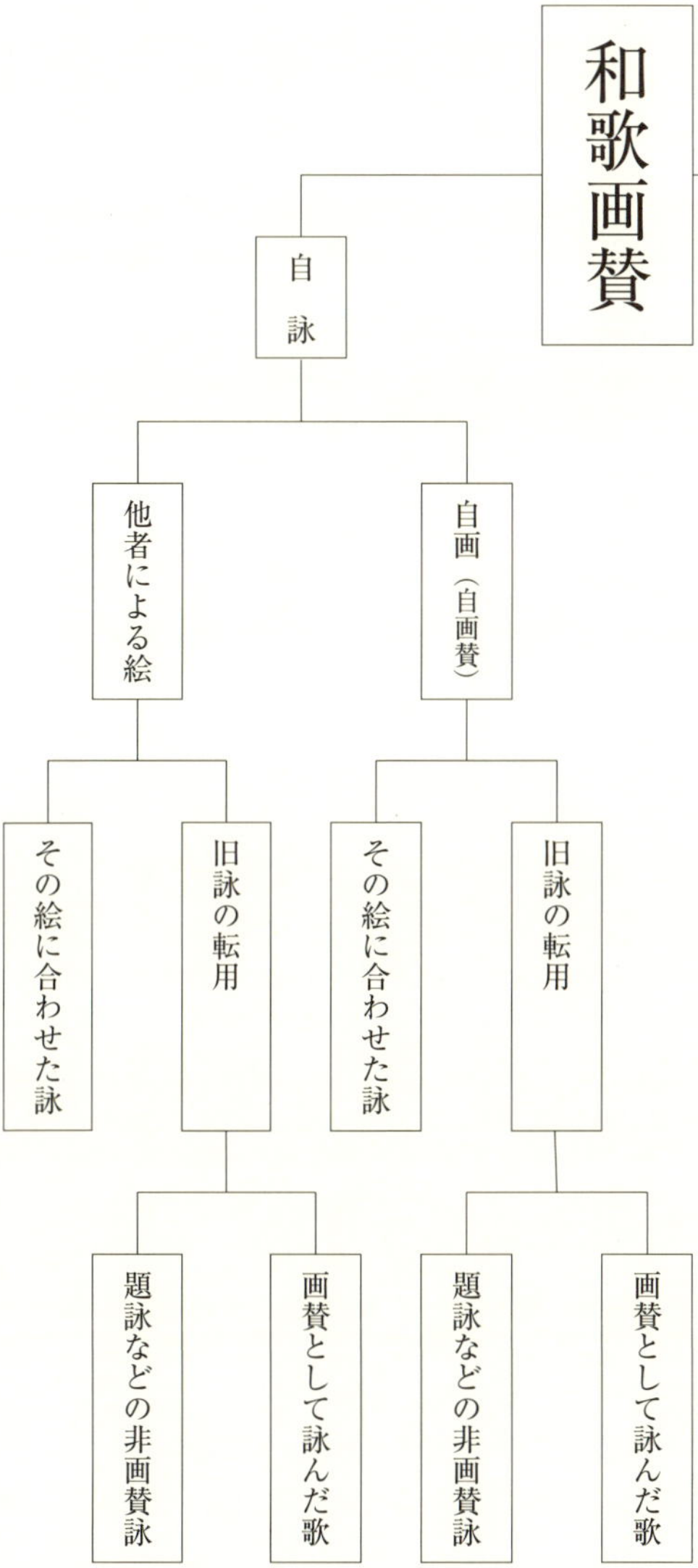
和歌画賛
自詠
古歌
他者による絵
自画（自画賛）
他者による絵
自画
その絵に合わせた詠
旧詠の転用
その絵に合わせた詠
旧詠の転用
題詠などの非画賛詠
画賛として詠んだ歌
題詠などの非画賛詠
画賛として詠んだ歌

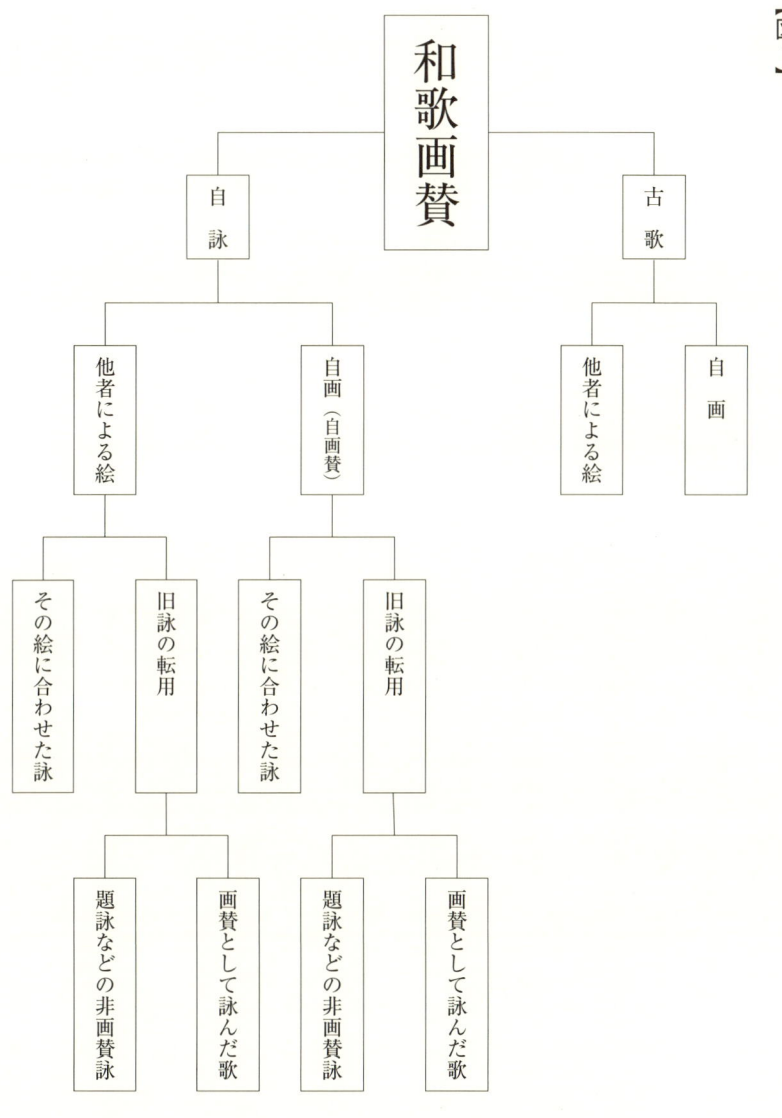

は、家集に収められた時点でわからなくなることが多く、個々の詠歌事情に当たるしかないと思われる。

本当に画賛なのかについては、厳密には実際に絵に書きつけられたものを見るしかないということにもなってくるのであるが、その場合でも、すでに題詠として詠んでいた歌を、絵の雰囲気に合っているために転用する場合もあって、一概に認定できないのである。各論部の中のいくつかの写真資料の考察でも述べるが、転用はかなり行われていたようである。同じ歌でも集によって詞書が異なるため、画賛に見えたり一般の詠歌に見えたりする例も多い。同様のことは、屏風歌研究においても指摘があり、屏風歌の性格規定を困難にさせる要因ともされている。

このように、いくつかの問題点を含んだ和歌画賛研究であるが、近世期に和歌画賛が盛んに行われていたという事実は揺らぐことのないものであり、家（歌）集の部立や詞書を一つの基準として、精査しつつ論じていきたい。

三、和歌画賛の先行研究

日本での題画文学の歴史は、平安朝初期にまで遡ることができ、その中でも屏風歌研究が盛んに行われているのは、前述の通りである。

近世期の画賛は、俳画や漢詩、浮世絵研究と一体となっての狂歌画賛などでは研究史があるものの、近世和歌画賛の研究については緒に就いたばかりと言えよう。ここで先行研究を整理してみたい。

まず、近世和歌画賛の表現や特色に注目したものに、鈴木健一氏著『江戸詩歌の空間』(13)第Ⅱ部「絵画と詩歌の交響」所収論文がある。第Ⅱ部の総論となる「絵画と詩想――和歌をめぐって」では、「詩歌は絵画から何を得たのか」という設問に対して、感受性と写実性を挙げ、歌が絵に与えた影響と絵画と詩歌の交響性に言及されている。「江戸初期の絵画と詩歌」では、漢詩・和歌・狂歌・俳諧・川柳などの各ジャンルで画賛が行われていて、それらにとって狩野派の存在が大きかったことが述べられている。

次に、特定の歌人の画賛に焦点を絞ったものとしては、吉田悦之氏の「宣長と画賛　紹介と試論[14]」があり、本居宣長（享保十五年〈一七三〇〉生、享和元年〈一八〇一〉没。七十二歳）の画賛を「学問の世界から日常世界に向けて開かれた小さな窓なのである」と評され、宣長画賛の紹介と研究上の問題点について論じられている。鈴木淳氏の「千蔭画賛録[15]」は、加藤千蔭（享保二十一年生、文化五年〈一八〇八〉没。七十四歳）の画賛についての全体像を概観し、千蔭の画賛例として、画像を挙げて鑑賞と解説を付している。

また、前掲の鈴木健一氏著所収の「烏丸光広の兎図賛」は、画賛注釈の方法を探るもので、俵屋宗達（生没年未詳）筆・烏丸光広（天正七年〈一五七九〉生、寛政十五年〈一六三八〉没。六十歳）賛の「兎図」を「絵画作者・詩歌作者・成立事情」「絵画」「詩歌」「画題」のそれぞれの視点から解釈し、鑑賞を加え、さらに様々な詩歌のジャンルの兎画賛と比較することで当該画賛の意義を見出されている。

画題に着目しての論には、鈴木健一氏『江戸詩歌史の構想[16]』第五章「絵画体験の浸透」所収の第一節「詩人たちの昂揚――勿来の関と源義家」及び第二節「イメージの共有――笙を吹く新羅三郎」がある。前者は、義家の詠んだ歌を絵画化した勿来の関図が、漢詩人たちにどう詠まれたかについての論であるが、和歌画賛も比較として掲出されており、後者は漢詩人の間で流行した新羅三郎の画賛を含む詠史詩が、和歌でも画賛や詠史和歌として詠まれていることに言及されている。

また、同氏の『江戸古典学の論』収載の「江戸時代の和歌と西行――和歌・道心・絵画――[17]」には、西行像が描かれた絵に対して詠まれた詠供や画賛についての考察があり、西行を描いた絵画（肉筆画・浮世絵・版本の挿絵など）が広まるとともに、画賛としても享受されていたことが示されている。

以上、和歌画賛に関する研究史を見てきた。論文数という面では多いとは言えないが、一方で和歌画賛に対して多角的なアプローチが可能であることが浮かび上がってくる。今後、先学のこれらの成果、および方法を踏まえ、個々の歌人や家（歌）集、画題など、画賛を取り巻く様々な事象にあたっていくことで、和歌画賛研究は、実り多いものになると思われるのである。

四、近世絵画の状況

ここで、近世の絵画の状況についてもごく簡単に触れておきたい(18)。

近世の絵画について述べる上で欠かすことのできないのが、狩野派の存在であろう。室町時代に狩野派を立ち上げた始祖である狩野正信（永享六年〈一四三四〉生か、享禄三年〈一五三〇〉没か。九十七歳か）から、狩野派は時の最高権力者の庇護を受け、明治まで続く最大の画派となった。特に江戸時代に入り、幕府の御用絵師となり、画壇の公的な地位を独占してからは、徹底した組織作りと粉本主義によって、奥絵師を頂点として全国に広がる一派となった。粉本主義とは、手本によって絵を描くことである。先例としては、室町時代に中国の画家の絵を手本として、あたかも本人が描いたかのように見せるために、その画家の様式をまねる筆様制作があった。狩野派の様式的な基礎を築いた元信（正信の子。文明八年〈一四七六〉生、永禄二年没。八十四歳）は、筆様とは異なる独自のスタイルとして真行草の画体を作り上げ、自らの様式を派内の絵師に浸透させることにより、流派としての狩野派の様式を形成していったのであるが、狩野派が頂点を極める探幽（慶長七年〈一六〇二〉生、延宝二年〈一六七四〉没。七十三歳）の頃までは、その創作に革新を加え続けていた。

江戸狩野の確立者である探幽は、和漢の伝統画法を家の格法として守り伝えるために、徹底した保守的な立場に固執し続け、探幽の弟であり狩野宗家を継いだ安信（慶長十八年生、貞享二年〈一六八五〉没。七十三歳）の著した『画道要訣』（延宝八年成）の、「質画は学画に如かず」（才能で描く質画よりも先達の作品に倣って描く学画のほうがすぐれている）という理論によって粉本主義の徹底へと突き進んでいく。

各藩にも狩野派のお抱えの絵師がいて、狩野家の門人であることは社会的地位が約束されるものであり、さらに全国津々浦々に狩野派の絵画が広がることとなったのである。ほかに、町狩野という町絵師により、町人階級にも狩野派の絵が享受され、また町人たちに絵を指南することも行われていたのである。

このように、狩野派という一大勢力によって和漢の絵は手本化され、狩野派の門人であれば同様に描けるように教育されていたのである。近代からの視点では没個性という評価になろうが、共通認識としての絵画構図を可能にしているという点で評価できる。狩野派に限らず、近代以前の絵画は「画題」という「型」に基づいて描かれていて、それを知ることによって絵から切り離されて家集に載せられた画賛を鑑賞することは可能なのである。

ほかに、狩野派とともに権威のある画派として、土佐派と住吉派がある。どちらも大和絵の伝統に則った画派であるが、土佐派は京都で活躍し、住吉派は京都から江戸へと本拠地を移し、幕府御用絵師となっている。

狩野派を中心とする権威をもった画派の没個性への反動として、主に十八世紀に、多種多様な絵画が非狩野派の人々から起こってくる。ただし、非狩野派といっても、初期の段階では狩野派に学び、後に独自の絵画表現を求めて狩野派を去ったという者が多い。基礎として和漢の伝統を学んだ上での個性なのである。

そのほか、当世風俗をうつす浮世絵や、土佐派や住吉派とは異なる表現の大和絵である琳派、円山四条派、江戸中期以降の画壇で中心的な位置をしめた文人画、西洋の影響を受けたとされる写生画、博物学の流行とともに描かれるようになった博物画など、様々な表現方法をとる絵画が出てきて、美術の大衆化も盛んになってくる。

各論部の第三章で香川景樹の画賛に関わる絵師の整理をしたが、そこからは漢画、大和絵、南画（文人画）、写生画、浮世絵など様々なジャンルの絵に賛を着けていることがわかった。ほかには、山水画に和歌の画賛を添えたものもある(19)。画賛は、漢詩の場合は漢画や文人画に、和歌は大和絵などの景物画に、狂歌は世態風俗を描いた風俗画や浮世絵に、俳諧は俳画にというように、相性の良い絵のジャンルがあるように思われるのであるが、そのような垣根を飛び越えて画賛が作られることで、新しい感覚の破調の美が生まれるのであろう。

また、画賛の制作にあたっては、狩野派のおそらく町絵師レベルの絵師が多く関わっていたのではないかと思われ、絵画文化が広く浸透したことが、画賛文化の花開く素地を用意したのである。

なお、画賛に用いられる絵画は、純粋に絵だけで完結しているものの場合もあるが、多くは画賛用に描かれた、画面の上部に賛を書くための余白をあらかじめ用意したものである。そのような絵が着賛されずに今に伝わっている例もまま見られるのである。

五、近世和歌画賛の展開

ここでは、和歌画賛が古歌を書きつける画賛から自詠歌の画賛へと展開していくという流れについて見ていきたい。

（一）古歌を書きつける画賛

画賛として、絵に古歌を書きつける場合、絵の内容に添った古歌（主に勅撰集の歌）が著名な歌人の筆により書きつけられることで、その絵の世界が和歌的世界として確定されるという効果があるのだと思われる。もともと伝統的な絵画の構図には和歌の美意識が影響を与えているので、古歌が添えられることによって、絵画を鑑賞する方向性がより明確にされるとも言えよう。

古歌を書きつける際に、画題にあわせてどのような歌を書くのが良いかをまとめた手引書も複数作られている。ここでその例を見てみよう。

宮内庁書陵部蔵の写本『絵讃弁覧』（成立年未詳。国立国会図書館蔵本は『画讃便覧』。ほかに立命館大学図書館西園寺文庫蔵本などがある）は、一行に、画題、さらにその画題に付け足される景物、歌が収録されている歌集、和歌、作者が記されている。まず勅撰集歌を、画題によって四季・雑に配列、次に、家集や歌合資料から古歌を採った「撰集之外」が続き、これも四季・雑の配列になっている。最後に「名所」として、勅撰集の名所歌をイロハ順に並べる。全体としては五千首近い古歌が分類されているが、屛風歌など絵に関連したものは意外に少なく、有名な歌や画題に適した和歌を収録しているのである。

同じ写本としては、庭田重煕『画賛草』（宮内庁書陵部蔵）がある。庭田重煕（享保二年生、寛政元年没。七十三歳）は公家で、宝暦六年に権大納言、安永八年に従一位に叙された人物である。『画賛草』の内容は、まず画題があり、その細目、古歌、作者名からなっていて、四季・雑の順に配され、歌は勅撰集や家集から採られている。約四百首の和歌が集められていて、巻末には林和靖などの漢詩も七首収録されている。

料紙に歌合のものかと思われる反故紙を用いていることや、あとから余白に書き足したもの、また反対に後の増補を見越したと思われる広い空白の部分があるなど、制作途中の手控えという感じを受ける書である。

刊行されたものとして、『席上和漢画讃懐玉』と『屏風絵題和歌集』にも触れておきたい。『席上和漢画讃懐玉』の編者田中五英（宝暦四年生、文化九年没。五十九歳）は書家で、同書は文化五年に刊行されている。序には、天地、神仏、人倫、草木、禽獣、器物など、様々な画題に合う詩歌を取り揃え、イロハ順に配列しているので席上においても検索しやすいことが謳われている。内容は、和漢・雅俗の画題に合わせて、漢文や和歌、発句があり、概ね一つの画題について一～三首（句）が挙げられている。「席上」とあるのは、当時流行した席画の会や書画会の場を想定して、書家の立場からの必要性と需要を見込んで作ったのであろう。

『屏風絵題和歌集』は、石津亮澄編で文政三年（一八二〇）二月に刊行されている。編者の石津亮澄（安永八年生、天保十一年没。六十二歳）は、和歌を尾崎雅嘉に、国学を本居大平に学んだ人物で、大坂で歌学を教授した人物である。凡例に、

　此集は、古今集よりこなた、新続古今集迄の二十一代の撰集と、南朝の新葉集との中より、屏風障子の絵のうたはもとよりにて、うたゑといふもの、また扇の絵にかけるなどすべて絵を題にしてよめる歌のかぎりをえらみいだして、四季恋雑と類題したるなり。

とあるように、勅撰集と『新葉集』の絵に関する歌全五四五首を集めたものであり、「絵に関する歌」というところが、先に挙げた三つの書と異なる点である。なお、『屏風絵題和歌集』については、三村晃功氏に「石津亮澄編『屏風絵題和歌集』の成立」と題する論考がある。[20]

ほかに『国学者伝記集成』によると、岸本由豆流（天明八年〈一七八八〉生、弘化三年没。五十九歳）により『題画歌選』（全十冊）という大部な撰集が編まれていたようであるが、現在は伝わっていない。

個人的な控えとして、または出版物として、画題に合わせて古歌を分類することが近世中後期には行われている。

このことは、画賛が盛んになるのと時を同じくしている。特に刊行されたものについては、和歌にあまり詳しくない人でも使えるような工夫がなされていて、画賛文化が幅広く根付いていることを思わせる。

（二）古歌と自詠歌の使い分け

ところで、着賛の際、古歌と自詠歌の使い分けはどのようになされていたのであろうか。

たとえば冷泉為村（正徳二年〈一七一二〉生、安永三年没。六十三歳）は次のように考えていた。門人である宮部義正（享保十四年生、寛政四年没。六十四歳）がまとめた『義正聞書』（『宗匠家御教諭』とも。安永四年以後成立）から引用しよう。

一、画讃の御歌、御読被成かた御座候哉。

画賛も、伝受などすみたる人の、老後にはまれに自詠を書つけ候事にて、予も近年、無拠頼にて自詠かき候事数々に成候。是は拠なき頼み故に候。さのみ好みて書事にてはなく候。絵相応の古歌書候かた難なく候。(21)

自詠の歌を書きつけるのは、伝受も受け（為村は霊元院より古今伝受を受けている）老年になった歌人が、それも稀にすることであって、それ以外の人は古歌を書きつけるのが無難であるとしている。

為村は近世中期に活躍した歌人であるが、初期堂上歌人の家集を見てみると、後期の地下歌人の家集に収録された画賛の量と比較して圧倒的に少ない。その中で、鈴木健一氏の「江戸初期の絵画と詩歌(22)」には、近世初期の堂上歌人である細川幽斎（天文三年〈一五三四〉生、慶長十五年没。七十七歳）、烏丸光広（天正七年生、寛永十五年〈一六三八〉没。六十歳）、後水尾院（慶長元年生、延宝八年崩御。八十五歳）、中院通村（天正十五〈十六とも〉年生、承応二年没。六十七〈六十六〉歳）、飛鳥井雅章（慶長十六年生、延宝七年没。六十九歳）、烏丸資慶（元和八年〈一六二二〉生、寛文九年〈一六七〇〉没。四十八歳）の名所絵賛を含む画賛の調査が見られるが、中院通村以外はみな古今伝受を受けた歌人であり、『義正聞書』にある有資格者に当てはまる。中でも、光広には俵屋宗達の絵に賛をつけたものなど画賛が数多く見られる[23]。近世初期には、為村の述べたようなことが、堂上歌人の中で（あるいは地下に対しても）不文律としてあったものと考えられるが、その考え方は、為村の時代にはすでに崩れていたようである。

ただし、古歌を書きつける画賛は、自詠画賛の全盛期にあっても制作され続けていた。

（三）自詠をかきつける画賛と家集への収録

右のように、一流歌人による限られた営為であったとされる自詠の画賛は、地下歌人によりその点数が徐々に増加し、近世後期には数多く詠まれるようになる。

近世期には、前時代とは比較にならないほど絵に描かれる題材も増え、享受層も格段に広がりを見せる中、歌人も絵の賛を請われる機会が多くなり、家集に画賛を収めることが行われるようになってくる。そのような画賛を読者が鑑賞する場合、詞書から描かれていたであろう絵をそれまでの絵画体験をもとにして想定し、歌とともに味わうという方法がとられていたと思われる。本来は絵と賛が合わさってこそ本領を発揮できる画賛であるが、絵画と切り離して家集に収めても鑑賞に足る状況になったからこそ、家集への収録も可能であったのであろう。これは屏風歌以来の伝統とも言えるし、題画文学の一側面とも言えよう。一部の仲間内だけに配られた私家版ではなく、公に刊行された家集の中に収められているということも注目に値し、家集の和歌と詞書を見て、一軸の画賛を思い描ける、高度な文化レベルを持った享受層が育っていたということを裏付けていると言えよう。

詞書から絵を思い浮かべることについては、香川景樹（明和五年〈一七六八〉生、天保十四年没。七十六歳）による屏風歌の解釈を傍証として挙げてみたい。

田中登氏の「屏風歌研究序説――香川景樹の屏風歌観の検討を中心に――」(24)は、景樹の『貫之集注』についての考察であるが、景樹が『貫之集』四番歌の詞書「二月はつ馬いなりまうでしたる所」からその屏風絵の絵様を、「いなり山のつゞらをりならん道に霞たなびきて、高きいやしきまゐりつどへる中に、つぼさうぞくしたらん女などのまじりたらんかたなるべし」と注解したことについて、

景樹はこの歌が拠った屏風絵の細かな情景にまで思を致し、「高きいやしきまゐりつどへる中に、つぼさうぞくしたらん女などのまじりたらん」場面であろうと、かなり具体的にその構図を描写する。

とされ、別の部分では、

屏風歌が単に絵の説明に終らず、絵と相俟って一つの総合芸術の一翼をよく担いえたのは、実にこうした歌人の想像力に拠る所が大きかったと言えよう。

と述べられているが、このことは家集などに収められた和歌画賛を鑑賞する享受者の態度にもそのまま重なるものであると思われる。詞書と賛の表現から、これまでの絵画体験によって培われてきた絵画の知識を用いて、享受者それぞれの最良の一幅が想像されるのである。

以上のように、近世初期には、古歌を書きつける画賛のほうが一般的で、自詠の画賛は限られた一部の歌人のものであったが、中期以降、地下歌人が自詠の画賛を詠むようになるという展開を見せる。

その背景には、和歌的な美意識に基づいて描かれたのではない絵への着賛など、題材との関わりや享受層の変化、他のジャンルも含めての画賛文化の成熟などがあるのだろう。

その一方で、古歌を書きつける画賛も制作し続けられ、そのための手引書が私的に編集されたり、公刊されたりしているのである。

六、画賛を詠む歌人

画賛を詠む歌人とは、どのような階層の歌人なのであろうか。先に結論を述べておくと、時代が下り和歌画賛が多く詠まれるのと比例して、詠む歌人の階層も幅広くなってくる。

先に引用した冷泉為村の『義正聞書』にあるように、自詠の画賛は古今伝受を受けた歌人が、ある程度の年齢に達してから詠むものであるとの考えもあるが、当時（近世中期）の実情とはすでに離れた考えであった。一流歌人の為村としては、誰もが画賛を詠む風潮に否定的であったのかもしれない。

ここで、近世の著名な歌人の家集を点検することで、先に述べた結論を裏付けてみたい。ただし、近世期には、家集が数多く出版されたり、編集されたりしていて、すべてに目を通すことは不可能である。そこで、ここでは近世の私家集を収録した『新編国歌大観』第九巻（角川書店、一九九一年）と、『校註国歌大系』（国民図書、一九二六～一九三一年）の『近世諸家集』全五巻と『明治初期諸家集』所収の家集を対象として【表2】を作成した。なお、両書のどちらにも収録されている場合は、『新編国歌大観』の本文によった。

『新編国歌大観』『校註国歌大系』ともに、『校註国歌大系』所収の千種有功（寛政八年〈一七九六〉生、嘉永七年〈一八五四〉没。五十九歳）の集を除くと、近世後期の堂上歌人の集を収録していないという収録歌人に偏りがある点と、歌人によっては、画賛を多く詠んでいても家集には収録しないという編集方針をとる場合もあるという点により、この表はあくまでも目安でしかないが、近世後期になって画賛の数が増えてきていることがわかる。

また、画賛を詠む歌人の階層について述べると、天皇から一地方歌人（本書各論部第八章で述べる）まで、あらゆる

【表２】　近世期の私家集における画賛の入集状況

歌人	生没年（没年）	家集名	総歌数	画賛数
細川幽斎	天文３年～慶長15年（77）	『衆妙集』	809	2
木下長嘯子	永禄12年～慶安２年（81）	『挙白集』	2120	21
松永貞徳	元亀２年～承応２年（83）	『逍遊集』	3104	4
烏丸光広	天正７年～寛永15年（60）	『黄葉集』	1669	19
中院通村	天正16年～承応２年（66）	『後十輪院内府集』	1674	16
後水尾院	慶長元年～延宝８年（85）	『後水尾院御集』	1426	4
望月長孝	元和５年～天和元年（63）	『広沢輯藻』	1009	1
元政	元和９年～寛文８年（46）	『草山和歌集』	150	0
下河辺長流	寛永４年～貞享３年（60）	『晩花集』	499	2
徳川光圀	寛永５年～元禄13年（73）	『常山詠草』	1016	2
戸田茂睡	寛永６年～宝永３年（78）	『紫の一本』	62	0
戸田茂睡	同上	『不求橋梨本隠家勧進百首』	4	0
戸田茂睡	同上	『鳥之迹』	61	0
契沖	寛永17年～元禄14年（62）	『漫吟集』	2008	0
霊元院	承応３年～享保17年（79）	『霊元法皇御集』	997	0
武者小路実陰	寛文元年～元文３年（78）	『芳雲集』	5242	10
荷田春満	寛文９年～元文元年（68）	『春葉集』	649	0
加藤枝直	元禄５年～天明５年（94）	『あづま歌』	1095	5
賀茂真淵	元禄10年～明和６年（73）	『賀茂翁家集』	477	20
冷泉為村	正徳２年～安永３年（63）	『為村集』	2166	5
田安宗武	正徳５年～明和８年（57）	『天降言』	309	0
田安宗武	同上	『悠然院様御詠草』	416	0
涌蓮	享保４年～安永３年（56）	『獅子巌和歌集』	1005	4
梶女	宝永年間頃活躍（生没年不明）	『梶の葉』	148	1
土岐筑波子	享保初年頃生か？（没年不明）	『筑波子家集』	163	6
加藤宇万伎	享保６年～安永６年（57）	『しづのや歌集』	82	5
荷田蒼生子	享保７年～天明６年（65）	『杉のしづ枝』	651	22
楫取魚彦	享保８年～天明２年（60）	『楫取魚彦家集』	209	2
小沢蘆庵	享保８年～享和元年（79）	『六帖詠草』	1974	36
小沢蘆庵	同上	『六帖詠草拾遺』	350	5
鵜殿余野子	享保14年～天明８年（60）	『佐保川』	402	21
本居宣長	享保15年～享和元年（72）	『鈴屋集』	2220	84
油谷倭文子	享保18年～宝暦２年（20）	『散りのこり』	96	6
伴蒿蹊	享保18年～文化３年（74）	『閑田詠草』	913	37
上田秋成	享保19年～文化６年（76）	『藤簍冊子』	824	37
加藤千蔭	享保20年～文化５年（74）	『うけらが花』（初編）	1641	83
栗田土満	元文２年～文化８年（75）	『岡屋歌集』	538	0

歌人	生没年（没年）	家集名	総歌数	画賛数
村田春海	延享３年～文化８年（66）	『琴後集』	1684	149
塙保己一	延享３年～文政４年（76）	『松山集』	654	0
賀茂季鷹	宝暦４年～天保12年（88）	『雲錦翁家集』	597	36
本居大平	宝暦６年～天保４年（78）	『稲葉集』	1037	5
松平定信	宝暦８年～文政12年（72）	『三草集』	936	53
良寛	宝暦８年～天保２年（74）	『布留散東』	62	0
良寛	同上	『はちすの露』	162	0
良寛	同上	『良寛歌集』	968	5
本居春庭	宝暦13年～文政11年（66）	『後鈴屋集』	1760	30
香川景樹	明和５年～天保14年（76）	『桂園一枝』	987	43
香川景樹	同上	『桂園一枝拾遺』	715	28
清水浜臣	安永５年～文政７年（49）	『泊洦舎集』	1170	62
木下幸文	安永８年～文政４年（43）	『亮々遺稿』	1645	136
橘守部	天明元年～嘉永２年（69）	『橘守部家集』	724	2
熊谷直好	天明２年～文久２年（81）	『浦のしほ貝』	1579	75
和田厳足	天明７年～安政６年（73）	『和田厳足家集』	425	3
鹿持雅澄	寛政３年～安政５年（68）	『山斎集』	1287	87
石川依平	寛政３年～安政６年（69）	『柳園詠草』	576	34
大田垣蓮月	寛政３年～明治８年（85）	『海人の刈藻』	328	17
中島広足	寛政４年～元治元年（73）	『橿園集』	1008	15
大国隆正	寛政４年～明治４年（80）	『真爾園翁歌集』	1177	36
海野遊翁	寛政６年～嘉永元年（55）	『柳園家集』	779	18
千種有功	寛政８年～嘉永７年（59）	『千々廼屋集』	1185	52
大隈言道	寛政10年～明治元年（71）	『草径集』	971	0
八田知紀	寛政11年～明治６年（75）	『しのぶぐさ』	2032	46
平賀元義	寛政12年～慶応元年（66）	『平賀元義歌集』	440	10
井上文雄	寛政12年～明治４年（72）	『調鶴集』	939	21
加納諸平	文化３年～安政４年（52）	『柿園詠草』	1117	31
野村望東尼	文化３年～慶応３年（62）	『向陵集』	232	0
福田行誡	文化６年～明治21年（80）	『於知葉集』	811	28
橘曙覧	文化９年～明治元年（57）	『志濃夫廼舎歌集』	860	39
幽真	文化９年～明治９年（65）	『空谷伝声集』	1370	1
安藤野雁	文化12年～慶応３年（53）	『野雁集』	202	1
弁玉	文政元年～明治13年（63）	『瑲々室集』	235	5

階層の人々が詠んでいて、それに伴って享受する側の層も厚いことが想像される。

さらに、画賛を詠んだ歌人の層が幅広いということは、そのまま絵を描いた方の層も幅広いと言うことになるのだろう。画賛は、絵と詩歌の交響であるため、画者と賛者の技量や身分なども、ある程度釣り合いが取れていないと成り立ちにくいからである。もちろん、たとえば法親王である妙法院宮真仁法親王（明和五年生、文化二年没。三十八歳）の絵に、地下である加藤千蔭らが賛をつけるなどということもあるが、そこには妙法院宮サロンの存在があってのことであり例外として捉えられる。また、そのような身分差を越えての文化的交流が盛んに行われ、そこでも画賛が作られていることも、近世画賛の一つの特徴と言えるのであろう。

七、画賛が詠まれた場

では、実際、歌人たちはどのような場において画賛を詠んでいるのであろうか。一般的に想像されるのは、歌人のもとに知人などから絵が持ち込まれて、それを見て歌人が歌を詠み、書きつけるということであろう。

そのような画賛着賛の様子を描写した例として、先述の『義正聞書』より引用してみよう。

一　澄覚（引用者注　為村の法名）殿歌をよませ給ふを見るに、料紙・硯を前に置て案じ給ふ御姿、さもよき歌の出来そうなる様に思はれ候。又、絵の賛など書給ふは、絵をしばし見られ、其まゝ筆を打つけて書流し給ふに、いつもおもしろく自詠を書つけられ候ひし。余りにすみやかなる事ゆへ伺ひ侍りしかば、風情は絵に有物故、見ると其まゝ歌が出来候と仰られし。御自由なる事にて有し。

ここでは、冷泉為村が絵に向き合い、絵の風情を見極めて、それを素直に歌に詠み書きつける様子がうかがわれる。

熟考や下書きをすることなしに、さらさらと歌を認める、当代一流の歌人の風格が偲ばれる。

ただし、歌人に直接賛を認めてもらうには、その歌人と親しい間柄でなければならない。

そこで、面識のない歌人と賛を求める者とを結びつける役割を果たした、仲介者の存在がある。たとえば、本書各論部第四章で論じるように、公家の千種有功の場合は、地方の門弟が仲介をしていることが書簡からうかがえ、また、注文に備えて、あらかじめ絵を入手して画賛を認めておくことも行われていたようである。

そのような地方の門人を介することは、地下歌人にもあったことであろう。書肆を仲介者として画賛をやりとりする場合もある。

また、即興で賛を詠むこともあった。香川景樹は、酒席で賛を詠んだり、小泉重明という親しい絵師と共に書画会で画賛を認めている。このような例は、当時の漢詩人を中心とした文人たちの交遊にも共通する点である。また、仏光寺殿の遊山の折にも画賛が多く詠まれている（本書各論部第三章参照）。本居大平は、旅先で立ち寄った門人宅で賛を求められている（本書各論部第五章参照）。

足代弘訓（天明四年生、安政三年〈一八五六〉没。七十三歳）の『海人の囀』（国立国会図書館蔵。自筆二冊本）には、歌会の際に兼題の後、当座題として画賛を詠んでいる例も見られる。ほかには、画賛という範疇をやや逸脱しているかとも思われるが、江戸派では「題画の会」という絵を題に歌を詠む歌会が行われている（本書各論部第七章参照）など、歌会で題として詠まれることもあったようである（この場合の着賛の有無などについては、今後検討していきたい）。

このように、画賛は自室で絵に向き合って心静かに詠む場合もあったのだろうが、門人や様々な分野の文化人との交遊のために詠まれている例が多い。それゆえに、題詠とは異なり、自分のために詠む歌ではなく、享受者の嗜好や教養をも視野に入れた詠み振りになっているのだと思われるのである。

八、画賛はどのように記録されたのか

近世初期に制作された画賛は、平安期の屏風歌と異なり、実物も多く現存している。ただし、その大部分は公開されることなく死蔵されていることが予想される。

画賛は、本来的には着賛されてその所蔵者だけのものになるのだが、歌人が歌稿に控えておくことにより、画賛以外の歌と同じように家集に収録され、場合によっては刊行されることで、多くの人が享受できるようになる。絵は詞書という文字情報に変換され、享受者は自らの絵画体験などをもとに、頭の中で絵柄を思い浮かべ、歌と共に味わうということになる。このような伝統は、題画詩や屏風歌にも見られることである。

ここでは、画賛の二次資料として、家集、類題集、叢書を取り上げ、特に他章では言及していない叢書の中の画賛から、画賛の記録について考えていきたい。

○家集

家集に画賛を収録する場合、四季や雑の部に取り込んでしまう方法と、画賛を一つの部立として扱う方法とがある。ほとんどが前者の方法を取る中、後者の方法を取るものに、村田春海（延享三年〈一七四六〉生、文化八年没。六十六歳）『琴後集』（文化十年刊）の「題画歌」[25]、先述の木下幸文『亮々遺稿』の「画賛之部」が挙げられる。この二人が、取り立てて画賛を多く詠んだかといえばそうではなく、本書で取り上げる本居大平や香川景樹の方が、量的には多かったと思われる。ここには、家集の撰歌基準や、画賛をどういった位置付けで捉えているのかといった歌人一人一人の考え方が表れているのであろう。

家集に画賛を収録しないという編集方針も一方ではあり、本書各論部第五章で取り上げる本居大平は、刊行された家集の『稲葉集』にはわずか五首しか画賛がないが、独立した画賛歌集を編集し、出版を計画するなど、新しい和歌の詠み方である画賛をめぐって、試行錯誤を繰り返していた。

○類題集

近世期には、多種多様な類題集が編まれたが、画賛を収録するものはあまり多くはなかったようである。その中で、本書各論部第八章で取り上げた『類題鰒玉集』と『類題和歌鴨川集』は、概ね公募により収録歌を集めているが、画賛が含まれている点で特筆すべき集である。

類題集の役割として、歌題ごとに例歌があることで作歌の手引きとなるという点があろうが、画賛を詠む文化が定着したことによって、類題集でも画賛を扱うようになったのだと思われる。

全国各地から歌を集めた集であるため、ここからは画賛が、中央では無名な地方歌人によっても広く行われていたことも判明し、題材や詠み振りの差も見られる。

○叢書に収録された画賛

近世期には個人によるものや、家などの単位で代々引き継ぐといった形で様々な資料を集積し、叢書として大部な記録・随筆類が編集されている。

その中には、画賛の記録も含まれていて、歌人本人やその門人が家集や歌書に書き留めたもの以外の、そのほかの人々が寓目した画賛を収録しているものもある。実際に着賛された画軸や屏風そのものを見てというだけでなく、何かの手控えを見て、そこから写したということも考えられる。家集に入っていない画賛の場合は、その画賛の所有者だけが知る歌となってしまうため、記録されるべき内容を含んでいるとの価値判断がなされてのことなのであろう。

ここでは、三例を見てみよう。

まず、鈴木よね子氏の「秋成の画賛歌[26]」でも取り上げられている、『梅処漫筆』所収の「画賛哥」を見てみよう。刈谷市中央図書館村上文庫蔵『梅処漫筆』は、寺島恒固編の全三十四冊の叢書である。寺島恒固は、生没年未詳で詳しい人物像は不明。和歌の画賛が収録されているのは第二十七冊で、そこには、本書ではほとんど扱えなかった公家の画賛が多く収録されているので、少し詳しく見ていくことにしたい。

この「画賛哥」に収録された画賛は全一二七首で、うち一首は建部綾足の漢詩の自画賛であり、吉井州足の「猿曳の図の賛」は和文と和歌からなる賛である。また、一首として数えた中には、久世通根画の三幅対の内、松についての治房（後に述べるが未詳の人物）の賛のように「哥失念ナリ」とあって空欄になっているものや、歌の一部が欠けているものも含む。

次に、どのような絵師や賛者の画賛が収められているのかを見ていこう。まず、賛者を階層別に列挙してみる。私に姓を補ったものは（　）で括った。また、生没年と没年齢も記し（前述のものも再掲した）、生年順に並べた。＊は私につけた注記を示す。

〔親王〕　邦輔親王（永正十年〈一五一三〉生、永禄六年没。五十一歳）　＊誤記によるものか。

〔公家〕　近衛基熙（慶安元年生、享保七年没。七十五歳）

（冷泉）為村（正徳二年生、安永三年没。六十三歳）
冷泉為泰（等覚）（享保二十年生、文化十三年没。八十二歳）
裏松固禅（元文元年〈一七三六〉生、文化元年没。六十九歳）
中山愛親（寛保元年〈一七四一〉生、文化十一年没。七十四歳）
芝山持豊（寛保二年生、文化十二年没。七十四歳）
正親町前大納言公ノリ　公明か（延享元年生、文化十年没。七十歳）　＊「公明か」は本文の注記。
久世通根（延享二年生、文化十三年没。七十二歳）
（烏丸）光祖（延享三年生、文化三年没。六十一歳）
外山光実（宝暦六年生、文政四年没。六十六歳）
日野資矩（宝暦六年生、天保元年没。七十五歳）
（中山）忠尹（宝暦六年生、文化六年没。五十四歳）
（一条）輝良（宝暦六年生、寛政七年没。四十歳）
岩倉具選（宝暦七年生、文政七年没。六十八歳）
飛鳥井雅威（宝暦八年生、文化七年没。五十三歳）
高辻福長（宝暦十一年生、文政二年没。五十九歳）
富小路貞直（宝暦十一年生、天保八年没。七十七歳）
北小路祥光（宝暦十三年生、文政二年没。五十七歳）
武者小路徹山（実純）（明和三年生、文政十年没。六十二歳）

〔武家〕
外山光施（天明四年生、天保十年没。五十六歳）
横瀬貞臣（享保十八年生、寛政十二年没。六十八歳）
為貞（未詳）　＊「北面」とあり。

〔地下〕
岡本半助（天正三年生、明暦三年〈一六五七〉没。八十三歳）
契沖（寛永十七年生、元禄十四年没。六十二歳）
（賀茂）真淵（元禄十年生、明和六年没。七十三歳）
（荷田）在満（宝永三年生、宝暦元年没。四十六歳）
（加藤）景範（享保五年生、寛政八年没。七十七歳）
（上田）秋成（享保十九年生、文化六年没。七十六歳）
（加藤）千蔭（享保二十年生、文化五年没。七十四歳）
（富士谷）成章（元文三年生、安永八年没。四十二歳）
（村田）春郷（元文四年生、明和五年没。三十歳）
前波黙軒（延享二年生、文政元年没。七十四歳）
香川黄中（景柄）（延享二年生、文政四年没。七十七歳）
（村田）春海（延享三年生、文化八年没。六十六歳）
（小川）萍流（宝暦六年生、文政三年没。六十五歳）
（賀茂）季鷹（宝暦四年生、天保十二年没。八十八歳）
（田山）敬儀（明和三年生、文化十一年没。四十九歳）

〔女流〕　百合（祇園百合女）（元禄七年生、明和元年没。七十一歳）
〔不明〕　吉井州足（国良に改名）
　　　　白井超
　　　　治房
〔そのほか〕　よみ人しらず

階層別には公家歌人の画賛が多いことが特徴的であり、時代的には近世後期の歌人が大半を占めていると言える。地下歌人についても、真淵や千蔭、春海、春郷を除くと上方歌人であり、公家と合わせて上方を中心に収録したようである。

なお、右の表の筆頭に挙がっている邦輔親王は、久世通根が描いた絵に対して、一条輝良と右の表で不明とした治房（清閑寺治房〈元禄三年生、享保十六年没。四十四歳〉では年次があわないので別人）とともに三幅対の画賛を詠んでいるが、通根、輝良が十九世紀に活躍したのに対して、親王は十六世紀の人物であり、これらの人々による画賛は成立しない（ただし、生前に染筆された短冊や色紙を貼るなどすれば成立する）。これは、欄外に「先年見シマヽ、書留置シヲウツシ入ル」とあり、治房の歌は失念して空欄になっていることからも、誤記または筆者の読み違いによるものであろう。

次に絵師（画者）を見てみよう。絵師は、属した派や系統別に示した。

職業絵師
〔狩野派〕　狩野益信（寛永二年生、元禄七年没。七十四歳）

狩野常信（寛永十三年生、正徳三年没。七十八歳）

（狩野）柳溪共信（延享元年生、寛政十二年没。五十七歳）

宮脇有景（有慶とも）（生没年未詳）

〔土佐派〕　土佐光貞（元文三年生、文化三年没。六十九歳）

田中訥言（明和四年生、文政六年没。五十七歳）

土佐光孚（安永九年生、嘉永五年没。七十三歳）

〔住吉派〕　住吉慶舟（後に桂舟）（享保十四年生、寛政九年没。六十九歳）

〔原派〕　原在正（生年未詳、文化七年没）

〔水墨画〕　淡海玉潾（宝暦元年生、文化十一年没。六十四歳）

非職業絵師

〔親王〕　一乗院宮真敬法親王（慶安二年生、宝永三年没。五十八歳）

〔公家〕　久世通根（延享二年生、文化十三年没。七十二歳）

岩倉具選（宝暦七年生、文政七年没。六十八歳）

〔地下〕　度会正令（寛保三年〈一七四三〉生、寛政十二年没。五十八歳）

〔女流〕　玉瀾（享保十二年生、天明四年没。五十八歳）

紫蘭女　未詳

〔不明〕　雪亭　＊随古斎雪亭か。（27）

白華林一山老衲

漢画系の狩野派や、いわゆる大和絵を描いた土佐派・住吉派の専門絵師の名が見られ、当代一流の絵師による絵であったことがわかる。非専門の絵師では、久世通根・岩倉具選が賛者のところでも名前の見える人物であり、絵を描くことも詠むこともした人物と言えよう。絵の全体的な傾向としては、景物画や歴史上の人物、物語の絵など温雅なものが多い。

また、自画賛では、次の四人の名前が見られる。

〔自画賛〕　小野お通（生没年未詳。近世前期の人物）

（尾形）乾山（寛文三年生、寛保三年没。八十一歳）

涌蓮（享保四年生、安永三年没。五十六歳）

（建部）綾足（享保四年生、安永三年没。五十六歳）

自画賛を詠んだ人物は、伝説的な人物である小野お通や、陶工であり画家の尾形乾山、真宗の僧侶である涌蓮、画家であり国学者であり読本作者である建部綾足とバラエティーに富んでいる。綾足の賛は漢詩である。

これらを概観してみると、賛では外山光実の詠が三十五首と圧倒的に多く、冷泉為泰（出家後の等覚としての収載分も含む）が十三首、芝山持豊が八首ある。絵師は宮脇有景が二十五図、原在正の五図がそれに継ぐ。賛が外山光実で絵が宮脇有景という組み合わせが、十四首と最も多く、四首連続して二人の画賛というところもある。宮脇有景は、江戸後期の画家で、京都において活躍し法橋となった人物で、絵は狩野風とされる。画賛を同じ絵師の絵で複数詠む例は、本書各論部第三章で取り上げる香川景樹と門人で絵師の小泉重明の例や、酒井抱一と組んで多数の画賛を残した加藤千蔭などにも見られることである。

なお、これらのうち一番早い作例と思われるのは、狩野益信画、岡本半助賛の「竹画の上のかたに　契多春」である。

さて、この「画賛哥」の編者は、どのように画賛を集めたのだろうか。ここでの編者とは、『梅処漫筆』の全体の編者である寺島恒固とは限らず、恒固は「画賛哥」を書き写して叢書に収録しただけとも考えられるので、ひとまず、「画賛哥」の編者として考えてみる。

「画賛哥」には、「二首トモ一紙ニ讃シ玉ヘリ」や、「薄やうの上にきせ綿を置きたる図に」という画賛については、「ウスヤウ三枚重ネアリ。上ノウス様ウラ紅、中黄。下ノ方ウラウス青キセワタ三ツ白、中ノ丸赤、二ツ紅、中ノ丸黄、二ツアリ」などと詳細な注記があり、実際に画賛を見て記したようである。そのことは、所蔵者の名前が書かれていたり、「猿曳の図の賛」の添え紙の内容を記したり、「文化五五七尾頭氏ニテ御自筆ヲミテ書入ル」など、実見した時の状況が細かく記されていることなどにもうかがえる。叢書に収める際に、家集や手控えから画賛を書き抜くのみならず、右のような注記のあるものに関しては、画賛を実見し記録した例と考えられよう。

また、幕臣宮崎成身編の『視聴草』[28]にも、画賛に関するものが複数ある。それらは、参賀の折などの屏風画賛である。まず、最初にその標題を挙げてみよう。

「文政三庚辰正月十五日穆翁君七十御賀の時被進候御屏風十二月絵歌」（一橋公寿筵屏風画賛）

「寛政二年禁裏御造営清涼殿倭画新歌」（清涼殿画賛）

「一橋御館御屏風絵歌二十四首」

「一橋御屏風画讃」

「大君五十御年満御賀御屏風画賛和歌」

「大樹公六十御賀御屏風画賛和歌」

「文政三庚辰正月十五日穆翁君七十御賀の時被進候御屏風十二月絵歌」には、線で消されているものの、「右仲田惟春より借写□」とあり、同様に「寛政二年禁裏御造営清涼殿倭画新歌」には「右ハ吉田千里より借写□□」とあり、「一橋御屏風画讃」には消さない形で「三浦氏の本をもてうつしおはんぬ」とあって、写本を借りて写すことで画賛の記録を書き留めている様子がわかるのである。その中で「一橋御館御屏風絵歌二十四首」は、標題の横に「ちらし書の様、大ていかくのごとしといへども、絵の模様にしたがひて文字高低細大あり」とあり、絵の細かな説明と、幕臣で江戸堂上派の石野広通（享保三年生、寛政十二年没。八十三歳）の賛（二十四首すべてが広通の賛）が散らし書きで写され、裏書きがある場合はその情報が記されている。「丸形」や「六角形」という表示もあるので、色紙や変形の紙面に書かれた賛を屏風に押したものかと思われる。ほかよりも詳細な記述であり、これには誰かの所蔵本を見て書写したことが記されていないので、あるいは実物を目にする機会があって、書き留めた可能性も考えられるのである。

ほかに叢書ではないが、祐徳稲荷神社中川文庫蔵の和歌関連の雑記が合写された『奉納雲陽杵築大社和歌三十二首（他）』の中には、「絵賛和歌」として細川幽斎（一首）、中院通村（十二首）、烏丸光広（六首）、烏丸資慶（光広の孫。一首）の画賛が全部で二十首収録されていて、[29] うち光広の「尺八の賛」は和文と和歌で構成されている。絵は、富士山などの名所や、竹と菊、山に紅葉など伝統的な大和絵風のものが多いが、光広のものは木菟や福禄寿などやや俗な画題を詠んでいる。

このように、画賛は様々な形の二次資料に収録されている。以上見てきたように、画賛の詠者や所蔵者以外の第三者が記録したことにより、画賛そのものは失われてしまっても、文字資料として現在にまでその姿を伝えているものもあるのである。

九、画賛歌の詠み振り

ここからは、絵画が介在することで和歌の詠み振りにどのように影響を与えたのかということを、「絵画から和歌へ」と「和歌から絵画へ」という二つの視点を設定し、用例を引きつつ考えていきたい。

（一）絵画から和歌へ

近世の和歌をはじめとした画賛に関して、鈴木健一氏は、絵から歌への影響について、感受性・写実性・情報性の三点から論じられている。(30)

和歌画賛は、いわゆる景物画に着賛されるのが一般的である。和歌をはじめとする古典文学の美意識に基づく季節や名所の景物をモチーフとし、主題よりも景に主眼がおかれる景物画は、画面を介して鑑賞者にイメージを誘発させ、見る側に積極的な解釈をゆだねているという。(31)その解釈を、詩歌や文章の形で示すのが画賛なのである。

その一方で、絵画の主題を題とする題詠としての和歌画賛の中には、伝統和歌からは詠まれることのなかった、新奇な題を数多く見出すことができる（勿論、『万葉集』以来、長期にわたって詠み続けられた中には、色々な試みがあり、絵が介在しなければ詠むことはできない、ということではない）。このような画賛が増えてくるのは、主に近世後期から幕末にかけてであり、画賛という文化が成熟して、博物画や文人画、浮世絵などの新興の絵画との交流が可能になったためと思われる。ここでは「漢」と「俗」という視点から用例を見てみよう。

1「漢」

　　もろこしの荘周がねぶれるかたかきたるゑに
咲く花の香をなつかしみぬるまさへ野べのこ蝶に身をやかへけん
（加藤千蔭『うけらが花』初編〈享和二年刊〉一二五〇）

　　孟宗がたかむなほるかた
親をおもふこゝろふかきに竹の子も雪まを分て生いでにけん
（石川依平『柳園詠草』〈明治十四年・一八八一刊〉）

　　桃花源の絵に
かくれがの春やいくよの名残ぞと花ものいはばとはましものを
（村田春海『琴後集』一四二六）

千蔭の賛は、『荘子』の胡蝶の夢の故事に、『万葉集』の「春の野にすみれつみにとこし我ぞ野をなつかしみ一夜ねにける」（巻八・一四二四・山部赤人）や、『源氏物語』花散里巻の光源氏の歌「橘の香をなつかしみほととぎす花散る里をたづねてぞとふ」などを想起させる賛をつけている。漢の主題を和の伝統で包み込んでいるのである。

依平の歌は二十四孝図の画賛であるが、類想歌として、「たかむな（筍）」の題で詠まれた「いかばかり雪の下なるたけのこのおや思ふ人のこころしりけん」（『新撰六帖題和歌』第六帖・二三三五・藤原光俊。『夫木和歌抄』一三二四三にも収載）がある。

最後の春海の例では、『桃花源記』の絵に、『和漢朗詠集』の「桃李言はず春幾ばくか暮れぬる　煙霞跡無し昔誰か栖みし」（仙家・菅三品）を踏まえて、もし花がものを言うのならば聞いてみたいものだとしている。(32)

これらはいずれも有名な故事であり、また日本でも好まれて多く描かれた画題であるが、そのことが和歌で詠まれ、仮名文字で書きつけられることで、画面は和漢の融合した新鮮なものとなったであろう。

2「俗」

弁慶のかたかける大津絵に
たけき名は世々にながれつ墨染の衣の河に身はしづみても　（清水浜臣『泊洦舎集』〈文政十二年刊〉九八九）

足長蛸あまた
あし曳の山にはあらぬわたつみの底はかとなくむれてきにけり
わらは福禄寿のかしらに梯たてて髪そる　（熊谷直好『浦のしほ貝』〈弘化二年刊〉一五二一）

はしだてをほくらにはせでさかしくも高天の山のかみやらふ子や　（加納諸平『柿園詠草』〈嘉永七年刊〉八〇四）

砂持をどりのかたに
わが腰にひたゆひつけてをどりなば昔わすれぬ雀とやいはん　（大田垣蓮月『海人の刈藻』〈明治四年刊〉二七七）

ここでの「俗」は「当代性」とも言い換えられよう。一首目の浜臣の例にある大津絵は、江戸初期から近江国大津の追分辺りで売り出された民衆絵画で、これを詠んだ画賛はほかの多くの歌人の詠にも確認できる。

下の句の「衣」は、弁慶の衣である「墨染の衣」と弁慶が立ち往生したとされる「衣川」の両方に掛かり、「ながれつ」「（衣の）河」「しづ（む）」が縁語となっている。二首目の賛は、「あし曳の」に蛸の足を掛け、「底」は「わたつみの底」と「そこはかとなく」の両方に掛かっていて、海底に棲息する蛸の性質を詠んでいる。この蛸の絵は、博物画の流れを汲むものかとも思われる。和歌同様、絵画も伝統的な画題の枠にとらわれていたものが、近世に入って博物学への関心から博物画が流行したことで、描かれる題材が急増したということがある。画題の増加により、またそれまでの絵画にない新しい手法を取る浮世絵などの世俗画の登場により、画賛に詠まれる題材も幅広くなったと言うことができる。なお博物画は、俳諧や狂歌とより強く結び付き、摺物や俳書、狂歌本に用いられ刊行されていった。(33)

三首目の絵の構図は、狂歌の画賛に多く見られるもの。「ほくら」は神宝を収める高倉の意。四首目、蓮月の詞書に見える「砂持をどり」とは、社寺の造営にあたり、氏子達が砂を運びながら踊る踊りで、「ひた」は鳴子の一種。賛は「雀百まで踊りを忘れず」の諺を踏まえる。

和歌の伝統から外れる俗なもの、当代性の強い絵に対しては、賛の詠み方としては二通りの方法がある。一つは、伝統和歌の持っている技法をやりくりして、新たな題材を詠むという方法。これが用例で挙げた最初の二つである。もう一つの方法としては、用例の後の二つのように、絵に合わせて口語的な言い回しを用いるものや、狂歌のように詠むというものである。俳諧歌というスタイルをとって狂歌のように詠む画賛も、『六帖詠草』（文化八年刊）などに見られ、このような現象は概ね幕末近くになって、より顕著になっていく。

ここまで述べてきたことは、通常和歌に詠まれない題材が絵によって与えられることで、詠歌に新たな可能性が生まれているということである。「漢」の画賛では、絵から得た情報や、漢文学の素養をもとに、故事の文言を和語化し、漢の世界を和歌の様式のなかで再構築している。「俗」では、絵の世界に引寄せられて俗な詠み振りになる例と、あくまで伝統和歌の枠組みで詠もうとする態度との二つの方向性が確認できた。

次に、画題は伝統的なものであるものの、絵画の構図をそのまま詠んだことにより、賛の表現に新しさが生じた例を二例見てみたい。このことは、絵画の視覚的な刺激により、歌人が見慣れた題材の中にある新たな詩想を獲得するという歌人の側に負うところの大きいものである。

まず、『琴後集』の、

高殿に雪見る人あり

ゆきふれば千里もちかしおぼしまのもとよりつづく不二の柴山　（一四〇五）

は、雪がすべてを覆い尽くしてしまった真っ白な風景の向こうに富士山が見え、それを建物の中から人々が眺めているという構図と思われ、雪による距離感の喪失で、あたかも富士山の裾野が自分の足下にまで及んでいるように錯覚すると詠んでいる。描かれた二次元の構図を、それを踏まえつつ三次元の世界に持ち込むことで、誇張の効いた、しかし現実感もある表現になっている。また、次の人口に膾炙した歌も画賛である。

黒木うるかたに

めせやめせゆふげの妻木はやくめせかへるさ遠し大原の里　（香川景樹『桂園一枝』〈文政十三年刊〉九七四）

は、描かれた大原女の心情を推し量って詠んでいるが、軽快な調べと生活感を詠むという景樹の歌の特徴がよく表れていて、絵画ともよく調和していたであろう。この歌は、画賛であるということを離れて広まっていったと思われるが、先に挙げた春海のものも含めて、言葉とは別の表現方法をとる絵画に触れることで、それが起爆剤となって、和歌の表現に鑑賞者を引きつける目新しさや個性が強く発揮されていると言えるのではないだろうか。漢詩文の例では、頼山陽の有名な「鞭声粛々夜河を過る」の詩句も「不識庵、機山を撃つ図に題す」の題の題画詩であるという(34)。

和歌が絵画と出会うことで、従来の規定の枠を越えることを可能にしている。それは絵の題材にのみ負うものではなく、歌人の側に内在していることでもある。

（二）和歌から絵画へ

今度は逆に、和歌の側が、同一画面上の絵画に対して働きかける効果について考えてみたい。

まず、屏風歌と共通するものとして、「画中の人物の心情を詠む」（前掲の景樹の例など）ものと「見立て」がある。藤岡忠美氏は「屏風歌の本質」[35]の中で、「屏風歌は屏風絵を説明する補完の役割にとどまるものではない。別個の視点による観察から生まれる新しい意味づけが課されている」とし、「見立ての技法が屏風歌の核心にはたらいている」とされている。このことは画賛にも通じていよう。

例えば、賀茂真淵の、

屏風に、雪のふりたるに人人舟にのりて見るかた

花ならばこぎよせてしもたをらまし入江の松にかかるしら雪　（『賀茂翁家集』〈文化三年刊〉二三一）

では、絵の主題ではない雪の積もった松に着目し、花に見立てることで絵を別の角度から見る方法を提示している。

また、見立てとは異なるが、

桜のちるしたにこねこのざれたるかた、源氏物語の心と見ゆ

思ひ入る身こそ及ばねこの人よなどすのうちの花にむつれぬ　（小沢蘆庵『六帖詠草』〈文化八年刊〉二九八）

は、絵を『源氏物語』若菜上巻の蹴鞠の場面になぞらえて一首を詠んでいる（もともとこの絵が、留守絵のように『源氏物語』の絵として解釈されることを意図して描かれたものとも考えられる）。通常、詞書は画面には書き込まれないが[36]、絵の「猫」と「桜」、歌の隠し題のように詠み込まれた「ねこ」と、「す（簾）のうちの」、また一首の内容から、蘆庵が『源氏物語』に想を得たことが画賛の鑑賞者には知られるのであろう。なお、若菜上巻の女三宮と猫の構図は、近世

において大変多く見られるものであった[37]。古典文学を描いた絵画が「型」として浸透し、歌人の着想の深層で結び付いたと言え、またそれを享受する側にも共通理解があった。このような絵画の「型」は、浮世絵師・奥村政信や鈴木春信の作品に多く見られる「見立て」や「やつし」の中に結実していく。すでにある絵を独自の観点で捉え直し表現するという方法は、詩歌と絵という違いはあるものの題画の精神とどこか通底するように思われる。

ところで、画賛という語は、本来絵の内容を賛頌するものという意味であり、絵を称えるという態度は、和歌画賛にも多く見られる。一例として、

　　庭鳥のゐに

はねも尾もさながらいける庭鶏の鳴く音かけろとかこちがほなる　（本居宣長『鈴屋集』〈寛政十年刊〉一五六二）

では、鶏がまるで生きているかのようだと称えている。「かけろ」は鶏の鳴き声を示す擬声語であり、その声さえ聞こえてくるとしているのである。ほかに、

　　小松おほかり、日出たる絵に

千よまでのよはひこもれる小松原いづる日かげものどけかりけり　（加藤千蔭『うけらが花』二編〈文化五年刊〉）

のように、描かれた絵のめでたさを歌ことばによりさらに増幅させる「慶賀性」も画賛の詠み方として一般的である。

「教訓性」ということにも触れておきたい。江戸文学のキーワードである「教訓性」は、和歌画賛にも認められる。

　　東方朔偸桃

すまじきは盗なりけり幾千とせ後の世までもかたり伝へて　（上田秋成『藤簍冊子』〈文化二年刊〉五三一）

　　うりの絵に

世の中はこまのわたりにつくるうりのとなりかくなりなるにまかせん　（『藤井高尚家集』成立年未詳[38]）

前者は盗みを戒め、後者は世の中の流れに逆らわないことを勧めていると思われるが、教訓の中にもおかしみが感じられて、絵に機知的な印象を加えている。

十、画賛量産の理由

近世和歌においてこのように画賛が盛んに詠まれ、大量に作られた理由はどこにあるのであろうか。

この点については、各論部のいくつかの章で歌人個々の事情にも言及しているが、ここでは多くの歌人に、ひいてはジャンルを問わず画賛に共通するものについて考えてみたい。

まず、一点目としては、文化が一部の支配層だけのものではなく、広く大衆も享受できるようになった近世という時代性に起因する部分が多くを占めていると思われる。狩野派の粉本主義による教育をうけた町絵師と呼ばれる絵師が全国に存在し、一定のレベルの絵画を多くの人々が享受できるようになった。また、絵入り本や浮世絵により、絵に接する機会が格段に増えたことによって、絵を見るということに馴れた一定数の人々が出現してくる。

さらに、文学の享受層や詩歌を詠む人口が増加したことにより、そこに、絵画と文学を合わせて味わう画賛という形態が広く受け入れられる素地ができていったのだと思われる。画賛を詠む層も、逆に鑑賞する層も厚くなり、題材の俗化や歌の口語化なども進み、多様な好みや価値観を反映させていった。

なお、画賛を詠む者が、そのまま享受する側であることが多く、それは同じ文化圏にいる者同士が、互いに賛を詠んだり、依頼したりしていることによって確認できるのである。

二点目として、賛を認める営みが収入を得る手段につながるという点も、実は歌人にとっては大きな役割を果たしていると言えよう。このことについては、各論の香川景樹、千種有功の章で論じている。貨幣経済が整備された、いかにも近世らしい現象とも取れそうであるが、たとえば平安期の屏風歌にしても、依頼主は人脈や経済力を必要としていて、その点は共通していると言えよう。ただし、屏風歌の場合には、天皇や公家のような権力と文化の中心にいた人物が専門歌人などに詠ませていたが、近世の場合、たとえば地方の名士のような人物が、公家の千種有功の賛を求めることができた（有功は地下に親しく交わった人物なので、やや特殊とも言えるか）。そこには先に述べた仲介者が介在するなど、一定の手続きを踏む必要はあっただろうが、謝礼という形で対価を支払えば身分差を越えてでも入手できるという、前時代では想像できなかったことが起こっているのである。書画会という会場で文化人に揮毫を頼める集会も江戸では頻繁に行われていた。

三点目として、「用」としての美術という面に言及しておきたい。画賛の形態は、軸装というのが一般的である。そして、その軸が掛けられるのは、床の間である。この床の間の成立については、諸説あるが、鎌倉時代以降の中国絵画の輸入とその鑑賞が、床の間の成立に関わっているとの説がある。(39)鎌倉時代に宋元画が輸入され、それに倣って我が国でも純粋絵画が軸装形式で描かれるようになる。軸をどこに掛けるかについては、仏画を天井の回縁などに掛けて礼拝・供養する習慣が日本では早くからあったため、それと結びつき、絵画鑑賞空間の自立が床の間の成立を促したという。

ここでは床の間がそれまでにない新しいスタイルである軸装された絵画を、鑑賞するための場として誕生したということをおさえておきたい。

床の間は、近世期には、武家の住居だけでなく、町人の住居にも欠かせない空間となっていく。このような絵画・書を鑑賞するスペースが家屋の中に用意されているということも、近世期において絵画が盛んになり、さらに絵と詩歌を一緒に楽しむ画賛が多く出た一因ともなりうるのではないだろうか。

さらに、賛賀の祝いや、年中行事の画賛は多くあるが、その時々の絵画を飾ることは、「日常生活の大きな節目である節供に、非日常的な事柄を表現するものと考えられている装飾を行って、それぞれの願望を成就しようとする」(40)ものであったという。絵だけでなくそこに賛が加わることは言祝ぎの意味が大いにあったのであろう。画賛が教訓性を持つのも、床の間に掛けて見ることと、関係があるのではないだろうか。茶席に禅語の書が掛けられるような意味合いがあったのではないかと想像される。

以上、画賛が量産された理由について考えてきたが、そこには近世という時代性が色濃く表れているものと思う。そしてこのことは、近世の様々なジャンルの画賛にも共通する部分もあるのではないかと考える。

ま　と　め

以上、平安時代から続く題画文学の流れを受けて、文化の享受層が幅広くなった近世という時代に流行した和歌画賛の実態について概略を述べてきた。

画賛は、中世以降の和歌の詠み方として一般的であった、題詠のような、個人の営為としての和歌とは別の側面をも備えている。

画賛を詠む場合は、その詠み振りは注文者の意向や、絵の内容や表現、色遣いなどに左右されることもあるだろう。また、注文者と歌人が友人である場合や、師弟関係にある場合、または全く面識のない場合など相手によっても、賛の在り方は変わってくるのであろう。

しかしその反面、外からの制約を受けながらも、文学的な営みとして歌人が絵と正面から向き合って、賛を詠んでいるという部分も必ずある。絵を詠むということは、一般的な題詠よりも、さらに狭い、制約された題を詠むことなのではないだろうか。対象や構図、色などは絵によってすでに決められている。画賛の享受者と共有する視覚的刺激に何を加えるのか、というのが賛をつける歌人の腕の見せ所であり、枠の中の自由なのである。そこにこそ、和歌画賛の面白さが存分に発揮されているのだと考える。

これほどまでに発達した和歌画賛も、明治に入り近代化、西洋化が進み「個」の意識が強くなるに従って、徐々に衰退し顧みられなくなっていく。

それは伝統性を重んじる和歌が、より自由な表現を求める短歌に変わり、絵画が、画題に即したものから個人の感性により創造されるものとなっていくこととも関係していよう。屏風歌の流行が、百五十年あまりの現象だったように、和歌画賛も同じように約百五十年あまりの盛行を経て、変革期にあって衰退していくのであった。

以上見てきたように、和歌画賛とは、近世という文化の高度成長期から爛熟期にあって成し得た、和歌における題画文学の一つの到達点と位置付けることができるのである。

注

（1）『青木正児全集』第二巻（春秋社、一九七〇年。初出、『支那学』第九巻第一号、一九三七年七月）。

（2）題画詩に関しては、川口久雄氏「我が国における題画文学の展開」（山岸徳平氏編『日本漢文学史論考』岩波書店、一九七四年）、および同氏「題画文学と唱導文学」（『金沢大学法文学部論集　文学篇』第十九号、一九七一年三月）、安藤太郎氏「題画詩と屛風歌――平安朝初期の屛風歌の一考察――」（『平安時代私家集歌人の研究』桜楓社、一九八二年。初出、『東京成徳短期大学紀要』第十一号、一九七八年四月）などによった。
（3）『奈良朝漢詩文の比較文学的研究』翰林書房、二〇〇三年。
（4）注（2）安藤氏論文による。
（5）屛風歌については、玉上琢弥氏「屛風絵と歌と物語と」（『源氏物語研究』源氏物語評釈別巻一、角川書店、一九六六年。初出、『国語国文』第二十二巻第一号、一九五三年一月）、増田繁夫氏「古今和歌集と屛風歌」（『古今和歌集』一冊の講座日本古典文学4、有精堂、一九八七年）、藤岡忠美氏「屛風歌の本質」（『平安朝和歌　読解と試論』風間書房、二〇〇三年。初出、『屛風歌と歌合』和歌文学論集第五集、風間書房、一九九五年）、同氏「屛風歌と屛風絵」（『平安朝和歌　読解と試論』風間書房、二〇〇三年。初出、『国文学　解釈と鑑賞』第六十三巻第八号、一九九八年八月）、髙野晴代氏「古今集の屛風歌――収載の意義と詠法の獲得と――」（『国文学　解釈と教材の研究』第四十九巻第十二号、二〇〇四年十一月）、田島智子氏『屛風歌の研究』（和泉書院、二〇〇七年）、渡邉裕美子氏『和歌が権力の象徴になるとき　屛風歌・障子歌の世界』（角川学芸出版、二〇一一年）などによった。
（6）注（5）田島氏書「序章」。
（7）注（5）田島氏書「古今集時代の特色――「鷹狩」をめぐって――」（初出、「古今集時代の屛風歌の詠法――鷹狩を中心として――」『国語国文』第六十一巻第四号、一九九二年四月）、「後撰集時代・拾遺集時代の特色――子日をめぐって――」（初出、「古今集時代から後撰集時代への屛風歌の変化――子の日をめぐって――」、伊井春樹氏編『古代中世文学研究論集』第三集、和泉書院、二〇〇一年）。
（8）詩画軸については、以下の文献によった。赤澤英二氏「詩軸と詩画軸――応永詩画軸序論――」（『美術史』第十巻第四号通巻第四十号、一九六一年三月）、小林忠氏「画賛物の楽しみ」（『江戸の画家たち』ぺりかん社、一九八七年。初出、『淡交』第三十七巻第八号、一九八三年八月）、島田修二郎氏・入矢義高氏監修『禅林画賛　中世水墨画を読む』（毎日新聞社、一九八七年）、高橋範子氏「詩画軸の構造と場――杜甫の詩意図をめぐって」（『講座日本美術史』第四巻、東京大学出版会、二〇〇五年）、星山晋也氏「室町時代の山水画詩画軸の著賛成立における諸相」（『早稲田大学大学院文学研究科紀要』第三分冊、第五十二号、二〇〇七年二月）、金澤弘氏「詩画軸――禅宗の絵画　その四」（『禅文化』第二〇七号、二〇〇八年一月）など。

（9）注（8）星山氏論文による。

（10）『私家集大成』中世Ⅲ（明治書院、一九七四年）の日次本のテキストによる。類題本には見られない。

（11）『近世歌学集成』（明治書院、一九九七～一九九八年）による。

（12）『21世紀の本居宣長』展図録（朝日新聞社発行、二〇〇四年）に吉田悦之氏の作品解説がある。

（13）森話社、一九九八年。

（14）『須受能屋』第七号、一九九五年。

（15）『橘千蔭の研究』ぺりかん社、二〇〇六年。

（16）岩波書店、二〇〇四年。

（17）汲古書院、二〇一一年。初出、『学習院大学文学部研究年報』第五十六輯、二〇一〇年三月。

（18）近世絵画の状況については、小林忠氏『江戸絵画史論』（瑠璃書房、一九八三年）、『日本美術史事典』（平凡社、一九八七年）、辻惟雄氏監修『カラー版日本美術史』（美術出版社、二〇〇三年）、中村興二氏・岸文和氏編『日本美術を学ぶ人のために』（世界思想社、二〇〇一年）などを参考にまとめた。

（19）拙稿「近世和歌と山水画」（『和歌文学大系月報』第三十四号、二〇〇九年十二月）にて述べた。

（20）『近世類題集の研究　和歌曼陀羅の世界』青簡舎、二〇〇九年。初出、『光華日本文学』第六号、一九九八年八月。

（21）注（11）に同じ。

（22）注（13）鈴木氏書。初出、「近世初期の題画文学」『国語と国文学』第七十二巻第十号、一九九五年十月。

（23）注（13）鈴木氏書には、前掲の「烏丸光広の兎図賛」（初出、「多才な堂上歌人烏丸光広」『国文学　解釈と鑑賞』第六十一巻第三号、一九九六年三月）のほか、伝宗達画の「蔦の細道図屏風」の画賛についての考察（注（22）論文）がある。また、『烏丸光広と俵屋宗達』展図録（板橋区立美術館発行、一九八二年）に画賛の図版が複数掲載されている。

(24)『愛知大学国文学』第二十号、一九八〇年三月。
(25)題画歌の問題については、本書各論部第七章で詳しく取り上げる。
(26)日本文学協会近世部会編『近世部会誌』第一号、二〇〇七年一月。
(27)随古斎雪亭は、狂歌作者で絵を能くした。生没年未詳、天明・寛政頃の人かとされる。
(28)『内閣文庫所蔵史籍叢刊』特刊二第一～十六巻（汲古書院、一九八四～六年）。宮崎成身（生没年未詳）は、昌平坂学問所構内の沿革調所で官撰事業に従事し、博覧多識で歴史・故事・詩歌などの各方面に造詣の深い人物であると福井保氏による解題にある。
(29)「絵賛和歌」には二十一首の歌があるが、末尾の一首は石の銘に関するもので画賛ではないため省いた。
(30)注（22）鈴木氏論文。
(31)武田恒夫氏『日本絵画と歳時　景物画史論』ぺりかん社、一九九〇年。
(32)『校註国歌大系』の注に指摘がある。なお、『桃花源記』を詠む例は、たとえば『永久百首』「仙宮」の題で詠まれた藤原仲実の「桃の花しげきみたにに尋ねいりておもはぬ里に年ぞへにける」（六一九）がある。
(33)今橋理子氏「浮世絵版画の詩学――俳諧・狂歌文芸の興隆と博物学」（『江戸の花鳥画――博物学をめぐる文化とその表象』スカイドア、一九九五年）。
(34)福島理子氏「頼山陽の題画詩をめぐって」（『江戸文学』第十七号、一九九七年六月）。
(35)注（5）藤岡氏書。
(36)『梅処漫筆』の「画賛哥」に、詞書も着賛された可能性を含むものがある。また、『百椿図』（根津美術館蔵）の徳川光圀の賛には、「いさはやといふつばきのうつしえをみて」と詞書が記されているが、詞書が記されている画賛は大変稀であると言える。
(37)拙稿「浮世絵」（鈴木健一氏編『源氏物語の変奏曲　江戸の調べ』三弥井書店、二〇〇三年）にて触れている。
(38)工藤進思郎氏編『藤井高尚全歌集』岡山大学文学部日本古典学研究室発行、一九八〇年。

（39）　太田博太郎氏『床の間　日本住宅の象徴』（岩波新書、一九七八年）、前久夫氏「トコノマの成立――絵画鑑賞の場としての――」（『大和文華』第八十五号、一九九一年三月）など。

（40）　冷泉為人氏「節句」（中村興二氏・岸文和氏編『日本美術を学ぶ人のために』世界思想社、二〇〇一年）。

各論部

各論部概要

各論部では、全八編の論文を収録し、その主題から二編ずつ、Ⅰ　賛の表現、Ⅱ　画賛制作の場、Ⅲ　画賛歌集の編集、Ⅳ「題」としての絵画の四つに分類し論を進めていく。

総論で述べてきた近世和歌画賛について、個々の事例を挙げてその実際の姿に迫っていくことにしたい。

以下、各々の論について概要を述べる。

Ⅰ　賛の表現では、和歌が絵画と出会うことで何を得たのかという視点から、一般の和歌と比較して画賛に特徴的な詠み振り、画賛ならではの表現について探る。中世以降、和歌は題詠が主流となり、主題や表現の固定化が進む中、閉塞感の打破が、この時代の和歌の課題であり、新しい流れを形づくっているが、和歌画賛はその一つの手段としてもなり得ていた。

第一章の「清水浜臣『泊洦舎集』の画賛」は、清水浜臣の家集『泊洦舎集』所収の画賛を例に、浜臣が絵に対してどのように賛を詠んでいるのかを、和歌の表現から考察するものである。浜臣の画賛には、伝統的な和歌の景物を温雅な詠み振りで詠むものに加えて、従来の和歌にはほとんど詠まれなかった題材に対しても、意欲的に詠む態度が見られる。表現の特徴としては、『万葉集』の摂取や、「絵」に対して「言の葉」などの和歌を象徴するキーワードを歌に詠み込むことで和歌の側から自己主張する面、教訓性の付与、新奇な題材に対しては、国学の研究などで得た知識や情報を詠みこむ面と、絵を通してではあるが初めてその景物に出会えた感動などを素直に詠む面などが認められる。

ここからは、描かれた絵という視覚的な「題」を与えられた浜臣が、それを自由で多彩に詠みこなしていく様が看取できる。

第二章「伴蒿蹊の画賛――和歌と和文と――」では、蒿蹊が和歌による画賛のみならず、得意とした和文でも画賛を詠んでいることから、和歌、和文の両方の画賛を取り上げ考察する。

蒿蹊の画賛で特筆すべきことの一つとして、自讃集『閑田百首』に八首の画賛を選んでいることから、画賛に対する自己評価の高さがうかがえるということがある。また、詞書の中にも、和文のような形態を持つものがあり、そこには和歌に詠み込まれなかった着賛時の感慨や情報が記されていて、画賛を詠んだ場の雰囲気が伝わってくるなど、画賛研究において有益な情報が含まれている。表現の面では、歌語「うつしゑ」や「筆のにほひ」により、「絵である」ということを積極的に詠んでいて、絵を絵として客観的に分析する態度がみえる。僧であったことから、仏教的教訓の賛も特徴的である。和文の画賛については、絵の内容や画風によって、擬古文調や和漢混淆文調など文体を使い分けている。一例として、擬古文調の「春の海べの画」を鑑賞的に解説し、持ち込まれた絵を伝統的な歌枕「和歌の浦」と想定しつつも、様々な和歌の重層的なイメージを付与し、賛を仕立てていくという、画賛を詠む際の歌人の思考の道筋をたどる。

Ⅰでは、多作ではないが、丁寧に絵に向き合って歌を詠んだ二人の歌人を対象として、賛の表現を分析するが、和歌画賛の一つの詠み振りとして、典型的なものと独特なものの両面を示すことで、多様な詠み振りを一覧できるようにした。

なお、画賛の表現については、Ⅰ以外でも、第四章「千種有功の画賛――画賛制作と流通の一側面――」、第五章〔補記2〕「月斎峨眉丸画・本居大平賛「芸妓立姿図」について」、第七章「村田春海の題画歌――千蔭歌も視野に入れて

――」、第八章「近世類題和歌集の画賛――『類題鰒玉集』『類題和歌鴨川集』の場合――」の中でも部分的に触れ、考察を行う。

つづく、**Ⅱ　画賛制作の場**では、従来、ほとんど知られることのなかった、和歌画賛がどのような場において詠まれ、また流通していったのかということについて、さらには量産の背景について、数多くの画賛を詠んだ香川景樹と千種有功を例に分析する。

まず、第三章「香川景樹の画賛――歌日記を中心に――」では、『桂園遺稿』所収の膨大な歌日記の記述から、景樹がどのような場で画賛を詠んだのか、またどのような絵師と組んで画賛を制作したのかという点を明らかにする。その中で、景樹の画賛活動にとって重要な二人の人物を取り上げた。一人目は、景樹の弟子でもあり、隣家に住む小泉重明という絵師であり、彼との日々の交流の中で多くの画賛が詠まれている。ここからは景樹の門人たちとの酒席の場で、重明が絵を描き人々がそれに賛をつけるといった遊興としての面や、重明の画会に参加して揮毫する面などが認められ、重明画・景樹賛の画賛が大量に作られたことが知られる。二人目は、仏光寺の宗主随応上人で、歌会の場や、遊山に同行させそこで画賛を作らせるなど、専ら依頼者という面から景樹の画賛に関わっている。この二人は、立場は異なるが景樹の画賛活動を支えた人物と言える。絵師（画者）との関わりという面では、主に京都で活躍した多様なジャンルの、当代一流の絵師たちの絵や、門人たちの絵、または貴顕の描いた絵に賛を詠むこともあった。

数多くの画賛が景樹によって詠まれた理由としては、絵画と文学を合わせて楽しむ時代的な風潮や、京都での幅広い分野の文化人との交流、景樹の歌人としての権威の高まりのほか、桂園派の門人拡大のために自らの和歌を広めるという面などが考えられる。そして、景樹の影響で門人たちも多く画賛を残していて、画賛制作は桂園派をあげて盛んに行われており、景樹にとって画賛はなくてはならない文芸の手段であったことが確認できるのである。

第四章「千種有功の画賛――画賛制作と流通の一側面――」では、千種家に仕えていた関係者の書簡から、千種家内部で染筆物を取り仕切る職掌があったことや、千種家の画賛などの染筆物を仲介する地方門人の存在が知られ、家の仕事として、流通も含めて組織的に行われていたことを明らかにする。家中を挙げて画賛などの染筆物に取り組んだ千種家であるが、その背景には、染筆により収入を得るという経済的な側面もあるものの、『唐詩選』の絶句や、本草学で用いられる草木など、様々なものを意欲的に「歌の題」として取り入れ、詠みこなしていった有功にとって、画賛は恰好の「題」を提供してくれる、詠歌実践の場でもあった。画題も享受者も様々な中、自在に賛を詠んでいく有功の賛は、一見すると新奇な歌やさらりと詠み流したような歌であっても、教養に裏打ちされた、俗に流れないバランス感覚を持っている点に特徴が見られる。さらに、画賛の写真資料四点を鑑賞的に解説することも行う。

景樹、有功ともに、制作に関わる人的つながりをたどることで、画賛の、交流の具や商品としての側面、詠歌実践の場としての面などといった多面性が立ち現れてくる。

Ⅲ　**画賛歌集の編集**は、本居大平と香川景樹の二人の画賛歌集をめぐり、歌稿や書簡などの周辺資料を読み解くことで、その編集作業を考察するものである。和歌画賛が流行した近世期においても、画賛だけを集めた歌集は、ついに出版されることがなかったようであり、大平の書については未刊で、景樹のものについては景樹の没後に編集作業が進められ、明治期に刊行された。

第五章「本居大平の画賛――宣長の後継者として――」では、東京大学国文学研究室所蔵本居文庫蔵の本居大平の画賛歌集『画賛歌』甲・乙二本について、それぞれの成立時期や、編集方針、編集の意図を探り、大平がこの二つの画賛歌集の刊行を目論んでいたが、結局のところそれが結実しなかった事を述べる。大平の歌稿類から、『画賛歌』収録の歌うたの詠歌時期を調査した結果、文化十四年（一八一七）頃に成った乙本は、大平が序を認めた絵俳書『俳諧百画賛』〔塊亭風悟著・谷世達画、文化十三年刊〕に刺激を受けて編集した、絵入り画賛歌集の草稿と考えられ、殿村篠斎宛の書簡には、出版の際には助力を頼むという文言も見える。

一方の甲本は、絵などは入らない、一般的な歌集の体裁を取るもので、晩年の天保三年〔一八三二〕の賛の入集が確認でき、その成立は、賛を分類し整然と配列した基礎段階と、雑の歌群として継ぎ足しを行った第二段階、筆跡が乱れる最終段階の三段階にわけられる。そこには基礎段階の整った形を崩し、晩年に至るまで歌数を増やしていった、大平の思い入れの深さが感じられる。しかし、宣長の後継者という立場上、国学に関する書の出版を優先しなければならないという義務感により、大平の画賛のみを収録した歌集『画賛歌』の出版は、何度も計画されながらも未刊に終わったのであった。

また、大平の画賛の制作現場を探ると、宣長が過去に染筆した画賛と対になるように賛を求められたものや、宣長の歌と大平の歌の両方の着賛を請われたものもあり、「本居二代」の歌の競演が好まれていたこと、さらに宣長の書に大平の歌が添えられることが、宣長の真筆を保証する意味合い持つといった面も認められる。

合わせて、〔補記1〕「書画集『落葉の錦』について」、〔補記2〕「月斎峨眉丸画・本居大平賛「芸妓立姿図」について」を収録し、〔補記1〕では、大平の死後、大平の考えていた形ではないが、展覧会図録のような形で一部の画賛が刊本に収録されたこと、〔補記2〕では、現存する大平画賛を例に、歌集での詞書、『落葉の錦』の図と比較することで、同じ歌で複数の画賛が作られていることを述べる。

第六章「香川景樹の画賛歌集『絵島廼浪』と明治の桂園派歌壇」では、明治期に刊行され広く出まわった、村山松根編の画賛歌集『絵島廼浪』の歌と、同時期に編まれた景樹の歌を編集した歌集類を検討した結果、桂園派歌人・藤田維中編と考えられる『画賛聚葉』〔草稿的なもので世に知られることはなかった〕と深い関わりがあることがわかった。

さらに『絵島廼浪』は明治天皇に献上された『東塢画讃集』の抄録版であることも明らかにする。画賛歌集である『絵島廼浪』が出版された理由については、景樹が画賛を得意としていたことに加えて、画賛だけに限定することで、コンパクトでありながらも、四季・雑歌の多様な詠み振りが示せることがあった。この時期に出版することには、『絵島廼浪』の序に記されているように、景樹の全歌集の先鞭としての意味があり、さらには、景樹の権威を必要としていた当時の歌壇の思惑も反映されているのである。

和歌画賛の流行時期には、大平が序を認めた『俳諧百画賛』のような絵俳書、狂歌絵本や一枚摺など、近接する文芸では絵入り（多くは多色摺）の出版物が盛んに出されているが、和歌画賛に関しては、谷文晁画・松平定信賛の一枚摺の宝船画賛がある程度である。しかし、大平の二つの『画賛歌』や、景樹の画賛を集めた『画賛聚葉』の存在は、結局は世に出るには至らなかったものの、出版の可能性があったことを示しているのである。

なお、Ⅲで取り上げた、本居大平の『画賛歌』および香川景樹の『東塢画讃集』については、資料編にて全文翻刻を掲載する。

Ⅳ「題」としての絵画では、描かれた絵そのものを視覚的な歌題と捉える、「題」という視点から、画賛を含む上位概念である「題画歌」と、類題集に入集した画賛について取り上げる。

第七章「村田春海の題画歌――千蔭歌も視野に入れて――」では、まず「題画歌」という用語について整理し、画賛のように着賛を伴わないものも含む用語であることを確認する。さらに、春海の没後に刊行された家集『琴後集』の巻名「題画歌」の名称について、春海が生前に作ったとされる目録などに記された「画題歌」と比較し、春海の用いた「画題歌」は、師の賀茂真淵の「絵の題」を漢字で表記したものではないかと推察した。春海の詠み振りを分析してみると、物語的な膨らみの感じられるものや、連作的な表現が見られ、古歌の言葉を取り、伝統和歌に寄り添いつつも、自由な発想に基づいて詠まれていることがわかる。

第八章「近世類題和歌集の画賛――『類題鰒玉集』『類題和歌鴨川集』の場合――」においては、近世後期から幕末にかけて流行した、公募により当代歌人の歌を集めた類題集の中でも、特に重要な『類題鰒玉集』『類題和歌鴨川集』への画賛の入集状況を調査し考察した。画賛が多く入集している歌人は、集全体としても多くの歌が取られている歌人であり、当時の有名歌人が名を連ねているが、一首または数首の画賛が入集している歌人には、中央の歌壇や現在の和歌史では無名の地方歌人の詠も見られる。画賛が一握りの歌人による文芸であったわけではなく、様々な階層の歌人によって詠まれ、広く全国的に行われていることが表れている。また、二書に共通する画賛の特徴として、擬人化された動物や、日常の光景を写した画賛、物語の一場面を切り取った詠史画賛など、ほかの章で扱った当代一流歌人の画賛よりも、分かりやすい題材や砕けた表現を用いたものが目立ち、題材や表現の面からも和歌画賛の作者・享受者の幅の広さを示している。

近世期の和歌は、それ以前の時代と比べて大きく様変わりしているが、その一つに歌題や歌材の拡大があり、和歌画賛もその一翼を担っていると言えるのである。

以上、全八章の各論は、近世和歌画賛の諸相についての具体的な把握を目的とするものである。総論も含めたこれらの論考から、近世後期から幕末にかけての、主に国学者や地下歌人の画賛活動を中心とした、和歌画賛という文化の一端が見えてくることによって、近世和歌を考える上での画賛の重要性が再認識され、更なる展望が開けることを期待している。

Ⅰ　賛の表現

第一章　清水浜臣『泊洦舎集』の画賛

はじめに

近世後期に活躍した、国学者であり江戸派歌人の清水浜臣《しみずはまおみ》（安永五年〈一七七六〉生、文政七年〈一八二四〉没。四十九歳）の家集『泊洦舎集《ささなみのやしゅう》』は、養嗣子光房の手により、浜臣没後五年を経て、文政十二年に刊行された他撰集である。総歌数一一七〇首（旋頭歌四首を含む）のうち、六十二首が画賛である。

本章では、画賛の詠み方がある程度確立してきた近世後期の歌人で、和歌画賛を考える上で恰好の材料を提供してくれる例として、清水浜臣の画賛を扱っていきたい。

一、浜臣画賛の詞書に見る絵の傾向

『泊洦舎集』では、**【表1】**に示したように、巻三「秋歌」に二首、巻四「冬歌」に一首、巻六「雑歌上」に二首、巻七「雑歌中」に五十四首、巻八「雑歌下」に三首（うち一首は旋頭歌）の画賛が収められている。特に家集中のほとんどの画賛がまとめられた巻七「雑歌中」を見てみると、

【表1】『泊洦舎集』所収画賛の詞書一覧

№.	巻名	歌番号	詞書	分類
1	秋	三三七	棚機にものかせるところ	四季
2	秋	三五〇	屏風の絵に八月すゝきおほかる野	
3	冬	五〇一	冬野やくところ	
4	雑上	七四六	をんなども山寺にまうでたるところ	釈教
5	雑上	八六七	法師の舟にてこぎ出たる所	
6	雑中	九三八	薩州栄翁君のあつめ給ふ名所画賛歌に、関清水	名所
7	雑中	九三九	春の七草の絵に	植物
8	雑中	九四〇	秋の七草の絵に	
9	雑中	九四一	福寿草のゑに	
10	雑中	九四二	をばながすゑに月出たるところ	
11	雑中	九四三	白河少将殿のおほせごとにて蒲公英の絵に	
12	雑中	九四四	水仙のゑに	
13	雑中	九四五	からすあふぎの絵に	
14	雑中	九四六	ひるがほのゑに	
15	雑中	九四七	竹にひるがほの咲かゝりたるゑに	
16	雑中	九四八	罌粟の花の絵に	
17	雑中	九四九	わたの花かけるに	
／	雑中	九五〇	都近き名所の桜・山吹・かへで・しのぶ・あふひなどはりこめたる扇に	
／	雑中	九五一	矢瀬のしのぶをすきこめたる扇に	
18	雑中	九五二	絵に松梅ならびたてり	
19	雑中	九五三	松竹梅のゑに	
20	雑中	九五四	佐成千尋がこふによりて、左近の桜かけるゑに	
21	雑中	九五五	右近の橘かけるゑに	
22	雑中	九五六	木槿の絵に	

23	雑中	九五七	茶山花（ママ）のゑに	
24	雑中	九五八	柿のゑに	
25	雑中	九五九	滝のもとに郭公とぶかた	動物
26	雑中	九六〇	磯松に鶴のむれとぶかた	
27	雑中	九六一	海のほとりに亀のむれゐるかた	
28	雑中	九六二	蜃気楼のかたに	
29	雑中	九六三	あしまのかにのゑに	
30	雑中	九六四	蟷螂のゑに	
31	雑中	九六五	さるの木の実とりはめるかたに	
32	雑中	九六六	をざゝがもとにとらふしたるかた	
33	雑中	九六七	飛驒国吉城郡高原郷船津町村なる藤橋のゑに	珍しい物
34	雑中	九六八	かくれみのかくれがさのゑに	
35	雑中	九六九	世俗十二月屛風ゑに五月のぼりたてるところ	年中行事
36	雑中	九七〇	ひゝなのゑに	
37	雑中	九七一	くす玉の絵に	
38	雑中	九七二	女官の亥のこもちひもて出たるかた	
39	雑中	九七三	美人の絵に	人物
40	雑中	九七四	背面美人のゑに	
41	雑中	九七五	深き山に法師のゐたるかた	
42	雑中	九七六	南極老人のかたに	
43	雑中	九七七	おなじかたに鶴亀をそへたるゑに	
44	雑中	九七八	大黒天のかたかけるゑに	
45	雑中	九七九	四睡のかた書るに	
46	雑中	九八〇	白楽天のかたに	
47	雑中	九八一	長恨歌のかたに	
48	雑中	九八二	李白が酒壺を枕としてねたるかたに	

49	雑中	九八三	阿蘭陀人のゐに	人物
50	雑中	九八四	武内宿禰の皇子いだかへたるかた	
51	雑中	九八五	六歌仙をわかちて人のよませける時、喜撰法師を	
52	雑中	九八六	小町が老さらぼひてつゐにすがれるかたに	
53	雑中	九八七	いくた川の絵に其女の心を	
54	雑中	九八八	なこその関に花さけり、義家朝臣の馬とゞめて見給ふかたに	
55	雑中	九八九	弁慶のかたかける大津絵に	
56	雑中	九九〇	小督仲国のゐに	
57	雑中	九九一	神崎遊女のゐに	
58	雑中	九九二	女のわらはの牡丹灯たづさへたるかた	
59	雑中	九九三	三河万歳のゐに	
60	雑下	一〇六六	いやしき人神まつりするところ	
61	雑下	一〇七六	菅沼定準が七十賀屛風に、なやらふ雪ふる	屛風絵
62	雑下	一一七〇	世俗十二月屛風絵に、浅草市にぎはふところ（旋頭歌）	

＊歌番号は私に付した。太線で囲んだ部分は巻七の画賛群。
＊歌番号九五〇と九五一は、画賛ではなく押し花につけられた賛であるが、画賛の中に配置されている。

大まかに分けて、名所、植物、動物、珍しい物、年中行事、人物、屛風絵の順となっている。

数量的には、人物の画賛が二十一首で最も多く、植物十九首、動物八首がそれに続く。人物では、白楽天や四睡などの中国の画題が比較的多い。藤橋やオランダ人の絵など、特異な題材も含まれている。また、通常は和歌に詠まれない植物が複数あることも、特徴的であると言えよう。

ここで、ほかの江戸派歌人の詠んだ画題の特徴を簡単に述べておくと、加藤千蔭・村田春海は、ともに四季の風景や景物に人物を配した絵や、年中行事を描いたものに賛をつけている（または題として詠んでいる）ことが多く、特に、

村田春海においてはその傾向が顕著である。(1)

それと比較すると、詞書の一覧からも、浜臣が偏りなく多様な絵に対して賛を詠んでいたことがうかがえよう。

二、人物・物語の画賛

ここでは具体例をいくつか鑑賞してみたい。それによって、浜臣の画賛のおおよその雰囲気をつかむことができると思われる。特に多く詠まれている人物の画賛について考察していく。

まず、小野小町を描いた、

小町が老さらぼひてつゐにすがれるかたに

霜がれし姿やくやむ女郎花はなのさかりを人にをらせで　（九八六）

について。意味は、霜枯れてしまった今の姿を悔やんでいるのだろうか、女郎花の花よ。花盛りの時に人に手折らせないで、というものである。この歌の背景には、

名にめでてをれるばかりぞをみなへし我おちにきと人にかたるな　（『古今集』秋上・二二六・遍昭）

などに見える女郎花の「あだなる女」のイメージが、中世を経て具体的な像を伴った小町伝説と重ねられ、美しい盛りにはそれを鼻に掛けてお高くとまっていたけれど、年老いて零落した今となっては、若い頃の態度を悔やむことだろう、という意味が成立する。女郎花の花になずらえて、小町説話の「驕慢」と「衰老」を巧みに詠み込んでいると言えよう。

次に、中国文学を題材にした賛を二例見ていきたい。最初に、

長恨歌のかたに

むかひても心なぐさむよしぞなき柳のまゆよ花のおもわよ　（九八一）

を取り上げる。長恨歌の世界は、屏風歌としても詠まれてきた画題であり、五山詩の中でも楊貴妃関係の題画詩は多く見られる[(2)]。長恨歌を詠んだ例歌は、愛妃を失った玄宗の傷心の場面がほとんどであると言える。

『校註国歌大系』第十八巻[(3)]（以下『国歌大系』と略す）の頭注は、

帰来池苑皆依旧　帰り来れば池苑みな旧に依る

太液芙蓉未央柳　太液の芙蓉未央の柳

芙蓉如面柳如眉　芙蓉は面のごとく柳は眉のごとし

対此如何不涙垂　これに対して如何ぞ涙垂れざらん[(4)]

を引いている。この場面を考慮に入れると、歌意は、美しい池苑の風景を見ても心を慰める手立てがない。それどころか楊貴妃の柳のような眉や花のような面差しがいっそう偲ばれることだ、となる。

浜臣歌の下の句は、『万葉集』巻十九の「霍公鳥幷びに藤の花を詠む一首」という長歌の中の、

桃の花　紅色に　にほひたる　面輪のうちに　青柳の　細き眉根を　（下略）　（四一九二）[(5)]

という表現にもよっている（万葉摂取については次節でさらに述べる）。

浜臣の賛を、先行の屏風絵などの歌うたと比較してみると、想起させる場面としては同じであるが、中国の詩を絵画化した絵に、『万葉集』の長歌からの言葉取りによって賛をつけるという点で凝ったものになっている。

また、中国の画題の一つである四睡の賛に、

四睡のかた書るに

いかなればひとつ心にみる夢のさむればかはるすがたなるらん　（九七九）

がある。「四睡」とは、豊干和尚と寒山・拾得、豊干和尚の乗り物である虎が一緒に眠っている姿を描いたもので、天地静寂、禅界の妙悟証空の帰順を示したものである。日本でも多く描かれた画題で、漢詩の画賛は多数見出せるが、和歌の画賛としてあまりない（ただし、次章で取りあげる伴蒿蹊にも四睡の画賛がある）。

以上の例から、和漢の人物に対して、古典に典拠を求めつつ画賛を詠む、歌人浜臣の力量の一端が知られよう。次節からは、特徴的な点に絞ってさらに論じたい。

三、賛の表現の特徴

ここでは、〈ことば〉ということに注目し、表現のレベルでの特徴について、『万葉集』の摂取と、多用される表現の二点から述べたい。

①『万葉集』の摂取

先に述べたように江戸派は、賀茂真淵の流れを汲む派であるが、真淵のような万葉調の歌とは距離をおいていることで知られている。(6) 確かに、浜臣の歌には万葉調、真淵の言うところの「ますらをぶり」を思わせる歌はごく少数であるが、しかしながら『万葉集』の歌を意識させたり、意図的に万葉語を使用している例は、まま見られる。ここでは、そのような例と、そこに表れる効果について考えていきたい。

以下に『万葉集』を踏まえたと見られる例を挙げていく。

『万葉集』の歌句や本歌を取るというだけではなく、一首をそのまま想い起こさせる例として、

　秋の七草の絵に

ことの葉も奈良の御代よりにほひきて千とせかれせぬ秋の七くさ　（九四〇）

がある。これは『万葉集』山上憶良の歌、

萩が花尾花葛花なでしこの花をみなへしまた藤袴朝顔の花　（巻八・一五三八）

との関連が『国歌大系』の頭注によって指摘されている。数多の秋草の中から、七種を選んで七草と定めた上代の風流を言祝ぎ、その文化が絶えることなく続いていることをも言祝いでいる。ここには上代文化への賛美がうかがえよう。

　また、山茶花の花を詠んだ、

　茶山《（ママ）》花のゑに

其いろをつら〳〵椿つら〳〵に見れば似てにぬはなのすがたや　（九五七）

は、

巨勢山のつら〳〵椿つら〳〵に見つつおもふな巨勢の春野を　（巻一・五四・坂門人足）

を踏まえている。

右の浜臣の二首は、『万葉集』の歌全体を取り入れて一首を構成していると言える。前者では、「ことの葉も奈良の御代よりにほひきて」という上句の表現によって、山上憶良の歌を享受者に想起させており、後者では、「つら〳〵椿つら〳〵に見」までが一致していて、こちらは本歌取りと考えてよいのであろう。

次に、『万葉集』に特徴的な歌語を取り込んだ例として、

海のほとりに亀のむれゐるかた

いほへ浪千へなみよするなぎさには万代ふべきかめもすみけり　（九六一）

を挙げる。ここでは、『万葉集』巻六の「車持朝臣千年が作る歌一首」の、

いさなとり　浜辺を清み　うちなびき　生ふる玉藻に　朝なぎに　千重波より　夕なぎに　五百重波よる（下略）　（九三一）

や、巻十一の、

沖つ藻を隠さふ浪の五百重浪千重しくしくに恋わたるかも　（二四三七・柿本人麻呂歌集歌）

などに見える、「五百重波」「千重波」という語が使われている。

「五百重波」とは、幾重にも重なって押し寄せる波のことで、浜臣の賛は、もともとの画題の慶賀性をさらに高めるような一首であると考えられる。一般に、画賛の役割の一つとして、絵に慶賀性を持たせる、または、絵の持っている慶賀性をさらに高めるということがある。ここでは「五百」「千」「万」という、大きな数字を積み重ねていくことにより、さらに使われている言葉が『万葉集』のものであることによって、より一層、時間的な重みが感じられ、祝意が増幅されていると言える。

続いて、

白河少将殿のおほせごとにて、蒲公英の絵に

山振の色にかよひてさく花にたれかふぢなの名をばおほせし　（九四三）

では、「山振（やまぶき）」という表記が『万葉集』によっている。『万葉集』の寛永版本の本文によると、「山振」の表記の、歌での使用は七首ある（『万葉集略解』も同）。ただし、「山吹」の表記も四例見られる。近世の和歌でも、こ

の「山振」の表記は、たとえば下河辺長流撰『林葉累塵集』（寛文十年〈一六七〇〉刊）所収の、

山ぶきをよめる　　　　契沖

思ふことゝへどこたへず我もまたいはでただにや山振の花　（春下・二一六）

に確認できる。(7) 詞書での使用例も複数あり、近世の国学者の間では、この「山振」が意識的に使われていたようである。

浜臣の賛では、特定の万葉歌を指しているのではないが、古風な感じを与える文字表記で、たんぽぽが古くから日本に存在したにもかかわらず和歌に詠まれてこなかったということを強調している。なお、「白河少将殿」とは、松平定信のことである。

以上の四首から、浜臣の画賛の中での『万葉集』の取り入れ方が、本歌として自分の歌の中に裁ち入れる方法や、『万葉集』に特徴的な歌語の使用、また文字表記の使用など、様々な面を有していることが確認できる。

②多用される「言の葉」

浜臣の画賛の中で多用されている表現に、歌語としての「言の葉（詞・ことの葉・こと葉・言葉）」がある。以下に列挙する。

棚機にものかせるところ

あやもなき詞をかしてたなばたの心だくみにかへんとぞおもふ　（三三七）

秋の七草の絵に

ことの葉も奈良の御代よりにほひきて千とせかれせぬ秋の七くさ　（九四〇）

罌粟の花の絵に

なつかしくひらけし花に昔よりなどてこと葉の露はかゝらぬ　（九四八）

柿のゑに

言の葉に心をそむるこのみには先陰あふぐかきのもとかな　（九五八）

白楽天のかたに

なき人のふみをこがねといひなし、言葉を又も玉とこそきけ　（九八〇）

なこその関に花さけり、義家朝臣の馬とゞめて見給ふかたに

道もせに今もにほふかものゝふの言の葉とめしせきのはる風　（九八八）

これら六首のうち、五首目の「白楽天のかたに」の「言葉」が、『和漢朗詠集』「文詞」にも載る白居易の漢詩「遺文三十軸　軸々金玉の声　龍門原上土　骨を埋めて名を埋めず」（「故元少尹集の後に題す」）[8]を指すことを除いては、「言の葉」はすべて和歌を意味している。一首目は、七夕の星に和歌を供えようというものであり、二首目「ことの葉」は前述の万葉歌（「萩が花尾花葛花」）を、三首目「こと葉」は和歌全般を指している。歌意は、心惹かれて離れがたい様子に開いた罌粟の花は、どうして昔から和歌に詠まれることがなかったのであろうかというもので、そのことを遺憾だとしている。「開けし」と「罌粟」が掛詞で、「花」と「葉」「露」が縁語。四首目は、歌聖と称される柿本人麻呂を詠んでいて、

ふるきを思ふ　藤原信実

いにしへのやまとことのは跡とめてはるかにあふぐかきのもとかな　（新撰六帖題和歌・第四帖・一二七九）[9]

の影響を受けていよう。浜臣の賛は、「このみ」に「この身」と「木の実」が掛けられていて、和歌に惑溺している

自分は、柿の実を見ても歌聖人麻呂の姿が浮かんでくるという、ユーモラスな中に歌人としての矜持を感じさせる歌である。

六首目は、『千載集』所収の源義家の和歌、

みちのくににまかりける時、なこそのせきにて花のちりければよめる

吹くかぜをなこそのせきとおもへどもみちもせにちる山桜かな　（春下・一〇三）

を絵画化したものである。(10) 浜臣の賛は、義家の歌ともそれを描いた絵とも不可分であるが、「今も」の語が絵に付きすぎていない感じを与え、互いに上手く機能していると言える。

以上のような例から、浜臣は歌語「言の葉」の使用によって、画賛の鑑賞者を、より和歌の側に引きつけようとしているのではないかと思われる。実物の画賛では、目から入ってくる絵画の刺激が強く、感覚的であるのに対して、画賛の「言の葉」は、相手に想起させたいイメージを抽象化して言っているため、鑑賞者に知性的に考えることを要求する。そのことがより絵や賛の印象を深めさせ効果的であると言える。直接絵を見ることのできない、家集に収められた画賛として享受する場合（絵を想像して鑑賞する）であっても、同様の効果が発揮されていると考えられる。

なお、画賛ではないが、巻七の画賛群の直前に配された、

画

うつしゑのすさびならずばことのはのおよばぬくまをいかでつくさん　（九三六）

は、「ことのは」（和歌）で言い尽くせない表現を可能とする絵の力を賞賛している。このような絵画に対する信頼と、それへの対抗心に支えられて、浜臣の画賛は詠まれていたのであろう。

四、賛の内容の傾向

最後に、浜臣画賛の内容の傾向について、三つの点を指摘したい。

①情報性

一番目は、情報性について見ていく。これについては「絵から情報を得る」ということがまずある。

蜃気楼のかたに

朝なぎにうかべるおきの殿づくりこやき、わたるわたつみの市　(九六二)

では、絵は海原の奥に霞む建物が見えるようなものだったと考えられる。「わたつみの市」とは、蜃気楼を指す和語であり、下句には、絵によってではあるが蜃気楼を見たという感動が素直に表現されている。幻想的で整った賛である。

蜃気楼は、『本草綱目』の時珍注にもあるように、古来中国では、蜃が吐く気で海中に楼台の形が現れるとされていた。そもそも「蜃」は、「蛟(みずち)」という赤いたてがみと角を持った龍のような動物であるらしいが、近世絵画では、大きな蛤から気体が吹き出していて、その中に建物や人物が描かれたものが多い。現代の考え方では、気象現象である蜃気楼が、家集の中の配列としては動物の中に入れられているのは、蛤が描かれていたことによるものであろう。

なお、石川雅望の随筆『ねざめのすさび』(成立年未詳[11])には、この構図が『金蔵経』の一場面を絵画化した図を誤って解釈したものとの指摘がある。

二例目として、

飛騨国吉城郡高原郷舟津町村なる藤橋のゑに
底しれぬふちのよりをの橋づくりおもひよりけんほどのかしこさ　（九六七）

を見ていく。「藤橋」とは、藤の蔓を撚って作った吊り橋のことである。この地の藤橋は、元禄から安政頃まで存在した。普通の橋だと増水の度に流されてしまうため、工夫されたものである。(12)「ふち」には、「淵」と「藤」の意が掛けられていて、「より」が二回繰り返されるリズム感のある賛で、藤橋を造った人の英知を讃えている。

画賛ではないが、この藤橋を詠んだものが千蔭の『うけらが花』二編（文化五年〈一八〇八〉刊）に一首、本居大平の『稲葉集』（文政七年序、同十年頃刊）に二首確認できる。千蔭の歌の詞書には、田中大秀に請われて詠んだことが記されている。田中大秀は、飛騨国高山出身の国学者であり、伴蒿蹊や本居宣長に師事し、千蔭や春海との交友も知られている。丸山季夫氏の『泊洦舎年譜』（私家版、一九六四年）などには、浜臣との交流に関する記事は見られないが、おそらくこの藤橋の画賛の成立にも田中大秀が関与していたと推察される。伴蒿蹊の『閑田耕筆』（寛政十一年〈一七九九〉刊）には、この藤橋の図が掲載されている。

これらの蜃気楼や藤橋といった景物には、絵を通して初めて出会うことができたと思われる。浜臣の長歌を集めた『泊洦詠藻』（成立年未詳）(13)所収の「富士川の画の歌」に、以下のような部分がある。

其山も　いまだのぼらず　其川もわたりも見ぬを　うつしゑの　筆のながれに　かきやれる　川の瀬見れば　其さまも　行見しごとく　其おとも　今きゝなして　ともしくも　おもほゆるかも　これのうつしゑ

絵によって、自分のまだ訪れたことのない富士山や富士川に行ったような気分にさせられると詠んでいて、前述の二首と同じ態度が見える。

情報性の二番目として、「絵に情報を添える賛」がある。

わたの花かけるに

唐人の昔つたへし綿のたねたえてふた丶びしげる御代哉　（九四九）

歌意は、唐人がかつて我が国に伝えた綿の種は、栽培に失敗し絶えてしまったが、今は再び茂るようになった御代であるよ、というもので、農業技術の向上した御代を言祝いでいるのであるが、一方で、この賛は綿の栽培に関わる歴史的経緯[14]を歌ったものである。浜臣の時代から約千年前の延暦十八年（七九九）に崑崙人（マレー地方の住民）が三河国に漂着したことにより、草綿の種子が我が国に伝えられ、紀伊国などに下賜されたことが『類聚国史』の記述により知られる。しかし、日本の風土に合わず消滅したらしく、このことは、『新撰六帖題和歌』の藤原家良の歌、

わた

しきしまややまとにはあらぬから人のうゑてしわたのたねはたえにき　（第五帖・一九〇六。『夫木和歌抄』一五六七二にも収載）

からもうかがえる。その後、十五世紀には綿の渡来が確認され、慶長三年には朝鮮からの帰国者が綿の種子を伝えたことにより、本格的な栽培が始まったということである。

綿の花そのものを詠むのではなく、綿という植物に関する博物学的な知識を発揮した賛である。

②題材の広がり

第二に、情報性とも関わりのあることだが、伝統和歌の世界では詠まれることのなかった題材が、画賛であるため

に詠まれているという点について見てみたい。ここでは植物の例を挙げるが、その特徴としては、伝統的に和歌に詠まれてきた植物の詠み方を援用して、新しい題材を詠み込むということが指摘できる。まず、既出の二例について。

　　白河少将殿のおほせごとにて、蒲公英の絵に

　山振の色にかよひてさく花にたれかふぢなの名をばおほせし　（九四三）

　　茶山花《ママ》のゑに

　其いろをつら〳〵椿つら〳〵に見れば似てにぬはなのすがたや　（九五七）

一首目は、たんぽぽの古称「ふぢな」とその色とに着目し、山吹の花の色に似て咲くこの花に、だれが藤の紫を感じさせるような「ふぢな」という名を付けたのだろうかと、山吹や藤などの、和歌において伝統的な植物を援用しつつ詠んでいる。おそらくたんぽぽの鮮やかな黄色い色が印象的な絵であったのであろう。色彩感のある一首になっている。

浜臣以外でたんぽぽを詠んだ歌としては、たとえば、春海の『琴後集拾遺』（写本、成立年未詳。ノートルダム清心女子大学附属図書館特殊文庫蔵）画題部の、

　　たんぽゝのゑに

　数ならぬ小草も花のをりえてやくまなき春の光みすらん

や、田安宗武の『悠然院様御詠草』（成立年未詳。宗武が没した明和八年〈一七七一〉以後に成立）の、

　　蒲公英河原弱鳥

　花ちれるふぢながくきをすすひはのいたはめつつもその実はむしも　（三六八）

に確認でき、徐々に歌に詠まれるようになってきた題材[15]と言えそうである。春海は、花の数にも入らない小草が時を

得て咲くことを寿ぎ、宗武は散ってしまったたんぽぽを詠んでいるのだが、浜臣の歌はほかの二人よりも、たんぽぽそのものに注目し、その色について言語遊戯的に詠んでいる。

二首目が「巨瀬山のつら〳〵椿」を踏まえていることは前述の通りであるが、『万葉集』から歌に詠まれてきた椿と、似た花である山茶花を対比させつつ、よくよく見てみると似ているようで似ていない山茶花の花であるなあと詠んでいる。万葉歌を引用した「つらつら」が副詞「つらつら」（念を入れて行うさま）と掛詞になることで、万葉歌では巨勢の春野を偲ぶための行為であった掛詞が、浜臣の画賛では椿と山茶花の違いを観察する態度を示すことに使われていて効果的である。

水仙のゑに

あはれなり色なき冬の霜がれもあやめにかよふ花の一もと（九四四）

は、水仙の花を冬のあやめと表現している。屋代弘賢編『古今要覧稿』（文政四～天保十三年〈一八四二〉成立）[16]には、「（水仙は）皇国にて歌にも詠ぜられず」とある。近世においては水仙の和歌での用例は複数見られるようになってくるが、それまでの和歌の伝統にないものであった。

これ以外にも「朝顔」の露のように儚いイメージを援用して、「昼顔」や「木槿」を詠んだ例がある。以上の植物の歌うたについては、和歌の伝統に引きつけて新しい題材を詠み込んでいるとも言えるが、対象に直接向き合っていないような印象も受ける。

浜臣と同時代の上田秋成は、随筆『胆大小心録』（文化五年成）の中で、「海棠、木瓜、せんふく花、皺子花、木芙よう、水仙のくさぐさ、寄所也。歌よみはえよまず、拙也。我はつねによむなり。水仙の字の音のまゝによき（下略）[17]」と述べていて、伝統和歌に詠まれて来なかった植物でも、自分はそのまま詠むと断言している。一方、浜臣の例で、題材の名を詠み込んだ賛は、蒲公英の古称「ふぢな」のみである。画賛だからと割り切って「たんぽぽ」をそのまま詠むことも可能ではあっただろう。しかし、あくまでも和歌伝統の枠組みの中でこれらの新しい題材を詠むという姿勢には、知的な遊び心が感じられ、和歌古来の美意識の延長としてそれらを受け止めていたことがうかがえる。

③教訓性

第三に、教訓的な詠み振りが認められる点について指摘したい。

さるの木の実とり、はめるかたに
ともすればなりはひわぶるよの人に心ましらのこのみとりはむ　（九六五）

では、「ましら」は「猿」を意味する「ましら」と「勝《ま》し」が掛詞になっている。一心に木の実を食べる猿の絵から人間よりも勝れた点を読み取り、観念的であり教訓性が強い賛ではあるが、絵との距離は離れていない。(18)

また、

あしまのかにのゐに
よこさまにいつかなりゆく人心あしまのかにのあしとしる〳〵　（九六二）

は、「よこさま」には、蟹の特性である「横向き」の意味と「道理に外れること」の意味が、二度目の「あし」には、蟹の「脚」と「悪し」がそれぞれ掛けられていて、「あしまのかにの」からの「あし」の繰り返しにより、リズム感が生まれてもいる。賛は、人間の心理を蟹の歩く様子になずらえて詠んでいるが、このように蟹の姿に人間の心理を重ねて詠む例が、絵を詠んだものではないが、同時代の和歌にいくつか見られる。

蟹

汐みてばいり江のあしまくぐりつつかくるる蟹のあなう世の中

（木下幸文『亮々遺稿』〈弘化四年・一八四七刊〉・一一一二）

蟹

津の国のなにはにつけてうとまるる蘆原蟹の横走る身は

（上田秋成『藤簍冊子』〈文化三・四年刊〉・五九一）

近世の歌人にとって蟹の姿は、世の無常を感じさせたり、反省を促したりするものであったらしい。また、

蟷螂のゑに

おろかなるむしとは口にいひながらたれもこゝろにをのをとるらん

（九六四）

は、「蟷螂の斧」の故事を用いて、自らを卑下しながらも、心の中では対抗心を持っているという人間の心理を突いた賛である。

浜臣の教訓的な画賛は、「猿」「蟹」「蟷螂」といった、動物や昆虫などの絵に付されている。教訓性は近世文学を読み解く上で重要なキーワードとも言え、これが目立つことには時代性という面もあるのだろうが、人間ではない動物の姿に、人間の取るべき道を知るという賛の方向に、浜臣の工夫が表れている。

ま と め

以上をまとめてみる。まず、題材の選び方について。第一節で示したように、浜臣のそれは、千蔭や春海らに比べても、人物・植物・動物がバランスよく詠まれ、「蜃気楼」や、本章では触れられなかったが「女のわらはの牡丹灯たづさへたるかた」（牡丹灯籠の絵についての賛）などの、特異な題材を詠み込む意欲もあるという、偏りのない多様性

が指摘できる。その背後には浜臣の学者としての探求心も見え隠れしている。

もっとも、浜臣の画賛の題材は、浜臣本人が進んで選択して詠んだものと、依頼によって詠んだものがあろうし、光房が家集に収録するに際して、更に厳選された余地があろうから、題材の傾向から浜臣の意図を汲み取ることには限界のあることも考慮する必要がある。ひとまずは、右のバランスの良さには浜臣自身の資質に起因する部分と、画賛を詠む行為の一層の成熟という時代全体に起因する部分とがあると想定しておく。

つづいて、賛の詠み方について。第四節で指摘したように、情報性・題材の広がり・教訓性があることによって、画と賛を不可分なものにする一方で、画賛の享受者をより一層、歌の側に引きつけようとする点に、浜臣の歌人としての確かな技量を感じ取ることができる。そのような、歌の側への志向は、第三節で指摘した「言の葉」という語を用いて、歌人としての自己主張をするところにも顕著に表れている。そして、古典表現を縦横に駆使して、画の世界を歌人として再構成していく。それが単なる衒学的なものに陥らずに、機知的で優美な賛と成り得ている点にも、浜臣のバランス感覚がよく表れていると言えよう。

近代以降も、短歌での画賛（主に自画賛）も一部で制作されており、現在、近世期の物よりもむしろ近代以降の画賛の方が、展示物として目に触れる機会も多いように思われる。しかし、画賛を家集に収めるような傾向はむしろ退潮していく観がある。歌人の自筆であること、それを所持することの方に重きが置かれるようになって、ある種〈高級〉な物になっていったのであろう。それが本来の画賛享受のあり方であるとも言えるのかもしれないが、しかし、屏風歌以来行われてきた、絵画との関わりの中で生まれてきた歌を家集に収めるという行為を放棄することで、画賛の在りようも変わってきたのではないかと推測される。

家集に画賛を収録する場合、画賛制作時には存在していたであろう、注文者の好尚や教養・人間関係などから、自由になることが可能である。一回性から解放され、情報としてのみの文字になり、場合によっては公刊されることで、純粋な文芸、テクストとして享受されることを期待して、集に収めるという部分が、歌人にはあったのではないだろうか。そのような二次的な享受を想定しての画賛と、注文者との関係だけで成り立つ画賛とでは、詠み振りの根本的な部分で差異が生じるように思われるのである。

ここで、屏風歌から近代短歌の画賛までの絵を詠んだ和歌の流れの中で、近世後期の和歌画賛の位置を今後の見通しも含めて述べておきたい。

近世後期は、絵画と古典和歌の教養が広く深く浸透している時期であり、イメージの共有が可能だったからこそこれほどまでに多種多様な画賛が数多く詠まれ、さらには、家集に収録された画賛を享受することも容易にできたのである。その意味では、近世後期が、少なくとも和歌においては画賛文化の頂点であったと言えよう。

その中にあって、成熟度の高い浜臣の画賛には、画題の深い理解や絵画の表現方法に対する信頼と対抗意識による詠み振りが認められ、和歌画賛の一つの到達点と見なせるのである。

注

（1）本書各論部第七章「村田春海の題画歌――千蔭歌も視野に入れて――」参照。
（2）岩山泰三氏「五山詩における楊貴妃像――題画詩と『後素集』――」『国文学研究』第一三一輯、二〇〇〇年六月。
（3）『近代諸家集』四（『校註国歌大系』第十八巻、国民図書、一九二九年）。
（4）本文と訓読は、田中克己氏『白楽天』（『漢詩大系』第十二巻、集英社、一九六四年）による。
（5）加藤千蔭著『万葉集略解』（寛政八年成）の訓による。
（6）江戸派についての研究には、辻森秀英氏「江戸派の研究――江戸派歌風の系譜――」（『近世後期歌壇の研究』桜楓社、一

九七八年。初出、「江戸派歌風の系譜」『和歌文学研究』第三十六号、一九七七年三月）、伊藤正雄氏「江戸派の人々」（『近世の和歌と国学』皇学館大学出版部、一九七九年）、内野吾郎氏『江戸派国学論考』（創林社、一九七九年）、揖斐高氏「江戸派の成立――新古典主義歌論の位相――」（『江戸詩歌論』汲古書院、一九九八年。初出、『和歌の伝統と享受』和歌文学論集10、風間書房、一九九六年三月）、田中康二氏『江戸派の研究』（汲古書院、二〇一〇年）などがある。

（7）契沖の家集『漫吟集』（天明七年刊）での同歌（七〇三）の表記は「山ぶき」となっているが、同集七〇七番歌では「山振」の表記を使用。ただし、『新編国歌大観』では校訂されて「山吹」。

（8）『国歌大系』の頭注の指摘による。

（9）他出、『夫木和歌抄』巻二十九・一四〇八四。題「柿」。二句目が「やまとことばの」。

（10）義家勿来の関の画賛については、鈴木健一氏「詩人たちの昂揚――勿来の関と源義家」（『江戸詩歌史の構想』岩波書店、二〇〇四年。初出、延広真治氏編『江戸の文事』ぺりかん社、二〇〇〇年）に論がある。

（11）『日本随筆大成』第三期第一巻（日本随筆大成刊行会、一九二九年）。

（12）『岐阜県の地名』（『日本歴史地名大系』第二十一巻、平凡社、一九八九年）「藤橋跡」の項。

（13）京都大学文学部蔵本による。

（14）以下、綿の栽培については、磯野直秀氏『日本博物誌年表』（平凡社、二〇〇二年）による。

（15）大名などの博物学の会では、そこで取り上げた植物を歌に詠むことが行われ、たんぽぽの歌も確認できることを松野陽一氏にご教示戴いた。

（16）『古今要覧稿』国書刊行会、一九〇七年。

（17）本文は、『上田秋成全集』第九巻（中央公論社、一九九二年）による。

（18）鈴木健一氏「絵画の猿　詩歌の猿」（『江戸詩歌の空間』森話社、一九九八年）に猿の画賛に関する論考がある。

第二章　伴蒿蹊の画賛 ——和歌と和文と——

はじめに

伴蒿蹊《ばんこうけい》（享保十八年〈一七三三〉生、文化三年〈一八〇六〉没。七十四歳）は、京都地下歌壇の和歌四天王の一人に数えられた歌人であり、『近世畸人伝』の著者としても有名である。また、当時においては新鮮な試みである和文を提唱し、その制作を実践、指導した人物である。

本章では、その蒿蹊の創作活動の中から、画賛に関するものについて考察する。

近世の画賛文化を考える一例として、蒿蹊の画賛を、和歌だけでなく和文も対象として考えていきたい。

一、『閑田詠草』と『閑田百首』の画賛の重複について

蒿蹊の家集『閑田詠草』（文政元年〈一八一八〉刊）は、蒿蹊の没後に養子の伴資規によって編集された集である。文化五年の加藤千蔭の序を持ち、総歌数九一三首、四季・恋・雑に分類されている。

この集での画賛は、三十七首ある（一部着賛を伴わない可能性を持つものも含む）のだが、それらは分散せずにまとまって雑部に収められている。では、そこでの画賛はどのように配列されていて、また、画題にはどのような傾向が見ら

れるのだろうか。歌番号（私に付した）・詞書・分類、後に述べる『閑田百首』との重複について【表1】にまとめた。

【表1】『閑田詠草』所収画賛の詞書一覧

<table>
<tr><th>No.</th><th>歌番号</th><th>詞書</th><th>百首</th><th>分類</th></tr>
<tr><td>1</td><td>七二四</td><td>不二の山の霞る麓に桜咲り</td><td></td><td rowspan="2">名所</td></tr>
<tr><td>2</td><td>七二五</td><td>武蔵野なるべし、尾花あまたあり、不二の山見ゆる</td><td>○</td></tr>
<tr><td>3</td><td>七二六</td><td>福禄寿、天をあふぎたるに題す</td><td>○</td><td rowspan="13">人物</td></tr>
<tr><td>4</td><td>七二七</td><td>布袋仰月かた</td><td></td></tr>
<tr><td>5</td><td>七二八</td><td>豊干ねぶらず、虎もまたねぶらず。是いまだいねざるか、既にさめたるか</td><td></td></tr>
<tr><td>6</td><td>七二九</td><td>張果郎、瓢より駒をいだすところ</td><td></td></tr>
<tr><td>7</td><td>七三〇</td><td>陶淵明、無絃の琴にむかふかた</td><td></td></tr>
<tr><td>8</td><td>七三一</td><td>朱買臣、荷柴見書かた</td><td></td></tr>
<tr><td>9</td><td>七三二</td><td>西行上人、座して手を拱ぬけるかた</td><td></td></tr>
<tr><td>10</td><td>七三三</td><td>片山長韻がもたる源三位鵺を射給ふ絵に。「時鳥名をも雲ゐにあぐる哉」と菟道左府の宣ひしに、「弓張月のいるにまかせて」とつけられしは、ぬえをしとめられしにもおさ〳〵おとらぬほまれならし</td><td></td></tr>
<tr><td>11</td><td>七三四</td><td>那須与市のかた</td><td></td></tr>
<tr><td>12</td><td>七三五</td><td>備後三郎のかた</td><td>○</td></tr>
<tr><td>13</td><td>七三六</td><td>柴人の山路をかへるところ</td><td></td></tr>
<tr><td>14</td><td>七三七</td><td>山吹の咲たる河辺に人たてり</td><td></td></tr>
<tr><td>15</td><td>七三八</td><td>伯蔵主の絵に</td><td>○</td></tr>
<tr><td>16</td><td>七三九</td><td>名とり河の絵に</td><td></td><td rowspan="4"></td></tr>
<tr><td>17</td><td>七四〇</td><td>髑髏の絵に</td><td></td></tr>
<tr><td>18</td><td>七四一</td><td>二見の浦に朝日出たる絵。日待の料とて</td><td>○</td></tr>
<tr><td>19</td><td>七四二</td><td>山水の絵に</td><td></td></tr>
</table>

20	七四三	山水の絵に		風景
21	七四四	秋の野のかた		
22	七四五	探鯨法眼の書し山水の絵を、竹岡氏に贈るとて		
23	七四六	岩根に小竹生たるところ		
24	七四七	竹上に月あるかた		
25	七四八	山本有香読書室四詠の内、画竹		植物
26	七四九	おなじく墨梅		
27	七五〇	円山応挙試毫の梅の絵に		
28	七五一	さくらの絵に		
29	七五二	十二月色紙のうち、文月梶のはに		
30	七五三	沢辺に鶴ひとつたてるところ		動物
31	七五四	桜さく山に月あり、雁わたるところ		
32	七五五	虎を絵がきし扇に		
33	七五六	睡猫の絵に		
34	七五七	蝸牛の絵に	○	
35	七五八	亀の絵に		
36	七五九	建綾足がかきしさま〳〵の魚あそぶかた		
37	七六〇	かり場床といふは、道のべなどに、かりそめに腰にあてゝやすらふもの也。此図を蕪村絵がきて、はたほくをかいつけたり。是に又かきそへける		器物

＊歌番号は私に付した。
＊百首の項目の○印は『閑田百首』との重複をさす。

七二四番歌と、七二五番歌は単独では画賛であるのかどうかの判断がつきにくいものであるが、集の中での配列から考えて画賛と見なしてよいと思われる。配列について見ていくと、名所、人物、風景、植物、動物、器物の順に並べられている。画題として特異なものは見られないが、中国の人物の画賛が多いことが特徴的であると言えるだろう。

また、後述する七三三番歌の「片山長韻がもたる源三位鵺を射給ふ絵に」や、七五〇番歌「円山応挙試毫の梅の絵に」というように、詞書で絵の持ち主や絵師の名前などが細かく明記されているところも注目すべきであり、蕪村や建部綾足などの有名絵師との画幅の上での競演のあったこともここから知られる。

次に『閑田百首』との重複について見ていきたい。『閑田百首』は、家集『閑田詠草』に先だって作られた蒿蹊最初の自撰集とも言える集である。諸本の一つ(1)、『蒿蹊百首詠草』と題する国会図書館蔵本（自筆）の末尾には、「洛南老樵閑田子蒿蹊六十四叟書」とあり、寛政八年（一七九六）の成立であることがわかる。『閑田詠草』と『閑田百首』（以下『詠草』『百首』と略す）との関わりについては、既に清水勝氏の「伴蒿蹊の歌集『閑田百首』と『閑田詠草』(2)」に詳細な論考が備わるが、ここでは画賛という観点から改めて考えていきたい。

『閑田百首』に載る画賛を詞書のみ左に挙げる（本文は国会本により、歌番号は私に付した）。

呉月蹊が試筆の玉の画に題す　（三）
東洲画ける図に題す　（八）
むさし野の富士をゑがきたる所　（四七）
福禄寿の図、天をあふぎたるに題す　（九一）
蝸牛の絵に　（九二）
狐、僧に化してわなにたはぶるゝゑに　（九三）
備後三郎高徳図像に桜を削て物事（ママ）所　（九四）
二見の浦に朝日出たるゑに、題をもとめけるは、日待の料とて　（一〇〇）

これらの八首のうち、「呉月蹊が試筆の玉の画に題す」、「東洲画ける図に題す」の二首を除いた六首が、『閑田詠草』

に入集しているのであるが、「蝸牛の絵に」を除く五首の詞書が『百首』と異なっている。

その顕著なものとしては「狐、僧に化してわなにたはぶるゝゑに」（百首・九三）を「伯蔵主の絵に」（詠草・七三八）とし、「備後三郎高徳図像に、桜を削りて物事所《ママ》」（百首・九四）を「備後三郎のかた」（詠草・七三五）とした二例がある。

『詠草』の七三八番歌「伯蔵主」とは、狂言「釣狐」の登場人物である。狐を捕る猟師を戒めるため、猟師の伯父伯蔵主に化けた狐が猟師を諭し、帰る途中で餌の匂いに耐えられず、罠にかかってしまうというもの。[3]『百首』の詞書からは、「釣狐」の後場を描いた絵につけた賛であることがわかりやすいが、『詠草』では具体的な場面は思い浮かべにくい。

『百首』の九四番歌「備後三郎高徳像に桜を削て物事所《ママ》」とは、『太平記』の一場面を描いたものである。これは備後三郎が、元弘の乱に敗れて隠岐に流される後醍醐天皇になんとしてでも自分の志を知らせようと、天皇の宿の庭にある大きな桜の木（柳の木とする諸本もある）に「天莫空勾践　時非無范蠡（天勾践を空しくすること莫れ　時に范蠡無きにしも非ず）」という詩句を書きつけた場面である。歴史画の画題として大変好まれ、歌川国芳や菊池容斎にも作例がある。『百首』の詞書のように、描かれているものについてこと細かに説明しなくても、その絵が容易に思い浮かぶであろうことから、『詠草』では「備後三郎のかた」という詞書に変更されているのであろう。

この二例は、『詠草』の詞書の並びを見てみると、短く簡潔な詞書が並ぶあたりに配されていて、集としての統一から詞書を制限しているのだと思われる。

清水氏は、前掲の論文で『閑田百首』の性格を「それまでの詠歌全てから抜粋した家集的な色彩が強い」とし、「没後に出版されるべく編集する歌稿に、自分の意向を反影する為には、それなりの準備が必要」であったことから、この『閑田百首』を部立・入集数の面からも「家集を編むための雛型」であったと結論付け、以降「自らの家集（『閑田詠草』）の草稿を没年の前年（文化二年）頃までに編集していったと思われる[4]」とされている。

そのような目的を持ち、かつ自讃歌とも言える厳選した百首の中に、画賛を八首入れており、画賛ではないが「老たる人に山水のゑをおくりて」という絵画に関わる詞書を有する詠も含んでいる。このことは、蒿蹊が画賛や絵に関わる和歌を詠むことに長けていたこと、少なくともそれらの歌うたが彼には満足のいくものであったことを物語っていよう。さらに言えば、蒿蹊にとって、絵は歌人としての感性を刺激するものであったのではないかと想像されるのである。

二、『閑田詠草』の画賛の特徴

それでは、実際に蒿蹊の和歌画賛について見ていきたい。ここでは、その特徴として、「和文のような詞書を持つ」「「絵」であることを詠む」「教訓性」という三点から考えていきたい。

（一）和文のような詞書を持つ

蒿蹊が和文を能くしたことについては先にも触れ、さらに次節では和文の画賛について詳しく考察するが、ここでは、詞書に和文的な要素が認められる三首を挙げる。まず、一首目。

豊干ねぶらず、虎もまたねぶらず。是いまだいねざるか、既にさめたるかぬる夢もさむるうつゝにことならぬもとのこゝろをしる人やたれこれは、中国唐代の禅僧豊干とその乗り物である虎を描いたものである。これに寒山・拾得を加えてその眠る所を描いた四睡図は、禅の境地を示す画題として多く描かれている。ここでは詞書の表現から、豊干も虎も眠っていない通常の姿を描いたことが知られる。そのような絵に「いまだいねざるか、既にさめたるか」、つまり悟りに入る前であるのか、それとも既に悟りを開いたのか、という短い文を添えるだけで、ずいぶんと絵の印象が変わってくる。悟りを開いたのかどうかは、目には見えないということを示していると思われ、豊干と虎の絵に対する一つの見方を提供している詞書と言えよう。

二首目は、『平家物語』や『源平盛衰記』などに見える源三位鵺退治の逸話[5]を詳しく詞書にしている例である。

片山長韻がもたる源三位鵺を射給ふ絵に。

「時鳥名をも雲ゐにあぐる哉」と菟道左府の宣ひしに、「弓張月のいるにまかせて」とつけられしは、ぬえをしとめられしにもおさ〳〵おとらぬほまれならし

文の道弓矢のみちに引かけてほまれありけるおもかげぞこれ　（七三二）

絵の所蔵者である片山長韻については未詳。詞書の「菟道左府」は、左大臣藤原頼長で、この場面は、頼政の鵺退治に対して近衛天皇から御剣を下賜されることになり、取り次いだ頼長が、ちょうど二声三声鳴いた時鳥に頼政をなずらえて、「時鳥名をも雲ゐにあぐるかな」と詠みかけたところ、頼政が「弓張月のいるにまかせて」と詠み、君臣そろって頼政の文武両道を称えたというものである。

絵としては、頼政が鵺を退治した場面が描かれていたのであろうが、詞書では絵を説明するだけではなく、文武両道に長けていた頼政の功績を、付句を引用して具体的に称賛していて、「文の道弓矢のみちに」「ほまれありける」とした自らの賛に対して説明的であるとも言える。

三例目の

かり場床といふは、道のべなどに、かりそめに腰にあて、やすらふもの也。此図を蕪村絵がきて、はたほく（引用者注　発句）をかいつけたり。是に又かきそへける

かきくらす雪のはれまを松かげやかり場のとこと頼むかり人　（七六〇）

では、描かれている狩場床几という器物の説明と、蕪村の発句自画賛に、自分が和歌の賛を書きつけたことが記されている。賛の「かり場のとこ」とは、「狩場床（几）」を和語化した言い方で、一時の休息を与えてくれるものとしての面を強調した表現となっている。なお、蕪村の狩場床自画賛は、逸翁美術館・柿衞文庫編『蕪村　没後二二〇年』(6)に見られる。ただし、ここには蒿蹊の賛はなく、少なくとも蕪村には二つの狩場床画賛が存在したことになる。

『閑田詠草』全体の詞書を見ていくと、和文のように仕立てた、やや長めの詞書が散見され、蒿蹊の和歌の詞書としては特殊なことではない。

しかし、ほかの歌人の画賛歌の詞書と比較して見ると、このように、描かれている絵の背景となる物語や、物の用途についての説明があるのはあまり例のないことである。しかも、右の例の一首目は、詞書自体が禅問答のような観念的な趣を和歌に添えている。画賛に詞書が着賛される例はほとんど見られないので、家集に収めるにあたって付けられた詞書であるとも言えるが、第三節で述べるように、蒿蹊には和文の画賛もあり、文・歌・絵が一体となった画賛もあったことから、右の例のような詞書が書きつけられた可能性も否定できない。詞書の着賛の有無はひとまず置くとしても、三十一文字の中には詠み込めない感慨や情報が、詞書の体裁を取り、加えられることで、和歌のみの賛とは違った鑑賞を可能にしているのである。

（二）「絵」であることを詠む

画賛には、たとえば描かれている風景を実際の風景とみなして、普通の四季の歌のように詠む場合と、「絵である」ということを積極的に和歌の表現に取り入れて詠む場合とがある。どちらの詠み方も屏風歌以来の伝統的な詠み方で、歌人によってはどちらか一方でしか画賛を詠まない場合も見受けられる。ここでは、蒿蹊が絵であることを積極的に詠んだ歌について、「うつし絵」の語を用いる場合と、そのほかの例とについて考えていきたい。

①歌語「うつし絵」の多用

まず、「うつし絵」という歌語について少し述べたい。「うつし絵」の早い用例は、『後花園院御集』に見られることから、室町時代以降、歌に詠まれるようになった歌語と考えられる。「寄絵恋」（題としては「六百番歌合」が初出）題歌などにしばしば見られ[7]、楊貴妃や王昭君の故事などと合わせて詠まれている。ほかには、実際の風景を絵のようであると称える歌にも見られる。画賛では、蒿蹊以前の例は、たとえば望月長孝（元和五年〈一六一九〉生、延宝九年〈一六八一〉没。六十三歳）の『広沢輯藻』（享保十一年刊）に、

富士かける絵に

世世ふともきえぬためしをうつし絵やげに時しらぬふじの白雪　（八〇八）

などがある。

『閑田詠草』中で、画賛以外の「うつし絵」の用例を探してみると、「秋のあした山にのぼりて」（秋・三三六）、「恋画」（恋・五七四）、「画によせて」（雑・八二五）、「竹をよく絵がく人の七十賀に」（同・八九七）の四例があり、これらは概ね先に示した歌語「うつし絵」の詠み振りと一致している。

ここでは「うつし絵」が中世以降の新しい歌語であり、画賛にのみ使われるものではないことを確認しておきたい。

さて、蒿蹊が画賛で「うつし絵」という言葉を用いている例、七首を列挙してみよう。

髑髏の絵に
たれもみなおのがすがたを写し絵のこれ何物とこゝろにぞとへ　（七四〇）

山水の絵に
山水のとほき境も写し絵にうつせば写す物にぞ有ける　（七四二）
むかふより心もすみぬ山水のうき世にとほき写し画のあと　（七四三）

秋の野のかた
百草の花のゝ秋をうつし絵はむしの声さへきく心地する　（七四四）

探鯨法眼の書し山水の絵を、竹岡氏に贈るとて
老が世にあそぶはかたき山水のとほき境もうつし絵に見よ　（七四五）

さくらの絵に
見ても猶あかぬ心をうつし絵の花にはいとふ春風もなし　（七五一）

虎を絵がきし扇に
写し絵のとらもうそぶく物ぞとはならす扇の風にてぞしる　（七五五）

一首目は、「姿を写す」と「写し絵」が掛詞になっていて、一切の粉飾のない髑髏の絵を前に自らの心を問いなさいと言うものである。(8)

二首目と五首目は「山水のとほき境も写し絵」という表現が一致しており、二首目では雄大な山河の風景を写し取

れる絵画の技を称えている。そのような巧みな絵画を見ることによって、三首目では心が澄まされていくと言い、五首目では老いた身では実際には行くことのできない山水画の風景の中に遊ぶことができると言っている。これらの山水の画賛では、都市の中にいながら、または家の中にいながらにして自然のなかに心を遊ばせることができるという、メディアとしての絵を詠んでいる。

　そのような〈絵であるからこそ〉の機能を積極的に詠んだのは、六首目も同様であり、「うつし絵の花にはいとふ春風もなし」とは絵画であるため、花を散らす春風が吹き渡ることもないと言っているのである。このような詠み振りは、屏風歌以来の伝統を持つものであるが、ここでは「見ても猶あかぬ心をうつし（何度見ても飽きることのない桜に対する願望を反映して）」という上句の表現と呼応して効果的と言えよう。

　反対に、四首目「秋の野のかた」は、〈絵であるのに〉絵の巧みさから聞こえるはずのない虫の声が聞こえるような気がする、としている。七首目「虎を絵がきし扇に」も同じような例ではあるが、ここでは扇の風を、虎が嘯く（吼える）のになずらえて詠んでいる。

　このような「うつし絵」の用い方には、描かれた絵画の世界に一体化していくのではなく、一歩引いて絵画を絵画として見、分析する態度が表れている。

　なお、五首目の「探鯨法眼」は、鶴沢探鯨（生年未詳。明和六年〈一七六九〉没。八十余歳）のことで、狩野派の絵師。「竹岡氏」については未詳。この歌は、竹岡氏に贈る際に添えたもので、画賛ではない可能性もあるが、絵の内容を詠んでいて、表現としては画賛に準ずるものであるため、ここに加えた。

②そのほかの表現

　山本有香読書室四詠の内、画竹

時の間もみずはあらじと絵にすらも写してめづる君よ此きみ　（七四八）

　おなじく墨梅

墨がきの筆の匂ひは世をへてもうつる色なき梅の一もと　（七四九）

　円山応挙試毫の梅の絵に

春立て先みはやせとこゝろむる筆の匂ひにさくや此花　（七五〇）

一首目は、王徽之が竹を「此君」と呼んだ故事を踏まえて、この竹の絵は、片時も離れられないために描いたものだとしている。「山本有香」は、本草家として有名な山本亡羊（安永七年〈一七七八〉生、安政六年〈一八五九〉没。八十二歳）の父、山本封山（寛保二年〈一七四二〉生、文化十一年没。七十二歳）の号である。「読書室」は平安読書室として知られる、山本家の本草学を含むそのほかの蔵書の文庫名であり、家塾の名でもあり、また、封山以降、山本家代々の家号としても使われている。詞書からは、山本封山によって催された「読書室四詠」という和歌や漢詩を詠む会などが想像され、画賛ではなくそこでの題かとも考えられる。

二首目と三首目は「筆の匂ひ」という表現が共通している。二首目は三・四句目の「世をへてもうつる色なき」が〈絵であるからこそ〉の詠み方であり、三首目では「こゝろむる筆」に試筆（試毫と同意）の意を込めている。「筆の匂ひ」には、絵に対する賛辞であると共に、筆を振るった絵師に対する賞賛が感じられる。

以上のように、絵であることを詠む詠み方にも客観性と主観性が詠み分けられていて、蒿蹊の絵に対する多用な接し方がうかがえる。

（三）教訓性

蒿蹊の画賛の方向性として、教訓的であるということがある。それは、前述の豊干と虎の絵（七二八）や、「張果郎、瓢より駒をいだすところ」（七二九）、「伯蔵主の絵に」（七三八）、「髑髏の絵に」（七四〇）、「蝸牛の絵に」（七五七）、「亀の絵に」（七五八）の六首に認められる。その中で、仏教的な二首を特に取り上げたい。

張果郎、瓢より駒をいだすところ

ひさごより出しをみても思へこのおのがこゝろの駒やあるかと　（七二九）

蝸牛の絵に

かひありとたのむもはかなかたつぶりこれはおもひの家ならぬかは　（七五七）

一首目では、中国の仙人である張果郎が瓢箪から出す駒の故事から、「こゝろの駒」を導きだしている。「こゝろの駒」（心の馬とも）とは、漢語「意馬」の和歌的表現で、煩悩が制しがたいことを馬に喩えた語。正徹の『草根集』に、

寄獣恋

つながれぬ心の駒もおとろへき恋ぢさがしく遠き月日に　（八二一八）

など三首あるのが早い用例である。

二首目の「おもひの家」は「火宅」（煩悩や苦しみに満ちた現世を、燃えさかる家にたとえた仏語）のことで、『拾遺集』の、

世の中に牛の車のなかりせば思ひの家をいかでいでまし　（哀傷・一三三一・よみ人しらず）

が『和漢朗詠集』にも引かれていて名高い。蒿蹊の歌では、「かひ」に「甲斐」と蝸牛の殻を指す「貝」が掛けられていて、苦しみに満ちたこの世を頼りにすることの虚しさを言っている。「蝸牛」は、『和漢朗詠集』「無常」の白居易の詩句「蝸牛の角の上に何事をか争ふ」によって、すでに無常を感じさせる題であったと思われ、例歌も多くが家

と共に詠まれているが、その家を「おもひの家」としたところに蒿蹊の工夫がある。

教訓性自体は、本書総論第九節や各論部第一章でも述べたことであるが、近世の時代性ということもある。だが、蒿蹊は仏教に深く傾倒し、自らの解脱を目指すための釈教歌三四二首を集めた歌集『続法のえ』（文化三年成）を編んでいるなど、仏教的な歌語の使用にはそれなりの重みもある。歌の内容としては強い調子で辛辣な感じも受けるが、楽しそうに瓢箪から駒を出す張果郎や、のんびりとした蝸牛の絵と共に鑑賞することで、ユーモラスな趣も添えられていたのであろう。

三、和文集『閑田文草』の画賛

続いて、蒿蹊に特徴的な和文の画賛を見ていこう。ここでは和文集『閑田文草』に収められた画賛を対象とする。『閑田文草』は、蒿蹊七十一歳の享和三年（一八〇三）に刊行された和文集で、巻五には門人の和文も収める。分類は『古文真宝後集』に基づくが、「表」「原」を欠き、新たに「記事」「賛」を加えた、「辞・擬説・擬解・序附跋・擬弁・擬箴・記・記事・擬論・擬頌・擬文・伝・擬賦以長歌充之・擬銘・擬碑・書・賛」の十七項目で、百三十四篇の蒿蹊の和文が収録されている。[9]
その中で賛は十四篇ある。ここで「賛」に分類された和文は、すべて絵に関するものなので、画賛と同一の意味で使っていると言える。題を列挙してみよう。

【表2】『閑田文草』巻四　賛部

1	題千秋万歳図		〈和歌〉	
2	七種の若菜を髭籠にこめたる画に題す		〈和歌〉	
3	春の海べの画		〈和歌〉	〈応需〉
4	上巳紙雛図			
5	題鞠画			
6	題売茶翁肖像	近体	〈和歌〉	〈応需〉
7	画老鼠智		〈和歌〉	
8	芭蕉翁画像賛	以近体著		〈応需〉
9	題龍門鯉図	応平井宗晶需		〈応需〉
10	大津絵の三戯画を若冲にうつさしめてもたるに賛を乞、予もまた戯語をもてす		〈和歌〉	〈応需〉
11	題三猿戯舞図		〈和歌〉	
12	小原女画		〈和歌〉	〈応需〉
13	題鵜鳥画		〈和歌〉	〈応需〉
14	三番叟画賛		〈和歌〉	

題の下に、私に〈和歌〉〈応需〉の記号を付けた。〈和歌〉は、和文の後に、長歌に対する反歌のように和歌が付されていることを示す。このように和歌が付されていることは、『閑田文草』のほかの和文にも共通することである。

同様に、〈応需〉は、題や和文本文から注文によって制作された画賛であることがわかるものを示す。

ここで、ほかの作者の絵に関係する和文の題（賛に限定しない）と、この『閑田文草』賛部の画賛の題を少々比較してみたい。

まず、近世和文の初期の例(10)として、木下長嘯子の『挙白集』（慶安二年〈一六四九〉刊）文集の部を見てみると、絵に関する和文はない。また、我が国初の和文撰集である徳川光圀編『扶桑拾葉集』（元禄二年〈一六八九〉刊、流布本で三十巻三十五冊）では、絵に関連するものは烏丸光広の「百椿図序」と慶運の「骸骨の絵の賛」のみである。「骸骨の絵の賛」では、「これ何ものぞ」という言葉が繰り返し使われていて、前掲の蒿蹊の画賛歌「髑髏の絵に」（七四〇）に影響を与えたかとも思われる。

堂上派武家歌人の和文については、松野陽一氏の「創作和文と文章規範――「和文題」集成稿――(11)」に、種々の和文集や歌文集から、記や跋、書簡、月次和文など広く和文の題目が集成されている。その中で絵に関するものを探すと、自画賛が一例、肖像画に書きつけたもの（人物に対する賛）が二例、絵巻や図の跋や詞が六例、衝立に記した詞や、書簡「絵に歌かくふみ」、「絵を見る」がそれぞれ一例ある。

ほかに、蒿蹊と同時代に江戸で和文の会を行っていた江戸派の和文題(12)では、寛政六年六月の和文の会での「山水のかた　うつし絵をみる言葉」があり、加藤千蔭『うけらが花』初編（享和二年刊）巻七「文詞」には「山水のかたうつしたる絵を見るといふを題にて」という題で、村田春海『琴後集』（文化十年刊）巻十「記」には「山水のかたかける絵を見る記」という題で収録されているが、絵に関するものはほかには見られなかった。川島蓮阿編『文苑玉露』（文化十年跋）には、荒木田久老の「伯夷叔斉のゑに」があった。江戸末期頃に『扶桑拾葉集』を模して作られた編者未詳の『扶桑残葉集』には、「囲碁の図に題する辞」「遊女の画賛」「題百怪談図」がある。

このようなほかの作者の和文の題を見てみると、絵に関係する和文自体があまり作られていないことがわかる。作られている場合でも序や跋などが多く、描かれた絵の内容に関わる和文は意外なことに少ない。一方で蒿蹊は、この『閑田文草』所収のものだけでも十四篇あり、今回は取り上げられなかったが同志社大学図書館蔵の和文集『閑田余藁』『閑田遺草』（ともに写本）にも複数の画賛が収められている（前述の『閑田文集』所収の門人の和文にも「題山水図」で二篇の和文がある）。また画題についても、人物・年中行事・風景・芸能・奇譚など幅広く、蒿蹊の和文の特徴と位置付けることができよう。和文画賛が新しい試みであると共に、ここにも蒿蹊の絵画に対する関心が表れている。

ところで、『閑田文草』の「賛」の部に見られるような和文の賛は、和文自体も絵画と同一の画面に着賛されたのであろうか。和文の着賛についても、内容の検討に入る前に少し検討してみたい(13)。

漢詩文の賛では、詩歌だけでなく、文字数の多い文章が細かな文字で画面に書かれていることもあり、和文を絵と同じ画面に書きつけることは可能であると思われる。漢詩文に限らなくても、たとえば加藤千蔭には賛として謡曲「江口」の詞章をそのまま写したもの（約百文字）もあることから(14)、ある程度の長さを持った和文が絵と同一の画面に書きつけられることも考えられる。さらに、俳諧の画賛に視野を広げてみると、初期のころから俳文と発句を絵に書きつけた例が見られ、蒿蹊と同時代の俳人で、『閑田詠草』七六〇番歌の詞書にも登場する蕪村には、画面全体に文章がある俳諧自画賛がある。

蒿蹊の例からも検討してみよう。前出の【表2】の〈和歌〉と〈応需〉について見てみると、〈和歌〉があるものについては、和歌画賛だけが着賛されたと考えることもできる。また、〈応需〉とないもの、たとえば「題鞠画」などに関しては、蒿蹊が題として鞠の絵を見て、あるいは絵を想像して和文を作った題詠的なものであるとも想定できよう。しかし〈和歌〉がなく〈応需〉である二例「芭蕉翁画像賛」「題龍門鯉図」は、和文自体が書きつけられたと考えざるを得ない。

和文が絵の描かれた画面に着賛される可能性は大いにあると言えよう。

ここで、実際に和文画賛を二例見ていこう。

> 芭蕉翁画像賛　似近体著
>
> 此翁の気韻清高なることは、おのれもとより欽慕する所也。こゝに見る所の一二をいはゞ、『幻住庵の記』に、〳〵あるじは心たかく住なしてことになし置るもの好《ズキ》もなし。また『奥の細道』に、〳〵清風は富〆るものなれども志いやしからず　のごとき、恥をしる人は自《ミツカラ》かへり見ざらんや。はた〳〵松島は笑ふがごとく、象潟《キサガタ》はうらむがごとし　の語句、真景を写し得て、さもこそと風人の魂を飛揚せしむ。はいかいは吾学ばぬ筋なれど、この頂相の題を需らるゝにあひて、いさゝか欽慕のおもひをしるす。

まず、題の下にある「近体」とは、蒿蹊が著した和文創作の手引き書『国文世々《くにつふみよよ》の跡《あと》』（安永三年成）にある、文体を「古体」「中古体」「近体」の三種に分類したうちの一つで、「逍遥院殿、姉小路基綱卿などの文体は近体のよきかゞみなり」とある。「逍遥院」は三条西実隆。また、具体的には「凡近体をまなぶには真名がちなるをいたまず、俗なるをさくべし」とあって、ひとまずは、室町時代以降の文体で、漢語を使いながらも漢文調ではなく、俗に流れない文章と解せる。漢語を積極的に取り入れた、蕉風俳諧の祖である芭蕉を描写するのに適した文体であると言えよう。

ここで『閑田文草』賛の部の文体について簡単にまとめると、いわゆる擬古文調や、漢語の使用を制限しないという意味での和漢混淆文調、戯文調などが、絵の内容や画風によって使い分けられていると言える。

「芭蕉翁画像賛」の文中には、芭蕉の著作である『幻住庵記』と『おくのほそ道』からの引用があり、広義の和文である俳文を確立した芭蕉を学び、「欽慕」（文中で二度使用している）していたことがわかる。仏教語で祖師などの肖像画を指す「頂相」という語を用いているように、絵によって引き出された感慨というよりも、芭蕉という人物に対する賛であると言えよう。なお、「題売茶翁肖像」も同じように人物を称える賛である。

次に、像讃以外の和文として、「春の海べの画」を鑑賞してみよう。この和文に関しては、私に漢字をあて、イロハで場面を分け、後に解説を施す語句については傍線と通し番号を付した。

春の海べの画

イ　時雨に雪のふきあれし風の名残なく、寄る浪の音もゆたなる春辺なん、海づらはをかしうおぼゆれば、この題を出して人々とゝもに文つくらんとす。そも〳〵いにしへは①浪速わたりの春をめでけむに、今は大江の峰も田蓑の島も大城《オホキ》のもとにして、家ゐたちつゞき、市人も行かふ衢となりしからに、見所もなし。住の江こそ、これはた都遠からで、岸のむかひの淡路島山など、「②朝ゆふに見ればこそあれ」と聞えしもことわりに、春の眺めはことに心とまるものから、人々もまづ思ひよるべければ言はじ。これをおきてと、おのが歩ミの及びし限り遠近《ヲチコチ》を思ひめぐらすまに、

ロ　望月篤志、此紙絵もて来て、是が上ミにかいつけよとあり。渚の松はいづちにもあるべけれど、わきて松に名だゝるは、③高砂の浦か。されどそは尾上にこそいへれ、もし④大淀の浜にやとつく〳〵見るに、此けしき何となく和歌の浦にかよひたり。⑤七もとの松の一もとをかけるにやあらん。⑥いつはとはわかぬ緑も、⑦今一しほの色そふ折からの余情ことに覚ゆ。冬だにも⑧霜置ぬてふ南の海なれば、よそよりも深き霞の限もなきけしき、⑨雲にかりがね浪に舟も、このうちにやこもるらん。⑩「人とはゞみずとやいはん」と詠み給へりしあけぼのゝ、月も

秋より哀やまさるらんなど、かしこけれど、⑪玉津島の神のめで給ふらんをさへかけて思ふに、うつし絵といふことも忘れて、此浦に⑫いつか来にけんとぞ。

ハ　⑬あしわかの浦の春べは心から浪のはなさへ香に匂ひつゝ

この「春の海べの画」の内容は、「春の海べ」という題で人々と和文をつくろうとしていたところ（イ）に、春の海辺を描いた絵が持ち込まれ、賛を請われる（ロ）。そしてできた和歌画賛（ハ）の三つの部分に分けられる。

ここで、この和文の修辞について、特に引歌的な用法を追ってみよう。

①「浪速わたりの春」は、『後拾遺集』の能因歌、

こころあらむ人にみせばやつのくにのなにはわたりのはるのけしきを　（春上・四二）

を、②「朝ゆふに見ればこそあれ」は、『新後拾遺集』の津守国冬の歌、

朝夕にみればこそあれ住吉のうらよりをちのあはぢ島山　（雑上・一二七八）

を引いている。

ロの部分で③「高砂の浦」④「大淀の浜」は、それぞれ、

かくしつつ世をやつくさむ高砂のをのへにたてる松ならなくに　（『古今集』雑上・九〇八・よみ人しらず）

おほよどのまつはつらくもあらなくにうらみてのみもかへるなみかな　（『伊勢集』三八二。『新古今集』恋五・一四三三・よみ人しらず）

などの様々な古歌が想起されよう。⑤「七もとの松」は、室町時代の歌学書『和歌深秘抄』（尭憲著・明応二年〈一四九三〉成）に、玉津島の七本の松の伝説と共に尭孝の和歌、

七本の松を姿の神がきに君が八千世を猶ぞいのらむ

があり、これらを踏まえてのことかと思われる。

古歌の伝統に即した表現の一方で、⑥「いつはとはわかぬ緑」は、蒿蹊と同じ平安和歌四天王の小沢蘆庵に、

いつはとはわかぬ緑も夕づく日さすやをかべの松のむら立　（『六帖詠草』一四六二）

があり、本居宣長にも用例があって同時代的な表現も用いられている。

⑦「今一しほの色」は『古今集』の源宗于の、

ときはなる松のみどりも春くれば今ひとしほの色まさりけり　（春上・二四）

による。また、⑧「霜置ぬてふ南の海」は藤原定家の、

霜おかぬ南の海のはまびさし久しくのこる秋の白ぎく　（『拾遺愚草』二九一〇）

を、⑨「雲にかりがね浪に舟」は藤原良経の、

わたのはらくもにかりがねなみにふねかすみてかへる春のゆふぐれ　（『秋篠月清集』八〇七）

を引いている。右の二首は『夫木和歌抄』にも入っているので、家集からというよりはそこから学んだのかもしれない。⑩「人とはゞみずとやいはん」は、『歌枕名寄』にもある『続後撰集』の二条為氏の、

人とはば見ずとやいはむたまつ島かすむいりえのはるのあけぼの　（春上・四一）

を引いている。⑩「玉津島の神のめで給ふらん」には、崇徳院の、

過ぎがてにみれどもあかぬ玉津島むべこそ神のこころとめけれ

（『玉葉集』雑二・二〇八三。『歌枕名寄』にも入集。『教長集』には教長歌として入る）

などの影響が考えられる。⑫「いつか来にけん」は、『伊勢物語』第八十一段、源融の河原院の風景を見た翁の歌、

塩がまにいつか来にけん朝なぎにつりする船は爰によらなん

（『続後拾遺集』雑上・九七五・在原業平。『業平集』にも）

と、歌の後で再度「塩がまにいつか来にけん」ともらしたことを受ける。(15)『伊勢物語』で、翁が京都の河原の院の風景を見て、陸奥の塩竈を体験したように、蒿蹊は、春の海辺の絵から和歌の浦を想起し、様々な海辺の光景を詠った歌うたを思い浮かべることで、あたかも和歌の浦に行ったかのような錯覚を覚えるとしているのである。⑬「あしわかの浦」は『源氏物語』若紫巻の光源氏の歌に、

あしわかの浦にみるめはかたくともこは立ちながらかへる波かは

などとあるのに見られる表現である。

これらの歌からもわかるように、描かれている場所を和歌の浦と想定しながらも、和歌の浦を詠んだ歌のみを引いているわけではない。江戸時代に和歌の名所便覧として版を重ねた有賀長伯編『歌枕秋の寝覚』（元禄五年刊）を見てみると、和歌の浦の景物として挙げられている「松」「霜」「霞」「舟」「月」と一致し、直接的な詠歌を引かなくとも、和歌の浦の雰囲気をそこはかとなく漂わせる効果が感じられる。また、引歌に中世の歌が多く、中世歌人に親近感を感じていたようにも思われる。

さて、この和文からは、歌人が画賛を請われて、歌を詠むまでの思考の過程が知られる。対象とする名所が定まらなかった**イ**では、歌語が連ねてあってもこれと確定できる歌がないような、おぼろげな印象であったものが、**ロ**で絵画が持ち込まれることで徐々に具体像を表してくる。

この場合、絵は「春の海辺」を描いた漠然としたもので、絵師は特定の名所を意識して描いたのかもしれないが、持ち込んだ望月篤志は特にそのことを蒿蹊に告げていないようである。望月篤志は蒿蹊の門人。絵には松が描かれて

おり、同じ「春の海辺」という題で和文を考えていた時は、蒿蹊にとって身近であったろう「浪速」（摂津国）、「大江の峰」（丹波国）、「田蓑の島」（摂津国）、「住の江」（摂津国）などの歌枕を考えていたのに対して、絵を得て以降は「高砂」（播磨国）、「大淀の浜」（伊勢国）、「和歌の浦」（紀伊国）のように対象となる範囲が拡大していく。また、絵をよく見てそれらの名所を当てはめていく過程で、その絵を和歌の浦と思い定め、これを導き出して以降は、和歌の浦の景物を踏まえつつも、そこでの詠に限定せず、特徴的な表現を持つ和歌を次々に引歌として用いている。歌人の脳裏に、この海辺のイメージが瞬時に組み立てられていく様子が伝わってくるようである。

和文制作の中に絵が介在することで、「松」という素材が新たに入ってきて、一見、規制が加わったかのように思われるのであるが、対象となる名所の範囲が広がり、「此浦にいつか来にけんとぞ」と表現するほど、具体的に和歌の浦を擬似体験し、伝統的な歌枕としての和歌の浦の世界に遊ぶと同時に、読者を同じ空間へといざなっている。そして、その印象を決定的にするのが「いつか来にけん」に表れる『伊勢物語』第八十一段の作品空間の援用なのである。

絵を介して和歌の浦を擬似体験した感動は、確実にハの賛にも見て取れる。「心から浪のはなさへ香に匂ひつゝ」という表現で、絵の世界に深く入り込んでいる自分の心持ちのせいで、潮の香が漂ってくるようであると歌うことによってこの和文を結んでいる。和文と比較するとこの和歌には和文での詩情が十分活かされていないかのように思われるが、和歌が全体を総括するのではなく、緊張感をもって引き締まった和文に対して、その余韻のような和歌が最後にあることで、互いに不可分なものとして一つの作品世界を作り上げていると言える。

ま　と　め

以上、伴蒿蹊の画賛について、歌集『閑田百首』『閑田詠草』、和文集『閑田文草』の三つの集にわたって考察を加えてきた。

蒿蹊は『国文世々の跡』に記すように、和文を和歌の詞書からはじまるものと考えていた。[16]また同書に「心あまりて歌のうへにつくさぬ事もあるが、言書にてあはれなるけもそひ侍るべし」とあって、和歌で言い尽くせないところを補完するものともしている。その時々の感動を余すことなく記したいという蒿蹊の文芸意識に、和歌のように短く定型ではない、和文という形態は適していると言える。また、第二節で述べた和文的な詞書を持つ画賛は、そのような蒿蹊の考えを反映していると言えるのであろう。

第一節の末尾で、絵によって感性を刺激されたのではないかと述べたが、第三節で取り上げた和文「春の海べの画」にはそれがはっきり見て取れるし、第二節で取り上げた、狩場床几の画賛（七六〇番歌）も、床几の絵からそれを用いる狩人の姿を鮮やかに想起させている。そのような感性は、詞書に見られる一流絵師たちを含めた、文化人同士の交流により洗練されていったのではないかと想像される。

また、絵との間に、仏教的観念や、歌枕の重層的なイメージ、「うつしゑ」という客観的な視点を挟み込むことで、歌人のオリジナルな絵の見方を示している。そのような個々の歌人独自の絵の見方を鑑賞者が共有することに、画賛のおもしろさがあり、文芸としての価値があるように思われるのである。

注

（1）『閑田百首』の諸本については、『蒿蹊百首詠草』と題する国会図書館蔵本のほか、『蒿蹊百首』という題の無窮会図書館神習文庫蔵本と、『蒿蹊自撰百首』と題す龍谷大学図書館蔵本が現在知られている。

（2）『鹿児島女子大学研究紀要』第十六巻第一号、一九九四年七月。

（3）『校註国歌大系』第十七巻「近代諸家集」三（国民図書、一九二九年）所収の『閑田詠草』の頭注に指摘がある。

（4）清水勝氏「伴蒿蹊年譜稿」（『鹿児島女子大学研究紀要』第二十巻第二号、一九九九年三月）による。

（5）注（3）に同じ。

（6）思文閣出版、二〇〇三年。当該画賛は柿衞文庫蔵。

（7）拙稿「「寄絵恋」の系譜」（『和歌文学研究』第一〇三号、二〇一一年十二月）において述べた。

（8）鈴木健一氏「絵画と詩想――和歌をめぐって」（『江戸詩歌の空間』森話社、一九九八年。初出、『国学院雑誌』第九十五巻第十一号、一九九四年十一月。原題「近世題画和歌論序説」）では「生への安住という日常を突き崩す衝撃を持った情報性が歌人の心を動かした結果」の画賛としている。

（9）風間誠史氏校訂『伴蒿蹊集』（『叢書江戸文庫』七、国書刊行会、一九九三年）の作品解題による。『閑田文草』『国文世々の跡』の本文も本書によった。

（10）近世期の和文の流れについては、山崎芙紗子氏「和文」（『元禄文学の流れ』講座元禄の文学Ⅰ、勉誠社、一九九二年）、揖斐高氏「和文体の模索――和漢と雅俗の間で――」（『江戸詩歌論』汲古書院、一九九八年。初出、『季刊　文学』第六巻第三号、一九九五年七月）、風間誠史氏『近世和文の世界　蒿蹊・綾足・秋成』（森話社、一九九八年）などに詳しい。

（11）『東都武家雅文考』臨川書店、二〇一二年。初出、国文学研究資料館文献資料部編『調査研究報告』第十二号、一九九一年三月。原題「江戸武家雅文壇「和文題」集成稿㈠」。

（12）田中康二氏「文集の部総論――江戸派「和文の会」と村田春海」（『村田春海の研究』汲古書院、二〇〇〇年。初出、「江戸派の和文――『琴後集』文集の部をめぐって――」〈神戸大学研究ノートの会編『国文学研究ノート』第二十六号、一九九一年九月〉。「和文の魅力」〈『国文学　解釈と教材の研究』第四十四巻第二号、一九九九年二月〉）による。

(13) 本章の初出時には、和文が着賛された例を実見することがなく、以下の考察となったが、後に和歌を伴う場合も、伴わない場合も含めて、和文が着賛された画賛は複数存在することがわかった。本書中でも、総論の「八、画賛はどのように記録されたか」中で取り上げた『梅処漫筆』所収「画賛哥」の吉井州足のものや、各論部第五章〔補記2〕の本居大平のものに触れているので参照されたい。

(14) 鈴木淳氏「加藤千蔭の和歌と謡曲」『和歌解釈のパラダイム』笠間書院、一九九八年。

(15) 佐藤仁之助氏『閑田文艸校註』（敬文堂書店、一九二四年）の頭注による。

(16) 注(10)風間氏書収載「伴蒿蹊の和文運動」（初出、「伴蒿蹊の「文章」活動――ささやかな美文を求めて――」『日本文学』第四十巻第十号、一九九一年十月)。

参考図版

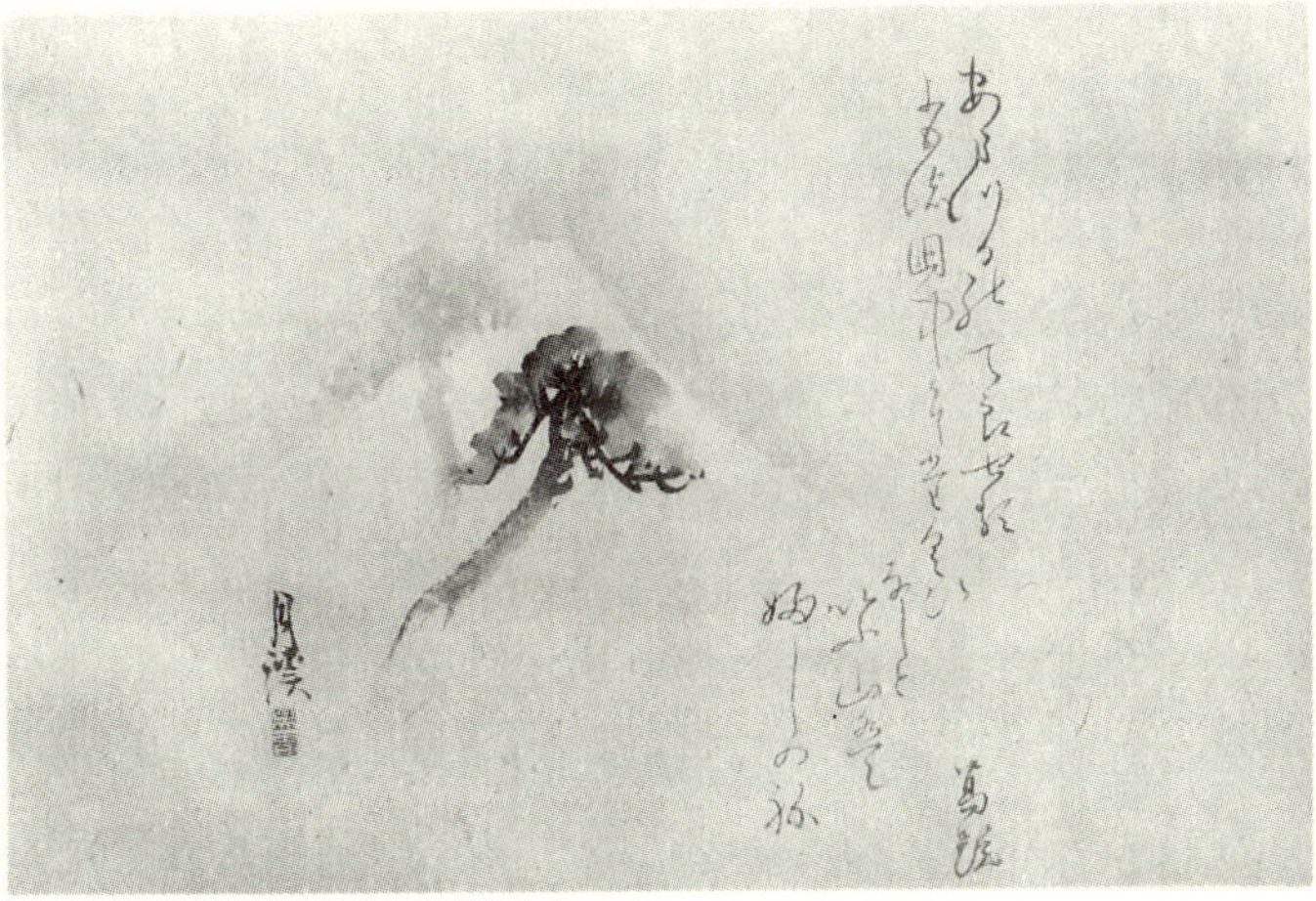

【図版1】月渓画・伴蒿蹊賛「松間の富士」画賛（瀧内暁園氏蔵）。瀧内暁園編『名家画讃和歌百詠　心静集』（山本文華堂、一九二一年）より転載。

賛は、「あまつ日のてらせるよもの国中にたぐひなしといふ山はふじのね　蒿蹊」とある。

『閑田詠草』雑歌に「不二山」の詞書で入集するが、四句目「たぐひないてふ」。

絵師の月渓（宝暦二年〈一七五二〉生、文化八年没。六十歳）は、呉春とも号した四条派の絵師であり、蕪村に学んだ俳人。絵は、遠く霞む富士山の手前に松が重なる構図。中央に描かれている松が歌に詠まれていないことから、富士山の題で詠んだ旧詠を書き添えた画賛である可能性もある。賛の配置が窮屈な感じであり、やや不自然さがある。もともとは本図単独ではなく、画帖などの続き物であったか。

なお、『心静集』収載の画賛のタイトルについては、私に『心静集』での名称を「　」で括り、便宜的に画賛か自画賛かを下に付した。画者・賛者の順で作者も記した（以下、同）。

Ⅱ　画賛制作の場

第三章　香川景樹の画賛　――歌日記を中心に――

はじめに

香川景樹（明和五年〈一七六八〉生、天保十四年〈一八四三〉没。七十六歳）は、和歌は平易な言葉で自らの心情を述べるものであるとし、「しらべ」を重視した歌人である。この和歌観は、近世後期の時流の中で広く受け入れられ、一千人とも言われる門人を擁する一大歌派を作り上げた。また、景樹はその生涯の中で数多くの画賛歌を残した歌人の一人である。

それらの歌うたを見ることのできる資料としては、第一に、御歌所派の歌人村山松根によって整理され、明治十三年（一八八〇）に明治天皇に献上された『東塢画讃集』（宮内庁書陵部蔵・写本二冊、総歌数一一〇四首）や、同じく松根の編集により『東塢画讃集』の規模を縮小し、明治十五年に吉川半七より刊行された『絵島廼浪』（総歌数六四八首）がある。この点については、各論部第六章で詳しく述べたい。第二に、『桂園一枝』（文政十三年〈一八三〇〉刊）や『桂園一枝拾遺』（嘉永三年〈一八五〇〉刊）などの家集にも、画賛の部の立項はないものの、一定数の画賛が収録されている。

さらに、弥富破摩雄氏編『桂園遺稿』（五車楼、明治四十年）所収の景樹の歌日記の中にも[1]、『東塢画讃集』などの画賛歌集に漏れた画賛が見られ、また歌日記という性格から、画賛がどのような場で詠まれたのかという手がかりを得られる例もある。

本章では、香川景樹の画賛について、主に歌日記を資料として、歌の詠まれた場について考察していきたい。画賛がいかなる場で、どのように詠まれたのかを探ることは、景樹の活動の一端を知るだけでなく、同時期の和歌画賛の在り方を知る手だてとしても有効であると思われる。

一、歌日記における画賛の記述方法

『桂園遺稿』所収の歌日記は、享和元年（一八〇一）景樹三十四歳から、景樹の没年にあたる天保十四年七十六歳までのものであるが、『桂園遺稿』凡例にあるように、文化元年（一八〇四）、文政十一年の記事がなく、また先学によって度々指摘されているが、年付や日付が必ずしも信用できるものではない。原本には景樹の直筆でない部分（筆者の注記があるためわかる）もあり、詞書や和歌本文に欠けた所がある場合も多い。しかし、画賛制作時の状況を伝える大変有用な資料であるため、その記述により景樹の画賛を考えていきたい。

論に先立って、本章で画賛と認定した基準についての問題点を示しておく。

前述したように、歌日記の本文は欠落が多いため、画賛であることを示す言葉が欠落して題詠のように見えたり、詞書がどこまで掛かっているのかがわかりにくかったりして、画賛であるかどうか見分けがつきにくいものが多数ある。また、歌日記の記述からでは画賛と判断しにくい歌が、『東塢画讃集』や『絵島廼浪』では、画賛として収録されている例もまま見られる。一例として、歌日記では「藤に文鳥をり」（天保五年）とだけあるものが、『東塢画讃集』『絵島廼浪』では「陽明家の衝立に藤に文鳥のかた」とあることなどが挙げられる。

さらに、たとえば享和元年五月二十三日の記事には、「紫竹庵主とよみける題」として、「女どもの時鳥まつところ」「松のもとよりいづみの流るゝ所」の題が見える。通常「――所」とある場合、画賛であると考えられることが多い。しかし、これらが画賛であるという可能性も大きいものの、「題」とあることから、画賛ではなく、絵画的な構図を題とした題詠であるとも解せる。

　このように様々な問題があるものの、詞書に「画賛」「――の絵に」「――のかたに」などとあるものや、画者・依頼者の名が明記されているものだけに限っても、膨大な数の画賛が歌日記にはある。[2] 正確な数を出すことは以上のような理由から難しいが、少なくとも千五百首強はあると思われる。

　以降、本章では画賛であることが明確なものだけに絞って、歌日記の記述から、景樹の画賛について述べていきたい。

二、画賛の詠まれた場

　では、大量の画賛を景樹はどのようにして詠んでいるのだろうか。後に示すように、歌日記の記述は、家集の詞書のように簡潔なものであって、通常の日次の記のようなものではない。そのため画賛制作の細かな状況はわからないこともある。しかし簡潔ではあっても、これだけ多くの画賛制作の場を知ることのできる資料はあまり例がないと思われるのである。

　以下、

（一）小泉重明との関わり

（二）仏光寺殿との関わり
（三）画者の情報
の三点に絞って、歌日記を通して浮かび上がる景樹の画賛制作について考えていきたい。

（一）小泉重明との関わり

歌日記から知られる、景樹の画賛量産を支えた人物に小泉重明がいる。重明は途中で改名しているなど、複数の名前があるのだが、ここでは引用以外は小泉重明で統一する。

小泉重明について、最も詳しい解説であると思われる兼清正徳氏の『桃沢夢宅伝の研究』(3) 付録「桃沢夢宅関係歌人略伝」をまず引用したい。

小泉重明《こいずみしげあき》　一七五五 宝暦五年――一八二七 文政一〇年
摂津国住吉に生まれた。名は初め重明、のち重見と改めた。通称は靭負、号は東岡と言う。京都に出て住吉神社京館留守居役を勤め、(4) 上岡崎の香川景樹の隣りに住んだ。和歌を景樹に学び、画技にも巧みであった。文政一〇年一〇月二七日歿、七三歳。法名は東岡意幽斎居士。黒谷の瑞泉院に葬られた。

画人伝などにおける重明に関する記事としては、『大日本書画名家大鑑』(5) に、文化年間に出された『平安画工視相撲』四段目の二番目に列せられているとあるほか、文化十、文政五、同十三年刊『平安人物志』の画の部に、

三宅重見　号東岡 上岡崎村　小泉靱負　（文化十年版）

などと名前が見え、絵師としての活動も盛んだったと思われる。

景樹との関係について歌日記の記述を見てみると、景樹の隣に住んでいたことから、度々現れている。初出の時期

については、兼清氏が『木下幸文伝の研究』(6)付録「木下幸文関係歌人略伝」の中で、享和元年正月十三日の「小泉氏会始」に景樹が「松含春色」の歌を送ったのを初めとされているが、重明が歌会を主催している記事はほかに見られないことから、やや疑問が残る。推測の域を出ないことではあるが、別の小泉氏かとも思われるのである。むしろ、神作研一氏「文化元年の香川景樹――景樹日記の新出伝本――」(7)に見られる、文化元年十月十七日の景樹・重明・玉芝法師の三人連れ立っての妓王寺参詣が初出ではないかとも考えられる。

重明と景樹の親密さを表す出来事としては、歌日記の文化二年三月二十八日に、「外面の籬ふみあけて、重明ぬしの園と一つにして、行き通ひけるなり。さるに今日しもかの宿の菫、錦敷きわたしたらんやうに咲きそろひて（下略）」（歌日記の記述については、私に漢字をあてた。以下同）とあり、この日に先立つある日、庭の境を外して自由に行き来できるようにしたことがある。しかし、同年七月二十二日に重明が占い師に占わせて、垣根がないことが病人の絶えないなどの元凶になっているとして、また垣根を作り直している。ここで「去年の冬ひらきつる中垣の通ひ路」とあることから、庭の境は文化元年の冬に開かれたことがわかるのである。一時的ではあったにしろ、庭の境界を取り除いて行き来するほど、頻繁で親しい交流があったのであろう。

また、重明の人物像に関するものとして、文化二年四月十二日に、三年前に仙洞御所の池に植えるために住吉から取り寄せて、同時期に重明の家にも植えられた杜若と歌を贈られ、歌を返すとの記事と、文化三年六月晦日に「となりなる小泉ぬし、住吉のおほ神をうつし祭り給ふにすゝめ給へる　寄神祝」との記事がある。この二つは、重明と住吉大社の関わりの一端がうかがえるものである。さらに文化二年十一月二十日には備前国に絵を描きに行った重明に手紙を遣るとの記述が見られることから、重明の画業もうかがえるのである。

そのほか、近隣への散策に連れ立って出かけたり、景樹に花を贈って歌のやりとりをしたり、桂園派の歌会や宴に参加したりしていて、景樹にとって重明は歌道の門弟であるとともに、気の置けない隣人であったと言えよう。

さて、重明の景樹画賛への関わり方を、歌日記から抜き出してみると次のようになる（歌と画題に関する詞書は省略。【 】は、画賛の数。以下同）。

文化三年

①十一月十八日

「酒のみて皆酔ひほこれるまゝに思ひつきぬるは、重明ぬしに絵描せて、とりもあへず皆それに賛書きて遊ばゞやと、俄にかくべき紙整へ、うちひろげて、つぎ〳〵おの〳〵書いつくる程、日も暮れぬ。おのれがものせし歌」【六首】

文化四年

②正月十二日

「例の東岡の画かき給へるに書き加へたる酔ひしれ歌」【十一首】

③三月二十三日

「近き稲荷の森にて小泉氏の画会あり。おのれが賛かきたる」【三首】

④四月十八日

「丸山の左阿弥にて小泉ぬし画かき給ふ。こは江州河並なる副応寺博聞法師の催しにて。仏光寺の君のみはからひ正行院の君もおはせり。おのれは清水寺にまうでゝ、夕つかたかしこへは来ぬ。さて例の画にしたがひてかい捨たる、更に歌ともなし」【二十三首】

⑤四月二十三日

「近き於辰の稲荷にて小泉ぬしの画会あり。遅くまかりて見る。人々賛こはれたるに、例のみだりがはしう」【四首】

⑥五月二日

「正専寺知法々師来給ひ、重明ぬしかゝれたる扇面に歌こはれたるに、かい付」【三首】

⑦七月八日

「健ぬしのもよほし給ひて、近き稲荷のなほらひにて扇に歌かゝせ給ふ。皆集ひぬ。画は例の東岡のかゝれたるなり」【七首】

⑧九月三日

「萩原家の賀し給へるをいはひまゐらすとて、小泉ぬしの竹の画にかゝせられたる歌。七十の賀なり」【一首】

⑨九月二十三日

「小泉ぬしの画会、例の飯成の社にてあり。その賛」【八首】

文化五年

⑩正月二十三日

「小泉ぬしの画会　その賛」【二首　ただし詞書のみ】

⑪二月二十三日

「小泉ぬし画会　その賛」【五首　うち三首は詞書のみ】

⑫三月十三日

「春景　東岡ぬし来まして画かく。その賛」【詞書のみ】

文化十一年

⑬四月

「小泉重見のたのみ」【一首】

⑭九月

「菊のもとに宮人の花をかざして立るかた　勝正頼 東岡筆」【一首】

文化十三年

⑮十月

「小泉重見願画賛　五枚之内（中略）外に一枚は雨中の嵐山なりけり。御賛は「雨さへをしき」[8]云々の実景の御歌をなん出せられたる」【五首（一首は省略されている）】

右の一覧にはないものの、文化三年以前、また文化十三年以降にも重明画・景樹賛の画賛が作られた可能性は否定できない。ここに挙げたものは、あくまでも歌日記という景樹側の、断片的な資料から浮かび上がった結果であり、全てではない。文化年間に偏って記述が多いということも、文化年間が景樹と重明の画賛にとって特別な意味をもつ期間であったとは特に考えにくく、歌日記の資料が残っていたためにそのような結果が出たと考えたい。

さて、右からは、歌会の後などの宴席の場で画賛が詠まれていたことがまず知られる。①②がそれに該当し、⑦も「なほらひ」とあることから、おそらくこれに当てはまる。

①の詞書の直前には、

十八日、をみな子の髪おき祝ふに、敬《（ママ）》義ぬしの

玉の緒の長くなるらん黒髪の行すゑさへも思ほゆるかな
かくほぎ給へるを聞きて親の心はいとゞしうかくぞいはる
願はくはつくもとなりて百年にあまれとぞ思ふ黒髪の末

とある。髪置祝いは、江戸時代では三歳の十一月、とくに十五日に行われるのが習わしとなっていたので、文化元年九月二十六日に生まれた景樹の長女孝子の祝儀かと思われる。(9)敬義は小沢蘆庵の門人である田山敬儀。その宴の席での余興のようなものとして重明が絵を描き、参加者が着賛したのである。景樹が着賛したのは、「枯れたる木に山鳩のとまれる」「すゝきの穂なびきたり」「鷺のあさりたる」「松の葉かきすてたる所」「ゑび」「雪つもりたる山の家」の六首で、松葉や海老のような祝儀的なものや、季節に合った冬の景物が詠まれている。詞書から、重明がその場で、しかも多くの枚数を描いたと思われるので、絵は草画のようなものであったのだろう。

また、②の画賛は、下河原の常楽寺での初会（兼題一首、当座二首）の後のもので、「酔ひしれ歌」とあることから、自分の歌を謙遜する意味も含まれてはいるだろうが、やはり宴席での画賛と思われる。

宴席の場での画賛という記述は、重明に関連したもの以外にも、文政八年三月六日の「過し闇の夜に膝ふみいためたるを、山口満二に療治こひけるついで、かの貴林が所へゆく。酒のむほど、かの家なる公劉が書る画に賛す」の四首や、天保六年八月の「源阿弥につどひて高野興善子へ酔のまどひにかい付て参らすになむ」三首などが見出せる。このような場において画賛が制作されるということは、詠歌態度やそれに伴う歌の詠み振りも、題詠歌などとは趣を異にする即興的で自由なものであったと考えられる。画賛の〈遊び〉としての一側面をここでは確認しておきたい。

次に、③⑤⑨⑩⑪にある「小泉ぬしの画会」について見ていきたい。これらはすべて、二十三日に行われており、そのうち③は「近き稲荷の森」、⑤は「近き於辰の稲荷」、⑨は「例の飯成の社」とある。ほかの二回もこの会場で行われた可能性が高い。なお時代は幕末とやや下るが、『花洛名勝図会』（文久二年〈一八六二〉刊）には、飯成社として、「聖護院森の巽の方、田圃の中にあり。世にお辰狐といふ。御所稲荷の川上氏これを守る。霊験いちじるくして常に詣人多し。社地、樹木鬱葱として神さびたり」とあって、挿絵からはかなり大きな神社であったことがわかる。上岡崎にある景樹や重明の住まいからも近く、会を催すには便利な場所であったろう。

この二十三日に行われた定例の会である「小泉ぬしの画会」とは、どのようなものであったのだろうか。⑤には「遅くまかりて見る。人々賛こはれたるに」とあることから、既に制作された重明の絵が展観されていて、希望者は絵を購入することができ、さらに望めば、居合わせた景樹に賛を詠んで書きつけてもらうこともできたと解せよう。あるいは、席画も行われたのかもしれない。席画とは、宴席や集会などの場で、即席で絵を描くということである。この会では、毎回二首から八首とあまり多くない数の画賛を詠んでいる。一人の絵師による小規模な会ではあるが、このような定例の会を催すことができた重明は、絵師としてある程度名を成していたのであろう。

④の「丸山の左阿弥」での催しも、同じような画会であると思われるが、副応寺博聞法師という主催者がいて、後に述べる仏光寺殿の弟である正行院の君も列席しており、景樹もここでは二十三首の賛を詠んでいることからも、かなり大規模な会であったようである。「丸山の左阿弥」は貸座敷で、書画会の創始者ともされる龍草廬も書画会を行っている場所で、文化的な集会の場であった。書画会とは、寛政年間に、江戸と京都で同時期に起こった会で、江戸では席画の頒布を中心とし、京都では新作書画の展覧を主とした催しである。(10) その後、書画会は大流行し、明治期にまで続いていく。歌日記の記述は、席上での揮毫があるので、京都でいう書画会とは異なるが、広義での文人と絵師の交流や、絵画文化、文芸の享受が幅広い層に渡っていくという時代的気分は、景樹や重明の試みにも受け継がれているように思われる。

⑬⑮は、自分用にであるのか、依頼者がほかにいるのかは不明であるが、重明（重見）が、自らの絵に賛を求めている。なお、この重見という名であるが、歌日記の文化十年正月に「小泉重見、昨年の師走をみな子を失ひけるに（下略）」とあるのが初出と思われるが、前述した同年刊行の『平安人物志』には、すでに「重見」の名が見られることから、文化十年以前に改名があったようである。ところで、同年十一月には「小泉重見が父の六十の賀に　寄竹祝」とある。前掲の兼清氏の略伝に従えば、この年重明は五十八歳になっており、その父が六十歳であるとは考えにくい。歌日記のこの部分は景樹門の熊谷直好の筆によるための誤記であろうか。

重明は、景樹の門人の一人であるため、景樹周辺の人物たちの催しで絵を描いたり、自らの画会に参加してもらったり、ほかにもそのような会を離れたところでも賛を求めていて、様々な面から景樹の画賛に関わっている。歌日記の画賛の記述が本格的に多くなるのは文化十年頃からであるが、それ以前から景樹の画賛に関わっていて、景樹の、画賛を詠むという行為を画業をもって支えた人物であると位置付けられよう。

さて、景樹と重明の関係のように、特定の絵師と組んで画賛を多数制作しているという例は、同時代の歌人では、加藤千蔭が酒井抱一の絵に賛を詠んでいることに見られる。また、俳諧では近世中頃の人物である横井也有が、同じ尾張藩士の内藤東甫の絵に膨大な数の俳諧の賛を残している。千蔭と抱一については、鈴木淳氏が「なんといっても、千蔭の画賛をより芸術的な域にまで高めたのは、抱一との出会いがあったからである」[11]とされ、また也有と東甫については、市橋鐸氏が「東甫の画なら也有の賛、也有の賛なら画は東甫と、まるで判子を押したようにきまっている」[12]と述べられているように、お互いに掛け替えのない間柄であったことがうかがえる。これらの三組に共通することは、絵を描いているのが完全な職業絵師ではないこと、也有と東甫については不明ながらも、ほかの二組は、画賛制作以外でも盛んに交流を持っていることが挙げられる。このことは、画賛制作の一つの在り方として注意されるべき点であると思われるのである。

（二）仏光寺殿との関わり

小泉重明に次いで、仏光寺殿のもとでも景樹の画賛が度々詠まれている。この仏光寺殿の関わり方は、専ら賛の依頼者という立場である。以下、歌日記からの引用を列記する。

文化九年
・五月「其夜（引用者注　仏御殿御会始）画賛」【七首】
・月日不明「仏光寺殿にめされたる比画賛」【十六首】
文化十三年
・閏八月二十六日「仏光寺の君、茸狩にとて清水山に入せられける日、彼山にて画賛」【十三首】
・閏八月「仏光寺の御殿にて」【十首】
文化十四年
・三月二十日「仏光寺の御とのへ幸子がはじめてまうのぼりしに、おのれもまゐり奉しによませ給へる画ども」【四首】
文化十五年
・正月「仏光寺の御殿にて画賛」【三十三首】
文政三年
・九月九日夕「仏御殿御席上画賛」【二十七首】

文政六年

・四月初旬「仏光寺御殿にて」【十三首】

文政八年

・正月十日「仰にて景文が富士の画に賛す」【一首】（仏光寺御会始の後に行われている）

文政十年

・正月十一日「応震・蘆洲めされて画かく。其賛」【十一首】（仏光寺御会始の後に行われている）

仏光寺は現在の京都市下京区新開町にある真宗仏光寺派の本山で准門跡。『仏光寺辞典』(13)によると、ここでの「仏光寺殿」に該当するのは、随応上人である（文政八年、十年は除く）。随応上人は、仏光寺第二十三代の宗主で諱は真乗。安永三年（一七七四）生。第二十二代順如上人の一子で、母は有栖川宮職仁親王の女、知宮経子（後に落飾して知足院宮智光）。天明八年（一七八八）に仏光寺の法灯を継ぎ、文政六年十月十八日に五十歳で遷化。漢詩、和歌、絵画をよくし、文化人との交流も深く、本山には和歌も多く残されているという。

右の一覧に挙げた文政八年の画賛は、直前に「十日、仏光寺御会始兼題　初春鶴」一首、「御当座巻頭　海上霞」二首があることから、この場合の仰せは、仏光寺殿であろう。随応上人没後であるため、随応上人について第二十四代の法灯を継承した随念上人が主催した会かとも思われる。文政十年のものも同様である。なお、一覧にはすべては掲出しなかったが、このように、仏光寺殿での御会始の後には、画賛を詠むことがしばしば行われていたようである(14)。

さて、随応上人は、妙法院宮真仁法親王亡き後、景樹を支援した人物であるとされている。随応上人との出会いは、黒岩一郎氏の『香川景樹の研究』(15)によると、文化二年八月三日に随応上人の御弟正行院殿へ参上した時とあり、また、文化三年五月二十三日には随応上人と正行院殿が垂雲軒にて景樹と過ごしている。垂雲軒は斧木の庵である。

景樹と妙法院宮との交流には、家集や歌日記を閲する限り画賛に関するものは見出せないが、随応上人のもとでは多く詠まれている。そこでは、御会始を除くと、小泉重明の時のような定例の会が催されているのではないが、一度に詠まれる画賛の数は大幅に増えている。最も多いのが、文化十五年正月の「仏光寺の御殿にて画賛三十三首」である。どのような絵が詠まれたのか、画題を挙げてみよう。

「紅梅に鶯」「寿老人に鶴」「岩に玉」「布袋」「いたどり」「大橋の上より東山見たる」「紅梅に夕日」「駒」「柳に蛙」「雨中郭公」「ひば」「松に鶴」「菊」「朝顔」「葉鶏頭」「白蔵主」「紙ひゝな」「松竹に亀」「塩がま」「桶とり」「田児のうら」「浦島」「男山」「芦に雁」「天橋立」「二見浦」「虎」「山水」「滝」「桃」「萩」「根引松にはね」「鶴」

正月という時節にふさわしいものも多いが、「柳に蛙」「雨中郭公」「菊」「朝顔」など、季節が異なるものも含まれている。

このように、会の開かれた季節を問わず様々な画賛が詠まれるということは、景樹のほかの画賛制作の場合にも共通しており、題詠の歌会のように季節感を重視するものではないことがわかる。文政三年九月九日の「仏御殿御席上画賛」でも、重陽の節句に行われた会のためか、あるいは「席上画賛」（席画をさすか）という注記がわざわざある会であるせいか、秋の景物を詠んだものが多くあるが、半数は「住よし」「須磨の浦」などの名所や「賤が軒端に梅咲たる」のような別の季節のものである。

ここでは、画賛を制作する場合に、季節にこだわらずに着賛されているということを確認しておきたい。

なお、随応上人と景樹の関わりについては、田中仁氏に複数の論考がある。その内の一つ「仏光寺『御日記』の香川景樹――文化七年から九年まで、文化十二年から十四年まで――」(16)では、特に画賛についての考察があり、文化十三年の茸狩りは、仏光寺『御日記』の記述から、円山主水・辰二郎と景樹の「席書」を中心としたものであるとし、随応上人の周辺の人々が、上人と景樹の交流を好ましく思っていなかったにも関わらず、この催しが景樹の関わる席画を中心としていることを疑問視されている。また、随応上人の依頼によって詠まれた景樹の画賛は、「しかるべき折りに法中・門下へ下賜されたのではないか」とされている。

ところで、今中寛司氏「円山・四条派絵師と京都の文化人」[17]によると、妙法院宮が写生派の有名絵師たちと盛んに交流した背景には、宮が学芸に深い関心を寄せていたからという理由のみならず、門跡や天台座主として江戸や日光へ参向する際の贈り物としての軸物（一回に数十本が必要）を量産させるという目的もあったようである。そのため、妙法院にはこれらの人々の画跡は多くは残っていないという。

このことからも、随応上人も同様に、様々な機会の贈り物として、景樹の賛のある掛軸などを用いていたのではないかと推測される。

ほかに、貴顕から画賛が求められた例としては、三宝院門主からの依頼が文化九年八月（一首）と文化十二年十二月（五首）にあり、また、天保三年八月には門主の描いた絵に賛を詠んでいる。天保二年（六月か）青蓮院宮の仰せにより一首、天保五年に陽明家（近衛家）の障子和歌二首を詠んでいて、すでに歌人として一家を成し、文政十三年には家集『桂園一枝』も刊行した景樹の画賛が、貴顕からも認められていたと言えるのだろう。

（三）画者の情報

次に小泉重明以外の画者について見てみたい。多くの画賛の詞書が画者の名を欠いているが、時折記されている場合もある。絵師の性格を見るため、名前からその画業が判明した職業絵師について、大まかにではあるが次のように分類した。[18]

大和絵系　土佐守（土佐派）
漢画系　狩野祐甫（狩野派）、維明和尚
南画系　文晁、大雅堂、月峰
写生画系　呉春・豊彦・景文・東洋（四条派）、沈南蘋・稲嶺（南蘋派）、在中・在明（原派）、南岳・素絢・応震・来章・蘆洲・蘆鳳・耕夫（円山派）、岸駒（岸派）
浮世絵　北斎宗理

職業絵師で名前の挙がっているものには、当代一流の絵師たちが顔を揃えている。絵師の傾向としては、京都で活躍した者が多く、また写生画系が多いのも特徴的であると言え、(19)新しい絵画技法による清新な絵に、当代の感性を当代の言葉で詠む景樹の賛が着いた画賛は、それまでの画賛にはない新鮮なものとして広く受け入れられたのであろう。どちらかというと、小泉重明が身近な存在で頻繁に交渉していた相手であるのに比べると、右記のような著名な絵師とは、一回ないし数回の交わりであり、そこに大きな違いがある。同心円の中心に小泉重明のような存在があり、その周りに数々の有名画家との交流があるというような二重の構造が看取されよう。席画などで絵師本人と何度も顔を合わせている場合もあれば、絵師とは全く面識もなく絵だけが持ち込まれる場合もあるのである。京都の文化人同士、個人的に交際のある絵師もいよう。いずれにしても、画賛とは、画者と賛者の両者の技量の釣り合いがとれてこそ成立するものであるから、当代の一流絵師の絵に釣り合いがとれた賛を詠むという意味で、景樹が必要とされているのである。このことからも、景樹の賛に対する評価の高さがうかがえる。

このうち沈南蘋のものは、芦原の蟹の絵に「郊索横行す　江浦の頭　秋来りて未だ輸芒の役を免れず」（原文は漢文。私に訓読した）と南蘋自身の詩句が着賛されていて、景樹はそれを受ける形で、

稲つかは後くいあらん芦が花まづ海童につみて捧げん

と和している。

ほかに、佐々木真足・山本重曷など景樹の門人の絵に賛を詠んだものや、前述の三宝院御門主や華道の池坊などの絵に対しての賛もあり、様々な求めに応じていたことが、画者の情報から知られるのである。

そのほか特徴的なこととしては、文政年間になってから席画の記述が増えることである。小泉重明のものはすでに述べたが、文政七年六月の「東山端の寮にて応震・蘆洲席画の賛」（八首）、同八年正月十二日「長沢蘆洲の画会」（九首）、同十五日（望南亭会始の際か）「席上画賛」（五首）、天保六年八月十二日「石州なる岡田氏の円山の画会」（十首）などがある。

景樹の名声が広く知れ渡り、その真筆を求めるという動きが身分を問わず広がったということなのであろう。そのことは、画賛量産の一因となっていると言える。

三、画賛量産の理由

最後に、これまで述べてきたことを整理しつつ、なぜ景樹がこのように大量の画賛を詠んだのかを考えてみたい。

第一に、画賛全般に関わることでもあるが、出版文化の発達や絵画の享受が幅広い層に行き渡ったことによる、絵画と文学を合わせて楽しむという時代的な風潮があること。

第二に、主に京都を中心とした様々な文化人と日々交流したことが画賛に結びついていったこと。第二節の小泉重明との関係の中で述べたように、社中での余興、楽しみとしても詠まれていて、交流・社交の具ともなっていた。また、随応上人をはじめとする貴顕からの依頼や、席画、弟子などの祝い事に賛を認めるなど様々な場面で賛を詠んでいる。このような機会に賛が詠まれるのは景樹に限ったことではなく、和歌画賛が文芸として定着していることを示すとも言えるのだが、景樹の場合はそれらが実に頻繁に行われていて、多作の要因となり得ている。

第三に、第二節の終わりで述べたことだが、景樹の歌人としての権威があったこと。門人一千人とも言われ、新しい和歌を目指す気鋭の歌人である景樹の真筆の画賛は、人気が高かったであろう。前述の『絵島廼浪』の村山松根の序には、「画題（引用者注　画賛の意）はことさらに人の及びがたき処ありて、其さまをうまくいひとられ、いともめでたきが多かるを」とあり、景樹の画賛は高く評価されていたようである。

第四に、自らの和歌を貴賤を問わず幅広い層へと広めるという狙いもあろう。画賛は、まず絵画の視覚刺激があるため、題詠よりも近寄りやすく歌の意味も解しやすい。和歌になじみのない層への影響力を持っていたと言え、桂園派の門人拡大への足がかりとして、自らの歌を広めることにつながっていたと思われる。景樹に限定されることではないが、画賛の中には和歌としての完成度が通常の詠歌に比べて低い例もまま見受けられる。このことの背景には、大衆にわかりやすく伝えたいという配慮があったのだと考えられる。

その一方で、景樹の代表歌としても挙げられる、

めせやめせゆふげの妻木はやくめせかへるさ遠し大原の里　（『桂園一枝』九七四）

は、歌日記によると文化二年閏八月六日の項に「大原女の画に人のかいつけさせたる」とあるものである。大原女は一般的な画題であるが、軽快なしらべの、口語的でわかりやすい歌が、大原女の生活感と結びついて、代表歌と成り得たのだと考えられる。和歌が幅広い層に受け入れられるようになった、また受け入れられつつあるという近代短歌前夜の時代を反映した詠み振りであり、画賛の一側面を伝える好例とも言えよう。

第五に、収入を得るという面。経済的に恵まれていたとは言えない景樹にとって、画賛の謝礼として、収入を得ることができるという側面も、量産につながる要因であったと思われる。

そして、何よりも景樹は画賛を詠むということが好きだったのだろう。たとえば文化四年九月二十三日は、「人よりおこせたる画の賛どもかく」六首のあとに、「小泉ぬしの画会、例の飯成の社にてあり。その賛」八首があり、翌日には「今日も賛かく」とあって、三首詠んでいる。ここからは、日々絵に向き合って黙々と賛を着けていった姿が思い浮かぶ。その一方で、門人たちと〈遊び〉としての画賛も楽しんでいるのである。

随応上人のように、多くの依頼をして景樹の画賛を評価してくれる人物と巡り会えたこと、また、小泉重明のように気心の知れた絵師と組んで、たくさんの画賛を制作できたことは、景樹の画賛制作を精神的にも支えたものと思われる。

また、桂園派を挙げて、画賛を盛んに詠んでいるということも指摘しておきたい。特に、木下幸文の『亮々遺稿』（弘化四年〈一八四七〉頃刊）には「画賛之部」として一三四首の画賛があり、小野務や氷室長翁の家集にも多くの画賛が収められている。景樹が画賛に対しての考えを述べた論や、弟子の聞書のようなものは今のところ見出せないが、景樹が画賛を詠むのに積極的であったことが、弟子にも影響していると考えられよう。景樹を含めて、桂園派歌人は経済的に不遇だった者が多い。門人や文化人との交流の具として、詠歌実践の場として、貴重な収入源として、桂園派歌人にとって画賛は重要な役割を占めていたのである。

注

（1）『桂園遺稿』は、上下二段組みで一七〇〇頁を越える大部な書であり、山本嘉将氏『香川景樹論』（育英書院、一九四二年）

「主要著作解説」では、総歌数はおよそ一万数千首と見積もっている。

(2) 絵を詠んだものであっても画賛とは限らないとの指摘が、鈴木淳氏「千蔭画賛録」(『橘千蔭の研究』ぺりかん社、二〇〇六年)、田中康二氏「江戸派の和歌」(『江戸派の研究』汲古書院、二〇一〇年。初出、『神戸大学文学部紀要』第三十三号、二〇〇六年三月。原題「江戸派の和歌――春海歌と千蔭歌の共通性――」)にある。そのようなものを、広く絵を詠んだ歌として、鈴木氏は「絵画詠」、田中氏は「題画歌」(春海の場合)とされている。

この問題について、本書各論部第七章「村田春海の題画歌――千蔭歌も視野に入れて――」で取り上げる。

(3) 風間書房、一九七九年。

(4) 「住吉神社京館留守居役」という役職については、住吉大社にも問い合わせ御回答を頂いたが、未詳とのことであった。

(5) 大日本書画名家大鑑刊行会、一九三四年。

(6) 風間書房、一九七四年。

(7) 『上智大学国文学論集』第二十三号、一九九〇年一月。

(8) 『桂園一枝』の「あらし山落つるも花のしづくにて雨さへをしきここちこそすれ」(一二一〇)を指していよう。

(9) 兼清正徳氏『人物叢書　香川景樹』(吉川弘文館、一九七三年)所収略年譜による。

(10) 赤井達郎氏「東山の書画会」(『京都の美術史』思文閣出版、一九八九年。初出、「絵画の新生」『伝統の定着』京都の歴史6、学芸書林、一九七三年)、小林忠氏「江戸時代の書画会――席画会とアンデパンダン展」(『江戸とは何か1　徳川の平和』現代のエスプリ別冊、至文堂、一九八五年)、ロバート・キャンベル氏「天保期前後の書画会」(『近世文芸』第四十七号、一九八七年十一月)などによる。

(11) 注(2)鈴木氏論文。氏の論中に、抱一が千蔭の死を悼んで「我画る菊に讃なしかた月見」(『軽挙館句藻』)の句を詠んだことも記されている。

(12) 「東甫と也有」『張州雑志余録』第二号、一九七五年十月。

(13) 本山仏光寺、一九八四年。

（14）御会始（歌会始）の後に画賛を詠んでいる例は、文政八年正月十五日の望南亭会始の際のものかと思われる「席上画賛」（五首）や、文政十一年正月二十日常楽寺会始の際の「来章、応震、蘆洲、蘆鳳などきたりて画かく。賛す」（七首）などにも見られる。

（15）文教書院、一九五七年。

（16）鳥取大学地域学部紀要『地域学論集』第一巻第一号、二〇〇四年十一月。

（17）『新訂　日本文化史研究』（三和書房、一九七五年。初出、「『妙法院真仁親王御直日記』に現れた写生派絵師たち」『同志社大学　文化学年報』第二十三・二十四合併号、一九七五年三月）。

（18）絵師を分類するにあたっては、『日本美術史事典』（平凡社、一九八七年）、『講談社日本人名大辞典』（講談社、二〇〇一年）、筑波大学日本美術シソーラスデータベース作成委員会編「日本美術シソーラス・データベース絵画編」（www.tulips.tsukuba.ac.jp/jart/index.html）などを参考にした。

（19）注（2）鈴木氏論文に、加藤千蔭においても円山四条派の画賛例が意外に多いことが指摘されている。また、神作研一氏「〈実景論〉をめぐって」（『近世和歌史の研究』角川学芸出版、二〇一三年。初出、「〈実景論〉をめぐって――香川景樹歌論の位相――」『雅俗』第七号、二〇〇〇年一月）には、景樹の〈実景論〉が当時の絵画論と深く関わっているとの指摘がある。

参考図版

【図版2】渡辺清画・香川景樹賛「桜狩」画賛（瀧内暁園氏蔵）。瀧内暁園氏編『名家画讃和歌百詠　心静集』（山本文華堂、一九二一年）より転載。

「おしなべてけふぞ盛の桜がりいづれの花のかげにくらさむ　景樹」

絵師の渡辺清（安永七年生、文久元年没。八十四歳）は、土佐光貞、田中訥言に学んだ土佐派の絵師で、尾張藩の絵師にもなった人物である。細かく書き込まれた丁寧な筆で、優美で温雅な雰囲気が漂う絵である。

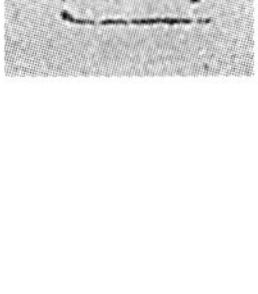

落款（清し）

賛は、歌日記の天保十年夏頃に、画賛の歌として、「大宮人の桜狩したる　花無択処」の詞書とともに記されている。「花無択処」は、『六条修理大夫集』の「いづこともわかぬさくらのはななればたづねいたらぬくまのなきかな」（一一八）の詞書に見える。

当該画賛は、大振りの桜の木の下に、公家とその家族かと思われる人、お供の者たち、総勢九人が立ち並び、遠くにある桜を見やっている風情の絵に対して、景樹は、「いづれの花のかげにくらさむ」と、より良い景色で桜を見るためにどこに座を定めるか迷っている姿と取って賛を認めている。「花無択処」は、景樹が歌日記に記すにあたり、絵の雰囲気を伝えるためにつけ加えたのであろう。

【図版3】 宮脇有景画・香川景樹賛「芭蕉翁」画賛（瀧内暁園氏蔵）。瀧内暁園氏編『名家画讃和歌百詠　心静集』より転載。
「ふりにける池の心はしらねどもいまも聞ゆる水の音かな　長門介景樹謹書」

落款（法眼有景筆）

絵師の法眼有景とは、宮脇有景で、京都で活躍した絵師（本書総論第八節参照）。歌日記の文政三年十月の記述に「芭蕉翁かた　生本願」の詞書であり、『桂園一枝』の画賛歌が並ぶ歌群に「芭蕉翁」の詞書で入る（七九六）。最も有名な芭蕉の句「古池や蛙飛び込む水の音」を踏まえた賛。

景樹には芭蕉像を詠んだものがもう一首あり、「聞からにあふがざらめや吾道にかはらぬ道のおやの教を」が、歌日記によると、文化五年八月頃に詠まれ、『絵島廼浪』にも入る（『東塢画讃集』には未収録）。

芭蕉については、和歌画賛や、詠史和歌でもよく詠まれているが、小野務の画賛に「しづくもるあまの苫屋に旅ゐして思ひもやるか象潟の雨」（『柿園拾葉』巻之一〈小野久彦氏編『小野務家集』私家版、一九三八年〉）があり、芭蕉の「象潟や雨に西施がねぶの花」（『おくのほそ道』）と、この句の下敷きとなった能因の歌「よのなかはかくてもへけりきさかたのあまのとまやをわがやどにして」（『後拾遺集』羇旅・五一九）を踏まえて詠んでいる。

また、伴蒿蹊に和文の画賛があり（本書各論部第二章で述べた）、和歌と俳諧とで道は違えど尊崇しているという詠み振りは、景樹の『絵島廼浪』所収歌と同様である。

芭蕉を詠んだ和歌では、有名な句を踏まえたものと、尊崇との二つの傾向があり、景樹はそのどちらでも画賛を詠んでいるのである。

第四章　千種有功の画賛　——画賛制作と流通の一側面——

はじめに

近世後期の国学者や地下歌人の中で、広く画賛が受け入れられ制作されてきたことは、本書総論および各論部にて述べてきたとおりである。

では、堂上歌人はどうであったのであろうか。本章では、近世後期から幕末にかけて活躍し、庶民からも人気が高かったとされる千種有功《ちぐさありこと》の画賛を取り上げてみたい。

有功の生まれた千種家は、村上源氏の嫡流久我晴通の孫で、岩倉具堯の子の有能（元和元年〈一六一五〉生、貞享四年〈一六八七〉没。七十三歳）を祖とする家で、家禄は百五十石。有功は、有能から数えて六代目の有条の次男として寛政八年（一七九六）に生まれ、文化七（一八一〇）年、十五歳で元服昇殿。同十年、有条の死により、同四年に早世した兄に代わって十八歳で千種家を継ぎ、文政二年（一八一九）に和歌所人数に加わる。文政十一年従三位、天保三年（一八三二）正三位に叙され、嘉永七年（一八五四）に、五十九歳で没している（寛政九年生とする説もある）[1]。

歌は、一条忠良・飛鳥井家・有栖川宮に師事した。有栖川宮については、人名辞典などの多くの記述が職仁親王としているが、大藪芳子氏は「千種有功序章（一）[2]」の中で、「職仁親王（引用者注　正徳三年〈一七一三〉生、明和六年〈一七六九〉没。五十七歳）は有功の生まれた寛政八年より二十七年前の明和六年に薨じておられ、有功が教を乞うたのは職仁親王の御子の織仁親王（引用者注　宝暦三年〈一七五三〉生、文政三年没。六十八歳）である」とし、最近では、盛田帝子氏が「五代職仁親王ではなく、六代織仁親王、七代韶仁親王、八代幟仁親王の可能性もある」ことを指摘している(3)。また、地下と盛んに交流のあった公家歌人という印象が先行し、当時の有名地下歌人と不用意に結びつけられ伝えられてもおり、その一例としては加藤千蔭との関わりがあるが、千蔭没年に有功が十三歳であったことにより疑問が残る。

以上のように、有功の人物像を考える際には注意が必要と思われるのであるが、本章では家集や周辺の資料を探ることにより、有功の画賛について考えていくことにしたい。

一、有功の画賛資料

有功の家集には、安政二年（一八五五）三月に刊行された『千々廼屋集』（三巻三冊）がある。序跋がないため、自撰集なのか他撰集なのかは不明であるが、有功の没後約半年で刊行されていることから、有功の意向が反映された集かとも考えられる。四季・恋・雑・長歌の各部に分かれていて、総歌数は一一八五首。刊記には「千種三位有功卿詠　安政二年三月梓行　鶯蛙園文庫」とある。鶯蛙園は有功の号。題簽には「千々廼屋集　初編」とあることから、続く集も予定されていたと思われるが、刊行された家集は本書のみである。なお、『国書総目録』などの表記は『千々廼舎集』であるが、諸本は内題・外題とも『千々廼屋集』のため、本書では『千々廼屋集』の表記を採用した（以下に述べる『千々廼屋集拾遺』も同様）。

『千々廼屋集』には、画賛が五十二首あり、それらは春部に三首、夏部に三首、秋部に六首、冬部に三首、雑部に三十七首収められていて、恋部にはない。さらに、有功の歌集類を閲した結果、画賛を収録した歌集として、以下に挙げる九種(4)が確認できた。

①『千々廼屋集拾遺』(写本・一冊)(静嘉堂文庫蔵)
②『千種有功卿御集』(写本・一冊)(三康図書館蔵)
③『千種有功卿御集拾遺』(写本・一冊)(三康図書館蔵)
④『千種有功公詠歌集』(写本・一冊)(金沢市立玉川図書館藤本文庫蔵)
⑤『千種殿家集』(写本・一冊)(大阪市立大学学術情報総合センター森文庫蔵)
⑥『有功卿和歌集』(写本・一冊)(金沢市立玉川図書館藤本文庫蔵)
⑦『三位有功卿家集』(写本・一冊)(弘前市立弘前図書館蔵)
⑧『千種正三位有功卿御詠』(写本・一冊)(慶應義塾大学三田メディアセンター蔵)
⑨『千種のにしき』(『輪池叢書』外集五・写本)(国立国会図書館蔵)

煩雑になるので、ごく簡単に各集の性質を見てみると、①は明治五年に藤原元庸(未詳)が記したとあり、②には、嘉永元年六月の竹荘主人(未詳)の序があり、様々な写本から有功の歌を集成したとある。③は、刊本『千々廼屋集』に『四十七義士に詠ず』を付したもの。④は、②の転写本を高橋富兄(金沢歌壇の中心的人物)がさらに増補した集で、明治三十一年の奥書を持つ。⑤～⑦も、②④と近い性質を持つ集で、⑤⑥はそれぞれ独自に増補したもの、⑦は抄出したものである。⑧は他の集と比べて独自歌が多く、⑨は、西村正従なる人物の編で、古筆了仲の序を有し、①と一致する歌が多い。

これらには、『千々廼屋集』のものも含めて約二百首の画賛が見られる。この歌数からは、例えば本居大平の『画賛歌』三一九首や、香川景樹の『東塢画讃集』一一〇四首と比較すると、多いとは言えないものの、右の歌集に未収録の歌が書きつけられた画賛も複数存在する（本章第四節参照）こと、次節で扱う書簡の内容などを加味すると、有功がその生涯において詠んだ画賛は相当数あったことが予想されるのである。

また、博物館図録などにも、有功が有名な公家であったことからか、その画賛の画像が収録されている例がいくつか見られる。(5) このことについては、後に触れたい。

二、量産の背景

それでは、なぜ有功は多くの画賛を詠んでいるのであろうか。

一つには、同時代の風潮として、詩歌を嗜む者がそれぞれのジャンルで賛を認めることが一般化していたという面がある。そのことについては、これまで述べてきた通りである。

また、有功個人に帰する要因としては、収入につながるという面も大きかったようである。千種家の家禄は百五十石とあり、有功は生涯散位（位階のみで官職のない身分）であった。当時の、公家の多くがそうであったように、千種家の家計が逼迫していたことは、後述するような周辺人物の書簡類によってうかがえる。歌集類にも、画賛のほか、花入や自ら鍛えた刀などの銘として詠んだ歌が多く見られ、歌を詠みそれによって謝礼を得ることが、大きな収入源となっていただろうことが推測できる。もっとも、当時の公家歌人全体にも言えることであるし、歌人や、ひいては詩歌や文筆に携わる人々のほとんどがこのようなことを行っていたとも言える。

では、公家である有功はどのようにして自らの画賛を、いわば「商品化」していたのだろうか。

その一端を示す資料として、千種家に仕え、内々のことを取り仕切っていた女性たちの手による書簡[6]から、有功の画賛がどのようにして地下の人々の手に渡っていったのかを見てみよう。

なお、いくつかの書簡中に「大殿」とあるのは、有功の父及び祖父はすでに他界していることと、有功に仕えた高畠式部（天明五年〈一七八五〉生、明治十四年〈一八八一〉没。九十七歳）が、自らの家集『麦の舎集』（文久二年〈一八六二〉序、慶応四年〈一八六七〉自跋）所収歌の詞書で、「大との有功卿」と記していることから、有功のことを指していよう。「中との」は、有功の養嗣子・有文を、「若との」はその子（有任か）を指すものと思われる。

（一）酒井利亮とのやりとり

まず『愛知県三好町福田　酒井家文書（四）——地域知識人書簡（Ⅲ）——』[7]（以下『地域知識人書簡』と略す）に載る酒井利亮宛書簡を見ていきたい。

解説によると、書簡を所持する酒井家は現在の愛知県三好市福田にあたる場所で代々眼科医を務め、三河の医家の取締を行った家で、特に十代当主酒井利亮が和歌をはじめとした諸芸を嗜む文化人として活躍している。利亮は、子の利泰により記された『履歴書』には「嘉永年間正三位有功卿ニ師事シ歌道ヲ学ビ、後江都ノ小林歌城ヲ師トス」とあり、有功の晩年に入門したことがわかる。また、森繁夫氏『名家伝記資料集成』（思文閣出版、一九八四年）には、村上忠順と親交があり、勤王の志が篤かったとある。その利亮のもとには、有功への染筆依頼やその受け取りに関するやりとりがうかがえる書簡が複数残されている。

京都の加藤真照院（四通）、竹（一通）、加藤兵部（一通）らからの書簡がそれで、『地域知識人書簡』の解説によると、この三人は、千種家の関係者であり、加藤真照院と竹は母娘で、加藤兵部との関係は未詳とある。書簡の内容などを見てみると、日々、有功などの側に仕えて、家内のこまごまとした用事をこなしていた人々と想像される。その中から、加藤真照院と竹のものを見てみよう[8]。

まず、加藤真照院書簡③（二月八日付）を見てみよう。ここには、御殿へ春の御祝儀として金子百疋献上の御礼と内々の者への祝儀の御礼があり、そのあとで、

一、昨年こなたゟ御頼申御染物、御せ話下され右金子も残らず落手致候。

一、毎度〳〵戴候御染筆物、御座候へば御下し申候やう御申下され、忝、仰まかせ、御ゐさん物、御ちらし都合廿まい相下しまいらせ候まゝ、御望方も御座候へば、御ゆづり下され。何も〳〵御せ話様ながら、よろ敷〳〵御頼申上まいらせ候。

とあり、利亮が、千種家の染筆物を望む人々の仲介をし、また既に作られた画賛や散らし書きを保管して、求める者がいれば金子を取って譲るという、画賛の斡旋のようなことをしていたことがわかってくる。「毎度〳〵戴候御染筆物、御座候へば御下し申候やう御申下され」という文面から、利亮が積極的に関わっていた様子も伝わり、一度に二十枚もの「御ゐさん物」（画賛）類を千種家から預かり、取り捌いているのである。地下の歌人の場合には、書肆などが同じような役割を果たしていることがあるが、ここでは、地方の有力者でもある門人を中核として、その地方に京都の公家である千種家の染筆物が広まっていったという構図が看取されるのである。

加藤真照院書簡①（八月二日付）には、

先達、殿様へ御染筆御願成度よしにて御登しの御品、大へんの節、留主中にて、道具るゐ出し先あしく、いかゞ相成候や。いろ〳〵とぎんみ致候へ共、只今に出不申。尤、外品も沢山にふんしつ致、ま事に〳〵御まへさま方へ申わけ無御事に御座候。く《ママ》わしくは極楽寺様へ御願申置御座候へば、定召〳〵御聞取被下候御事と、右御返事

のみ相まちおりまいらせ候。

とある。「極楽寺様」とは、名古屋大須にある浄土宗西山禅林寺派極楽寺の観識上人と関係があるかと、『地域知識人書簡』の解説にある。極楽寺様より依頼のあった染筆物を紛失したので、利亮を介して極楽寺様にも事情を伺って欲しいとの文面である。(9)

また、これに続く部分には、「中殿様」が御用が多くて「御本」(の書写)が延引しているが、近々できそうだという旨が記されている。家中そろって染筆に励んでいたことがわかるのである。

続いて、竹書簡(十一月五日付)を見てみよう。御礼金を受け取ったことへの挨拶のあとに、

一、先達御のぼしの御ゑ二枚、せつかくに御さん御出来に御座候へ共、大へんにてふんしつの義、ごく楽寺様よりくわしく御聞取被下候由にて御心よく御申のぼし被下、まことに〳〵忝存まいらせ候。猶御礼金の所も御尋被下候へ共、なか〳〵御礼の所申入候どころにては御座無、猶あとより右のかわり御のぼしの由、御申こしに候へ共、御機げんよく入らせられ候はゞ、此度は早そく願候へて下し候へ共、只今の仕合かわりのなき御事にて、何共〳〵申様もなき御気毒さ、かぎりなく存まいらせ候。どふぞ外々にても聞合、有功様の御ゑさん物、どふぞ〳〵右のかわりとしてさし上度存聞つくろひおりまいらせ候へ共、只今に手に入不申、いづれ〳〵延引に相成候へても、御かわり返上致度存まいらせ候。左様思召被下候。

とある。書簡は、絵が二枚持ち込まれ、その絵に千種家で着賛したが、それを紛失してしまい、代わりの物を所望され、早速有功様の画賛を差し上げたいが手元にないので、入手でき次第お渡ししたいという内容である。紛失したのが誰であるかが分かりにくいが、千種家の方での手違いなのであろう。これに関しても年号の表記がないため、はっきりとはしないが、前掲の真照院書簡①の内容と関連していると考えられる。

なお、ここでは省略したが、この書簡の後半部では、七日に行われたある人物の葬儀と、母の重病について述べられていて、母の受け持っていた染筆物に関する仕事を、娘の竹が受け継いでいるのである。

ところで、加藤真照院書簡①と竹書簡について、内容を検討した結果、この書簡が書かれた時期は嘉永七年ではないかと推測される。画賛紛失の原因ともなった「大へんの節、留主中」とは、四月六日の内裏炎上と、それに伴う里内裏への公家たちの御共であり[10]、竹書簡の九月七日の「御そうしき」とは、同年八月二十八日に没した有功の葬儀ではないだろうか。竹は御香御供の御礼も述べている。さらに、竹書簡には、

一、まい〱ど中かね候へ共、大殿様御機げんよろしく入らせられ候節より、戴おきまいらせ候大殿様御よみ遊し候のを、殿様御うつしに相成候。もし御のぞみの方も御座候はゞ、御ゆづり被下まじくや、百枚にて三両二分程にゆづり度存まいらせ候へ共、また〱いかやうにても御斗被下度御頼申上まいらせ候。此御歌外へはとんと〱参り御座無様にうかゞいおりまいらせ候。

とある。この部分は、「大殿様御機げんよろしく入らせられ候節より」が、現在ではその状況が失われていることを意味し、「戴おきまいらせ候大殿様御よみ遊し候の」が、有功による自撰家集（『千々廼屋集』の元となったものか）をさしていて、有文をうかがわせる「殿様」が写した写しを希望する人に譲りたいと言っているのではないだろうか。「百枚」とあるのが歌集と断定するのには不安材料であるが、百丁と解すれば大部な歌集であると考えられる。なお、別人が写しているので、有功の染筆物というわけではない。

ともあれ、具体的な金額が示されていて、風雅さには欠けるものの、利亮が都合四両分の染筆物を引き取ったことも同書簡から判明するなど、有功の死に際して、大量の染筆物を引き受けることで金銭的なサポートをしている門人の姿がうかがえるのである。

（二）村上忠順とのやりとり

次に、高畠式部が村上忠順（文化九年生、明治十七年没。七十三歳）に宛てた書簡を見ていく。

高畠式部は、千種家出入の針医・高畠清音の妻で、もとは香川景樹の門人であったが、景樹の没後は有功に歌を師事した人物である。同時に、後に見る書簡にあるように、夫の仕事柄、妻の式部も千種家に出入りして内々の仕事を手伝っていたようである。

一方、村上忠順は、三河国刈谷藩主に侍医として仕え、国学を植松茂岳や本居内遠に、歌を石川依平などに学んだ人物である。

当該書簡は、『近世歌人書簡集』第三冊（『碧冲洞叢書』第三十七輯）[11]所収の、「高畠式部書簡」（其二）で、忠順の手による端書に、「式部　嘉永六年癸丑十二月九日着」とあり、ここから有功最晩年であることがわかる。

引用に際しては、私に重要と思われる箇所に傍線を引き、通し番号を付した。

この十とせまり三四とせ斗、千種のとのの御手本の御まかなひ、うち／＼おふせごとたえずなむ。元は歌ずきからかくなり行、今さらのがれたうねき侍れど、兎に角に間に合せ玉ひて、おのれはなれ奉れば、外にかはりなく、俗なるまかなひ事なども、おしとげさせ頼み玉はるにつきて、なほ／＼いそしく、おのれならではのやうに仰ごとにて、此朔日にも、わかとのに御うらかた入らせられ、何くれとりまぎれ、其中にも、①もろの国々より御筆ものたのみまいり、おのれの手より出れば、あやしき品出ずと、かつはまう上りては御目通りなど、御入内など、何かと取つぐ用多く、いみじきまで日に／＼御とのに通ひ侍るに、大かたは心に懸ながら、友がきに怠り、つみうるわざになん。君もさるかたにゆるひ玉る様、ねぎたびまつるになん。かつまた、君の御歌さま／″＼、おのれの題にてよみ出、かひ付、承るを、いづれも〳〵かんじくりかへし侍る。いづれをかなづみ侍らん。をかしく打はへ侍りて、くる友がきにもみせはやし侍る。②千種の君の大殿は、大かたの国々処々より、③御礼のこがねあげ爰てまをしうくるに、やう〳〵あそばされ、其ねぎごとに、おのれは日々かゝり居るてふことになん侍れば、めづらしからむとに中とのと若とのの御画讃物侍れば、一ひらたびまつり侍る。はるかなるかたにわたりては、送り侍るになん。

この書簡は、千種家に仕える式部の日々の様子が綴られていて、歌道の弟子、そして出入りの針医の妻としてのみならず、有功から頼られて内々の仕事（「御手本の御まかなひ」）をしていることが見て取れる。

傍線部①では、諸国より染筆依頼があり、「おのれの手より出れば、あやしき品出ず」の部分の意味が取りにくいが、千種家から大変頼りにされていたことが書かれているので、この部分も、式部に任せれば間違いがないと信頼されていることを、やや誇らしく述べているのであろうか。②では、有功の染筆物を求める申し出が全国から届くこと、③では、有功だけでなく「中との」や「若との」（有文の子・有任であれば当時十八歳）も画賛を詠んでいることがわかるのである。

なお、千種有功の門人帳「有功卿御門人方校名幷居処之扣」(12)は、弘化元年（一八四四）のもののみが現在知られているが、そこには式部の仲介により門人に加わったことを示す「刀美子口入」「式部口入」の文字も見られ、式部は、有功と入門希望者をつなぐ役割をも担っていたのである。

さて、これらの千種家の内々の仕事に関わった女性たちの手紙からは、歌書類の書写や画賛などの染筆による収入に頼って生活する公家の姿が浮かんでくるのであるが、ここからはまた、別の面もわかってくる。それは、画賛などの依頼の取り次ぎを彼女たちがしていたということである。さらに、すでに染筆の済んだ画賛などを保管もしていて、場合によっては有功に伝えることなく依頼を受けて画賛を選び、受け渡している様子も知られる。絵が持ち込まれた場合などは、それを有功に取り次いで染筆してもらうなどしたのであろう。職掌の一部として染筆物を管理する者がいて、染筆が家業の一つとして機能していたことがうかがえるのである。酒井利亮のように、入門してまだ日の浅い門人であっても画賛を依頼し、仲介のようなことを行えるのも、千種家の側にこのような染筆物を取り仕切る窓口があったためなのであろう。紛失などが生じるのも、大量の染筆物を扱っていたことの傍証ともなろうか。

しかしながら、収入源という面のみが、有功の画賛量産につながったとは考えにくい。そこには、やはり何か歌人としての文学的な要因があったのではないだろうか。

そこで考えられる要素として、歌題（歌材とも置き換えられよう）の拡大がある。ほかの歌人たちにとっても、画賛を詠むことは、それまでの古典和歌にない題材を詠む機会ともなっている。しかし、有功にとって歌題を拡大するということは特別な意味を持っていた。『唐詩選』の絶句を題として歌を詠んだ『和漢草』や、『古今集』の歌を題として、本歌取りした『ふるかゞみ』(13)、『百人一首』を題とし本歌取りした『千種有功卿百首』、物産学者山本世孺（亡羊）と比叡山にのぼり、道々で見つけた草木の名を詠み込んだ『天台採薬和歌』、赤穂義士の活躍を一人一首の形で詠んだ『赤穂義士四十六首附一首』『四十七士賛』(14)など、和漢の古典文学や、当時流行した本草学、江戸時代の庶民の心を捉えた赤穂事件など、あらゆる分野に取材して和歌に詠み込もうとする題材拡張への積極的な態度が見て取れる。堂上和歌の枠に収まりきらなかった公家歌人として、歌を詠むということが何なのか、閉塞感のある古典和歌にどうすれば新風を吹き込むことができるのかという課題に挑んだ結果なのかもしれない。

そのような有功の、和歌に「新しい何か」を求める姿勢と、文学とは異なる表現形態を持つものの、技法も題材も様々に拡大を続ける近世期の絵画とは、相通じる所があったのだと思われる。

では、「描かれた何か」という歌題を与えられた有功はそれをどう表現していったのであろうか。次節で考えてみたい。

三、有功画賛の詠み振り

有功の画賛にはどのような詠み振りが見られるのであろうか。ここでは、いくつか例を挙げて見ていきたい。

有功の画賛の詠み方で目立つものとしては、慶賀性のある賛である。『千々廼屋集』に限ってみても、十首ある。この特質は、屛風歌や画賛にそもそも備わっているものである。当代歌人も多く慶賀的な賛を詠んでいて、最も一般的な賛の詠み方と言えるだろう。ただし、有功の場合、たとえば「松陰に鶴むれゐるかた」(『千々廼屋集』)のような、画題からすでに祝賀性の高いものだけでなく、

滝まつりのかた

浦鶴の千世よばふ声は山とよむ滝の音にもまぎれざりけり　(『千種殿家集』)

志賀の里成《なる》黒主の像を

から崎の松より高き君をとひて千代をふもとに思ほゆる哉　(『千種有功公詠歌集』)

のように、慶賀を詠むことが本意ではない、あるいは希薄なものでも、慶賀の意を持たせているところに特徴がある。

次に、従来の古典和歌の伝統的な詠み方に捕らわれず、柔軟な発想で詠まれた賛を見ていきたい。

画賛は、通常の題詠よりは自由に詠まれる傾向が認められるが、有功の場合、思いもよらないような着眼点で歌を作っている。しかし、古典和歌を深く学んだことに裏打ちされているためなのか、一首として違和感なく仕立てられ

ている観がある。

まず、

藪柑子に雪のかゝりたる画に

ふる雪にかくれもあへぬ藪かうじひよ〳〵と鳴とりにしらるな　（『千種殿家集』）

は、白い雪の中、赤い実を見せる藪柑子に対して、降る雪に完全に隠れないとひよひよと鳴く鳥に見つかって食べられてしまうよと呼びかける、童謡のような愛らしい賛である。「ひよ〳〵」は、鳥の雛の鳴き声を表す擬音語であり、『枕草子』「うつくしきもの」では、鶏の雛に用いられるが、和歌には見られない表現である。詞書が絵をすべて描写しているとは限らないので、鳥も描かれていた可能性もあるものの、たとえ鳥と藪柑子の組み合わせの絵であったとしても、その実を食べる鳥の様子を思い浮かべて賛にすることには、有功の発想の新しさが感じられる。

また、

早苗植わたしたる所

たてぬきに植し山田の若苗は賤はた衣のこゝちこそすれ　（『千々廼屋集』ほか）

は、水田に早苗が整然と規則正しく植えてある様を、「たてぬき」（機の縦糸と横糸）のようだとし、そうしてみるとこの若苗の植えられた田は、「賤はた衣」のように見えてくることだという見立ての歌である。「しづはた（倭文機）」は、もともとは楮・麻・苧などの横糸と青や赤に染めた縦糸で縞模様を交ぜ織りにした日本古来の布であるが、賤の女が織る衣という解釈もあり、ここでは後者の意で用いていると思われる。「しづはた」と「たてぬき」が共に詠み込まれた歌には、古くは『貫之集』の恋歌に、

しづはたにみだれてぞおもふ恋しさはたてぬきにしておれるわが身か　（六二七）

があり、またその影響下に詠まれたとおぼしき『能因法師集』の「早春庚申夜恋歌十首」の雑二首のうちの一首、

たてぬきに思ひみだれぬしづはたのたえてわびしき恋にも有るかな　（九）

がある。ここでは、「しづはた」は想い乱れた恋の情を比喩的に表すものとして用いられている。

『新編国歌大観』『新編私家集大成』を検した限りでは、植えられた苗を賤機衣に見立てる例、あるいは整然と植えられた苗や田を衣（ころも、きぬ）に見立てる例は見出せない。もっとも、たとえば藤原家隆の、

いかばかりたごのさ衣みしぶつき雨もしみみに早苗とるらん　（『壬二集』五二九）

のように、古典和歌では農作業をする賤の女の衣を詠むことで、その労苦を思いやるような詠み振りが散見するので、道具立てとしてはありふれたものにも思えるが、水田の苗と苗の間が開いていることを、目の粗い粗末な布に見立て、それを織り、着用する賤の女を連想させるという点で、見立てとして工夫のあるものになっている。

さらに、

松竹梅の絵に

松の尾も竹田も春の色そひて梅津のさとは梅かほ（ママ）るなり　（『千種有功公詠歌集』ほか）

は、「松竹梅」をそれぞれ「松尾」「竹田」「梅津」といった京都の地名に置き換えて詠み込み、松と竹の変わらぬ緑にも春の色が加わってさらに若々しさを増したことと、絵では表現できない梅の香を取り合わせた賛になっている。松竹梅の画題は、先に述べたような祝賀性を専らとするものであるが、ここでは歌の内容自体には祝賀性は薄く、それよりも京都の地名で松竹梅を取りそろえた目新しさが際だつ賛である。

これらの賛は、描かれたものに、描かれていないものを付け加える、または描かれたものを別のものに見立てることで、絵に全く違った見方を付与している。

次に、有名な古典和歌の一部を断ち入れる、または、古歌の特徴的な表現を、本歌の意味とは別の形で用いる例を見てみよう。

六月祓のかた

千早振神代の事も思はれて涼しきものはみそぎ也けり

麻の葉の流れてとまるい《（ママ）》せきにも我身の罪は残らざらなん

（『千種正三位有功卿御詠』）

は、次の『古今集』秋下の二首を踏まえている。

二条の后の春宮のみやす所と申しける時に、御屏風にたつた河にもみぢながれたるかたをかけりけるを題にてよめる　　素性

もみぢばのながれてとまるみなとには紅深き浪や立つらむ　（二九三）

在原業平

ちはやぶる神世もきかず竜田河唐紅に水くくるとは　（二九四）

有功の一首目は、言葉の上では業平の歌を踏まえているが、「千早振神代の事」とは、『日本書紀』の伊弉諾尊が、黄泉の国から帰還し、筑紫日向でする禊ぎを指している。下の句は、六月祓が六月晦日の行事で、身が祓い清められて清々しい心持ちになるとともに、夏が終わりこの日から涼しくなるとされていることによるものである。

二首目は、素性の「もみぢばのながれてとまるみなと」の「もみぢば」を、祓で使われる「麻の葉」に、「みなと」を「ゐせき（堰）」に替えて、麻の葉は止まるけれども我が身の罪は残らないで流れていくことだろうという対比関係が示されている。ここでの『古今集』歌と有功歌には、川の流れに関係する歌であることと、そこを流れていく葉（『古今集』歌では紅葉、有功歌では麻の葉）という共通点があり、そのため別の季節の風物を詠んだものであっても、本

歌との二重写しが可能になっている。

また、

一本菊のかた

むさし野ゝ一もときくの千代をしももらさでつまん我君のため　（『千種殿家集』）

には、「むさし野ゝ一もと」に、

紫のひともとゆゑにむさしのの草はみながらあはれとぞ見る　（『古今集』雑上・よみ人しらず・八六七）

の影響があり、「つまん我君のため」には、同じく『古今集』歌の、

君がため春ののにいでてわかなつむわが衣手に雪はふりつつ　（春上・二一・光孝天皇）

の雰囲気が感じられる。

ここでの有功歌と「紫の」歌の関係は、「むさし野ゝ一もと」に「紫のひともとゆゑにむさしのの」を凝縮して表現し、また白菊の花は紫色に移ろっていくので、そのことへの連想も「紫の」の歌によってもたらされている。光孝天皇の歌とは、野に出て君のために摘むという行為と、またそれが君の長寿を願うゆえというところ（若菜も菊も共に長寿の縁起物である）に共通点が見られ、季節が春と秋とで異なるものの、違和感なく踏まえられた歌が想起されるのである。この場合も先に述べたように慶賀性が付与されている。

ほかにも、『土佐日記』の住吉の場面を踏まえた、

水月のかた

住の江になげしかゞみの今もありててるかとみれば秋のよの月　（『千種正三位有功卿御詠』）

や、『枕草子』による、

犬の賛

此宿に飼《かへ》る犬の子長らへて翁丸にもなれよとぞおもふ

（『千種殿家集』）

など、古典文学を用いた賛もみられる。前者は、月を鏡に見立てることは常套的であるが、水月から『土佐日記』の「眼もこそ二つあれ、ただ一つある鏡を奉る」として投げ入れられた鏡を思い起こしている点に工夫が見られる。後者は、『枕草子』に登場する犬、翁丸の名前によせて、長生きをして翁になってほしいと犬の子の成長を祈っている。

そのほかにも、『徒然草』の大根武者の画賛や、「兎の木船にのりたるかた」と「狸の土船にのりたるかた」が対になったカチカチ山の絵の賛など奇抜な画題への着賛も見られる。

以上の歌うたからは、画題も享受層も様々な中、自在に賛を詠んでいく有功の多才さが見てとれるのである。そして、一見新奇な表現をしていても、和歌や古典に対する深い教養に裏打ちされているために、歌に奥行きがあり俗に流れず飄逸な表現となり得ている例が多い。柔軟性とバランス感覚が有功の画賛の特徴と言えるのであろう。

四、写真資料による鑑賞

では、実際の有功の画賛とはどのようなものであったのだろうか。図録類にみられる有功の画賛四点の写真資料を挙げて、考察していきたい(15)。絵師の情報や画題、絵と賛の関わり方、また、画賛は詩（歌）・画・書三絶と称されるように、三つの要素が一体となって成り立っている美術のため、それらの融合についても鑑賞してみよう。

これらの賛は、【図版5】以外は、今回調査した歌書に見られない歌である。有功が相当数の画賛を詠んでいたことは、前掲の書簡類からも想像されるが、その中でも手控に書き留められた歌は限られたものであったのだろう。

【図版4】隆賢卿画「月に郭公」画賛（瀧内暁園氏蔵）。瀧内暁園氏編『名家画讃和歌百詠　心静集』（山本文華堂、一九二一年刊）より転載。

画者の「隆賢卿」は、『系図纂要』によると、公家である鷲尾隆純の子で、兄隆敬の養子となり家を継いだ鷲尾隆賢（文化九年生、文久元年没。五十歳）で、弘化四年に正四位下右中将とある。

絵は、月の前を横切る一羽の時鳥を描いている。時鳥は口を開けていて、鳴いている様子がはっきりとわかる。有功の賛は、左から四行書きで「ほと丶ぎす待しはこれぞあり明のかたぶく月になのる一こゑ」とある。

もとの写真がモノクロでやや不鮮明なためわかりにくいが、画面の左端で下の部分がおぼろに消えかかっている月が、時鳥と同じ高さにあることから、月の沈む時刻であることが思われ、賛にある「有明の月」という感じが良く出ている。絵と賛の関わり方を考えてみると、俳画で言う「べた付け」のように、賛が絵に忠実すぎて、絵の説明になっているとも言えるが、「待しはこれぞ」という口語調が、夜を徹して時鳥の声を待ちわびていた臨場感を伝えていよう。

なお、有功の賛には通常記されている「正三位」の官位表記がないのであるが、ここでは画者の隆賢の表記と合わせたことによるものと考えられる。

【図版5】「裾野牧馬」自画賛（瀧内暁園氏蔵）。『名家画讃和歌百詠　心静集』より転載。

賛は「雲井にもかけらんとこそおもふらめふじのすその丶はるのわか駒」とある。『千々廼屋集』春部に「春駒」の詞書で入集している。この場合、歌がまず先にあってそれを自らの絵に書きつけたのか、歌と絵の発想が同時に成って絵を描き着賛したのか、絵を描いたあとで歌を詠んだのか、どのようにしてこの画賛が成り立っているのかは不明

であるが、絵と賛にやや距離があることから、発想の似た自画に旧詠を書きつけたものと想像される。

絵は、画面下方に若々しい馬が二頭、遠くの方を眺めていて、富士の裾野の広い草原には風が吹き渡っているのであろう、丈の高い草が斜めに靡いている。画面の中心には、ぼんやりと山容のみがわかる富士山があり、春霞が立ちこめていることがうかがえるのである。

賛は、「かけらん」がやや耳慣れない表現であるが、雲井までも駆け上っていけそうな若駒の生命力を称えたものであろう。

【図版6】酒井抱一画「雲雀に春草」画賛（姫路市立美術館蔵）

酒井抱一（宝暦十一年生、文政十一年没。六十八歳）は、姫路藩主酒井忠以の弟で、江戸琳派の絵師である。有功の署名には正三位とあるが、有功は、抱一の没年である文政十一年に従三位に叙されているので、この画賛は、絵自体は文政十一年以前に描かれていて、賛のないまま、保管されていたものに、抱一が没した後、有功が正三位に叙された天保三年以降に着賛したものと考えられる。

賛は「はるくさのはなさくのべをわけくればこゝろそらにもなくひばりかな」。

なお、有功にはほかにも雲雀を詠んだ画賛として、

雲雀あがる所、下にすゞなあり

けふも又あそびくらしつ春日野ゝひばりの床をかたはらにして　（『千種殿家集』）

がある。

「花咲く野辺」という表現は、『新編国歌大観』および『新編私家集大成』を検すると、七例の用例が見られるが、そのうち春のものは、頓阿の長歌に「花咲く野辺のつぼすみれ」（『続草庵集』・五〇四）と使用されているのと、『公賢集』で岩躑躅と取り合わされている（五五五）もの、鶯とともに詠まれた『新明題和歌集』の中御門資熙歌（九〇二）があるが、一般的には「花野」は秋の歌ことばで、萩などの秋の草花と詠まれることが多い。

有功の賛と似たような表現としては同時代の村田春海に、

なつかしきすみれの床をよそにみてあがる雲雀ぞ心そらなる　（『琴後集』〈文化十年刊〉・一五七六）

がある。

雲雀は通常上がるものであるが、描かれた雲雀は急降下している。雲雀の羽から頭にかけての斜めのラインと、有功の賛の文字の行頭のずらし方が、ほぼ同一の方向に揃っていて、画賛の鑑賞者の視線を、まず雲雀と賛に引きつけ、

そして賛と雲雀のラインによって促すように、足もとに可憐に咲く菫や、白い花の蒲公英、土筆、蕨へと導いていく。ゆったりとした画幅の中に点在する草花や雲雀、有功独特の文字が、うららかな春の日を思わせる雰囲気のある画賛である。

【図版7】　一蕙画「（若菜籠）」短冊画賛　森繁夫著『名家筆蹟考』下（横尾勇之助刊、一九二八年）より転載。

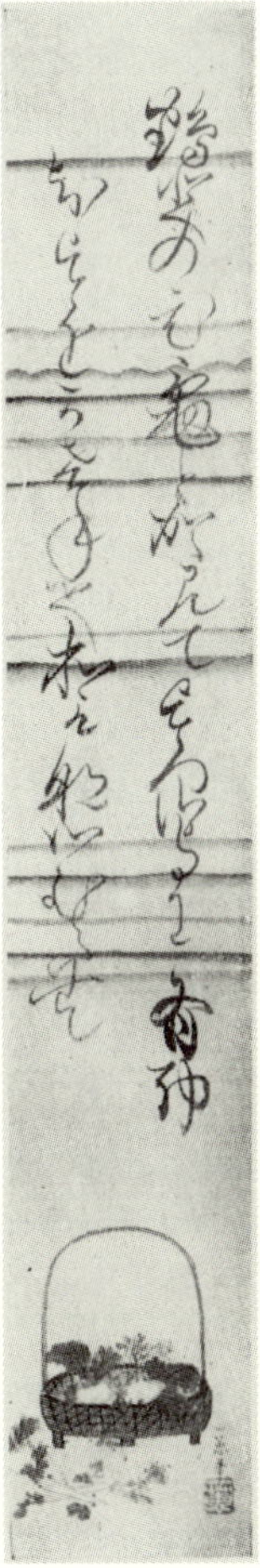

絵を描いた浮田一蕙[16]（寛政七年生、安政六年没。六十五歳）は、田中訥言に師事した復古大和絵派の歌人で、勤王家でもあり、安政の大獄の際に捕らえられている。

賛は「鶴とのび亀とかゞみてよろづよにちよをかさねてわかなつむらむ」とある。「鶴とのび亀とかゞみて」は、若菜を摘むために立ち上がったり屈んだりする様子を、千代万代を経るという鶴亀の様子に見立てたユーモラスな表現である。「よろづよにちよをかさねて」の表現は、『正治初度百首』の祝題で、藤原俊成が、

よろづ代に千代をかさねてやはた山君をまもらん名にこそ有りけれ　（一二〇〇）

と詠んでいるのに先例がある。

以上、図録などに見られる有功の画賛を見てきた。抱一の「雲雀に春草」図のような美術史的にも価値の高いものから、自らの絵に着賛した自画賛、また絵短冊にも着賛していて、有功の画賛の幅広さがうかがえる。それはまた、享受者の幅広さとも直結しているのである。

ま と め

以上、千種有功の画賛について、その量産の背景と詠み振りについて考察してきた。

有功がその絵に向き合ったことで詠まれた、有功以外では詠むことのできなかったであろう一回性の強い賛だと感じられるという点に、有功の画賛の特徴が認められるように思われるのである。型にはまらない賛の在り方は、そのまま有功の和歌観ともつながっているのであろう。

そのことを示す端的な例として、家集『千々廼屋集』の巻頭歌二首、

立春

霞むらん神路の山も忍ばれてかしこ所の今朝の春かな
打はへてやはらぐ春に也にけり天地人のみつのまごゝろ

という、通常の立春詠とは趣を異にする歌を挙げておく。一首目の「かしこ所」は、『新編国歌大観』および『新編私家集大成』を検した範囲では、文明十四年（一四八二）六月『将軍家歌合』で「祈世神祇」の題で詠まれた、冷泉為広の、

まもれ猶かしこ所のかしこさは千代もといのる君がひつぎを　（一九三）

と、山科言継の家集『権大納言言継卿集』に「禁中神楽」の題の、

　わが君のちとせを猶もいのるてふかしこ所の前張のこゑ　（四四五）

にあるのみである。二首目の「天地人（あめつちひと）」も、後土御門院の家集『紅塵灰集』に一首、岩城の連歌師広幢の『広幢集』に三首見えるのみの比較的珍しい表現である。「立春」という最も一般的な題であり、家集の巻頭でもある歌に、このような古典和歌の伝統には稀な表現を積極的に用いることからも、有功の歌人としての挑戦がうかがえるように思われる。

　古今東西のものを題として、様々に歌を詠んでいった和歌に対する旺盛な意欲と、画幅に描かれた多種多様な絵を題に歌を詠むということは、有功の中でつながっていたと思われる。そういった伝統性からの逸脱は、和歌に対する強い想いゆえのことであったのだろう。妄執とも言えるほどの彼の和歌への想いが、当時の堂上歌壇の行き方と折り合わず、独自の道を歩むことをさせたのかもしれない。

注

（1）『公卿補任』には、寛政九年生とある傍らに（八カ）とある。

（2）『季刊歌学』第十号、一九七八年九月。

（3）盛田帝子氏「歌道宗匠家と富小路貞直・千種有功――近世中後期堂上歌壇の形勢――」『国語と国文学』第八十八巻第五号、二〇一一年五月。

（4）ほかに調査できたものとして、『有功卿歌集』（慶應義塾大学三田メディアセンター蔵）があるが、内容は『犬物語』。

（5）各地の美術館・博物館、図書館などで収蔵されている和歌画賛は膨大な数に上ることと思われるが、画集などでも取り上げられるのはごく一部であり、多くが死蔵されていることが予想される。その中で、有功のものは、ある程度の数が知られ

ている。

（6）加藤真照院などの酒井家に伝わる書簡については、中澤伸弘氏「近世後期堂上歌人千種有功の基礎的研究」（『国学院大学近世文学会会報』第十二号、二〇〇六年三月）により、高畠式部の書簡については、注（2）大藪氏論文により知り得た。

（7）三好町酒井家調査団編、三好町発行、二〇〇〇年刊。

（8）広く画賛を含む用語であり、また同じような手続きで画賛もやりとりされていると思われるので、「染筆」という言葉のみが出てくる場合でも考察対象として取り上げた。以下同。

（9）加藤真照院③書簡（二月八日付）にも「一、極楽寺さまゟ御染筆物参り不申よし。うけ給りまいらせ候」とある。

（10）簗瀬一雄氏・山本嘉将氏・熊谷武至氏編『近世歌人書簡集』第三冊（『碧冲洞叢書』第三十七輯、私家版、一九六三年刊。復刻版『碧冲洞叢書』第七巻、臨川書店、一九九五年）所収、村上忠順宛高畠式部書簡（其三）に、「此さとの聖護院の宮へ皇居あらせられ、しばしの程にてあらせられ侍れど、御房様かたも、御取ものも取あへさせず、御白に御さけ髪、堂上のこらず御供にて、太子様も御乳の人御おひまして、きぬを取せまし、前代未聞の事也」とある。この火災については、冷泉為人氏「公家町の災害と防災——内裏（仙洞・大宮）御所をめぐって——」（『歴史災害と都市——京都・東京を中心に——』立命館大学・神奈川大学21世紀ＣＯＥプログラムジョイントワークショップ報告書、二〇〇七年）に、「孝明天皇の嘉永七年（一八五四）四月六日の午刻（正午）、女院御所の局から出火。またたく間に仙洞御所は炎上し、火は内侍所、紫宸殿などに移って、ついには内裏、女院御所にまで広がり、殿舎はことごとく炎上した。火は内裏や仙洞御所などに止まらず、一条家、烏丸家に及び公家邸宅の多数を焼亡させ、さらに町家にまで飛び火した。北は今出川通、東は不詳、南は下立売下ル、西は千本通まで焼失した」とあって、被害が甚大であったことがわかる。

（11）注（10）簗瀬氏ら書。

（12）大阪市立大学学術情報総合センター森文庫蔵。森繁夫氏著『人物百談』（三宅書房、一九四三年）収載の「千種有功門人帳」に詳しい考証がある。

（13）慈円の家集『拾玉集』には、「以古今為其題目」とある百首歌があり、その本文は、

とし の内に春はきにけりひととせをこぞとやいはんことしとやいはむ
雪のうちに春はきにけりよしの山雲とやいはむ霞とやいはん
（三四七二）

のように『古今集』歌をまず題として示して、次に自歌を出すという形式で百首歌を詠んでいて、有功の試みに影響を与えたかとも思われる。「以古今為其題目」の文言は有功の『ふるかゞみ』にも共通している。

（14）拙稿「忠臣蔵の和歌」（日本女子大学大学院の会発行『会誌』第二十四号、二〇〇五年三月）において述べた。

（15）絵のタイトルは、私に図録や所蔵先での名称を「　」で括り、便宜的に画賛か自画賛かを下に付したものである。【図版7】は、タイトルがないため、私につけたタイトルを（　）で括り、絵短冊画賛と記した。本章中の賛者はすべて有功なので省略した。

（16）山田秋衞氏「画たんざく」（『たんざく』第六号、日本短冊研究会、一九五六年三月）に、「大和絵の方では和歌との関係もあり、殆んどの作家がたんざくをかいていて、それには往々歌人の賛のそえられたものもある、若い頃の鉄斎の画に蓮月のうた、一蕙の絵に有功の賛など頗る珍賞されている。（中略）ことに復古大和絵に属する人には妙品が多い」とある。

なお、今回は論に盛り込めなかったが、画賛から絵師の浮田一蕙や冷泉為恭と有功のつながりがうかがえ、諸本の書写者や旧蔵者から、金沢の明倫堂の青木秀枝や高橋富兄といった勤王家の有功歌の受容が確認できた。幕末の尊皇攘夷の風潮の中、有功がどのような立場にあったのか、またそれがどのように和歌に表れているのか、あるいはいないのかについては、今後考えてみたい。

Ⅲ　画賛歌集の編集

第五章　本居大平の画賛　――宣長の後継者として――

はじめに

本居大平《もとおりおおひら》（旧姓、稲掛。宝暦六年〈一七五六〉生、天保四年〈一八三三〉没。七十八歳）[1]は、十三歳の時に本居宣長（享保十五年〈一七三〇〉生、享和元年〈一八〇一〉没。七十二歳）に入門し、寛政十一年（一七九九）四十四歳の時に宣長の養子となり、宣長の死後、享和二年に四十七歳で本居家を継いだ人物である。宣長亡き後の本居学派を率いるという重責を担った大平は、師の学説をよく伝え、千人を越える門人を抱える学派を統率した。人柄は温厚であるとされ、人物・学問ともにバランス感覚に優れた人物であると言えるだろう。しかしながら、そういった側面のみが強調され、具体的にどう宣長を継承したのかという点、特に和歌という鈴屋の学問にとって重要な柱である文事における役割についてでは、従来あまり注目されてこなかったように思われる。同時代の橘南谿著『北窓瑣談』（文政八年〈一八二五〉刊）には、「よみ歌は師に勝れりと世上評す」[2]とあり、宣長より歌文では優れていたとされる一方で、大平の歌そのものについての論及は、簗瀬一雄氏に複数の論[3]がある程度で、意外に少ないようである。

本章では、本居大平の残した画賛歌集から、宣長の継承者としての大平の存在意義について考えていきたい。師である宣長の画賛については、すでに吉田悦之氏の「宣長と画賛　紹介と試論」[4]が備わっており、その中で氏は、画賛などの認め物は、宣長によって「学問の世界から日常世界に向けて開かれた小さな窓」であり、「講釈や歌会と共に、宣長と松坂の町人を結びつける役割も果たしていた」とされている。宣長の自筆の書や画賛を所持することで、人々は宣長を、またその学問を身近に感じることができたのであろう。そのような宣長の姿勢に対して、大平はどういった態度を取っているのか、大平の画賛に関する資料を見ていくことで探っていきたい。

画賛は、純粋に歌を詠むという側面だけでなく、享受者との人間関係が反映される場合や、相手の教養に合わせた歌が詠まれるという面もあり、大平の人物像を捉える上でも有効な手段であると思われる。

以下、大平の画賛に関する歌集を整理した上で、画賛に対する考え方や、画賛をめぐる宣長との関わりについて考察していくこととしたい。

一、二つの『画賛歌』とその周辺資料について

東京大学国文学研究室所蔵本居文庫（本章中、所蔵番号に「本居」とあるものは、すべてこの本居文庫の所蔵を示す）に『画賛歌』と題された、大平の画賛を集めた歌集二種が所蔵されている。これらをその所蔵番号から甲本・乙本と称して、まずそれぞれの特徴を述べていきたい。後述のように成立の早い乙本から先に見ていく。

（一）乙本『画賛歌』（国文・青三一―二五九／本居・家一一九乙）

当該資料は、表紙はなく、一丁表第一首目の書かれた左端の余白に「画賛歌」とあり、全冊反古紙を用いている。大きさは、縦二四・〇糎、横一六・一糎。墨付三十丁。半丁に、詞書と賛一首（複数ある場合は数首）を記入した散ら

し書きのような書き方【図版8】の前半部と、複数の歌を列挙していく一般の歌集のような書き方の後半部があり、散らし書き風のものには、簡単な絵を添えたものも二例（筑波山・起きあがり小法師）【図版9】見られる。詞書または歌の右肩に歌番号が振ってあるものが大半を占める。総歌数一一五首（ただし、本文に朱で付された歌番号は一〇二まで）で、歌の配列に、特に決まった方針は見られない。点が掛けられたものや、ミセケチ・貼り紙での訂正も多い。

反古紙を用いていること、途中で編集の方針が変更されているにも拘わらず、全体の統一を図らなかったこと、文字の書き方も粗雑なことから、これをもって公にする意志はなかったものと見受けられるが、散らし書き風の部分は、あるいは刊行するための版面のイメージ見本であったかとも推測されるのである。簡単な漢字に振り仮名が付されていることなどもその可能性を示していよう。

それと関連して、大平は、文化十一年（一八一四）に、塊亭風悟（享保十七年生、文化十二年没。八十四歳。紀伊和歌山藩士で俳人。絵も能くした）著『俳諧百画賛』（谷世達画、文化十三年刊）の序[5]を書いていることが思い起こされる。『俳諧百画賛』は、半丁につき一つの俳諧画賛（ときに漢詩もある）を、色摺りの絵入りで百二句集めたもので、句はすべて風悟のものである。題字は漢詩人大窪詩仏（明和四年〈一七六七〉生、天保八年没。七十一歳）によるもので、詩仏・大平という漢詩・和歌の画賛に堪能であった二人に題字・序を書いてもらうことには、権威付けの意味が充分にあったのであろう。『俳諧百画賛』自体は、俳諧での絵俳書の流行を受けたものと思われるが、この書に関わったことにより、大平は絵入り画賛歌集の刊行を思い立ったのではないだろうか。

と言うのも、大平の画賛がいつ詠まれたのかを知ることのできる資料である五冊本『稲葉集』[6]や『秋草』[7]により、各歌の詠歌時期を調べた結果、乙本所収歌の下限は文化十四年であり、乙本はその後に成立したと思われるからである。つまり、『俳諧百画賛』序執筆の後、数年の内に乙本は成立したのである。『俳諧百画賛』の存在を知る以前から、

【図版8】『画賛歌』乙・散らし書き

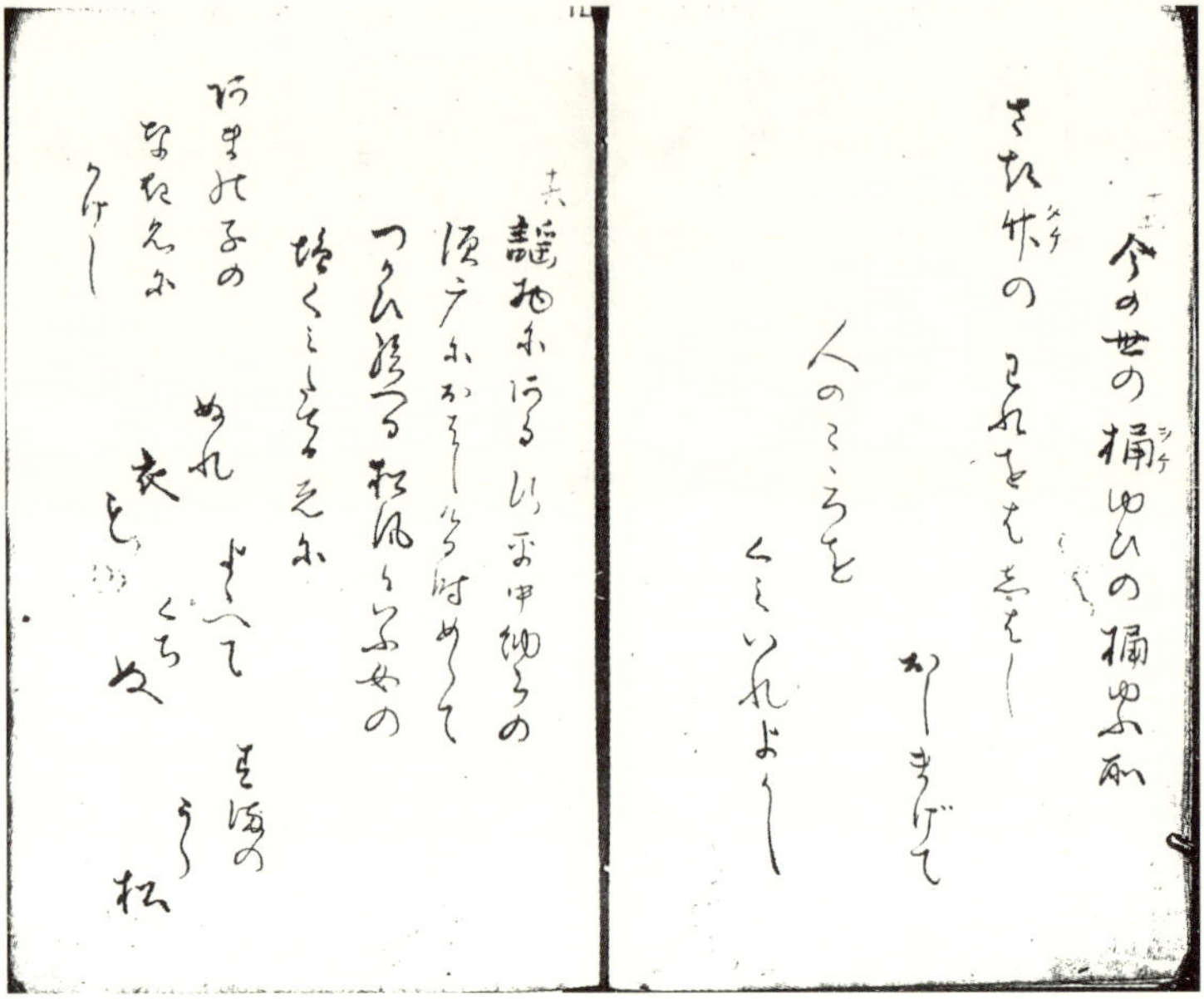

【図版9】『画賛歌』乙・絵の添えられた例（筑波山）

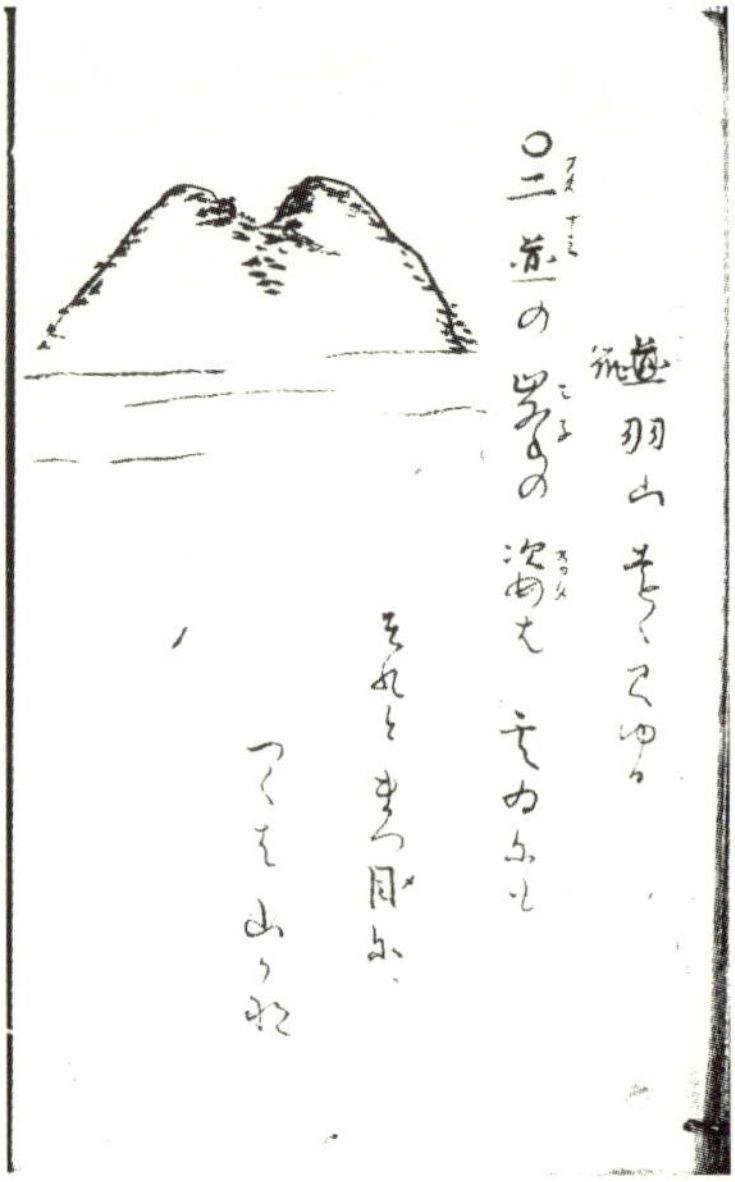

大平が絵入り画賛歌集の出版を考えていたという可能性は否定できないものの、近接する文芸である俳諧の画賛集の手法に刺激を受けて、この乙本編集の意欲が本格化し、自らの歌の中から画賛を選んだと想像してみたい。

さらに、このことに関係すると思われる記述が、『藤垣内消息《ふじのかきつ》』(8)文政二年六月十五日付殿村篠斎宛大平書簡にあるので、該当箇所を以下に引用したい。

○此節、大和屋与兵衛と云人よりたのみ来候物へ、大平画賛の歌いくつも認遣し候。其帖へ画をかゝせん事に付、図のこと君へたのみ来り可申候。其節御さしづ被遣候に、大平が画賛の歌書ぬき御めにかけ置候。是は当分此方に入用なき物也。いつにても二三年の内に御帰し可被下候。右、大与図をねがひ来らば、御さしづ御頼申上候。

○柏屋吉房などには御見せ被遣候てもくるしからず候也。

内容を整理してみると、大和屋与兵衛という人物から依頼を受けて、大平は画賛の歌を複数認めた。その帖に図を付けることについて、大和屋与兵衛が相談に行くのでよろしく頼む。それに際しては、自分の画賛の書き抜きを、お目に掛ける。これは当分使わないので二三年のうちに返してくれればよい。柏屋吉房に見せても構わない、というものである。

殿村篠斎〈安永八年〈一七七九〉生、弘化四年〈一八四七〉没。六十九歳〉は、寛政六年、十六歳で宣長に入門。宣長の没後は、眼疾により本居家の家督を大平に譲り、自らは後鈴屋と称して門人を指導した宣長の実子春庭の後見として、後鈴屋社の運営に尽力した人物である。曲亭馬琴との交流でもよく知られている。

この書簡の引用以外の箇所では、宣長・春満・真淵の像に関する記事があるほか、『俳諧百画賛』を見ることを勧めていて、大平の画賛歌集の計画と『俳諧百画賛』との近しさを感じさせるようにも思えるが、ともかくも、篠斎が絵に造詣の深い人物であることがうかがえる。足立巻一氏の「篠斎の道楽」(9)によると、宣長最晩年の肖像を京都の浮世絵師祇園井特に描かせるなど、大商人として京阪や江戸の文化にも通じていたようである。鈴屋の出版に際して金銭的な援助も行っていたらしい[10]。大平はそのような篠斎に、絵入り画賛歌集のアドバイザー的な役割を求めているのであろう。

「柏屋吉房」は、大平の実父である稲掛棟隆の弟山口兵助昭方の子、山口兵助吉房で、大平とは親戚関係にある人物である。吉房の父・昭方は、松坂に出て別家山口氏を起こし、日野町で古本屋を営み、柏屋兵助と称した[11]。のちには、宣長や鈴屋に関係する書物を刊行した書肆として有名である。「大和屋与兵衛」は、未詳ながらも、用件の向きや、文中で「大与」と略している点などから、地元の書肆（板元）の一人ではなかったかと想像される[12]。

また、書簡中の「大平が画賛の歌書ぬき」とは、乙本ではないかと考えられる。乙本所収の画賛の成立下限は、前述の通り文化十四年であり、この書簡の書かれたのは文政二年なので、時間的な面での整合性はとれている（甲本は、後述するように文政十年に一旦成り、増補されていくものなので該当しない）。書簡には、「大平画賛の歌いくつも認遣し候」とあって、どのくらいの規模の集であるかはわからないものの、乙本の歌をすべて収録するものではなかったかもしれない。乙本中の、大平が略画を添えた筑波山や起きあがり小法師のような画賛の雰囲気を汲んで、篠斎に絵の差配を行って欲しいということなのではないだろうか。この書き抜きを別の書肆である、柏屋に見せても良いという点がわかりにくいが、大和屋と共同で刊行することを考えているのか、あるいは大和屋での出版が頓挫した時に備えてということなのであろうか。

結局、絵入り画賛歌集の刊行という、この試みは実を結ぶことはなかった。しかし、大平の画賛歌集の編集は、これのみに止まらない。次に甲本『画賛歌』を見ていきたい。

（二）甲本『画賛歌』（国文・青三二一―二五八／本居・家一一九甲）

甲本は、表紙に直書きで「画賛歌」とあり、巻首には「画によみてそへたる歌」とある。大きさは、縦八・二糎、横一八・五糎。横長本。全四十六丁、墨付き四十二丁半で、大平の自筆と思われる筆跡で書かれている。編集動機や意図を表す序、跋、識語などは備わらず、一首につき一行から二行書きの歌が、半丁につき三首から五首記されているのみである。短歌形式でないものも含めて全三一九首を収めている。胡粉や貼り紙を用いての訂正箇所が複数あるほか、歌が途中で空欄になっている部分（二二七番歌。歌番号は私に付した。以下同）もある。また、以前に宣長が認めた詠草に大平も歌を請われた例や、荘子の画賛を詠んだことをきっかけとして、「ついでにいろ〳〵よめる」と複数の歌を詠んだ例など、画賛以外の歌も数首含まれている。乙本とは違って文字のみであるが、一部を除いては丁寧に清書され、そのまま版下とすることも可能ではないかと思われるものであり、小振りの横長本というやや特殊な書型からも刊行の予定もあったのではと推測される。

乙本と同様に、五冊本『稲葉集』や『秋草』に収められた画賛から、甲本所収歌の詠歌年次をまとめたのが左の表である。重出している場合は、年次が早い方のものとして数えた。また、甲本の構成についても挙げておく。

【詠歌年次】

安永　九年　二首（各々文化十三年、文政五年に重出）
寛政　十年　一首
享和　元年　三首

二年　三首
三年　五首
四年（文化元年）　三首
文化　二年　十三首
三年　二首
四年　十三首
五年　七首（一首、文化六年と重出）
六年　七首
七年　三首
八年　二首
九年　十六首
十年　三首
十一年　一首
十二年　十首
十三年　四十四首（同年と文化十五年に重出の歌各一首あり）
十四年　この年、五冊本『稲葉集』に記述なし。
十五年（文政元年）　十一首
文政　二年　二十首

三年　五首
四年　三首
五年　十四首
六年　十五首
七年　十一首
八年　十首
九年　十四首（一首、文政十年と重出）
十年　五首
十三年　三首
天保　三年　一首（ただし、甲本の記述による）

計　二五〇首

年次不明　六十九首

計　三一九首(13)

【構成】（歌番号は私に付し、全体に占める割合を示した）

歌人（一～二〇）　六・二六％
四季（二一～六四。内訳は、～三六〈春〉、～四三〈夏〉、～五九〈秋〉、～六四〈冬〉）　一三・七九％
植物（六五～八五）　六・五八％
動物（八六～一三三）　一五・〇五％

賀　　　　（一三四〜一四六）　四・〇八％
名所・風景（一四七〜一九一）　一四・一一％
人物　　　（一九二〜二六六）　二三・五一％
雑　　　　（二六七〜三一九）　一六・六一％

以降の論の要点となる、詠歌年次と構成によって判明した甲本の成立過程についても先に挙げておこう。

【成立過程】

1　文政十年までの画賛を分類して、「歌人」から「人物」までを整然と配列した基礎段階（一〜二六六あたりまで）。
2　文政十三年以降、「雑」の歌群を増補した継ぎ足し段階。ここには、文化五年のものなど、旧詠からの選出もみられる（二六七あたり〜三〇九）。
3　筆跡が乱れる最終段階。年次がわかる最も新しいものは天保三年（三一〇〜三一九）。

甲本の終わりから二丁分（歌十首分）も大平の筆と思われるが、それまでの丁寧な書き方と異なって、字も大きく太くなり、ときに行が斜めに傾いているものもある【図版10】。その中の一首「福ろく寿」（三一五番歌）には、「天保三年五月二日詠」と添えてあって、大平が没する約一年半前に詠まれたものであることが判明する。このことから、天保三年あたりが甲本編集の下限であると考えられよう。

ところで、甲本に先だって、その原型となったと考えてよい歌群が『稲葉集別巻』に収められている。「画によみてそへたる歌」と題されていて、追加歌や削除歌、長歌・反歌をふくめて二二三首の画賛が収録されている。この

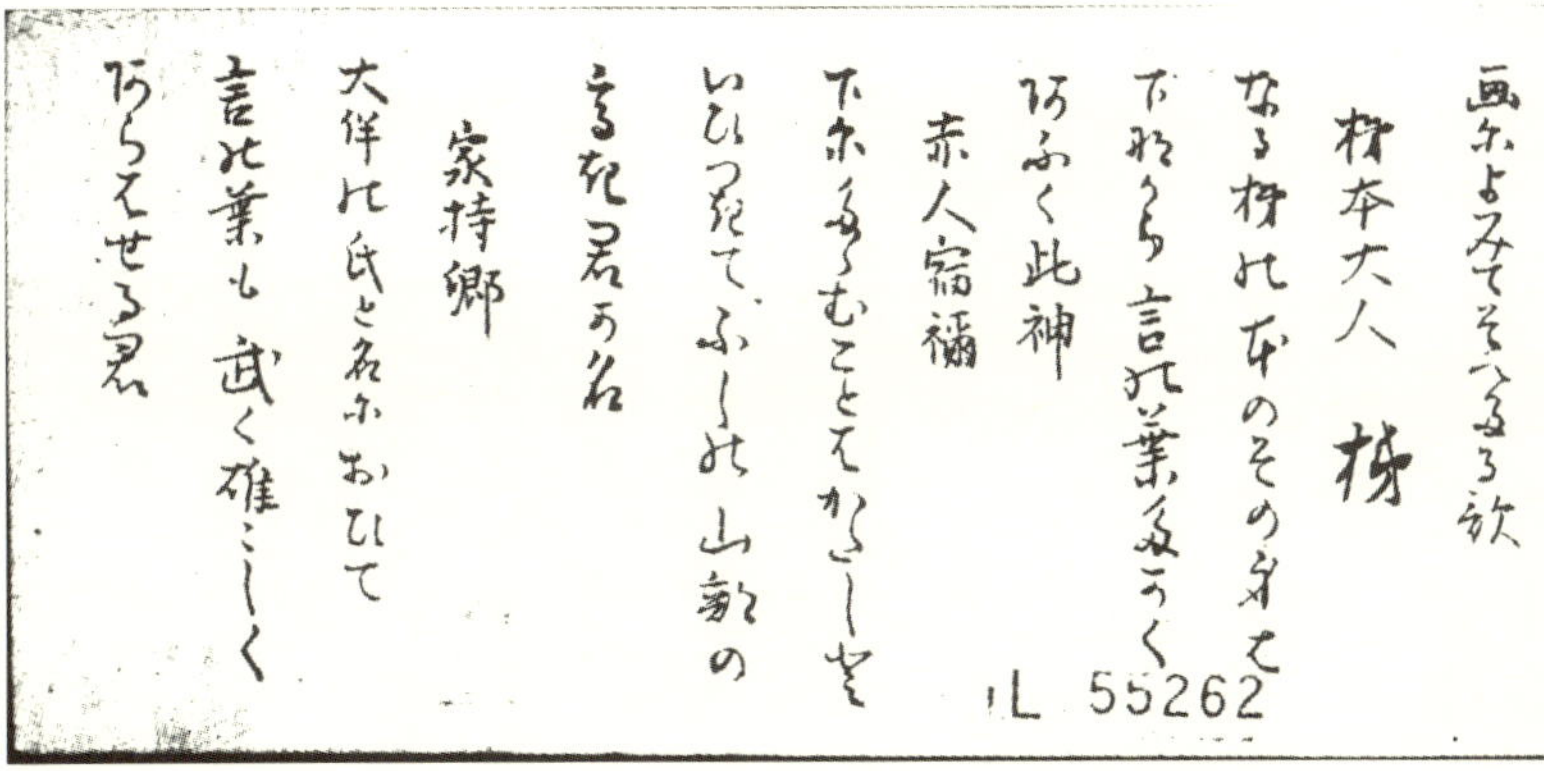

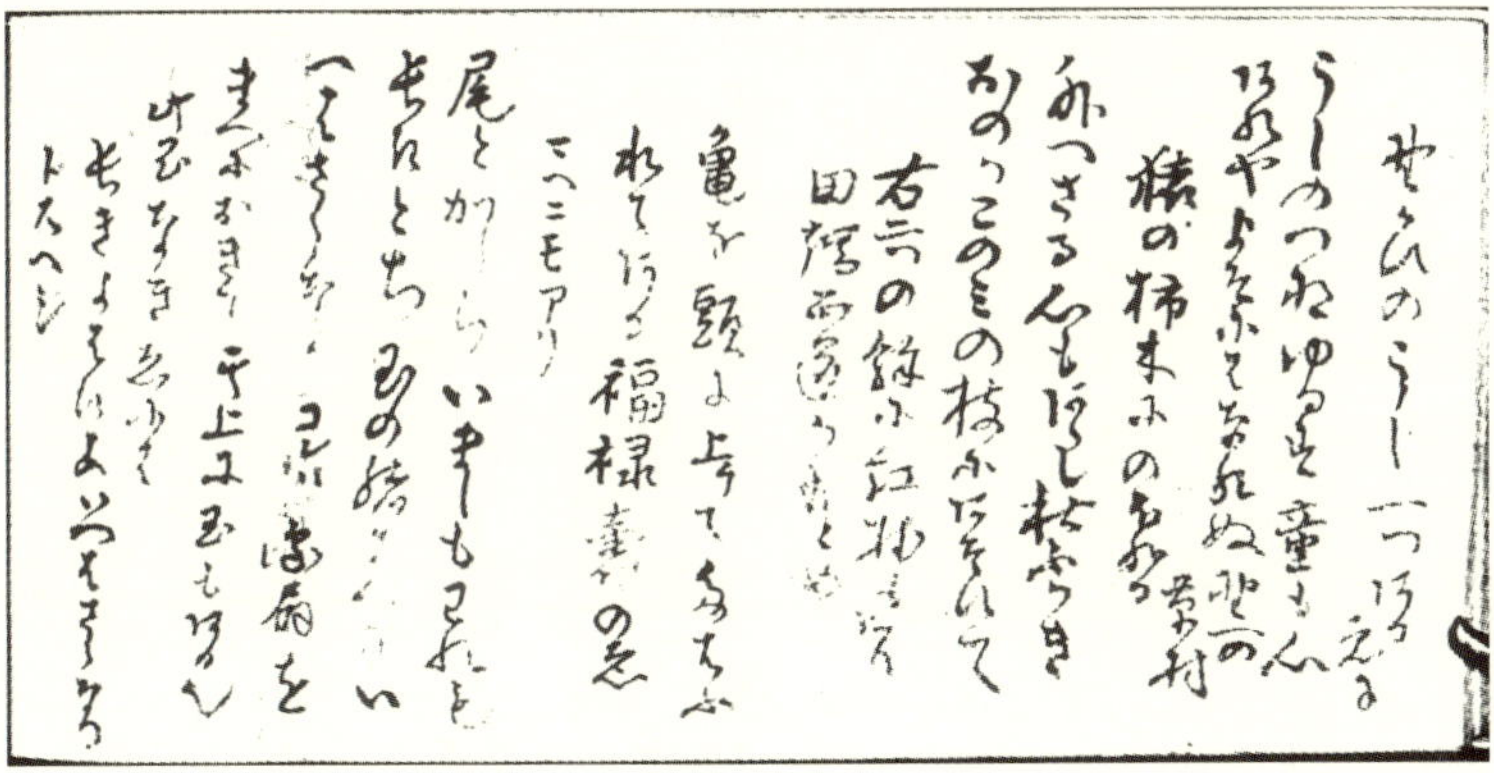

【図版10】『画賛歌』甲の巻頭（上）と文字の乱れる後半部（下）

『稲葉集別巻』の稿本が成立したのは、小田郁子の『藤垣内翁略年譜』（天保十年刊）[14]によれば文政四年であり、先に述べた乙本の後に成立したと考えられる。ただし、頭書の位置に書き加えた歌を見てみると、文政六年の詠が二首（「貫之大人」と「竹に竹の子かけるゑに」）あるので、文政六年以降に、一度手が入っていることもわかるのである。本文は、大平とは別人の筆と思われるものの、書き入れは大平のものらしく、大平の指示で門人などが清書し、完成した後しばらく経って、歌を増補したのであろう。

『稲葉集別巻』の画賛群の配列を見てみると、巻頭の人麿や小町、貫之などを並べた部分（私に付した歌番号一から六番までと、頭書の一番から七番まで）は、甲本とおおよそ一致するのであるが、それ以降は、特に編集上の意図などを汲み取ることが不可能と言えるような、四季・雑歌が雑多に混在した完成度の低いものとなっている。

一方、甲本は、一つの歌集としての体裁が整えられていて、前掲の【構成】のように分類できる。甲本は、『稲葉集別巻』成立以降に、この画賛歌群を一つの独立した歌集とすべく、増補し再編集したということができよう。

このうち、雑とした部分（二六七番歌以降）は、最初の数首は、起きあがり小法師や茱萸袋などの物品であるが、後は季節や題材にまとまりや傾向の見られない配列になっていく。

雑の部分の成立については、詳細は不明なものの、たとえば、二七五番歌から続く三首が文政十三年の詠であり、二八四番歌から二九三番歌までは文化十三年、二九四番歌から三〇八番歌は文政九年というように、詠歌年が同じというまとまりが見られる箇所があるものの、年次順になっていない。少なくとも、二六七番歌以降については、満足のいく画賛ができるごとに随時歌を付け足していったということではないらしい。大きく捉えておくと、文政十三年以降に【成立過程】の2にあたる段階があり、その後、天保三年頃に3の筆跡の乱れる最終的な増補が行われたのだと推察される。

なお、全体の画題の傾向を見てみると、歌人も含めて人物に関するものが最も多いが、このことは、宣長の家集『鈴屋集』所収の画賛にも共通して見られるものである。

甲本は、当初明確な編集意識を持って作られ、一旦完成した後に、その整った形を崩してまで増補され、その作業は最晩年に至るまで続いていく。ここからは、大平の画賛に対する思い入れの深さが感じられるのである。様々な場面で詠まれた歌うたの入った歌稿の中から、画賛を後の人に掬いだしてもらうのではなく、とりあえず、『画賛歌』というまとまりの中に詰め込んでおくことで、画賛歌集として、自らの死後になろうとも世に出したかったのではなかったか。そして、再編集を自らの手で行うには、大平にはもう残された時間がなかったのであろう。

結局、大平の画賛歌集出版は、成し遂げられなかった。なぜ、乙本・『稲葉集別巻』の「画によみてそへたる歌」・甲本と、三回も画賛歌集を編集し[15]、晩年に至っても手を入れ続けるような強い思いを抱いていながら、果たせなかったのであろうか。高倉一紀氏「本居大平晩年の動向――自著刊行への胎動――」[16]によると、大平の自著刊行は、例外の二書（『玉鉾百首解』『なぐさの浜づと』）を除いて、すべて晩年の六十五歳以降になってからであり、特に文政五年（大平六十七歳）以降に立て続けに行われているとある。篠斎宛書簡の段階で大平は六十四歳であり、絵入り画賛歌集の計画時期は、自著刊行への意気込みが高まっている時期と合致する。

それなのに、刊行に至らなかったのはなぜなのだろうか。

結論から先に述べると、大平は宣長の後継者として、古道に関する書を出版することに義務感を持っていて、それ以外の書の出版をあとまわしにするという傾向があり[17]、そのことが、画賛歌集未刊行の一因となっていたと考えられる。安田広治宛かとされる書簡の「歌集文集を先づ一ばんに上木せん事くちをしく、道の書をと心がけて、むなしく日をおくり、月をおくり、年をこえし也[18]」という強い言葉にもそれは見て取れる。

ここからは、和歌や和文など大平の得意とした分野の書物と、宣長の後継者として出さなければならない書物との間で揺れ動く大平の感情がうかがえるのである。歌書に関しては、右のような葛藤が終世続いたため、何度も計画した画賛歌集も未刊に終わったのではないかと想像されるのである。

大平の刊行された歌集としては、版本『稲葉集』（文政十年以降刊か）[19]と『倭心三百首』（文政五年成、天保三年刊）があるが、『稲葉集別巻』や古風の歌を集めた『藤垣内集』など、稿が成った後にも刊行に至らない家集が多くあった。家集ですら、その準備が整いつつも出版に至らないのであるから、まして一般の詠歌とは区別して大平が捉えていた（後述）画賛については、その刊行を望んでいても、最終的な行動に移せなかったのだと思われるのである。

二、宣長画賛との関わり

前節では、大平の画賛に対する情熱と葛藤について述べてきたが、本節では、宣長画賛との関わりがうかがえる例を挙げて、大平の宣長画賛への配慮について考えていきたい。そこからは、宣長亡き後の本居学派の継承者としての大平の振る舞いと、周囲が彼をどう扱っていたのかということの一端が垣間見られよう。

まず、宣長と同じ画題で詠む例を挙げる。五冊本『稲葉集』文化十三年の記事に、以下のような記述がある。

わが翁の、若竹のゑに（引用者注　歌一首分空白あり）とあるに、又今一枚あるゑにおのがをもと喜建がこへるに

わか竹のなびくすがたも千代かけてかはらぬいろをうつすすみがき

「喜建」は、細田喜建で、和歌山の人。大平の門人である。この歌は、版本『稲葉集』にもほぼ同じ詞書で入って

いる。若竹の変化しない色を詠むことで慶賀性をもたせ、そのような竹の色を写すことのできる絵の力を寿いでいるのである。

五冊本『稲葉集』で空欄となっている宣長の歌については、後に書き込むつもりでそのままになってしまったのであろう。どのような賛であったかはわからないが、あるいは『鈴屋集』巻三の、

竹のもとに竹の子も生ひそひたる絵に

めづらしく一ふしあれやかたはらに生ひてたちそふ竹の此絵は　（一六〇二）

のようなものであったかと想像される。

また、五冊本『稲葉集』享和元年に次のような記述がある。

先師の常磐御君の賛に「白雪のかゝるうき身のなげきにも梢花さく春をこそまて」とあるは、いと〳〵めでたき歌なるを、或人又同じ絵をかゝせて、大平にもよみてかけといへるに、今さら何ごとかはいはれむと思ふ物から、こゝろみによめる

さえくらす雪の旅路にきえもせで心のやみの末をこそ思へ

平治のみだれに、三人の子を具して清水にまうで、又の日、木幡をへて大和国宇田の郡のかたにおちゆくをりのことなり

宣長の歌は『鈴屋集』巻三に収められた歌で、宣長はこの賛が自信作であったらしく、この歌を書きつけた常盤御前の画賛は複数確認できる（参考として、美濃が着賛した【図版11】を挙げる）[20]。大平が着賛に及んだのかどうかは、ここからは不明であるが、師の代表的な画賛を称えつつも、自らも賛を詠むことを試みている点には多少の自負も見て取れよう。

【図版11】月岡雪斎画・本居宣長賛（美濃書）「常盤雪行図」（本居宣長記念館蔵）

また、文化十三年のものと考えられる、大平の旅日記『夏衣』[21]には、

（五月）二日　荒木冬年がもとより大平の翁・春庭の翁、又茂岳の君もといひおこせければ、もろともにゆきてあそぶ。此家のふすま障子に、常磐の君のちご引つれたる、いみじう清らなるがあるに、故翁の歌と大平がのとかきてとこふに書たる（歌なし。下略）

とある。「荒木冬年」については未詳。「茂岳」は植松茂岳で、大平に国学を学んだ人物である。同じ画題の常盤御前の絵に、大平が宣長の歌と自らの画賛を書きつけていることがわかる。この場合、宣長に有名な常盤御前の画賛があるからこそ、大平にも詠んで欲しいのであり、「本居二代」の競演のような趣を享受者は期待して依頼しているのだと思われる。

次に、宣長の歌と似ていると言われて別の歌を書きつける例を同じく『夏衣』から挙げる。

（四月）十日　わらびさしのあるじ、蕨と菫とを書たるゑに、歌かきてといひおこせければ、

をりにあひてすみれさく野の初わらびゆかりはなれぬ色もめづらし

とかゝむとす□（虫損　るカ）に、茂岳のいはく、「『鈴屋集』にいとよく似たるあり」とてわらはるゝに、そはとて又よめ

る

早蕨のさし出る手をまくらにて菫さく野に一夜やどらん

此歌をなん書てやりける。

「わらびさしのあるじ」とは、松坂北家第四代の当主三井高蔭で、宣長の門人。宣長のよく似た歌とは、『鈴屋集』巻八の中にある一首、

菫と蕨をかけるに

紫のおなじゆかりとさわらびもすみれ花さく折にあひつゝ

である。どちらも、菫と蕨の賛であり、『和漢朗詠集』早春に収められる小野篁の「紫塵の嫩《ものう》き蕨は人手に拳る」により紫の塵と表現される蕨の細毛と、菫の紫の共通性を、『源氏物語』若紫巻に因んで「（おなじ）ゆかり」といい、季節を同じくすることを「をりにあ（ふ）」と表現するなど、同様な発想で歌を詠んでいる。『鈴屋集』所収歌が記憶の片隅にあってのことかと思われるのだが、大平は宣長の歌と似ていると指摘されたため、賛を差し替えて配慮しているところが注目される。

また、『夏衣』の記述からは、いきなり歌を書きつけるのではなく、一度披露した後、書きつけているように読める。このようにして画賛が書きつけられたのだということが知られ、その現場が再現できるという点でも有益である。

ここまで見てきたように、宣長の賛と対になるように歌を請われたり、宣長・大平の両方の賛を書きつけることを求められたりしていて、「本居二代」というのは、付加価値の高いものであったことがわかる。今回は例を見出せなかったが、宣長が既に着賛した画賛に、大平も賛を求められる機会もあったはずである。五冊本『稲葉集』や『夏衣』には、紙の切れ端に書かれた宣長の歌に大平も歌を請われるという記述も見られるなど、「本居二代」の筆を求める

人々の熱意が感じられる。(22)

この背後には、宣長の偽筆に関わる問題も潜んでいよう。前掲の篠斎宛書簡の追伸の部分には、

鈴屋翁偽物其かず年々月々、百を以てかぞふべし。そこからもこ、からも五六枚づ、見せに来れば、此度も大与（引用者注　大和屋与兵衛）より偽物一枚見せに来れり。たんざく二枚は上々正物にて、大平歌そへ遣候。(23)

とある。大平が歌を書き添えるということは即ち宣長の真筆を保証しているということなのである。正真正銘の宣長の筆であることの証明としても、大平の歌の付加は望まれるものであったのである。

まとめ

大平は、画賛というものをどのように考えていたのだろうか。師である宣長と比較しつつ、以下、まとめに代えてこのことを考えてみたい。

まず、画賛を歌集でどう扱うかについて見てみよう。

宣長は、刊行された家集『鈴屋集』、自撰歌集『自撰歌』、歌稿である『石上稿』のいずれにも画賛を収録している。

一方、大平は家集である版本『稲葉集』所収の画賛は、宣長に関わる数首に止まり、『自撰歌』(24)では一首も採っていない。しかし、歌稿とも言える五冊本『稲葉集』には、画賛が多く入っている。

大平の場合、遅くとも文化十四年には、画賛のみの歌集の編集を思い立っているので、家集（先述の年譜によると文化十四年成）に多くの画賛を入れることを避けたとも言えるが、画賛の歌を一般の詠歌とは別のものと認識していて、家集や『自撰歌』に収載する歌の範疇に、画賛歌を入れるという考えはなかったとも推測される。言い換えれば、画

【図版12】鴨川（祇園）井特画・本居宣長詠・美濃賛「歌妓図」（京都府立総合資料館蔵）

（翻字「さみせんといふもの、哥とて父のよまれたる　きかせばやいにしへ人に三の緒のみつのしらべを心ひくやと　享和二年秋　美濃書」）

賛歌を正式な歌集に入れる歌とは別のレベルの、独自な価値を持つと見なす意識があったのではなかったか。

そのことは、詠まれた画題にも表れている。

大平の画賛では、おたふく面や、綱渡りの長歌の画賛といった俗なもの、虹や紫陽花といったあまり歌には詠まれないものなども取り上げられており、当世的な画題を積極的に詠む姿勢がうかがえる。

この点、師の宣長は対照的な考えを持っていた。『玉勝間』七の巻には、「さみせんといふ物の歌」と題した一文があり、今の世のものを歌に詠むことを躊躇しながらも断れずに詠んで絵に書きつけたことが書かれている[25]（参考として美濃が着賛した【図版12】を挙げる）。『鈴屋集』や『石上稿』『自撰歌』の画賛を見てみると、三味線の画賛は収載されず、伝統的な歌材や人物・物語の賛がほとんどで、特殊なものとしては、わずかに山水や西王母などの中国の画題が見られる程度である。歌を学び、詠むことが、古を学ぶことに結びつくという宣長の歌論からすれば、当代の俗な事物を歌に詠むことは、信念に反することであったのだろう[26]。

それに対して、大平は画賛では俗なものでも厭わず詠んでいる。なぜ、大平はそのような画賛を多く詠み、その画賛歌集の編集に力を注いできたのだろうか。

おそらく、宣長が画賛によって学問の窓を開いたように、大平はそれをさらに質的にも量的にも拡大させることで、その窓をより大きく開けようと考えたのではないだろうか。絵画に慣れた江戸時代の人々にとっては、絵が入っていること、またはイメージしやすい画題が歌に詠んであることで、和歌が一層親しみやすいものになったと思われる。大平は『答村田春海書』（寛政十二年）[27]の中で、自分は古風の歌に心を寄せていることを漏らし、一般的にも大平は古風の歌人であるという認識が強いのであるが、画賛においては、古風の歌はさほど多くはなく、後世風の解しやすいものが多い。その傾向は、集に採られたものに限ってみると、乙本から『稲葉集別巻』の画賛歌群、甲本へと進むに従って、より顕著になるように思われる。描かれている事物を物名として歌に詠み込むなど、言語遊戯的な賛も多く、先に述べた俗な画題でも賛に詠むことと合わせて、歌になじみのない人々や初学者に対して歩み寄る姿勢がうかがえる。このこと自体は、宣長の学問観に直接結びつくものではないが、学問への敷居を下げる効果があると思われる。

ところで、足代弘訓・橋村正兌宛書簡[28]に、次のような一文がある。

故翁のをしへをうけ、文かき、歌よむすべをも、教をかゝふりたる事、大平ばかり師恩をふかく受たる人は、又外にある事なし。大平が文歌の世に勝れたるは、皆師の教導の高く勝れたるよりの事と、老年の〔よはひに〕したがひ、師の恩のみ思ふに、師は著述にさまでいそがしい中に、大平を助けて、導びきをしへたべ給へる事と、ありがたく思ふ故に、文もつたなからず、歌も人にはまけじと思へるゆゑに、その師の恩のしるしを、世に明かにのこさんとのみ思ふ也。

大平は歌文を能くしたことを自認していた。同時代の人々からの評価も高く、多くの歌会を催し、歌道の門人も多かった。しかしそれは、傍線部に見られるように、師である宣長の指導の賜物であると認識していた。その恩になんとしてでも報いるために、宣長の学問の裾野を広げる有効な手段として、大平は和歌を詠んだのであった。桁外れのスケールを持った学者・思想家である宣長の学問の全てを受け継ぐことはできない大平にとって、自ら誇るところのある歌によって、学派を盛り立てる狙いがあったのであろう。その一つの試みとして、画賛歌集の出版が位置付けられたのではないだろうか。

もっとも、宣長の継承者という立場にあっては、宣長の歌学と古学の両方を受け継がなければならないという重圧が大平にはあった。そのことが、古学関係のものをまず出版したいとする、前掲の書簡の文面と関わっていようし、画賛歌集未刊のこととつながっているのであろう。

結局、絵入り画賛歌集という新しい試みは成し得ず、画賛歌集も出版されなかったが、古からの伝統を持つ和歌において、俗な景物を流入させるという江戸時代的な新しい試みを行うことで、国学への関心へと結びつけようとしたのではないだろうか。

宣長の後継者としての重みに耐え、自らの才能を見極めた上で、得意な和歌に突破口を見出そうとする、そして画賛という親しみを持たれやすい手段を活用して一派の勢力を拡張しようとする、そういった努力の痕跡を確認していくことにも、本居大平という人物の文学史的な価値を見出すことができるだろう。

注

（1）本居家に養子に入る以前、すなわち稲掛氏としての事績も含まれているが、本書では本居大平で統一する。

（2）『日本随筆大成』第二期第八巻、日本随筆大成刊行会、一九二八年。

（3）「本居大平の後世風和歌」（『国文学研究』第八十六号、一九八五年六月）、「本居大平の『自撰歌』評」（『芸文東海』第六号、一九八五年十二月）、「本居大平の古風和歌」（『国文学研究』第八十九号、一九八六年六月）など。

（4）『須受能屋』第七号、一九九五年。
（5）この序は『藤垣内文集』（国文・青二九―一四七八／本居・家一一一）にも収められている。
（6）『稲葉集』（国文・青二五―一七四八／本居・家一〇三。写本五冊。以下、五冊本『稲葉集』と称す）。『稲葉集』には、刊行されたもの（『稲葉集題詠』とも。二冊。以下、版本『稲葉集』と称す）や、『稲葉集別巻』（国文・青二七―一七五〇／本居・家一〇八。写本二冊）、『稲葉集』（国文・青二六―一二三二／本居・家一〇四。写本三冊。以下、三冊本『稲葉集』と称す）などがあるが、五冊本『稲葉集』は、安永五年から文政七年（ただし、安永二年とある歌も一部含まれ、文化十四年のものは欠）までの大平の歌が、年次順に収められた歌集。この五冊本『稲葉集』は、大平の歌を集成する際の資料として用いられていただろうことが、歌の上部に分類を表す書き入れによりわかる。ほかの『稲葉集』と比較して成立年が下り歌数の多い点、大平の自筆資料である点、詠歌年代がわかる点など、ほかの集にはない利点を持つことから、本書では五冊本『稲葉集』を基本的に用いることにし、必要に応じて他本でも補うこととする。
（7）『秋草』（国文・青三二―七／本居・家一二八。写本一冊）は、文化六年と文政八年から天保二年までの歌を集めたもの。五冊本『稲葉集』と同じような性格の集。
（8）『日本芸林叢書』第九巻、六合館、一九二九年。
（9）『季刊歴史と文学』第二十一号、一九七八年三月。
（10）吉井良尚氏「宣長門人　村上潔夫と殿村安守」（『吉井良尚選集』吉井良尚先生古稀勤続五十年祝賀会発行、一九六二年）。
（11）鈴木淳氏「山口家蔵本居大平伝新資料紹介」（『国学院大学日本文化研究所紀要』第五十三輯、一九八四年三月）、同氏「本居宣長と柏屋兵助」（『書誌学月報』第二十号、一九八五年七月）。
（12）井上和雄氏『慶長以来書賈集覧』（彙文堂書店、一九一六年）および、井上隆明氏『改訂増補近世書林板元総覧』（青裳堂書店、一九九八年）には名前は見えない。
（13）表にない年次の画賛については、五冊本『稲葉集』には安永八年から画賛が見られるが、天明元～二年・天明五～寛政七年・寛政九年には画賛の記述はない。また『秋草』に、文政十一年の画賛はあるが、十二年にはない。

(14)『本居宣長全集』首巻、吉川弘文館、一九二八年。

(15)大平の画賛を集めたものとして今回確認できたものには、ほかに『藤垣内本居大平大人画に書付られし歌ども』（写本一冊。高山市郷土館蔵）がある。総歌数七十八首で、『画賛歌』乙本の所収歌と重なるものが多いが、転写本と見られ、大平が編集したものかが不明なことから、本章では扱わないこととした。

(16)『皇学館大学神道研究所所報』第三十九号、一九九〇年七月。

(17)注（16）高倉氏論文に指摘がある。

(18)簗瀬一雄氏「本居大平書翰集（三）――鈴木梁満など諸家宛のもの――」（『愛知淑徳短期大学研究紀要』第二十七号、一九八八年三月）。書翰番号〔七九〕。安田広治は、宣長の三女・能登の夫。

(19)本書は、刊記に刊年がなく不明なものの、簗瀬一雄氏「本居大平書翰集（一）――三井高蔭宛のもの――」（『愛知淑徳短期大学研究紀要』第二十五号、一九八六年三月）収載の書翰番号〔一九〕とその解説により、刊年が文政十年四・五月まで下ることがわかる。

(20)本作品は、宣長の娘・美濃が書きつけた宣長歌の画賛で、**【図版12】**も同様。『21世紀の本居宣長』展図録（朝日新聞社発行、二〇〇四年）に解説（吉田悦之氏執筆）がある。

(21)国文・青四〇―一三九四／本居・家一五七。写本一冊。

(22)『類題和歌鴨川集』次郎（嘉永三年刊）雑部の伴信友の歌に次のようなものがある。

長沢伴雄が、鈴屋大人のかきたまへる扇の紙をおしたる懸物に、大平翁の歌かきそへられたるをもてきて、おのれにもとしひてこへりければ、せめてかきておくるとて

いなふねのいなびわびつゝ最上川ふくす浅瀬の水ぐきのあと

伴信友（安永二年生、弘化三年没。七十四歳）は、宣長没後の弟子で、大平に指導を受けた。このように、一軸の中に鈴屋の門流の数代にわたる筆が会するものも作られたようである。

(23)『藤垣内文集』巻二記事部の「故翁染筆物に書添る詞」にも同様のことが書かれている。

（24）国文・青三二―七七〇／本居・家一二六（乙）。写本一冊。総歌数二百十五首。

（25）『21世紀の本居宣長』展図録の「歌妓図」の解説（吉田悦之氏執筆）による。

（26）宣長が「俗」作品に賛を添えるときには「鈴屋翁」の号を用いて差別化を図っていたことが、『21世紀の本居宣長』展図録の「椽先太夫禿歩行之図」の解説（望月一樹氏執筆）にある。

（27）『日本歌学大系』第八巻、風間書房、一九五六年。

（28）簗瀬一雄氏「本居大平書翰集（二）――足代弘訓宛のもの――」（『愛知淑徳短期大学研究紀要』第二十六号、一九八七年三月）。書翰番号〔四〇〕。解説によると大平の控え書き。

〔補記１〕書画集『落葉の錦』について

本章論文の初出後に、鈴木淳氏より書画集『落葉の錦』の存在を御教示戴いた。後に調査したところ、同書は上下二巻、紀伊の書肆眉寿堂板で、刊記には嘉永四年（一八五一）亥十二月に和歌山の書肆阪本屋喜一郎、ならびに阪本屋大二郎から刊行とある（実際には嘉永五年刊行か）。

上巻の嘉永四年十月の本居内遠の序、および下巻の同年同月の本居豊穎の序、巻末の同五年春の大倉信古の跋の内容から、嘉永四年九月に和歌山の大平一家の菩提寺・吹上寺で催された宣長、大平およびその周辺人物の遺墨や遺品の展観会の図録的なものであることがわかる。下巻の「自余展観目録」（図版は省略された出品目録）からは、契沖や荷田春満、賀茂真淵、加藤千蔭らの遺墨も展示されていたことが知られる。中澤伸弘氏「宣長五十年祭と出板」（『神道宗教』第百八十三号、二〇〇一年七月）には、この催しは、宣長五十年霊祭にあたる嘉永三年に、京都の鈴屋の流れを引く鐸舎社中主催の「鈴屋大人五十回霊祭」とあわせて行われた宣長の遺墨類の展観と、その図録『鈴屋翁真蹟縮図』（嘉永三年冬刊）に影響を受けたものであるということが指摘されている。

内遠の序によると、これらの国学者の墨蹟や遺品を集めるのに、門弟や松坂周辺の篤志家のみならず、「水茎の跡とりよそふことを業とせる紙糊庵のあるじ」の尽力を得たことが記されている。「紙糊庵のあるじ」については、未詳ながら、染筆物の仲介者ではないかと想像される。

当該書は、上巻が宣長の愛用した鈴や文机の図、短冊や懐紙、画賛など遺墨の模刻から成り、下巻は大平の遺墨で、本章で取り上げた起きあがり小法師の画賛もあり、宣長の画賛は自像の画賛も含めて十三図、大平のものは長歌や和文も含めて、二十二図の画賛が収録されていて、大平の方が多い。それぞれに遺墨の所蔵者も記されている。

本章で述べた画賛歌集出版の試みとは異なるものであるが、『画賛歌』乙本からうかがえる、自らの画賛を模刻し、出版するという大平の目論見は、養子である内遠らによって実現したと言えよう。

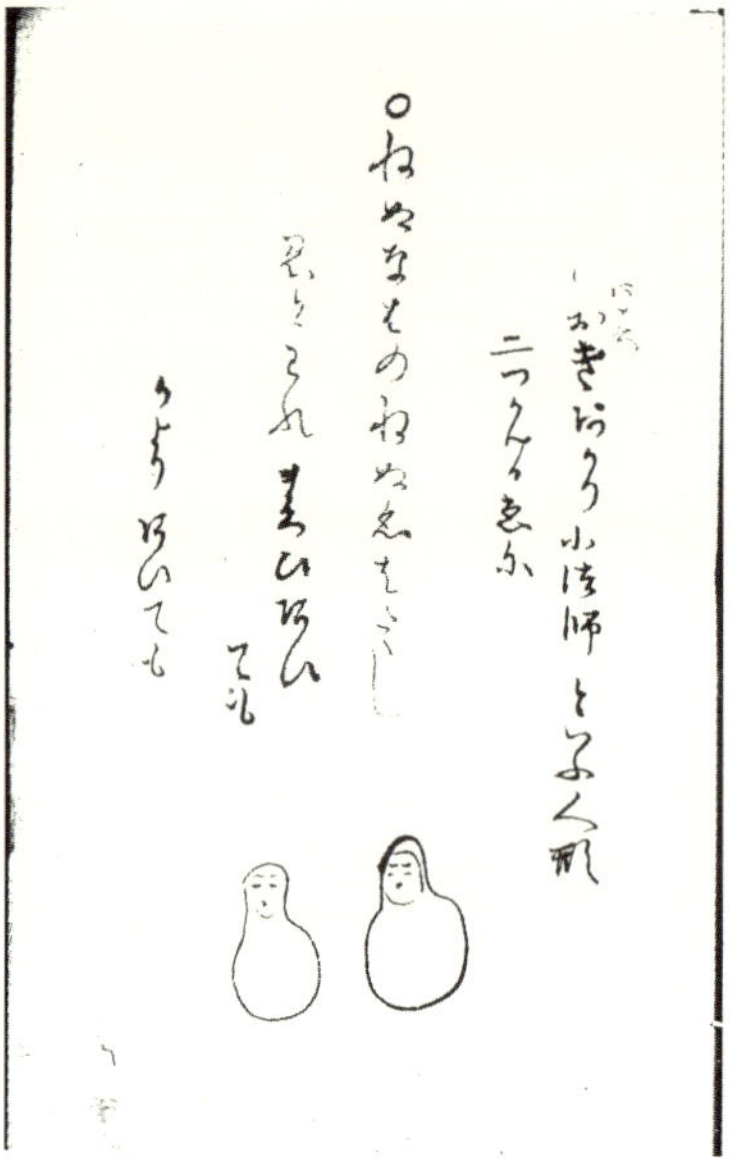

【図版13】起きあがり小法師画賛　『画賛歌』乙本（東京大学国文学研究室所蔵本居文庫蔵）

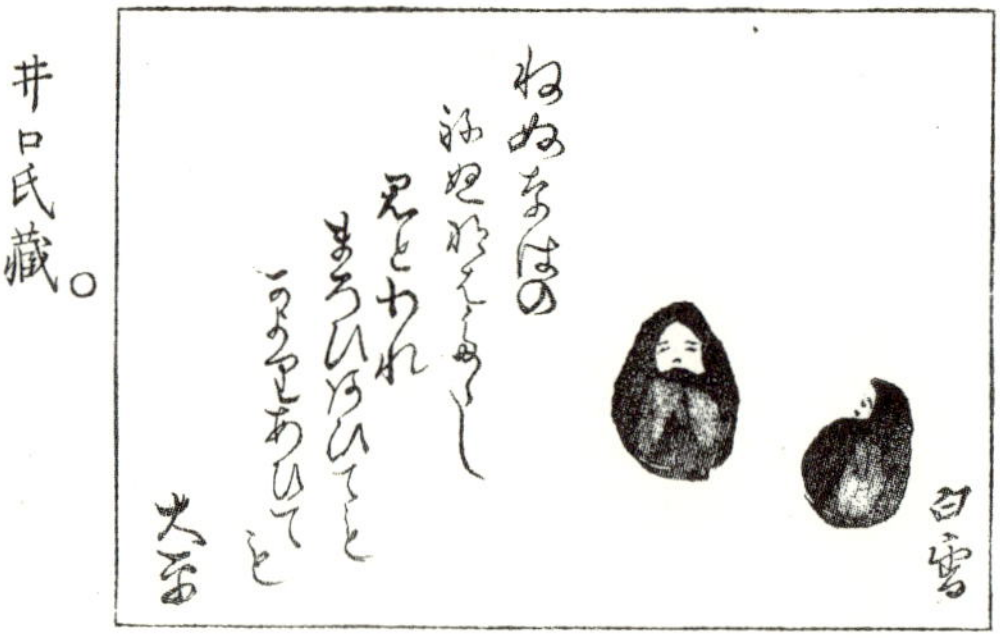

【図版14】起きあがり小法師画賛　『落葉の錦』（架蔵）

〔補記2〕月斎峨眉丸画・本居大平賛「芸妓立姿図」について

【図版15】月斎峨眉丸筆「芸妓立姿図」（東京国立博物館所蔵　Image: TNM Image Archives）

ここでは、大平が実際に着賛した画幅「芸妓立姿図」（絹本著色、縦八三・三糎、横三二・二糎）を取り上げ、画賛歌集とは別の角度から、大平の画賛について考えてみたい。

絵を描いた月斎峨眉丸は、名古屋の浮世絵師牧墨僊（安永四年生、文政七年没。五十歳）と同一人物かとも目される、肉筆美人画などを多く残した絵師で、本図も肉筆浮世絵である。本図については、『東京国立博物館所蔵　肉筆浮世絵』展図録（東京国立博物館発行、一九九三年）に大久保純一氏による作品解説が備わる。

絵を見てみると、描かれている芸妓は、風呂上がりなのであろうか、浴衣姿の打ち解けた風情である。ほっそりとした立ち姿に身につけた浴衣は、肩と裾の部分に大きな藍色の絞り模様が入った涼しげなもので、朱色の幅広のしごき帯とのコントラストも印象的である。女の後方に置かれた三味線や譜面が芸妓であることを垣間見させる。

賛は「今めきしその代のすがたふりにけり今のすがたも今やふりなむ」とある。

この歌について、大平の画賛を記した集での記述を、集の成立順にそれぞれ見てみると、五冊本『稲葉集』では、文化十三年の部にあり、詞書は「遊女のふるき世の姿なりとて思ひはかりてかけるゑに」とある。『画賛歌』乙本の詞書は「古き世の遊女のかたなりとて書たるに」とあり、朱筆で「丁丑五月　光定頼」との書き込みも見られる。「丁丑」は、文化十四年にあたり、「光定」については未詳。『稲葉集別巻』の「画によみてそへたる歌」では、詞書が「今やうならず古き御代の遊女の姿かけるゑに」となっている。『画賛歌』甲本の詞書は「遊女のふるき世の姿なりとて思ひはかりてかけるゑに」（五冊本『稲葉集』と同）である。

詞書では古い時代の遊女と言われているが、実際に絵に描かれたものを詳しく見てみると、違和感がでてくる。浴衣が広く用いられるようになったのは、江戸時代中期以降とされ、髪の結い方も、鬢という左右両側の髪が横に張り出して透けているので、同時期に流行していた灯籠鬢であると思われる。これらの事から、絵は当世風のもので、「今様」の美人図と言ってよい。本図とは直接関わらないが、五冊本『稲葉集』の文化十三年の詠に、

今やうの女の桜のをりたるを見ゐたるゑに、歌書そへよと安田広春《ママ》がこへるそのゑ、遊女めきたる姿にて七とせ八年むかしのかたちなりければ、上に、「髪のゆひざま、きぬのいろあひ、帯のひろせば、時につけつゝ、今めかしきに、心のうつりてそのほどのすがたよそひをよしと見れど、三とせ四年のほどにかはりてそれも

又一むかしになりてはころなくこそ」といふ詞をもかきて
世の人のかはる心にくらぶれば花はときはのいろにこそさけ
とある。詞書では、描かれた遊女めいた女の姿を「七とせ八年むかしのかたちなりければ」と評していて、意外なことにも、大平が当時の女性の流行のファッションにも詳しかったことがわかる。このことからも、古き世の遊女と今めいた姿の遊女の区別がつかないということはなさそうである。なお、「髪のゆひざま」以降の和文は着賛されたことも記されている。

さらに、当該図は遊女ではなく妓女である。大平の手跡で着賛してあるので、絵を見ていないとは考えられない。なぜこのような差が生じているのであろうか。

この謎を解くカギは、〔補記1〕でも述べた『落葉の錦』中の図【図版16】にある。『落葉の錦』の図と、「芸妓立姿図」とを比べてみると、『落葉の錦』の図は、着物の模様などは略されていて比較できないが、明らかに髪型が異なっている。『落葉の錦』の図では、後頭部の髪をさす髱という部分が長く突き出ている。これは、元禄から安永期頃に流行したもので、灯籠鬢より前の時代の髪型である。版本で、しかも略画であるための性質もあろうが、体格や顔の表現もやや重々しい。美人画は、菱川師宣の「見返り美人」図に代表されるようなおおらかで堂々とした描写から、時代を経るに従って優美で細く華奢な姿へと移り変わっていくことから、『落葉の錦』の図は、歌集類の詞書にあるように、「ふるき世」の姿を写したものなのであろう。ただし、詞書から受ける印象では、例えば中世の説話に出てくる神崎の遊女のような、より古い時代が想像されようが、『落葉の錦』の図から、近世期の遊女であることが分かるのである。

これらのことを踏まえて、賛を解釈してみると、『落葉の錦』の図では、近世前期頃の遊女が描かれているので、

【図版16】「遊女画賛」（『落葉の錦』架蔵）

当時は流行の最先端を行っていただろうその姿も、今となっては古びたものになってしまったと、上の句の表現が絵を説明するものであるのに対して、大平の生きた時代の当世風の芸妓を描いた「芸妓立姿図」では、下の句の「今の姿もいまやふりなむ」のほうに重きが置かれて、行く末を暗示するような解釈も成り立ち、それぞれに印象が異なってくる。

この二つの前後関係を考えてみると、『落葉の錦』に掲載された幣舎蔵の画賛のほうが歌の内容が詞書ともあっているので、こちらが先に制作されたとも考えたくなるが、前掲の歌書類では、五冊本『稲葉集』では文化十三年にあり、『画賛歌』乙本の詞書では文化十四年に依頼を受けたとあって、どちらの記述も正しいとするならば、「芸妓立姿図」を含めて、少なくとも三回は「いまめきし」の歌を添えた画賛を制作していることになる。大平得意の画賛、あるいは享受者に好まれた画題と考えられ、単純に前後関係を決めることは難しい。

このように、現存する画賛と、歌集や歌稿類を合わせて考察することは、どちらか一方だけを見ていたのではわからない現在では失われてしまったであろう多くの画賛の存在が浮かび上がってくるという面もあり、和歌画賛を考える一つの方法として有益なことと言えよう。

第六章　香川景樹の画賛歌集『絵島廼浪』と明治の桂園派歌壇

はじめに

本章では、各論部第三章でも述べた、香川景樹の画賛について、没後に編集された画賛歌集から考えていきたい。ここで取り上げる『絵島廼浪《えじまのなみ》』は、香川景樹の画賛歌六四八首を、四季・雑に分類した歌集である。編者は村山松根で、松根の没後すぐの明治十五年（一八八二）十月に吉川半七から刊行されている。

村山松根（文政五年〈一八二二〉生、明治十五年没。六十一歳）はもと薩摩藩士で、維新後は宮内省九等出仕となり、梨本宮家家令を勤め、山階宮家の家務を司った。和歌を景樹に連なる山田清安・八田知紀に学び、国学もよくし、京都の華族の歌道師範となった人物である(1)。

近世後期には、詩歌の様々なジャンルで画賛が盛んになるが、和歌でも数多く詠まれており、それらが家集に収められている例はしばしば見受けられる。その中でも『絵島廼浪』のように、近代になってからではあっても画賛のみの歌集が刊行されたこと、また一人の歌人の画賛がこれほど多く残っているということは、特筆すべきであろう。

ここでは、『絵島廼浪』と、ほかの二つの景樹の画賛歌集について考察を加えていくとともに、桂園派から御歌所派への流れの中における景樹の画賛歌集『絵島廼浪』の役割についても考えてみたい。

一、『絵島廼浪』について

『絵島廼浪』は明治の刊行であるため、『国書総目録』には掲載されていないが、現在、各地の図書館に所蔵されていて、かなり多く出回っていた書であると思われる。まず、書誌事項について、簡単に架蔵本により示したい。

袋綴。上下二冊。表紙、雲母引地枇杷花模様空押、縦二二・八糎、横一五・四糎。表紙左肩に題簽「絵島廼浪　上」「恵しまの波　下」。見返し「香川景樹大人画讃集　高崎正風大人閲幷序跋　画島廼浪　村山松根編輯　清遠楼蔵」。本文八行。紙数、上巻全四十九丁、下巻全四十四丁。序「明治十四年三月　従五位高崎正風」「明治十三年十一月二十日　正七位村山松根」、附言、跋「明治十五年一月二十三日　辱知正風識」。刊記「明治十五年八月三十一日版権免許　同年十月二十八日出版　編輯人　故人村山松根　編輯者相続人並ニ出版人　村山資澤　製本兼発兌人　文玉圃　吉川半七　諸国発売人　正春堂　山本彦兵衛（他八軒）」（住所は省略）。発売人は三都のほか、島根、岐阜などにも及んでいる。

本書は、和装本の装丁を取っているが、小泉苳三氏著『明治大正歌書綜覧』[2]を見てみると、この時期の歌集はまだ和装本が一般的であったようである。序を認めた高崎正風（天保七年〈一八三六〉生、明治四十五年没。七十七歳）は、和歌を松根と同じく八田知紀に学び、明治二十一年御歌所長になり、御歌所派として明治歌壇の指導者となった人物である。

『絵島廼浪』の成立事情と編集方針については、高崎正風及び村山松根の序、松根によると思われる附言[3]によりうかがい知ることができるので、検討してみたい。

①高崎正風の序

まず、高崎正風の序には、明治天皇からの「景樹が歌、前後の家集〈引用者注　『桂園一枝』〈文政十三年刊〉および『桂園一枝拾遺』〈嘉永三年・一八五〇刊〉〉に漏たるもおほかるべし。それ書つめて奉れ」との仰せに対して、正風が、長年景樹の遺稿を集め、世に広めようとしている京都の村山松根に申し入れたところ、「松根ぬし、たとしへなく歓びかしこみ、梓に上せむは程経ぬべければとて、あるが中にまづ画讃の部を四季・雑にわかち、叙で仮に画讃集と外題しておくられ」たものを献上した。その後、刊行の運びとなり、松根より「二たび消息ありて、今はかの集も校正をはりて、板にゑらすべくなりぬ。おなじくはことのよしを一言、巻の端にしるし、似あはしき名をも負せてよ」との要請に応えて、正風が『千載集』の藤原親隆の「播磨潟須磨の月夜め空さえて絵島が崎に雪ふりにけり」より命名し、この序を認めたとある。正風から松根に話があったのは、正風が歌道御用掛に補された明治九年以降のことと思われ、桂園派の歌風が宮中でも定着し始めた時期であろう。

松根の序については後述することにして、次に附言を見てみたい。

②附言

附言は二箇条に分かれていて、まず景樹の歌を集めた過程が詳しく述べられている。これは重要であると思われるので、全文引用する。

一　大人の生涯によみ出られし歌の数、一万余首ありとはいへども、没後に散失して全くは伝はらず。ひとり門人藤田維中が常に大人の傍に在て、見聞たるまゝに書留たるが若干巻ありつるを、故ありて吉田の神官鈴鹿連胤ぬしの許に残りたりしを、ちかき比あるえせもの、為にあざむきとられて今は其全集を見るによしなし。されどおのれむげに若かりしほどより見もし聞もしたる歌の、耳の底にとゞまれるもおほく、此年頃みやこの任に在て拾ひ得たるも少なからねば、猶そが上に渡忠秋が社中なる尾崎宍夫・細辻昌雄等に謀りて、京に浪華にあさりもとめて、集外の歌数千首を得つれば、梓にのぼせむとするに、余りに数おほくては一部の冊子にはたよりあしければ、こたびは先画題のみをゑりいで、、上下巻となし、かりに『桂園画讃集』と号け侍りしを、更に『画嶋の波』となづけられしゆゑよしは、高崎ぬしの序文にいはれたるが如し。

藤田維中・鈴鹿連胤・渡忠秋は、共に京都住で景樹の直接の門弟である。藤田維中は、京都の富商で、『近世歌人師弟一覧』などを著している（維中については後にも述べたい）。渡忠秋は『桂園一枝拾遺』（嘉永三年刊）の編集に携わり、後に歌道御用掛を命じられている。尾崎宍夫も晩年に歌道御用掛となった人物(4)。

傍線部分からは、景樹の家集に漏れた歌を数千首を集めたが、上梓するにはあまりに大部になるため、まずは画賛だけを撰び出し、それを『桂園画讃集』と仮に命名したことがわかる。実はこの『桂園画讃集』は、後に述べる『東《とう》塢画讃集《うがさんしゅう》』なのであり、『絵島廼浪』はそれを刊行用に抄録したものなのである。そしてこの『東塢画讃集』は、先に示した正風の序に「画讃の部を四季・雑にわかち、叙で仮に画讃集と外題しておくられ」とあるのと一致している。

また、附言の二箇条目には、

一　大人の在世に著はされし本集はもとよりにて、没後に忠秋等が謀りて世にあらはしゝ拾遺、其外にも大人の歌の梓にのぼせたる、猶《あまた》あるべし。こたび此集をゑりとゝのふるにつけて、さるかぎりは省《除》きてものすべきを、いとまなき身にはいとわづらはしくて、前後《さしも》の集にもれたるは其《かぎりは》撰《かさねて》此集にあみいれたるもありぬべし。

とある。傍線部の「拾遺」とは、前述の『桂園一枝拾遺』のことである。『絵島廼浪』刊行以前に出版された景樹の歌集には、『桂園一枝』『桂園一枝拾遺』のほかに、仲田顕忠編『桂の落葉』（天保十四年初編刊、嘉永三年二編刊、同七年三編序）があり、また景樹撰・氷室長翁補『桂花余香』（刊年未詳）のような景樹の歌を含んだ桂園派の撰集も多く出ている。附言では、そのような歌集収載歌との重複を断っているのである。

③村山松根の序

さて、ではなぜ画賛だけを集めて集にしたのか。そのことは松根の序「絵嶋の波を献るにつけて申そへたる文」に表れている。序では、まず、古には題詠はなかったこと、屛風歌や最勝四天王院障子和歌などが画賛のさきがけであり、それがやがて題詠の歌の元となったと述べている。このように和歌史の中での位置付けを確認することで、画賛を権威付けているのだと思われる。続く部分では、

近き世に出て、歌の道を千世のむかしにかへされし香川景樹翁のいたづきは、今更いふまでもあらぬ。其中にも画題はことさらに人の及びがたき処ありて、其さまをうまくいひとられ、いともめでたきが多かるを

とあり、そのような権威ある画賛を、景樹が特に能く詠んだとして、画賛歌集を編んだと述べているのである。

④画賛歌集編集の理由

ではここで、これまで述べてきたことを含めて、景樹の画賛歌集を編集するに至った理由が大きく三つに分けられるので箇条書きにして整理してみよう。

1、一つの歌集としての歌数の問題。（附言および正風の序）

2、景樹が画賛を得意としたこと。（松根の序）

1は、やや消極的な面も感じられるが、今後、景樹の全歌集が出されるだろうことを期待させていよう。また2については、得意の画賛が集められていることで、景樹の秀歌選になっているとも言える。さらに、私見として、

3、画賛歌集によっても、四季・雑という通常の歌集と同じ体裁を整えることが可能であり、幅広く景樹の歌風を示すことができる。

ということが考えられる。画賛の歌を鑑賞すると同時に、景樹の秀歌をバランスよくコンパクトに味わえるという利点が、この集にはあったのである。

二、『東塢画讃集』の概要

次に、先の正風の序にみえる明治天皇に献上された『画讃集』（正風の序での名称。附言では『桂園画讃集』）について述べていきたい。現在宮内庁書陵部に収蔵されている『東塢画讃集』がそれに該当する。書名の「東塢」とは景樹の号の一つである。これにも村山松根の序文が付されており、松根の編集と考えてよいだろう。まず書誌事項を見ておこう。

袋綴、結綴。二冊。表紙、若草色地若松模様、縦二七・〇糎、横一九・五糎。表紙左肩に題簽「東塢画讃集巻上（巻下）」。本文十一行。紙数、上巻全五十丁、下巻全五十一丁。序「明治十三年十一月二十日　正七位村山松根謹白」。跋なし。下巻最終丁に「執筆　喜村行納」。

本書を浄書した木村（喜村）行納は、京都の歌人であり書家で、小野道風の書風を学んだ人物である（『名家伝記資料集成』による）。

書名については、外題のほかには内題もなく、序にも記述はないので、後の人による命名とも考えられるが、題簽と本文の筆が同一の人物によると思われるので、献上時には『東塢画讃集』であったのだろう。

村山松根の序は、『絵島廼浪』のものとほぼ同文である。総歌数は一一〇四首。ただし、字足らずなどで意味の通じ難い部分も複数箇所見られ、編集および浄書作業には急を用したかと推測される。次節では、この『東塢画讃集』と『絵島廼浪』との関係について考えてみたい。

三、『絵島廼浪』と『東塢画讃集』の関係

『絵島廼浪』と、それに先だって編集され、献上された画賛歌集『東塢画讃集』には、どのような関係があるのだろうか。先に述べたように、『東塢画讃集』を刊行用に抄録したものが『絵島廼浪』であると考えられる。ここでは、そのような観点から二書を比較していきたい。

まず、歌の総数と、それぞれの部立の歌数、歌集全体に占める各部立の歌数の割合を【表1】に示した。

歌数としては、『絵島廼浪』は『東塢画讃集』の六割弱に縮小されている。また、歌集全体に占める各部立の歌数の割合は、春歌や秋歌などの歌数の多い部では若干の差異が生じているが、全体的にはほぼ同じ割合であり、数値の面からも、『東塢画讃集』を縮小したものが『絵島廼浪』であると考えられる。

では、どのように抄録したのであろうか。二つの集の歌を一首ずつ比較した結果、『絵島廼浪』全六四八首のうち、六二一首が『東塢画讃集』の歌と一致した（一致率九五・八パーセント）。異同の例としては、詞書のみ異なるものでは、『東塢画讃集』四十二番歌（歌番号は私に付した）に「小松にわかな鶯なきたるかた」とあるものが、『絵島廼浪』三十

【表1】（全体に占める割合は小数点以下第二位を四捨五入した）

	東塢画讃集	絵島廼浪
春歌	381首（34.5%）	241首（37.2%）
夏歌	155首（14.0%）	92首（14.2%）
秋歌	278首（25.2%）	147首（22.7%）
冬歌	116首（10.5%）	73首（11.3%）
雑歌	174首（15.8%）	95首（14.7%）
合計	1104首（100.0%）	648首（100.1%）

五番歌では「ねの日の松鍬にのせたり」とあり、『東塢画讃集』四二九番歌「郭公飛雲有」が、『絵島廼浪』二七〇番歌では「郭公飛雲あり」とある二例が確認できる。前者の場合は、歌は「松も引わかなもつまむ野べにきて聞くらしたる鶯の声」なので、詞書は『東塢画讃集』の「小松にわかな鶯なきたるかた」の方がふさわしい。『東塢画讃集』では直前の四十一番歌の詞書が「ねの日の松鍬にのせたり」なので、単純な写し違いにより『絵島廼浪』の詞書が変わってしまったと考えられる。また、後者の場合は、歌集全体の詞書を見渡したときに、「郭公飛雲有」という詞書に違和感があるため、改めたものと思われる。

　和歌本文についても、多少の違いが確認できた。ここでは省略するが、漢字の当て方や、仮名の字母などの表記の違いを除くと、詞書、和歌本文共に完全に一致するものが大半であると言える。

　抄出の方針は、『東塢画讃集』の歌を前から順に取捨していて、並び方が入れ替わっている例は認められない。『東塢画讃集』で同じ詞書の歌が数首続く場合は、そのうちの何首かを削って『絵島廼浪』に入れている。例を挙げると『東塢画讃集』には「梅のかた」で十首あるのが、『絵島廼浪』では四首となっていることなどがある。

『東塢画讃集』になく、『絵島廼浪』に新たに加えられた二十七首のうち、『東塢画讃集』に詞書が共通するもので、一つの詞書で歌が数首続く中の二首目を新たなものにした例が四例ある。

　以上のことから、『絵島廼浪』編集には『東塢画讃集』の枠組みを崩すことなく、刊行向けに縮小しようという意向がうかがえる。

四、『画賛聚葉』について

つづいて、景樹の画賛を集めたもう一つの集として、愛媛大学図書館鈴鹿文庫蔵の『画賛聚葉』について見ていきたい。鈴鹿文庫は、香川景樹の門人で、前掲の『絵島廼浪』附言にも名前の見える鈴鹿連胤とその後裔の蔵書であり、景樹や桂園派関連の資料も多数含まれている。(5)

『画賛聚葉』の書誌事項をまず示したい。

袋綴（こよりで仮綴）。二冊。表紙、共紙表紙、縦二四・四糎、横一六・八糎。表紙中央に題簽「画賛聚葉　春夏　墨付三十九枚」（上巻）「画賛聚葉　秋冬　墨付三十一枚」（下巻）。本文十行。紙枚、上巻全三十九丁、下巻三十一丁。序、跋、識語、著編者なし。総歌数七三一首（ただし重複一首を含む）。一箇所「本ノママ」注記有。

「本ノママ」注記の指すものが、撰集資料なのか、それとも本書が転写本で、そのもとになった『画賛聚葉』が存在するのかは不明であるが、前者であるかとも思われる。

編者や編集動機などを示すものが一切無く、書名の由来も不明であるが、先に見てきた『東塢画讃集』や『絵島廼浪』と比較することによって、この集について考察を加えていきたい。

まず、歌の一致であるが、詞書や歌の細かな異同を除くと、『画賛聚葉』七三一首中六六四首が『東塢画讃集』と一致（一致率九〇・八パーセント）し、四四六首が『絵島廼浪』と一致（一致率六一・〇パーセント）する。

ただし、『画賛聚葉』八二番歌「池に鴛鴦つがひうかべり、梅咲たるかた」は、六八五番歌にも重出しており（歌

は空欄になっている）、二二九番歌の、

雨中嵐山のかた

さそふべき嵐は山の名のみして雨にもうつる花のいろかな

が、

雪中嵐山

誘ふべきあらしは山の名のみして雪にもうつる花の色かな

の形で七〇六番歌として再掲されている。『東塢画讃集』『絵島廼浪』では「雨中嵐山のかた」で出ている（これらの歌は、一致率の数値から除いてある）。

以上のことから、歌の一致という面では、広く刊行された『絵島廼浪』よりも、現在のところ書陵部蔵本しか確認できない『東塢画讃集』にその性格が近いということがまず言える。

次に歌の配列を『東塢画讃集』と比較してみたい。前述のように、『絵島廼浪』は『東塢画讃集』を前から順に取捨していて、並び方が入れ替わっている例は認められなかったが、『画賛聚葉』の場合、同じ題材のまとまりごとに順序が入れ替わって採られていることが多い。そのことは時に部立を越えている例も見られる。『東塢画讃集』では春歌にある牡丹の詠七首が、『画賛聚葉』では夏に入っていて、反対に『東塢画讃集』では夏に入る「さうび（薔薇）のかた」「紫陽花のかた」が、『画賛聚葉』では春の歌とされており、また「おち葉のうへにかまきりをり」（『画賛聚葉』では、「落葉の上に蟷螂ゐるかた」）が、『東塢画讃集』では秋、『画賛聚葉』では冬になっている。もっともこの蟷螂の歌は、『東塢画讃集』では秋歌の最後に、『画賛聚葉』では冬歌の二番目に置かれているため大きな差異ではないとも言える。『画賛聚葉』には雑の部がないのであるが、巻頭歌「熨斗に宝珠のかた」（春）、一七八番歌「蛤の玉を吹たる」（春。『東塢画讃集』では「蛤の玉を吹きたるかた」）、巻末歌「雲の上なる宝船をうつせしに題して」（冬）の三首は『東塢画讃集』では雑に入っている。

このように配列を見てみると、『東塢画讃集』と『画賛聚葉』の編集には異なった方針が採られていることがうかがえる。この点について明確に表れているのが、次の例である。『画賛聚葉』夏部の三九三番歌から四〇一番歌までは扇や団扇に書かれた画賛を集めている。その中に、次の二首がある。

扇に梅の花のかた

吹かぜはうへこそかをれ梅の花夏もあふぎに開しものを（三九四）

白妙の扇は月の影なれば梅の匂ひもまづそばひける（三九五）

『東塢画讃集』には当該歌がないのであるが、このような歌の場合、描かれた梅に重きを置いて、春の部に入れられると思われる。この例は季節を重視するよりも、扇や団扇などの、絵が描かれた物によって分類し配列していて、『東塢画讃集』とは別の編集意識が見える。ただし、春部の「杜若」の歌群に「扇に杜若かきたる」（二八〇）、「団扇の画に杜若の莟あり」（二八一）があり、方針が一貫していないこともうかがえる。

ほかには、詞書の違いとして、細かな違いが数多く見られるものの、はっきりとした規則性はみとめられない。用字の特徴として『画賛聚葉』では「薫」「諷」「翠」といったほかの二書にはみられない文字遣いが確認できた。

まとめ

これまで検討してきたように、歌の一致の割合、集の中での歌の配列などから、『東塢画讃集』と『画賛聚葉』の二書が、関係なく別々に成立したとは考えられない。配列などの編集方針の違いから、この二書の編者は違うものの、どちらかがどちらかに影響を及ぼしたと考えられる。以下、本章のまとめにかえて、『東塢画讃集』と『画賛聚葉』には、どのような関係があるのかということについて推察を加えていきたい。

ところで、『画賛聚葉』の編者は誰なのであろうか。先にも述べたように、『画賛聚葉』には奥書などの情報がなく、推測にすぎないが、『絵島廼浪』附言にも名前の見える、藤田維中が編集したのではないかと考えられるのである。維中は生没年未詳であるが、景樹に直接学んだ弟子であり、『絵島廼浪』の編者である村山松根より一世代前の人物である。これほど多くの画賛を収集できるのは、やはり景樹に近い人物であったろうし、維中には『桂園聚葉』(6)という撰集があり、景樹の総合的な全歌集を企図していた。『画賛聚葉』の題名は、『桂園聚葉』との関わりも感じられる。『桂園聚葉』には、誰かとのやりとりを示す場合を除いては、基本的には画賛は含まれず、盛り込めなかった、あるいは意図的に盛り込まなかった画賛歌を、別立てで編集したのではないだろうか。愛媛大学図書館鈴鹿文庫蔵の『絵島廼浪』には、メモ書きの添付資料（洋紙に書かれた比較的新しい時代の筆跡で、明治に書かれた原本を転写したものと思われる）がはさみこまれていて、そこには、

藤田惟（ママ）中編
類題稿　四季恋雑　六冊
波之加幾類葉稿　春　一冊
桂園聚葉稿　内二冊画賛聚葉稿　六冊
右明治十年六月深草住平岡孫左衛門　号竹庵　へ懇望譲渡ス

とある。平岡竹庵は景樹の門人。これを書いた人物、すなわちこれらの資料の旧蔵者が誰かはわからないが、桂園派

に親しい者によるとみられ、藤田維中の活動を探る上で参考になる。(7)

では、二書の影響関係はどうであろうか。『東塢画讃集』と『画賛聚葉』の集としての完成度を見ると、やはり献上本である『東塢画讃集』のほうがより高いようである。『東塢画讃集』は現在のところ書陵部蔵本のほかに所蔵を確認できない孤本であり、また『東塢画讃集』のように完成した本を再編集する理由が見あたらない。『画賛聚葉』の編者と考えられる藤田維中が、松根より年長であり、おそらく『画賛聚葉』が先に成立したと予想されることからも、『画賛聚葉』が『東塢画讃集』に影響を与えた、さらに言えば『東塢画讃集』の第一級の撰集資料になったものと考えられる。

一千人とも言われる景樹の門人達は、全国各地で、桂園派の地方歌壇を形成していた。明治を迎えてもなお、景樹の流れを汲む桂園派歌人達が、御歌所派として東京に本拠地を移し維新後の歌壇を率いていく。

そのような風潮の中で、桂園派の創始者である景樹の存在はより権威化されていった。景樹の歌の全貌を明らかにする全歌集は、待ち望まれるものであっただろう。『絵島廼浪』の出版は明治十五年であるから、翌年の景樹四十年祭に先立つものであり、数千首を集めたという松根序の記述は、全歌集の出版を期待させたであろう。当時の桂園派の主だった者が関わったこの企画には、景樹の歌人としての権威を必要としていた明治初期の御歌所派の思惑が見え隠れしている。

しかし『絵島廼浪』の刊行で弾みのつくはずであった計画は松根の死で頓挫し、その後、弥富破摩雄氏編『桂園遺稿』（五車楼、明治四十年）が出て景樹の歌の多くが世に示されたが、未だ全歌集は出版されずじまいであり、近世を代表する歌人香川景樹の和歌の全貌は明らかになっていない。

注

（1）『明治維新人名辞典』（吉川弘文館、一九八一年）、森繁夫氏編『名家伝記資料集成』（思文閣出版、一九八四年）などによる。

（2）立命館出版部、一九四一年。

（3）附言は『明治大正歌書綜覧』や、山本嘉将氏の『香川景樹論』（育英書院、一九四二年）により、幕末から明治にかけての桂園派の動きを物語る資料としても広く知られている。また、高崎正風の序および跋は、和文として『女学講義』第二回第十七巻（大日本女学会、一八九九年三月）の付録部分にあたる「詞藻」に高崎星岡の名で掲載されている。

（4）渡忠秋、尾崎宍夫については、兼清正徳氏『京都の桂園派歌人たち』（山口書店、一九九〇年）に詳しい。

（5）福田安典氏「愛媛大学鈴鹿文庫・鈴鹿連胤関係資料について」（『国文学研究資料館紀要』第二十八号、二〇〇二年二月）。

（6）『桂園聚葉』の写本は、国立国会図書館と稲葉文庫に所蔵が確認できる。なお、田中仁氏「香川景樹「歌日記」の「年づけ」――『桂園聚葉』を手がかりとして」（『鳥取大学教育学部研究報告　人文・社会科学』第四十七巻第二号、一九九六年十二月）に、『桂園聚葉』についての論がある。

（7）ちなみに、愛媛大学図書館鈴鹿文庫には、『類題稿』にあたる『桂園和歌類題稿』（写本四冊）と、『桂園聚葉稿』（写本十一冊）があり、『波之加幾類葉稿』は所蔵されていない。

Ⅳ 「題」としての絵画

第七章 村田春海の題画歌
——千蔭歌も視野に入れて——

はじめに——題画歌とは何か——

本章では、江戸派の歌人、村田春海（延享三年〈一七四六〉生、文化八年〈一八一一〉没。六十六歳）の家集『琴後集』（文化十年刊）の題画歌を見ていきたい。村田春海は、加藤千蔭（享保二十年〈一七三五年〉生、文化五年没。七十四歳）と共に江戸派の双璧とされる歌人であり、本書各論部第一章で取り上げた清水浜臣の師である。春海の家集『琴後集』は、巻七に「題画歌」の部を設け、百四十九首を収録している。

「題画歌」とは、「絵を題として詠む歌」の意であり、画賛が多く詠まれた江戸時代においても、一巻を絵を詠んだ歌にあてた『琴後集』は特筆すべき集の一つである。

ここで、論を進めるにあたり「題画歌」という、あまり馴染みのない用語について、私に少し整理しておきたい。「題画」という言葉には、絵に詩や言葉などを「書き添える」という要素が含まれているとも解せるが、ここでの「題画歌」は、もう少し広い意味で使用されているようであり（後に述べる）、広く絵画を詠んだという意味での「絵画詠」[1]という言葉に置き換えることも可能なのかもしれない。

ところで、田中康二氏「江戸派の和歌」[2]によると、春海の「題画歌」所収歌の詞書のうち、加藤千蔭の『うけらが

【図1】

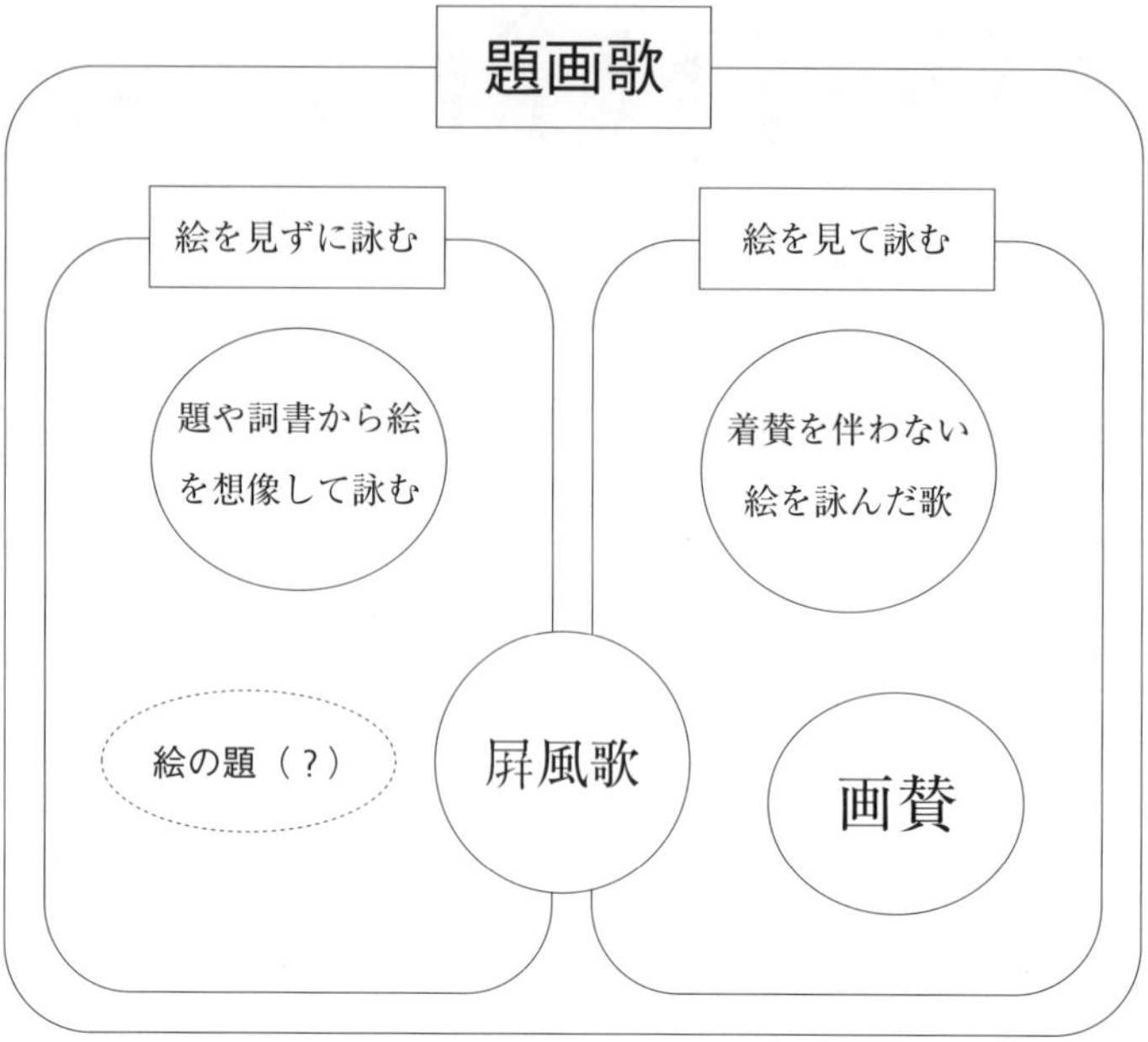

花』初編（享和二年〈一八〇二〉自序）・二編（文化五年刊）所収歌の詞書と共通する歌について、「おそらく共通の場で同一の絵に基づいて歌をよむ題画歌だったと想定される」として「題画の会」による歌であるとされている。ただし、鈴木淳氏の「千蔭画賛録」[3]には、千蔭と春海が一緒に賛を添えている素絢画の双幅「月とほととぎす図」（個人蔵）の存在も示されていて、千蔭と春海の詞書が一致していても着賛された場合もある。

「題画の会」がどのような会であったのか詳細は不明であるが、『琴後集』などの詞書などから推察するに、着賛はなかったように思われ、あるいは、絵そのものも実際には用意されず、屏風歌の詞書のような、「題」で詠まれた可能性も捨てきれない。

「題画歌」を絵を題として詠んだ歌と位置づけてみると、そこには、「絵を見て詠む」場合と、「絵を見ずに詠む」場合とに分けて考えることができよう（【図1】参照）。まず「絵を見て詠む」ものとしては、絵を見て同じ画面に書きつける「画賛」と、絵は見るものの、「着賛を伴わない絵を詠んだ歌」とがある。また、「絵を見ずに詠む」場合は、設定された絵様を示す「題」(または詞書)から絵を想像して歌を詠むもので、実際の絵は存在しない(近世期にはこのような詠み方も、一方でされたのではないか)。なお、総論で触れた屛風歌については、どちらの場合もあり得たので、中間においた。

もう一つ、春海家集の題画歌を考える上での問題点として、『琴後集』が春海の没後に完成した集であることから、「題画部に収録されている歌が、本当にすべて絵に基づいて詠まれた歌であるかどうかは微妙である」との指摘がある。(4)

着賛されない歌、さらには、絵画とは無関係の歌をも含むという、本書が前提とする画賛の定義からはずれる歌が確実に(しかし峻別できない形で)含まれているという問題(5)を抱えつつも、絵画を詠むことを重視した賀茂真淵の直接の門人として、春海が「絵」をどのように歌にしているのかは重要なことであると思われるので、前述のような問題をひとまずおいて、広く画賛を含む概念としての題画歌を、ここでは考察の対象としてみたい。

また、着賛を伴わなかった題画歌であるからこその特徴もあるものと思われ、そのことが逆に、画賛を考える手だてとも成りうるはずである。同じ場で詠まれたとされる千蔭歌も視野に入れつつ考えていくこととする。

一、春海の題画歌の特徴

まず、春海の家集『琴後集』について簡単に述べたい。『琴後集』は、文化十年閏十一月に英平吉より刊行されている。これは春海の没後二年目にあたる。『琴後集』の成立については、田中康二氏の「『琴後集』撰集攷」(6)に詳しいが、この家集は完全な自撰集ではなく、長歌・和文は春海の遺志に従って全て収められたものの、短歌は門人たちによって撰集作業が行われた。部立に関しては、田中氏が「春海が自序を書く（文化七年十月一日）にあたって、『琴後集』編集に本腰を入れるようになってから作成したのではないか」と推測されている『琴後集目録』に、すでに「画題歌」が巻名として記されていることから、春海の意向によるものであることがわかる。

それでは、巻七「題画歌」の中身について述べていこう。詞書から絵との関わりのわかる歌は、長歌の「寿星のかたかける絵に」（一六五八番歌）の一例を除くと、巻七「題画歌」の中に全て収められており、巻七の中の配列は、大まかに、四季、雑、「越の君の北の方の御屏風の絵に」群（月次で十二首）に分けることができる。

また、小山田与清著『松屋叢話』（文化十一年序）に「すべて集（引用者注『琴後集』）にのせざりし歌どもを、娘のたせ子が書つめて、拾遺と題せしが五巻なんありける。[7]」とあって、春海の没後に養女の多勢子によって編集されたとされる『琴後集拾遺』（写本、七巻三冊。ノートルダム清心女子大学附属図書館特殊文庫蔵。以下『拾遺』と略す[8]）も「画題部」を設け、一九五首の歌を収録している。

ところで、ここには「画題」と「題画」という言葉が混在しているので、整理しつつ、この違いを少し考えてみたい。「画題」を使用しているのは、春海が作った『琴後集目録』と多勢子が編集した『拾遺』で、「題画」は『琴後集』が用いている。『琴後集』には、春海自身の、集に対する考えも反映されていようし、春海の没後には多勢子も編集に加わっているのであるが、「画題歌」の巻名は使用されていない。推測に過ぎないが、春海亡き後に『琴後集』の編集に携わった者が、漢詩の「題画詩」に対立する、あるいは類似する用語として「題画歌」という言葉を使用することに変更してしまったのではないだろうか。そのため、『拾遺』では、多勢子が春海の遺志に基づき、「画題」という語を採用していると考えられる。

この「題画歌」と「画題歌」との違いであるが、どちらも一般的ではない、用例の少ない用語のため難しいが、前者は「画に題す歌」であり、絵を前にして詠む歌と解せるが、後者は「画題の歌」と読め、絵がそこに存在していなくても、画題（たとえば、住吉の松や雪の富士山など）を思い浮かべて詠んだような歌をも含む概念ではないかと考えられる。

これに関連して、春海の師である賀茂真淵が、題詠の弊害を乗り越えるために「絵の題」を取り入れ、門人たちに詠ませたことが思い浮かぶ。この、師の唱えた「絵の題」を漢語風に表記したのが、春海の用いた「画題歌」なのではないだろうか。

さて、『拾遺』の「画題部」の詞書は、『琴後集』「題画歌」と共通するものが多く、ときに歌の並びが前後することもあるが、配列もほぼ同じで、その間に『琴後集』にない詞書の歌が入っている。このことは、『拾遺』の各部立によって差異があるものの、全体にわたるものと見られる。春海の歌を集めて分類し題別に並べた資料のうち、『琴後集』の入集歌を採ったあとに残った歌を、配列もそのまま取り入れた歌集ということも想像してみたくなるが、ひとまずは「題画歌」に絞って考えていこう。

『琴後集』「題画歌」と『拾遺』「画題部」それぞれの所収歌を細かく検討してみると、詞書・配列ともに一致するものが、詞書数で四十七、歌数は八十首あり、詞書がやや異なる例は詞書数で四、歌数七首、配列が異なる例が詞書数で一、歌で四首、詞書・配列ともに異なるものは、詞書数・歌数ともに一首ある。詞書の異同の例には、『琴後集』では「女車をたてて月を見いだしたる」（一三八九）とあるものが、『拾遺』では「女車をたてゝ月を見いだしたり」とあるような、些細なものもあれば、『琴後集』で「神楽せる所」（一四一三）とあるのが『拾遺』で「定統が母の六十賀に神楽する所」とある例、『琴後集』で「初午いなりまうで、男女おほく行きかふ」（一三二一）とあるのが、『拾遺』で「初午いなりまうで」となっている例など、同じ機会に詠まれたことが、詞書からは厳密には判断できないものもある。また、配列が異なっている例では、『琴後集』巻七では十四首目にある「紅梅に鶯」が、『拾遺』では四から六首目で前に来ているという程度であるが、ほかの詞書の配列が『琴後集』と同じになっていることから考えて、意図的なことであろう。と言うのも、『拾遺』の「紅梅に鶯」の前が「白河少将の君の御もとにて竹に鶯のゐたるゑに」で、直後が「飛驒人の賀の屛風に紅梅に雪ふれる所」とあり、鶯から紅梅の歌に変わる中間に置かれるのに適した歌であるからである。

『拾遺』は詞書数が一三七あるが、三八パーセント、つまり約三分の一が『琴後集』の題画歌と同じ詞書を持つ歌であることがわかる。このことは、第四節で再び取り上げたい。

ここで、同時代の歌人たちの画賛と比較した際に認められる、春海の題画歌の全体的な特徴をいくつか挙げていきたい。

春海歌の詞書を見てみると、詳細な説明によって、描かれた場面（または描かれたと想定された場面）が想起されやすいことが言える。また、人物が多いということも大きな特徴であろう。ここでいう人物は、画題として確立しているもの（たとえば小町など）という意味ではない。そのような例は「竹取の翁」（一四二七）・「大原女」（一三三九）・「寿星（寿老人）」（一四二四）・「二神」（一四三七）など数例で、ほかの歌人の家集と比較しても少ない。一方で、「雨はるゆふべ高殿にすずみする人あり」（一三七四）や、「あがたの家に翁雪を見る、をさなきもあり」（一四〇四）などのように、詩情を含んだ名もない人物の絵に対しての詠が多く見られる。

このような詞書の表現は、中古から中世の屛風歌の詞書と類似している。一例を挙げると、『琴後集』では「郭公なく山路を女ぐるま行く」（一三六一）、『うけらが花』初編では「ほととぎす鳴く山道に女車ゆく」（夏・三六五〜六六）の詞書で歌が入っているが、平安時代中期の歌人、壬生忠見の『忠見集』の月次屛風歌の詞書に「五月、郭公なくやまぢにをむなぐるまいく」（二一〇）が見られる。[9]推察に過ぎないが、これは先述の「題画の会」での例であり、「題画の会」とは屏風絵にあるような絵（大和絵）を題としていたのではないだろうか。実際にそのような絵がすべて用意されたとは考えにくいので、題から絵を想像して詠む会であった可能性も含んでいると思われる。

このような詞書は江戸派歌人の間で比較してみると、同じ「題画の会」の参加者である加藤千蔭の『うけらが花』初編・『同』二編には見られるものの、会に参加していない清水浜臣の『泊洦舎集』（文政十二年〈一八二九〉刊）にはない（本書各論部第一章参照）。

ところで、春海の題画歌の「絵の詳細な説明」「人物の多さ」という二点の特徴は、さらに「一首の中に物語的なふくらみが感じとれる」ということにもつながっていくように思われるのである。これらの特徴は互いに関連している面もある。なお、田中氏が前掲の論文中で、『琴後集』の「題画歌」の詞書と、『うけらが花』初・二編に共通する詞書を調査した「題画歌詞書対照表」において掲出された詞書も、同様の特徴（「絵の詳細な説明」「人物の多さ」）を持っている。

次節からは、右のような、詠歌時の状況に様々な可能性を勘案しつつ、春海の題画詠について述べていきたい。

二、物語的雰囲気を持った絵の歌

ここでは、物語性が感じられる歌を見ていきたい。

まずは、特定の物語を詠んだ二首挙げよう。

『竹取物語』の登場人物である竹取の翁を描いたものに、

竹取の翁のゑに

あはれとて世にやつたへしなよ竹の此一ふしの昔がたりは　（一四二七）

がある。「世」には竹の「節」が掛けられていて、「世（節）」と「なよ竹」、「一ふし」が縁語である。歌は、描かれている翁についてではなく、『竹取物語』という物語がはるか昔から伝わってきていることを詠んでいる。

また、「桃花源」を絵画化したものに、

桃花源の絵に

かくれがの春やいくよの名残ぞと花ものいはばとはましものを　（一四二六）

がある。「桃花源」は中国の仙郷で、陶淵明の『桃花源記』によって特に有名である。この『桃花源記』の主題は、文人画の画題としてしばしば描かれており、主人公の名を冠して「武陵桃源図」と呼ばれている。春海の詠は、『和漢朗詠集』に収められた、

桃李不言春幾暮　　桃李言《ものい》はず春幾《いく》ばくか暮れぬる

煙霞無跡昔誰栖　　煙霞跡無し昔誰《たれ》か栖《す》みし　（仙家・菅三品）

を和歌に和らげたものになっている。[10]

これらのほかには、詠史的なものとして「二神の絵に」（一四三七）がある。「二神」とは「伊弉諾尊」「伊弉冉尊」を指すのであるが、この場合も、『古事記』の一部分をそのまま和歌に仕立て直したものである。[11]

このように、先行文学を描いた絵を詠む場合、登場人物の一人の心情に注目したり、その振る舞いを取り上げたりするのではなく、作品全体を漠然と詠んでいることが確認できる。

次の三首は、詞書からでは特定の物語を描いたものかどうかわからないものの、物語的雰囲気を持った絵に対して

の題画歌である。

家に女、月をみる

ふるされしうき身のともと見る月はよもぎがもとの心しりきや　（一三八七）[12]

月夜に女の家にをとこゐよりてゐたり

うちつけに人まつ虫もなくものを月をのみやは君やどすべき　（一三八八）

をんなのつらづゑつきたる所

涙のみはらふおもてにつくつゑのかひなの世とや思ひしるらむ　（一四三〇）

ここに挙げた三首はどれも恋の心を歌った歌である。一首目は、恋人に見捨てられた辛い自分が友だと思って見る月は、荒れた家の侘びしい私の心を知っているのだろうか、という意味である。「ふるされし」という表現は、『万葉集』巻六の「春の日に三香原の荒墟を悲傷して作る歌」（一〇五九）にある。[13]この万葉長歌は、住みよい里であった久邇京が遷都によって捨てられた里になり、荒廃していくことを惜しむ歌である。また、「ふるす」は、

あきといへばよそにぞききしあだ人の我をふるせる名にこそ有りけれ　（『古今集』恋五・八二四・よみ人しらず）

に見られるように、新鮮味が失せて飽きられた恋を歌うときに用いられる表現である。春海の歌でも、この飽きて疎んずることを意味する「ふるす」と、家の様子と女の心情のどちらにも関わってくる表現「よもぎがもと」が、秋のもの悲しさと共に享受者に一つの物語を提示している。[14]

二首目は、月夜に女の家を訪ねた画中の男が女ににじり寄って詠んだ歌として、絵の中の男に成り代わって詠んでいる。これは絵自体がすでにかなり物語的であると言える。歌の「人まつ虫」には「待つ」と「松虫」が掛けられているが、

いる。

山に郭公のなきけるをききてよめる

郭公人まつ山になくなれば我うちつけにこひまさりけり　（『古今集』夏・一六二・紀貫之）

が、本歌として指摘できる。また、「やどす」にも、月の光を映しとどめるの意味と、宿を貸すの意味が掛けられている。

三首目は、涙ばかり払っている顔につく頬杖の、甲斐のない世であると思いしらされることだ、という意味である。詞書の「つらづゑ」は、『竹取物語』でくらもちの皇子が蓬莱の玉の枝を持って、かぐや姫のもとを訪れた時の姫の様子を表す表現に「物もいはず、頬杖《つらづゑ》をつきて、いみじく嘆かしげに思ひたり」とあり、和歌での用例には、

なげきこる山としたかくなりぬればつらづゑのみぞまづつかれける　（『古今集』雑体・一〇五六・大輔）

がある。ほかに『蜻蛉日記』や『落窪物語』、『源氏物語』などにも見られ、王朝文学に多く用いられた言葉であった。

頬杖をつく女の絵は、屏風歌にも見られるものである。

春海の歌の表現の、「かいな」には、「腕（かいな）」と「かひ（甲斐）なし」が掛けられていて、このような例には、『百人一首』の歌としても知られる、

春のよの夢ばかりなるたまくらにかひなくたたん名こそをしけれ　（『千載集』雑上・九六四・周防内侍）

がある。

これらは、古歌の本歌取りや、典拠のわかりやすい特徴的な掛詞の使用により、古が偲ばれるような王朝的雰囲気のある題画歌になっている。

「竹取の翁のゐに」のような、物語がはっきりしているものよりも、「家に女、月をみる」のような、どこかに典拠があるような気もするが作品は特定しにくく、物語的世界をおぼろげにだが想起させる絵を詠んだ歌の方に、より力

のこもった印象を受ける。

三、植物の絵を詠む

次に、植物を詠んだものを例に考えてみたい。

○「つと（土産）」としての植物

春海の題画歌の表現として何例か見られるものに「つと（家づと・山づと）」がある。まず、その例を『琴後集』から見ていこう。

　　わらびすみれのゑに
春の野をゆくてのすみれ下わらびつみてぞけふの家づとにせん　（一三二三）

　　つくづくしの絵に
つくづくし春のの筆といふめればかすみもそへて家づとにせむ　（一三二四）

　　桜の枝とつくづくしを籠に入れたるかた
一枝のはなにまじへて山づとのあはれをみするつくづくしかな　（一三四一）

　　紅葉の折えだをかけるゑに
一枝にみ山の秋をしらするやたが家づとのすさみ成るらん　（一三九八）

一首目と二首目では、五句目におかれた「家づとにせむ（ん）」が共通している。この二首は集中でも並列されていて、元々は続き物か対幅の画賛であったということも考えられなくはない。

さて、この「家づとにせん」の用例には、

伊勢の海の沖つ白浪花にもが包みて妹が家づとにせむ　（『万葉集』巻三・三〇六・安貴王）

見てのみや人にかたらむさくら花てごとにをりていへづとにせむ　（『古今集』春上・五五・素性）

などがある。

春海の和歌の一首目は、春の野を行く自分の目的地にある菫や蕨、これを摘んで今日の土産としよう、というもので、春の野を進みながら家で帰りを待つ人への土産を考える弾んだ気分が伝わってくるようであり、二首目では、つくしが「土筆」と表記されることから、同じ春の風物である霞の「すみ」に「墨」をかけて、一緒に土産としようと言った洒落た歌である。先に挙げた『万葉集』の歌とも通じる、見立てによって本来なら持ち帰ることの不可能な雄大な自然を土産にする、という発想が見られる。

また、三首目・四首目は「一枝」で始まるところが共通している。このように一枝を土産にするという和歌の例には、

ひとえだはをりてかへらむ山ざくら風にのみやはちらしはつべき　（『千載集』春下・九四・源有房）

をらずとてちらでもはてじ桜花このひとえだは家づとにせむ　（『風雅集』春下・二一八・俊恵）

などがある。

春海の三・四首目では、「一枝」と共に「山」が詠まれている。三首目を例に考えてみると、ここでは桜と共に描かれた土筆により、山から折って持ち込まれた桜であることがわかるとし、そこに「あはれ」を見出している。遠く離れた地を象徴する「山」から、そこでの感動を共有しようと大切に運ばれる「一枝」の土産であると、絵の背景を

作り上げている。手折られた枝や籠に入れられた植物の絵から、それを土産として持ち帰った人物とそれを受け取る人物の姿が感じられるという点で物語的であると言えるだろう。

ところで、「すみれ」「紅葉」は馴染みの歌材であるが、春海に二首みられた「つくし」は、物名歌以外では、「貞応三年百首」の草二十首のうちの一つとして「土筆」を詠んだ藤原為家の、

さほひめのふでかとぞみるつくづくし雪かきわくる春のけしきは

（『夫木和歌抄』雑十・一三六一七。雑十四・一五〇九三にも重出）

があるが、ほかにはほとんど用例がない。近世になり見られるようになるものの、春海に関してはここで挙げた二首以外見られず、絵を詠むという形式によって特別に詠まれたと言うこともできよう。

○橘の花

たちばなの咲きたる所、恋の心を

袖の香に花たちばなをよそへつついたづらぶしもあはれそふ比

（一三六九）

ここでは、恋の心を詠むと詞書で特別に断っているが、春海の家集中、このような例は同じ詞書で『拾遺』にあるほかには見られない。歌を解釈してみると、袖に花橘の香をつけて装いながら、空しく独り寝をする身にも寂しさが寄り添って来る頃であることだ、という意味であろう。「いたづらぶし」という表現は、

いかなりし時くれ竹のひと夜だにいたづらぶしをくるしといふらん

（『拾遺集』恋三・八〇四・よみ人しらず）

に見られる。またこの語は、『源氏物語』帚木の巻では、方違えで紀伊守邸に泊まった源氏が独寝に耐えられないという場面にも用いられている。このように、「いたづらぶし」という一語がすでに物語的であり、辛く苦しい想いを

喚起させることがまず指摘できる。それではなぜ、詞書に「恋の心を」とわざわざ明記したのだろうか。「たちばな」と言えば、すぐに思い浮かぶのが、

さつきまつ花橘のかをかげば昔の人の袖のかぞする　（『古今集』夏・一三九・よみ人しらず）

であろう。ここでの「昔の人」とは以前の恋人を指すのであるが、この歌以後の和歌では、「実際の恋人の袖の香かは問題にせず、橘の香は追憶を意味する歌ことば」⑮となっていき、記憶を呼び起こす景物ということに重点が置かれるようになる。

ところで、この歌は『伊勢物語』第六十段によっても有名である。その内容は、宮仕えに忙しく不誠実な男の妻が、より自分を想ってくれる男に随って他国へと去ってしまった。宮仕えする男が宇佐八幡へ勅使として下った際に、自分の妻だった人が今は勅使の接待役を務める祇承の妻になっていることを知る。男は「女あるじにかはらけとらせよ。さらずは飲まじ」と言い、酒杯を差し出した元の妻である女主に肴の橘を手に「さつきまつ」の歌を詠みかける。これを聞いた女は尼になるというものである。

春海の歌は、恋人が通って来なくなって久しい女の雰囲気であるが、これを『伊勢物語』に即して解釈してみると、「橘」の香をたきしめていた女が、宮仕えに忙しく不誠実な男の訪れを諦め始めた頃というようにも読める。詞書に「恋の心を」とわざわざ付け加えたのには、この物語を意識させるという目論見が隠されているのではないだろうか。橘を和歌に詠む際の本意のもととなった「さつきまつ」の歌に直接立ち戻り、『伊勢物語』第六十段を喚起させた上で、その物語の本文には書かれていない物語を作り上げ、橘の花を恋の心で詠んでいるのではないかと思われる。

三十一文字の中に奥行きのある物語世界を作り上げるためには、「いたづらぶし」のように一語で多くを語れる歌語の選択が必要になり、そのような面にも春海は配慮して題画歌を詠んでいたと言えよう。

四、一つの絵に対して複数の題画歌がある場合

ここで視点を変えて、歌の詠み方に着目していきたい。ここからは、特に題画歌であることと密接に関わると思われる、一つの詞書に対して複数の詠歌があるものを見てみよう。このような例が『琴後集』には八例あり、『拾遺』には三十八例ある。

前述の田中氏の「題画歌詞書対照表」では、一つの画題に対して二首以上詠まれている例が、春海には五例、千蔭には八例ある。二人に共通して二首詠まれている例はない。なお、本章に直接関わることではないが、真淵の『賀茂翁家集』（文化三年刊）所収歌の詞書にも、「対照表」の中の詞書と類似するものが四例（真淵の詞書の表記で「柳ある家に人来れるかたを」〈三八〉、「花のもとに弓いるかた」〈五九〉、「屏風に雪のふりたるに人人舟にのりて見るかた」〈二三二〉と「枝直の家にて紙絵の屏風に、雪のふりたるに人人舟にのりて見るかたかけるを」〈三二八〉）ある。

さて、春海の場合、一つの画題に対して複数の歌を有するものは、多くの場合、人物が描かれている。そして、詠まれた数首が一つの流れのあるものとなっている例がいくつも見られるのである。千蔭と比較しても[16]春海に顕著であり、春海の題画詠の特徴と言えよう。このことは、『拾遺』とも関連していて、『琴後集』と『拾遺』を合わせて、同じ詞書で五首詠んでいる例が三例（「曲水の宴かきたる」「さうぶとる所またかざせるもあり」「碁うちたる所」）、六首詠んでいる例が一例（「柳おほかる家に人来たれり」）確認できるのである。

ただし、田中氏によると[17]、「雪の木にふりかかりけるを」という千蔭、春海にほぼ同一の詞書を持つ三首連続した歌（題画歌ではない）が、千蔭の歌集『うけらが花』では初編に二首、二編に一首入集していて、二つの家集は、収録

した歌の時期が異なることから、この歌が一度に詠まれたものではなく、複数回にわたって同じ題で詠まれたものであり、春海の場合も同様のことが言えるとある。このことは、この例だけに留まらない可能性も含んでいる。

このように、歌が成立した時の、また、歌が部類され集が編まれた時の、それぞれの事情は、家集として成立した時点で、家集を通じては分からないものとなってしまっている。ただし、以下に述べることは『琴後集』を享受する上では認められる特徴であり、また、たとえ詠まれた時期が異なっている例であるとしても、春海の中で一つの題から喚起される多様なイメージが知られるという点で、一つの詞書に複数の詠があるものを考えることは、春海の和歌の詠み振りの特徴を捉える上で意味のあることと考える。

例を挙げて考えていきたい。まず一例目として『琴後集』の三首を挙げよう。

道ゆく人さくらのもとにとまれる

岩ねふむ道ならなくに春の野を行きなづみたるはなのかげかな　（一三二九）

かへるさもかくて見るべき花ならば誰かさくらに心おかまし　（一三三〇）

往来をもとどむる花のにほひこそ春の旅路のほだしなりけれ　（一三三一）

絵は、桜の木の下に立ち止まる旅人の姿であろう。共通する画題で詠まれた千蔭の歌は、

花の香は麻もにしきもへだてねばいざ立ちよりて袖にしめてん　（『うけらが花』初編・一四五）

である。「麻もにしきもへだて」ぬという表現から、貴賤を問わず様々な人物が描かれた絵が想起される。

さて、春海の一首目は、岩を踏み分けて行くような険しい道ではないのに、春の野を行くのに難渋させる桜の花の様子であることだ、というもの。上の句の表現は、

石根《いはね》踏みかさなる山はあらねども逢はぬ日まねみ恋ひ渡るかも　（『万葉集』巻十一・二四二二・柿本人麻呂歌集歌）

に見られるような、険路ではないのに行きなづむという歌の詠み方に則っている。(18)
二首目は、帰り道もこうしてみることができる花であるのならば、誰がこんなに桜に心惹かれるだろうか、僾く散るのも魅力なのだ、とする。続く三首目は、そこを行き交う人びとの足をとめさせる花の匂いや美しさこそ、春の旅路の足枷であるのだなあ、と訳せる。

これらの歌に一連の流れを見てみると、まず桜の美しさに足を留めた画中人物が、帰り道にはもうこの桜を見ることはできないだろうと思う。そして一層その場を去り難く感じ、そこから桜は旅人の足を留める絆なのだ、と気づくまでの心の動きが詠まれているのである。同様の詠み振りは、「みちゆく人桜の花をみて馬をとどむ」(『琴後集』に一首、『拾遺』に二首所収)にも見て取れる。

同じように『琴後集』の、

人人春の野にあそぶ

おもふどちすみれ摘みつつむらさきの根ばふ横野にけふはくらさん　(一三四七)

花をめで鳥をあはれむ春ののはこころごころのすさみなりけり　(一三四八)

では、一首目の「むらさきの根はふ横野」に『万葉集』巻十の、

むらさきの根はふ横野の春野には君をかけつゝうぐひす鳴くも　(一八二五・作者未詳)

を断ち入れ、春の野に咲くすみれの紫色を効かせつつ情景を説明的に歌にし、二首目では、この春の野で遊ぶ人の感慨を詠んでいる。

同じ詞書で千蔭は、

春ののに翁さびせん若なつむここのの子らも我によるべく　(『うけらが花』初編・一二三七)

と詠んでいる。「こゝのの子ら」は『万葉集』巻十六の竹取の翁の長歌に対する娘子らが和した歌九首のうちの一首目、

はしきやし翁の歌におほほしきこゝのの子らやかまけてをらむ　（三七九四）[19]

によっていて、子日の若菜摘みの若菜に老いを対比させ、長寿を寿ぎ祈念する詠み振りになっている点が、行楽として遊ぶ様を詠んだ春海とは異なっている。

また、次のようなものもある。

鶏のゐに

明けぬとて先つげそむる初とりの声にこたへて鳴くやこゑかな　（一四二一）

きぬぎぬにうきをかこたん鳥の音を老はねざめの友とこそきけ　（一四二二）

「初とり」は暁を告げる一番鳥のことで、「やこゑ」は夜明けに多くの鶏が繰り返し鳴く声のこと。「八声の鳥」で、「鶏」を指す。一番鳥の声に応じるようにしてあちこちで鶏が鳴き始めるという、朝の活気ある様子が詠まれている。二首目では、うってかわってその鳥の声を恨む恋人たちと、反対に夜明けが待ち遠しく思われる早起きの老人の姿が詠まれている。「老いは」に「老いては」というニュアンスも感じられ、若い頃は恨めしく思っていた鳥の声も今となっては友である、といった解釈もできよう。

春海は、鶏の絵という題から、「初とり」に応じる「やこゑ」と、それをきく「後朝」の別れを惜しむ人と、その声を嬉しく聞く「老い」た人を連想している。もちろんどれが最初に引き出された考えなのかはわからないが、鶏の絵からこれだけ多くのものを引き出している。このことは、春海が若い時分に柳営連歌師の阪家に一時養子として入り連歌を学んだことと関連があるのだろうか。[20]次々と連なっていくイメージを巧みに詠むということが、春海の題画

歌には顕著に表れていて、機知に富んだ魅力であると言えよう。その点、千蔭歌では、一つの題で複数詠んだ例は多いものの、連続性はほとんど認められない。

なお「鶏のゐに」の二首の参考歌として、「寄鳥恋」の題で詠まれた頓阿の、

暁の八こゑの鳥のなくもがな別を人のうきにかこたん　（『草庵集』一〇〇三）

を挙げておく。

このように一首目で情景を説明し、二首目で感慨を述べるという方法により、一つの歌群は奥行きを持った多面的なものになっている。ここに挙げた例は、たとえどちらか一首だけであったとしても成り立つであろうが、一首目があるからこそ二首目が引き立つわけであり、特に「鶏のゐに」では、戸外で鳴く鶏とそれを屋内で聞く人という場面の展開があり、より複雑な物語的世界を作り上げることに成功している。

『琴後集』と『拾遺』に分かれて収録されているものの、二つを合わせてみることで、本来は物語性を持った詠歌であったことがわかる例としては、『琴後集』の、

あがたの家に翁雪を見る、をさなきもあり

はしりでに大雪ふれりいざ子どもほだたきそへよ翁さびせん　（一四〇四）

がある。「はしりで」は門口のことで『万葉集』に見られる言葉である。『拾遺』には、

家人のつどふふせやのまどゐには頭の雪もおもはざりけり

身につもる老もわすれて家人とふせやに雪をみるがたのしさ

うなゐ子にはひりの雪をはらはせて老をやしなふ埋火のもと

の三首が収録されている。三首目の「はひり」は入口・門口のこと。

『琴後集』と『拾遺』を一連のものと見ると、一首目に位置するのが『琴後集』の「はしりでに」の歌だと思われる。大雪が降ったのを見た翁が、おさな子にほだ木を焚かせ、その火を囲んで老いを忘れて家人と語らい、またおさな子に門口の雪かきをさせるという流れが見て取れる（『拾遺』の三首目は、『琴後集』歌の類想歌とも考えられる）。中国絵画の、仙人や老翁のそばで甲斐甲斐しく働く唐子を彷彿とさせるような、動きのある連作である。

このような四首連作は、着賛を伴わない題画歌だということに起因して可能になった表現なのであろう（もちろん、複数の賛が書きつけられた画賛が皆無というわけではない）。『琴後集』は、ほかの歌集などと比べると、比較的一つの題・詞書で数首並ぶ例が多く、春海の和歌全体にも見られるものなのかもしれないが、ともあれ春海の「題画歌」においては顕著であると位置付けられよう。

また、連作ではなく、一首を詠むために歌語の組み合わせを試した跡が見られるものとして、『琴後集』の、

柳おほかる家に人来たれり

とふ人の花のたもとぞただならぬ柳にこもるやどの夕ぐれ　（一三二六）

がある。『拾遺』では、

青柳のかげをしめたる宿はたゞ烟にこもる春の夕ぐれ

かきこもる柳がもとのかくれがを春はうき世の人もとひけり

青柳にこもれる宿はとふ人の花のたもとも珍らしき哉

青柳のいとながき日もあかねばやより来る人のかへりだにせぬ

都人花のたもとをかさねきて柳がもとをとへるけふかも　（私に『琴後集』と同じ表現に傍線を付した）

とある。これら六首を連作と見るよりは、『琴後集』の一首へたどり着くまでの試行錯誤の跡と考えられよう。右の

「柳おほかる家に人来たれり」のような例から『拾遺』を考えてみると、秀歌選を目指したと言うよりも、『琴後集』と合わせて全歌集となるような家集を目指したのかもしれない。第一節で引用した『松屋叢話』で指摘される『拾遺』の編集方針とも一致している。[21] ことに「画題歌」に関してはそのような可能性があるのではないかと思われるのである。

まとめ

以上、村田春海の家集『琴後集』および『拾遺』に収められた題画歌について述べてきた。春海は絵という題を得て歌を作る際に、描かれたものを利用して物語を作り上げる傾向があることが確認できた。それは人物が描かれているかどうかに関わらず、物や風景からもそこに人の営為を見出そうとし、奥行きのある題画歌をつくりあげている。しかも、物語的な道具立てのそろっていない絵の方がより物語性を帯びた、力のこもった歌になっているところに面白さがある。

春海の師賀茂真淵は、題詠の弊害を乗り越えるために「絵の題」を取り入れ、「絵を題とすることによって作者の自由な想像を喚起しようとした[22]」とされている。これまで見てきた春海の歌は、古歌の言葉を取り、伝統和歌に寄り添いつつも、自由な発想に基づいて詠まれていて、その教えに忠実であることがわかるのである。

ここでは、着賛ということを考えずに論を進めてきたが、「題画歌」の中には画賛として画幅に着賛されたものも少なからず含まれていることが予想できる。

着賛の有無は確実に詠み振りに影響しているものと思われる。すべてに当てはまるわけではないが、画賛は人間関係や、絵師の腕前、享受者が誰なのかわかっている場合にはその人の教養などに合わせて詠まれることもあった。だが、着賛を必要としない題画歌として、そのようなものから解き放たれた時、より純粋な意味で絵画の世界に浸って歌を詠むことができるという面もあったのではないかと想像される。

今後は、着賛を目的としない題画歌について、さらに考察を深めていきたい。

注

（1）鈴木淳氏「千蔭画賛録」（『橘千蔭の研究』ぺりかん社、二〇〇六年）で使用されている用語。

（2）『江戸派の研究』（汲古書院、二〇一〇年。初出、「江戸派の和歌――春海歌と千蔭歌の共通性」『神戸大学文学部紀要』第三十三号、二〇〇六年三月）。

（3）注（1）鈴木氏論文。

（4）田中康二氏「『琴後集』撰集考」（『村田春海の研究』汲古書院、二〇〇〇年。初出、『近世文芸』第五十九号、一九九四年）。また、注（2）田中氏書「春海歌の生成と推敲」（初出、「春海歌の生成と推敲――『琴後集』と『百首和歌』の異同をめぐって――」『文学』第六巻第四号、二〇〇五年七月）でも、家集の部立に関して春海の意向が反映されていないことが論じられている。

（5）平安期の屏風歌に関しても、色紙形に揮毫することは想定せず、その場の座興で屏風の絵様を詠む場合があり、それらを「屏風絵を題として詠む歌」「屏風絵歌」などと区別する説もある。この場合も、屏風歌か否かの判断は、詠歌当時の状況を正確に伝えているかどうかの判別が難しいことのままある詞書に頼る以外になく、題画に共通する問題であると言えよう。

（6）注（4）田中氏書（『村田春海の研究』）。

（7）引用は『日本随筆大成』第二期第一巻（日本随筆大成刊行会、一九八二年）による。『松屋叢話』では、五巻とあるが現存するものは七巻。

（8）　本書は、大正五年の黒川真道の識語を有し、江戸の書肆金花堂旧蔵本。真道は、春海が自ら朱や墨を入れたと記している。また、金花堂蔵本からの転写と考えられる『琴後集別集』（国立国会図書館蔵『琴後集』〈一〇一－二四二〉、写本三冊）もある。
　なお、『琴後集拾遺』は、二千九百首を超える集で、多勢子はその刊行を小山田与清に依頼していたことが、田中康二氏『琴後集』（『和歌文学大系』第七十二、明治書院、二〇〇九年）の解説に記されている。
（9）　同様の詞書が、木下幸文の『亮々遺稿』の夏歌（「時鳥なく山路を女車ゆくといふことを」〈二五六〉）にも見られる。春海らと同じ機会に詠まれたとは考えにくいので、屏風絵題で詠まれたと考えられる。
（10）　『近代諸家集』二（『校註国歌大系』巻十六、国民図書、一九二九年）の『琴後集』の頭注による。
（11）　注（10）に同じ。
（12）　『うけらが花』初編に、同じ詞書で「端ゐしてよなよな月に馴れてみむきぬともよしや露のぬれぎぬ」（秋・六〇一）がある。
（13）　現在の訓では「故去之」は、「ふりにし」になっているが、寛永版本では「ふるされし」であるため、これに従う。千蔭の『万葉集略解』（寛政八年〈一七九六〉刊）では「ふりにし」。
（14）　『拾遺』所収の同じ詞書の歌「ふるされしうき身しらる、秋なるをおもひくまなく月はとひけり」にも「ふるす」が使われている。
（15）　『古典文学植物誌』（『国文学　解釈と教材の研究』二月臨時増刊号、第四十七巻第三号、二〇〇二年二月）「橘」の項。
（16）　千蔭の場合、複数の詠があるものは、『うけらが花』初・二編を合わせて七例ある。そのうち三首のものが一例（「さくらのもとに人人あそぶ」）あり、同じ絵の題で詠まれたそれぞれの歌に、特に関連は見られない。
（17）　注（2）に同じ。
（18）　異伝歌として、『伊勢物語』第七十四段には、「岩根ふみ重なる山にあらねどもあはぬ日おほく恋ひわたるかな」の形で、『拾遺集』恋五には大伴坂上郎女の歌として、「いはねふみかさなる山はなけれどもあはぬ日かずをこひやわたらん」（九六九）の形で収録されている。

(19)『万葉集略解』の訓による。

(20)注（4）田中氏書所収「織錦斎略年譜考」（初出、『富士フェニックス論叢』中村博保教授追悼号、一九九八年十一月）による。

(21)ただし、沢近嶺著『春夢独談』（天保八年〈一八三七〉成。引用は、『続日本随筆大成』第八巻、吉川弘文館、一九八〇年による）に、春海が生前、自らの家集について語った言葉として、「我身まかりてのち、歌の集などえらぶことあらば、歌はえらびにえらびてかつ〴〵に残しねかし。長歌、文章は才のかぎりつくせるなれば、残さずつたへてよとの給ひけり」とあり、『拾遺』の方針は、春海の考えとは異なると言えよう。

(22)高野奈未氏「賀茂真淵の題詠観」（『近世文芸』第八十七号、二〇〇八年一月）。

第八章　近世類題和歌集の画賛

——『類題鰒玉集』『類題和歌鴨川集』の場合——

はじめに

近世には、当代歌人の歌を収録した様々な種類の私撰集・類題集が編まれているが、そのような集は、画賛をどのように扱っているのであろうか。

代表的な集を見てみると、例えば上野洋三氏編『近世和歌撰集集成』[1]堂上篇上・下所収の『新明題和歌集』（宝永七年〈一七一〇〉刊）、『新題林和歌集』（正徳六年〈一七一六〉刊）、『新後明題和歌集』（享保十五年〈一七三〇〉刊）、『部類現葉和歌集』（享保二十年刊）、『新続題林和歌集』（明和元年〈一七六四〉刊）には、画賛は含まれていない。地下篇では、屏風歌も含めると、『難波捨草』（貞享五年〈一六八八〉自跋）に屏風歌二首、『堀江草』（元禄三年〈一六九〇〉自序）に三首、『細江草』（成立年未詳）に九首[2]、『近代和歌一人一首』（元禄二年第二部成）に一首、『新歌さゞれ石』（元禄十六年刊）に屏風歌二首、『和歌継塵集』（宝永七年刊）に五首、『新玉津嶋社奉納和歌』（享保四年刊）に一首入集している。『近世和歌撰集集成』所収歌集の刊行または成立時期は、画賛が盛んに詠まれる以前、またはその過渡期に当たるため、屏風歌や自画賛などを含めても画賛はわずかなものになっている。

また、近世中期の江戸の堂上派武家歌人の歌を集めた、石野広通撰『霞関集』（寛政十一年〈一七九九〉再撰本刊[3]）にも画賛は収録されていない。

これらのことから、近世前期から中期頃の歌人は画賛とは無縁であるかのような印象があるものの、歌集や歌稿には個人差もあるが画賛も含まれていて、すでに画賛が詠まれ始めていたことは、本書中で述べてきた通りである。つまり、右のような撰集では画賛は概ね撰歌の対象外であり、このことは当時の一般的な考え方であったと思われる。

では、画賛が盛んに詠まれるようになった、近世後期から幕末期の状況はどのようであったのか。この時期の撰集で、画賛を多く入集したものに『類題鰒玉集《ふくぎょくしゅう》』（以下『鰒玉集』と略す）と『類題和歌鴨川集』（以下『鴨川集』と略す）がある。(4)

『鰒玉集』は、本居大平門の加納諸平（文化三年〈一八〇六〉生、安政四年〈一八五七〉没。五十二歳）が、文政十一年にその初編を和歌山で出版した類題集である。同集は、当代歌人の秀歌の集成を目的として編まれたものであるが、好評を博し、七編（嘉永七年〈一八五四〉刊）までが出版され、八編も未定稿として残されている。初編は編者である諸平が歌を収集したが、二編以降は公募により歌を集めることも行われていて、それを諸平が撰歌しているのである。そこには、飯田秀雄や小谷古蔭という諸平周辺の人物の多大な協力もあった。(5)

『鴨川集』は、『鰒玉集』の成功に対抗して、長沢伴雄（文化五年生、安政六年没。五十二歳）が編集した類題集である。初編（嘉永元年刊）から五郎（嘉永七年刊）までの本編五編に加え、付録として出された『詠史歌集』が二編（初編嘉永六年刊、二編大正二年〈一九一三〉刊）まで刊行された。こちらも募集によるもので、この時期の類題集の特徴でもある。

これらの類題集には、どのような画賛が収録されているのであろうか。またどのような歌人の傾向が見られるのであろうか。これまで見てきた歌人たちの画賛との違いを明らかにするべく、次節からは、この二つの類題集の中での画賛について考えていきたい。

一、『鰒玉集』入集画賛数および歌人の傾向

では、『鰒玉集』の各編に、画賛はどのように入集しているのであろうか。【表1】では、部立ごとの入集状況を集計した（0は省略。ただし、合計が0の場合のみ記す。以下同）。

【表1】『鰒玉集』各編・各部立の画賛入集状況

	春	夏	秋	冬	恋	雑	計
初編 文政11年刊	6	1	2			29	38
二編 天保4年刊			4	5		25	34
三編 天保7年刊	4	1	5	2		26	38
四編 天保12年刊	4	1	1			29	35
五編 弘化2年刊	1		2			27	30
六編 嘉永4年刊	1		2			34	37
七編 嘉永7年刊	8	2	5	1	1	23	40
計	24	5	21	8	1	193	252

【表1】からわかることを述べていきたい。

まず、全体的なこととして、各編の画賛歌数がほぼ一致しているということが言える。五編の三十首が少なく、七編の四十三首が多くなってはいるが、平均すると三十六・〇首なので、ほぼ同じように入集していると言えよう。ただし、画賛の数を調整したということは考えにくく、このようになったのは偶然の結果と考えるのが妥当だと思われる。

部立ごとの特徴としては、夏・冬・恋の部の画賛が少ないと言える。特に恋は、初編から七編を通してみても、七編にある、

女のなげしにしりかけて山吹を手まさぐりにしたるかた、月おぼろなり　　吉田敏成

おぼろ夜の晴ずにものを思ふかなみのなき人をたのみそめつゝ

の一首のみである。歌は、太田道灌の山吹の和歌説話を、山吹の花を持つ女に重ねて、「みのなき人」（実のなき人、蓑なき人）と詠んでいる。恋の部に分類される画賛が少ないのは、例えば右のような歌の場合、美人画の画賛ということで雑の部や、または山吹があることから春の部に配されることもあり得るからである。明治期に村山松根によって編集された香川景樹の画賛歌集『東塢画讃集』(6)でも、部立は四季と雑になっていて、恋の部は設けていない。すでに物語性をもった画題をどこに分類するのかは編者の考えにもよるのであろうが、恋を絵の主題と捉えて分類するような画賛は稀な例と思われる。

また、夏と冬の画賛が少ないのは、春や秋が華やかな画題が多い反面、夏・冬には少ないということや、また、一般的に夏・冬の歌が数的に春・秋に劣るという和歌の特性などにも起因していよう。

各編の部立への振り分けを見てみると、六編は、春一首、秋二首、雑三十四首という、ほかとはやや異なるバラン

スを欠いたものになっている。雑に分類されているものの中にも「松に藤の花のかた」のように四季の部に分類できる歌もあるが、詠史的な人物画賛が半数近くあることがこのような結果に結びついたのであろう。六編は、嘉永四年に刊行されているのであるが、後に述べる長沢伴雄編の『鴨川集』付録『詠史歌集』初編が嘉永六年に刊行されるのに先んじて、詠史和歌を多く収録しようとした意図が感じられる。

では、どのような歌人の画賛が多く入集しているのであろうか。『鰒玉集』に画賛が入集している歌人は九十二人で、画賛の多い歌人の各編の画賛数をまとめたのが【表2】である。『鰒玉集作者姓名録』によると、初編から五編までの作者は一七六〇人に上り、姓名録がない五編から七編までを合わせると、辻森秀英氏の試算[7]では二四六〇人ほどという。その中で九十二人が画賛を詠んでいるということは、量的には微々たるものであると言えるが、画賛を収録するという、類題集の新たな特徴として、画賛を考える上では重要なものであると考える。また、【表2】に名前の挙がった歌人は、辻森氏の調査された「鰒玉集多数歌収載者調査表[8]」と重なる人物がほとんどなので、そこでの順位を参考として記した。実に三分の二以上が一致していることがわかる。

さて、『鰒玉集』全体でも、画賛に関しても、一番歌数が多いのは、編者諸平の父夏目甕麿の詠である。『鰒玉集』第四編の藤原（伊達）千広の跋には、諸平が『鰒玉集』を編集した当初の目的は、父の優れた歌を世に残すためということが述べられている。ただし、そのことを四編まで伏せ、甕麿の名の表記「甕」を漢字・片仮名・平仮名で表記し、「麿」を「丸」「満」「麻呂」、また平仮名で表記して、それらを組み合わせて複数のバリエーションで記すことで甕麿の歌が格段に多いことを一見してはわからなくするように工夫を凝らしている。甕麿は、本居大平の門弟であるが、宣長や大平、また春庭など鈴屋の中心人物が画賛を積極的に詠んでいて[9]、門弟達にも浸透していたことが確認できる。そのような文化圏にいたことが、甕麿の画賛詠の多さにも関わっているのであろう。

【表2】『鰒玉集』画賛入集上位歌人の各編への入集状況

歌人名	出身地	和歌の系統	全体での順位	初編	二編	三編	四編	五編	六編	七編	計
夏目甕麿	遠江	鈴屋派	1位	4	2	2	5			2	15
石川依平	遠江	鈴屋派	2位	2	3	2			1	4	12
本居大平	和歌山	鈴屋派	5位	8	1	1					10
長田美年	小倉	江戸派系	14位						2	5	7
清水浜臣	江戸	江戸派	11位		3		3				6
本居春庭	松坂	鈴屋派	—	4		1					5
小野　努	備中	桂園派	17位					1	3	1	5
村田春門	伊勢	鈴屋派	3位	1	2	1					4
富士谷御杖	京	富士谷家	6位	2						2	4
香川景樹	鳥取	桂園派	—	4							4
片岡寛光	江戸	江戸派系	—		4						4
足代弘訓	伊勢	鈴屋派	—		1	3					4
柳田美郷	播磨	江戸派系	—				1		3		4
臼井治堅	鳥取	鈴屋派系	12位						3	1	4
加納兄瓶	遠江	鈴屋派	10位							4	4

右のような視点から、各歌人の属した派や文化圏を見てみると、夏目甕麿・石川依平・本居大平・本居春庭・村田春門・足代弘訓・加納兄瓶（諸平）・臼井治堅らは鈴屋派の歌人であり、清水浜臣・片岡寛光・長田美年・柳田美郷は江戸派である。長田美年は、小倉藩士で、安政四年十月に八十四歳で没している。国学・和歌の師は、江戸派の村田春海に学び小倉の国学に隆盛をもたらした秋山光彪である。[10] 画賛が四首入集している岡山藩士柳田（森寺）美郷も光彪門であり、二人ともに複数の類題集に歌が見られる。[11] 香川景樹と小野務は桂園派。別の章でも述べてきたように、鈴屋派・江戸派は画賛を多く詠んでおり、桂園派も景樹が画賛を多作したことから、門人たちの間でも画賛が盛んに詠まれている。江戸派の清水浜臣は『鰒玉集』刊行の数年前に没しているが、当代の有名歌人とされる人物であった。香川景樹に関しては存命中であったが、自らの歌が無断で収載されたことに激怒したとされ、[12] 初編以降は見られなくなっているものの、当代歌人の秀歌を集めるという目的には外せない歌人であったのであろう。富士谷御杖も、その父成章とともに画賛が多い。なお、辻森氏の表では二十七位の木下幸文は、その画賛が『鰒玉集』には収められていないため【表2】には入っていないが、画賛も多く詠んでいて、家集『亮々遺稿』には画賛之部もある。

このように、『鰒玉集』全体としても歌数が上位にある歌人と、画賛の入集数が多い歌人が一致することには、多くの歌を入れるには様々な場面で詠まれた歌を集める必要性があったことともに、編者諸平に近しい鈴屋歌人が多く入集したための傾向とも言える。また、甕麿が鈴屋派に属し、画賛を多く詠んでいたことが、『鰒玉集』が、類題集としてはやや特殊なジャンルである画賛歌を収めるようになったことと関連していよう。このような入集上位歌人については、『鰒玉集』が編集されている期間に家集が相次いで刊行されていて、そこから歌を撰んでいた部分もあったようである。

ここではすべての画賛入集歌人について、氏名や系統を示すことは煩瑣になるため避けたが、一首でも画賛が入集している歌人は百名弱を数え、中央歌壇では無名とも言える、全国各地の人々の画賛が収録されている。一地方歌人にも和歌画賛を詠むことが定着していること、またそれを享受する層が存在することを示すものと言え、和歌画賛が幅広く浸透していた一事例と見なせよう。

二、『鴨川集』入集画賛数および歌人の傾向

続いて、『鴨川集』の画賛について見ていきたい。

『鴨川集』は、『鰒玉集』入集歌人の歌は採らないという前提に立つものの、それが徹底されておらず、両集に共通する歌人は多い。画賛も、五郎までの本編と、付録として出された詠史歌集初編・同二編を合わせて一〇二首と『鰒玉集』の半分以下であるが、『鰒玉集』で考察したように、部立ごとの歌数、画賛が多い歌人を【表3】【表4】に挙げる。

部立ごとの表からは、『鰒玉集』同様に雑の部にほとんどの歌が分類されていることがわかる。また、『詠史歌集』があることによって画賛の数が多くなっていて、歴史上の人物や物語の登場人物の絵に、歌を詠み添えることが当時盛んに行われていたことも知られる。この背景には、幕末の動乱期にあたり、尊皇攘夷思想が出てくるなど、それまで以上に歴史意識が高まった状況のもと、歴史・物語自体の教養がまず下地としてあり、それを描いた絵（「歴史画」）が浸透していった。賛を詠んだ歌人が、どのように絵や歴史、物語を解釈し歌に仕立て上げるのかが鑑賞のポイントと言えよう。

【表3】『鴨川集』各編・各部立の画賛入集状況

	春	夏	秋	冬	恋	雑	詠史	計
鴨川集初編（嘉永元年）						6	−	6
鴨川集次郎（嘉永三年）						2	−	2
鴨川集三郎（嘉永四年）			2			5	−	7
鴨川集四郎（嘉永五年）						2	−	2
鴨川集五郎（嘉永七年）		1	1			10	−	12
詠史歌集初編（嘉永六年）	−	−	−	−	−	−	42	42
詠史歌集二編（大正二年）	−	−	−	−	−	−	35	35
計	0	1	3	0	0	25	77	106

【表4】『鴨川集』画賛入集上位歌人の各編への入集状況

	長沢伴雄	桂有彰	近藤芳樹	石川依平
鴨川集初編				
鴨川集次郎				
鴨川集三郎			1	
鴨川集四郎				
鴨川集五郎		2		
詠史歌集初編	4	1		3
詠史歌集二編	2	1	3	
計	6	4	4	3

歌人別に見てみると、画賛が一首でも入集している歌人は、七十九人を数えるが、三首以上あるのは表に挙げた四人で、分散していることがわかる。最多入集は、編者である長沢伴雄。『鴨川集』で二番目に画賛が多い桂有彰（天明七年〈一七八七〉生、万延元年〈一八六〇〉没。七十四歳）は、和歌を賀茂季鷹門の松田直兄に学んだ人物で、また岸駒に絵を学び青洋の号で知られた絵師であり、狂歌も詠み、狂歌絵本の絵も多く手がけている。絵師であることがうかがえるものとしては、

おのがかける画を、人のかけ物にてうじて其うらに歌をとこひければ
ながれゆく世にはもくづと人やみんかきにごしたる水くきの跡
（『鴨川集』五郎・雑）

があり、有彰が描いた絵を掛け軸に仕立てた人の求めに応じて、掛け軸の裏に書きつけたとあり、一般の画賛とは異なっている。歌の内容も、自画に対する謙遜の意が込められている。そのほかの有彰の画賛には、自画であることが明記されていないため、自画賛であるかほかの絵師の絵に詠んだ画賛であるかは不明である。

近藤芳樹（享和元年〈一八〇一〉生、明治十三年〈一八八〇〉没。八十歳）は国学を本居大平に、和歌を村田春門に学んでいて、諸平・伴雄とも親交があった人物であり、石川依平は、『鰒玉集』にも画賛が多く入っている歌人である。

三、『鰒玉集』『鴨川集』入集画賛の詠み振り

では、これらの類題集にはどのような画賛が見られるのであろうか。画題に注目しつつ、これまで見てきた有名歌人にはあまり見られなかったような詠み振りとしての「動物」「日常の光景」と、「詠史に絵が加わること」という三点について考えてみたい。

なお、画賛を詠む歌人が全国に存在していたことの一端を示す目的で、本節では作者名の下に、各集の作者姓名録などに記載された住所、身分などの情報を（　）で括って示した。

（一）動　物

まず、「動物」については、「珍しい題材」と「擬人化」について取り上げたい。

稲かりつみおけるかたはらに狸あり、腹つゞみうてるかた　畠山常操（江戸　一橋殿人）

おぼつかなたれにつゝみの音なれば人なきかたに打ならすらん（『鰒玉集』四編・雑）

腹鼓の例としては、「人すまでかねも音せぬ古寺にたぬきのみこそつゞみうちけれ」（『夫木和歌抄』雑部九・動物部・一三〇六四・寂蓮）にすでに詠まれている。しかしそれは特異な例で、近世以前には、狸は、通常ほとんど和歌に詠まれない動物であった。賛は、「つゝみ」に、「包み隠す」の意と「鼓」が掛けられていて、誰に包み隠す音だというのだろうか、人のいないところで打ち鳴らすとは、といぶかしがる態度を詠んでいる。なお、香川景樹『桂園一枝拾遺』（嘉永三年刊）に「狸腹鼓うつかた」（六八二）、井上文雄『調鶴集』（慶応三年〈一八六七〉刊）に「たぬきのはらつゞみうちたるかたに」（八五七）など複数確認でき、近世後期以降に好まれた画題であったとも言える。

また、

小松のかたへにかたつぶりのゐたるかた　中島広足（肥後熊本　住長崎）

雨はるゝ小松が原の蝸牛野飼のうしに角やあらそふ（『鰒玉集』六編・雑）

では、こちらもほとんど和歌に詠まれない、蝸牛を詠んでいて、漢字表記の「蝸牛」の「牛」の字から、先行歌の「牛の子にふまるな庭のかたつぶり角ありとても身をな頼みそ」（寂蓮法師集・二六六）にも見える牛の角を詠んでいる。

狸も蝸牛も、伝統和歌での歌例がないわけではないが、ごく少数であり、画賛という形態であるがために詠まれたという面が大きい（蝸牛の画賛については、本書各論部第二章の伴蒿蹊の画賛も参照されたい）。

次に、擬人化された動物の例を見てみよう。

亀の酒のめるかた　本居春庭（伊勢松坂）
のむ酒やいかにたのしき万代にかはらぬおのが影をうかめて（『鰒玉集』初編・雑。家集『後鈴屋集』入集歌）

猿の人まねびして婚姻せるかたに　長田美年（記載ナシ〈豊前小倉〉）
足引の山はさけなむ世也とも契りあせざる中としらなん（『鰒玉集』六編・雑）

猿のよそひしたる法師の芝生にやすらひて空を打ながめたる所。西行法師、雲見えたり　臼井治堅（因幡鳥取）
都出て幾日になりぬ東路や富士の高ねも跡のしら雲（『鰒玉集』六編・雑）

一首目は、亀の酒宴の様子で、「うかめて」に「亀」が詠み込まれていて、「万代」「かはらぬおのが影」といった言葉で、長い齢を保つ亀の万年も変わらぬ楽しい宴を詠んだ、祝賀性の高い歌である。二首目は、源実朝の「山はさけ海はあせなむ世なりとも君にふた心わがあらめやも」（『金槐和歌集』六八〇。『新勅撰集』雑二・一二〇四にも入集）を踏まえ、上の句の言葉を取ることで下の句を暗示しつつ、本歌の天皇への忠誠を誓う「君にふた心わがあらめやも」を婚姻の誓いに転化させている。「足引の山」が持ち出されているのは、猿の生息する山からの連想であろう。三首目も同じ猿であり、擬人化された動物の画賛の中で最も多いのは、やはり人間に近い猿である。ここでは、猿の法師の姿から西行を思い浮かべ、都からはるばる旅を続け、富士も通り越し、しばし安らいでいる姿として、猿であることは歌の内容に反映せずに賛にしている。そのことがかえっておかしみを与えているとも言えるのであろう。

（二）日常の光景

続いて、日常の光景という面から、まず、立ち働く女性の姿の画賛を挙げてみよう。

女どもの紅花をつむかた　石川依平（遠州掛川）（『鰒玉集』三編・雑）
紅の末つみいるゝ花がたみめならぶ子等もなつかしきかな

女のはたおるかた　石塚龍麿（遠江敷知郡細田村）（『鰒玉集』初編・雑）
音たかくおりはたをとめおるはたはたがみけしぞといひやよらまし

女の衣たつかた　石井為門（周防三田尻　長門下関住）（『鴨川集』三郎・雑）
秋はぎの花すり衣たが為にたちてこゝろの色をふかむる

女あらひぎぬをはるかた　浅井広俊（紀伊　殿人）（『鰒玉集』三編・雑）
賤の女が衣はるさめふらぬまといそぐ心もあらはれにけり

一首目は、二句目で紅花の別名「末摘花」の由来となった、花の末（先端）を摘むことを言い、「花がたみめならぶ人のあまたあればわすられぬらむかずならぬ身は」（『古今集』恋五・七五四・よみ人しらず）の言葉を取って、紅花を摘む娘たちを「子等」という万葉的な呼び方で記し、その様子に心惹かれると言っている。

二首目から四首目は、着物に関わる作業をする女性の姿の画賛である。二首目は、機織りをしている絵の中の女に、あなたの織っているのはだれのお召し物でしょうかと言い寄ってみようと戯れる態度が詠まれている。三首目も「たが為に」とあって、その衣を着る男を想起して恋の雰囲気を加えている。このように、家事に勤しむ女の絵に、恋の雰囲気を添える詠み振りが認められる一方で、四首目は、洗い張りで衣を張ることと春雨を掛け、雨が降らないうちにと心急く女の心を代弁している。

働く女の姿を描いた画賛の先駆けとして、大原女の姿がある。大原女も引き続き詠まれているが、京都の雅な雰囲気をもった賤の女ではなく、市井の、どこでも目にするような女性の姿が絵画化され、画賛として詠まれていることに特徴があろう。

そのような日常の光景は、物売りや様々な商売をする人々、市中の宗教者の姿を写す画賛にも表れている。

按摩とりといふもの丶かたに　石津亮澄（大坂）

世がたりをおのが手わざにうちまぜて人の心もとらんとやする　（『鰒玉集』二編・雑）

けさうぶみ売といふもの丶画に　尾崎正明（和泉堺）

うめが枝にたが玉章をかけそめて春のはえあるすさびとはせし　（『鰒玉集』六編・雑）

茶筌売のかたに　稲垣御郷（京）

墨染の法の衣はきにけれど世をあき人の姿ともなし　（『鴨川集』初編・雑）

鉢た丶きといふもの丶画に　方朔[13]（記載ナシ）

などてかく天のよさづら法のためにうたれてめぐるみとはなりけん　（『鰒玉集』二編・雑）

一首目の、按摩取りとは揉み療治をする人のこと。二首目の懸想文売りは、京都の正月に祝いごととして懸想文（恋文に擬して祈り言を記した一種のお札）を売り歩いた者で、その風貌は、黒川道祐著『雍州府志』[14]（貞享元刊）巻七に、「身に赤き布衣を著け、頭に白布巾を戴き、頭面を覆ひ、わづかに両眼を露はして、紙符を市中に売る」（原文漢文）独特なものであり、賛に「うめが枝にたが玉章をかけそめて」とあるように、文を結びつけた梅の小枝を手に持っていた。なお、山東京伝著『近世奇跡考』[15]（文化元年刊。懸想文売の図も掲載）には、「今はみな絶えけるにや」とあるので、古い時代の風俗を写した絵の賛であったのだろう。

四首目の「茶筅売」と五首目の「鉢たゝき」は、空也堂に属した鉢叩きと呼ばれる念仏僧のことであり、十一月十三日の空也忌から十二月にかけて四十八日間、瓢箪や叩き鐘を叩き念仏を唱えながら歩き、洛中洛外の寺社や鳥部野などを廻った。年末には渡世のために茶筅を作り、京都市中を売り歩いた。そのような鉢叩きを、三首目は、「世をあき人」に「世に飽きた人」と「商人」の意を掛け、墨染めの衣を着た宗教者でありながら、茶筅を売る商人のような身であるとは、世に飽きた人とは思えないと不思議がっている。四首目の「天のよさづら（天吉葛）」は、『日本書紀』で伊弉冉尊が没する際に生んだとされる神の一柱で、瓢の神とされることから、ここでは鉢叩きが叩く瓢をさし、どうしてこのように仏法のために打たれて巡り歩かされるような身になったのだろうかとユーモラスに詠んでいる。なお、この鉢叩きは、俳諧で大変好まれた季語でもあり、俳諧画賛や俳画も多く作られていて、有名なものでは芭蕉や蕪村のものがある。

このように、日常の光景を描いた画賛では、俳諧と共通する絵を詠んだ画賛も多く、たとえば、

盆踊のかた　　　　　田中清年（出雲杵築）

文月の月夜々よしとかゞふかなやもめがらすもうかれいづべく　（『鰒玉集』六編・秋）

刀させるをのこふたり盆をどりするかた　近藤芳樹（記載ナシ〈周防〉）

月人はをとこなりけりよもすがらあやなく袖をうちもふるかな　（『鰒玉集』七編・秋）

などの盆踊りや、さらには、前掲の狸の腹鼓のような戯画的なもの、現世利益を求める近世的な七福神の画賛などもその例と言える。

このような、日常生活を描いた画賛は、世俗画、風俗画という当代の風物を写す絵画の流行と密接に結びついてい

るのであろう。和歌的情趣を描いた絵にのみ画賛が詠まれるのではなく、和歌画賛の題材となった絵も俳諧や狂歌の画賛との垣根がなくなるほど馴染みやすく、庶民にとっても敷居が低くなってきたことを表す例であると考える。

（三）詠史に絵が加わること

次に、詠史画賛を見ていこう。ここでは、詠史和歌に絵が加わった効果について考えてみたい。

　桐壺更衣の母、帝の御かへりごとかくかた　猿渡容盛（武蔵府中）
影やどす雲井の月はへだてねど晴るよもなきわがなみだ哉　（『鰒玉集』四編・雑）

　鬼界島の流人恩赦にあひて船出するところかきたる画に　長沢伴雄（紀藩）
たちさわぐあり磯の浪にさへられてかへりわびたる海士の船かな　（『詠史歌集』初編・上）

　上杉謙信月を見て詩作るかた　（作者不明）
風に散ゆづかの霜を身にしめて雁鳴夜はの月を見るかな　（『鰒玉集』五編・雑）

　おほ石よし雄が本意とげて帰る所　矢定美章（備前浅越）
いかばかりうれしかりけむ降つもる雪もうらみもはれし朝げは　（『詠史歌集』二編・下）

ここに挙げた例では、詞書の記述から絵は人物の肖像画のようなものではなく、物語や歴史の中の一場面を切り取って描いていることがわかる。そのことは、賛の表現にも影響を与えていると考えられる。

たとえば一首目では、桐壺の更衣の母が、帝への返歌を詠む場面であるが、『源氏物語』中の帝の歌にあり、更衣の母の歌でも詠まれている幼い源氏をさす「（宮木野の）小萩」は賛には用いず、更衣の母の心に成り代わったかたちで、更衣の死により泣き暮らしている我が身を詠んでいて、物語本文の返歌よりも悲しみを直接的に表現した賛になっている。二首目の鬼界島については、名前は明記されていないものの、一人恩赦を受けられず、島に残された俊寛の物語を示していよう。上の句の「たちさわぐあり磯の浪にさえられて」は、船に何とか乗せてもらおうと舟人にとりつき懇願する俊寛の姿を暗示し、俊寛を慰めつつ後ろ髪を引かれるように海原を進む船と船中の人々を「かへりわびたる海士の船」と表現していて、ここでも登場人物の心情を巧みに詠み込んでいると言える。三首目の、上杉謙信の絵は、頼山陽の『日本外史』（文政十年自序）に載るエピソードで、天正五年（一五七七）九月十三夜、能登の七尾城攻めの成功を祝し詠んだ「九月十三夜　陣中作」と題する漢詩に基づいている。(16) 歌の表現も、この漢詩の第一・二句目の「霜満軍営秋気清　数行過雁月三更（霜は軍営に満ちて秋気清し、数行の過雁月三更）(17)」を受け、晩秋の寒さの中、霜の満ちた軍営の緊迫感を弓柄の霜で表現し、雁の鳴き渡る真夜中の十三夜の月を意気揚々と見上げる様を詠んでいる。四首目も、本懐を遂げ、亡き主君に報告するため泉岳寺に向かう途次の大石良雄の姿を描いた絵に、「いかばかりうれしかりけむ」と、大石の心情を慮りつつ、歌人は喝采を送っている。

このように、詠史に絵という具体的な場面を表す要素が加わることで視点が定められ、それゆえ、その人物に成り代わり、登場人物の心情に深く立ち入っていくような詠み方がなされているのである。

以上見てきたように、類題集の画賛は、伝統的な和歌に基づく画賛も当然含まれるが、画題、賛の内容、用いられる言葉など、本書の外の章で見てきた歌人の画賛よりも、やや砕けた感じの特徴も認められた。(18)

これらは、公募による類題集という性格から、様々な題を集成することに重きが置かれているため、一般的な題だけでなく、バリエーションを出すために珍しい画賛を積極的に取り入れたという編集側の考えもあるのかもしれないが、実際にこのような画賛が制作されていたのであり、例えば洗い張りをする女性や、赤穂義士の大石内蔵助など、わかりやすい、馴染みのある絵様は、和歌に縁遠い人々にも受け入れられたことであろう。歌人のレベルと、その歌人の画賛を享受する享受者のレベルは、だいたい同じであろうと思われるので、歌で名をなそうとするのではない、趣味やたしなみとして和歌を学ぶ人々の間では、このような画題で画賛が楽しまれていたのであろう。当代一流の歌人たちだけを追っていたのではわからない、そして、有名な歌人のものではないため、現在では現物も歌稿なども失われている可能性の高い画賛の実態が、この二つの類題集から知られるのである。

まとめ

近世期、特に後期に盛んに詠まれるようになった和歌画賛であるが、当代歌人の歌を集めた類題集や私撰集に採られることは少なかった。その背景には、類題集は、中世以降の伝統に則った題詠のみの歌を集めたものが多い中で、その範囲に含まれない画賛は排除されたということ、また、本来、類題集とは、その題で詠む際の規範となるような歌を集成する目的があったため、詠まれ始めてからの伝統の浅い画賛では、この画題ではこう詠むべきという典型を示せないため避けられたということなどが考えられよう。

その中で、『鰒玉集』に二五二首が収められているのは、類題集全体を見渡した時には画期的なことと言える。では、そこにはどのような要因が考えられるのであろうか。くり返しになるが、再度ここでまとめて考えておこう。

第一に、『鰒玉集』編者加納諸平が、画賛を多く詠んだ鈴屋派に属し、周辺人物の詠を多く取り入れたことや、当時江戸で大きな勢力を持ち、鈴屋派同様に画賛をよくした江戸派の人物との交流による詠歌収集があったことが挙げられる。また、第二に『鰒玉集』編集の一番の目的は、諸平の父夏目甕麿の顕彰にあったわけだが、その甕麿に画賛が多くあったため、集全体としてもそれを多く収めることとなったのである。

当代性を重んじて編集された同集に画賛が収録されているという事実は、この時代、画賛が和歌の一つの詠み方として定着していたということを物語っているものと思われる。また、付録の歌人姓名録以外には、歌人としての活動が確認できないような一地方歌人にも画賛を詠む文化が広がっていたことも知られるのである。

『鰒玉集』と並び称された『鴨川集』所収の画賛は一〇六首と、『鰒玉集』の半分以下であるが、同じ文化圏に属していたこともあってか、類題集に画賛を収めるという方針は共通しているのである。絵師であった桂有彰が画賛を詠んでいるのも興味深い点である。

この二つの類題集に続く類題集と言われる佐佐木弘綱編『類題千船集』（万延元年初・二編刊、慶応二年三編刊）には、画賛は一首も収録されていない。弘綱は、大平に学んだ足代弘訓が歌の師であるため、歌の流派としては画賛に近しい位置にあるものの、結果として弘綱の編集方針に画賛は含まれなかったのである。

有名歌人や名士といわれる人々に限らず、幅広い層の歌人が画賛を詠んでいたこと、様々な画題で画賛が詠まれていたことを、『鰒玉集』『鴨川集』所収の画賛は物語っていると言えよう。

注

（1）明治書院、一九八五～一九八八年。江戸時代前期の、文化の中心であった上方の歌を主に収録した集を集成している。

（2）『細江集』の九首が際だっているが、「百竹軒が許より、竹の絵に歌かきておこせよとのぞみければ、かきつけて遣しける」との詞書で、七人が一首ずつ詠んだ七首があるための数値であり、特殊な例と言えよう。

（3）松野陽一氏、上野洋三氏校注『近世歌文集』上（『新日本古典文学大系』第六十七巻、岩波書店、一九九六年）。

（4）『鰒玉集』『鴨川集』の本文は、中澤伸弘氏、宮崎和廣氏編・解題『類題和歌　鰒玉・鴨川集』（クレス出版、二〇〇六年）全六巻の影印によった。また、解題により多くを知り得た。

（5）山本嘉将氏『加納諸平の研究』（初音書房、一九六一年）第六章「類題鰒玉集」。
（6）本書各論部第六章「香川景樹の画賛歌集『絵島廼浪』と明治の桂園派歌壇」参照。
（7）辻森秀英氏「近世類題和歌集の歌人たち――地方歌壇の問題――」（『近世後期歌壇の研究』桜楓社、一九七八年。初出、『福井工業大学研究紀要』第三号、一九七三年九月）。
（8）注（7）に同じ。
（9）本書各論部第五章「本居大平の画賛――宣長の後継者として――」参照。
（10）注（5）に同じ。
（11）森繁夫氏編『名家伝記資料集成』（思文閣出版、一九八四年）、伊東尾四郎氏「北豊前の歌人」（『心の花』第二十八巻第三号、一九二四年三月）による。
（12）注（5）に同じ。
（13）未詳。作者姓名録にも名前が見られない。方朗（高林方朗。遠江長上郡有玉村社司）の誤記か。
（14）『雍州府志　日次紀事』（『京都叢書』第十四巻、京都叢書刊行会編、一九一六年）。訓読は立川美彦氏『訓読雍州府志』（臨川書店、一九九七年）によった。
（15）『日本随筆大成』第二期第三巻、日本随筆大成刊行会、一九二八年。
（16）後の例であるが、幕末から明治期にかけて活躍した浮世絵師月岡芳年の「月百姿　上杉謙信」に、この構図での浮世絵の例がある。
（17）漢文の訓読は、池辺義象氏訳述『邦文日本外史』（京文社、一九三六年）によった。
（18）例に挙げた画題は、本書のほかの章で言及した歌人たちにも見られるものであるが、類題集の画賛には、これらが割合として大きいため、特徴的なものとして取り上げた。

第二部　資料編

翻刻凡例

・資料編として、本居大平『画賛歌』（写本一冊　東京大学国文学研究室所蔵本居文庫蔵　国文・青三一‐二五八／本居・家一一九甲）と、香川景樹『東塢画讃集』（写本二冊　宮内庁書陵部蔵　一五三‐九四）の二書の翻刻を収めた。

・私に歌番号を付け、句読点、引用符等を付し、清濁を区別をした。『東塢画讃集』序については、段落を区切って改行した。

・俗字・異体字・旧字は、概ね正字・新字に改めた。

・「覧」「㒵」「社」は開き、それぞれ「らん」「けり」「こそ」とした。

・衍字や明らかな誤りは、該当箇所の右に（ママ）を付し、補入や訂正は行わなかった。

・特殊な当て字には、適宜本文の右側に振り仮名を（　）で括って記した。

・本文に校異や傍点が併記されている場合は、底本の通りに該当箇所に記した。

・字足らずや本文が欠けている場合には、それぞれ《字足らず》（以下欠）などと注記した。

・書誌事項については、本書各論部第五章「本居大平の画賛――宣長の後継者として――」、第六章「香川景樹の画賛歌集『絵島廼浪』と明治の桂園派歌壇」をそれぞれ参照されたい。

本居大平『画賛歌』

『画賛歌』

画によみてそへたる歌

　柿本大人　柿

1 なる柿の本のその身は下ながら言の葉たかくあふぐ此神

　赤人宿禰

2 下にたゝむことはかたしといひつぎてふじの山部の高き君が名

　家持卿

3 大伴の氏と名におひて言の葉も武く雄々しくあらはせる君

　菅原神

4 天津空こゝろづくしの霧はれて月のみやこにかげぞさやけき

　在原中将

5 本の身の言葉の花ぞちりうせぬ春はむかしの春ならねども

　花山僧正

6 青柳の糸よりかけてぬく玉もにごりにしまぬ蓮葉の露

　小町御もと

7 ながめせしその世ながらの色も香もうつしてけりな花の衣手

　伊勢の御息所

8 宮の内にとしへてすみしいせのあまのひろふもしるき玉のかず〳〵

　貫之大人

9 歌のさまことのこゝろをしる人はいにしへ今もあふぐこの君

　躬恒大人

10 紀の氏にとなりて力おとらぬは凡河内の君がことの葉

　清少納言の君

11 毛をふきて三つよつふたつそしるとも猶われぼめはする人ぞする

　紫式部の御つぼね

12 むらさきのふかきいたりは巻々の筆のちからに見ゆることの葉

　俊成三位

13 玉川や花の露そふ山吹に君が言葉の姿をぞ見る

　定家中納言

14 小倉山峰の紅葉にくらぶれば四方の梢は色うすくして

　家隆二位

15 ことの葉のたくみならぬも又たぐひなしとこそいへ高きしらべは

　此歌どもの中には、その御像とてもてあがむる掛物の賛によめるもあり

　博雅三位

16 木幡山草のまがきにかくれゐてかくすひめごときゝぞつたへし

17 四の絃の三つのひめごと木幡山百夜かよひて聞得つるかな

貫之主

18 男もしまじへぬ土佐の日記見れば倭学びをたてし此君

19 ならの葉のふりし姿をあらためてえらびそめける貫之の大人

紫式部

20 むらさきの君がおりなすあやごとはこと葉のあやぞあやに妙なる

年の始のいはひごとすとて、うからやからつどひて、酒たうべもちいひいたゞきなどする所かけるゑに

21 としあらむ御代の栄えを家ごとにさかほかひしていはふ初春

世に福寿草といふ花のゑに

22 春たてばまづさく花の梅よりもさきだちてさくこれやさき草

石津亮澄、ある人の賀の歌の屛風のゑに、正月せちする所、梅ありといふことをとこへるに

23 草も木もさかえゆくべきはじめとてくる人しげきやどの春かな

松と梅と立まじれる

24 枝かはす松のちとせの花もかくさけとや梅のしるべがほなる

梅の立枝あるゑに、人の元服の祝事するをりの掛物にせん、その心ばへあるをとこへるに

25 心ざし立枝の梅の花の香ぞ身のなりいでむはじめなりける

春の野、若菜もえわたれる、小松もあり

26 子日しておいせぬ千代のためしには若菜やつまむ小松やひかむ

又小松原のゑに

27 あさみどりかすむ末野の小松原ちとせの春ぞかぎりしられぬ

若松のいく千本ともなく立ならびて、遠き方は霞のかゝりて、みどりの色などもうすくみゆるを

28 末遠くかすむ春野のわか松はこむる千年もかぎりしられず

蕨つく〴〵し

29 さわらびの手にとる筆の心ざしつくしてやかく春の山ぶみ

元日桜といふさくらのゑに

30 春もけふ立田のそれかめづらしくみつのはじめの初さくら花

在近衛の御階の桜

31 雲のうへちかきまもりの桜花うつしてちかく見るもかしこし

卅六所の桜とてかけるそのはじめによみてそふる

32 よのつねの山桜こそめでたけれ名ある桜はわれはこのまず

桜の枝に鳥の居たる

33 居る鳥も心あるらし咲そめてにほふさくらの春の花の枝

水のほとりに桜咲たる

34 ゆく水にうつる桜のおのれさへかひある花のかげと見るらん

やなぎのもとにきゞすあり

35 青柳のなびくを見てや春の野にあさる雉も妻ごひすらし

すみれある野にきゞすあり

36 むらさきのにほへる妹や思ふらむすみれさく野にあさるきゞす

牡丹の花

37 いろも香もあたりにみちてとみたらひあかぬことなきふかみ
草かな
38 此殿の御垣の内にさき草の花とこそみれうべもとみけり
山吹のをり枝
39 玉川のかはづはいかにをしみけんあたらさかりをたをる一枝
藤花
40 ぬきたるゝ玉かとぞ見る房ごとにしなひも長くさける藤浪
しのぶの里のほとゝぎす鳴わたる
41 郭公よそにしのぶの忍び音もこの里人はまづやきくらむ
五月つゝじ
42 いはつゝじせこが衣の色よりも咲まさりたるさつき花かな
有明月に郭公なきてわたる
43 ながむれば在明の月にかげ見えてゆくへさだかになくほとゝぎす
まこもある野に郭公鳴わたる
44 まこも草一夜かりねのよど野にもとひきてかたるほとゝぎす哉
垣になりひさごのかゝれる
45 水垣のひさごの花のゆふかづらかけてぞさける社ならねど
ゆく水に月かげのゆられてうつれるゐに
46 すむかげもゆらぎて水のゆくへさへさだかにうつす月のすゞしさ
47 すゞしさも夏か秋かとたゞよひてかぞへとられぬ月波のかげ
萩と女郎花とさかりに咲わたれる所
48 秋も又藤山吹の花の色をうつしてにほふ萩をみなへし
秋の田に雁わたる
49 小山田の穂浪おきたつ秋風にこゐを帆にあげてわたる初雁
嵯峨野のむしえらびのゐに
50 雲ゐにもきこえあぐべき虫の音をたづねてわくる野べの草村
三夕の浦の笘《(ママ)》屋
51 花紅葉をしむ色香もなかりけり浦のあしべのあきの夕風
又、三夕の絵とてかけるが中に浦の笘《(ママ)》屋かけるに
52 さびしさをうらの笘《(ママ)》屋の夕ぐれにそめて色こき花紅葉かな
菊の花に露しげくおきたる
53 さく菊の花にも葉にもおく露やおいせぬ秋の千代のかず〱
菊
54 わたつみの浪にまがはぬうつしゐは秋なき時もにほふ白菊
又、或人のこへるに
55 吹上や浜風にほふ白菊の花の浪には秋もありけり
紅葉のかげに鹿のたてる
56 からにしきてみぬ人をおく山にうらみてしかや立ならすらむ
紅葉いとよくかける
57 たゞそれとうつすも筆のからにしき露もしぐれもしらぬ梢を
菌
58 はつもみぢ松の木の間の色のみかわけいる山路秋の香もよし

万葉に「たかまどの此峰もせに笠たてゝみちさかりなる秋の香のよさ」。是松茸ノ歌也

つたの紅葉松にかゝれる、蝸牛ある

59つたかづらわれも家よりはひいでゝもみぢ見ありくかたつぶりかな《も》

山家に雪のふる日、人のゆく所

60跡たえてすむ人さぞなまれにきてはらふもさむし袖の白雪

梅がえに雪のふりかゝれる

61おのが色は花にゆづりて梅が香をうばひがほにもつもるしら雪

半こほれる池のほとりに梅の咲たる

62うすごほりむすぼゝれたる冬ながら花はひもとく岸の梅がえ

年のくれに春の設してことぶきするかた

63うれしさや立居に見えむ新玉の年浪よする春のいそぎは

64くる春を門にむかへてたつる松心かはらぬあるじとはしれ

梅、柳、萩、水仙などの枝を一つにゆひたてたるゑ

65春夏のそのをりはやす色も香も秋冬かけてめづる花の枝

梅の花書たるうらに菊の花かきたる扇に、いづれへなりとも歌よみてかけと人のこひければ、菊の方に

66千代の秋老かくるやとこれも又をりてかざゝむ菊の花笠

かきつばた

67とびかけるつばめに似たる花なればうち見るまゝに名づけそめけむ

竹に竹の子ある

68いろかへぬ竹のみどりご生つきて千世に千世そふ末ぞ久しき

山たち花、雪ふりかゝれり

69いろてりて雪をいたゞくあし引の山たち花は老のかざしか

山たち花

70あし引の山たち花の此実さへ霜おく冬もひたてりにして

小角豆

71ふさ手をり妹にしめさむ我宿のはたの垣ねになれるさゝげを

からすうりの物にはひかゝれる

72鴨瓜は鴨の羽色の青かるをなど黒からぬからす瓜ぞも

いと大きなる夕がほのなれる

73ほの見つるたそかれ時の花かづらかくなる物とおもひかけきや

瓜

74いかにせむこまのわたりにつくるうりとなりかくなりならむ世の中

大根

75うるはしき大根を見ればわぎも子が白きたゞむきおもほゆるかも

76山城女そのたゞむきを思ふかなまきしはたけの根白おほ根に古事記歌に思ひよれる也

土佐氏の松のゑの賛

77代々久につたふる家の光をも玉松がえにうつしてぞ見る

松に月ある

78 松がえはいつともわかぬ色ながら光さしそふ秋のよの月

松につたかづらのかゝれる

79 山松の同じ枝にもさだめなきしぐれの色を見るもみぢかな

松風蘿月とて松につたのかゝれる所、月あり

80 いく千代もかけてこそ見めつたかづら月もてりそふ松の秋風

医師並河氏のこはれける　人参

81 熊のいとうべもいひけりしるしありて病たすくるかのにげくさは

蘭のゐによみてかける歌ども

82 名もしらぬみ山のおくの草なれど花の香ふかくめでざらめやは

83 色よりも香こそあはれと是も又たがめでそめし花にかあるらん

岩に蘭と竹とある

84 花の香は花々しくもにほふかな色のにほひはさしも見えねど

85 岩のもと若竹の葉に風ふけばそよとしらるゝらにの花の香

競馬の絵に

86 立ならびあらそふ駒のあしなみをうち見るほどに遠ざかりつゝ

87 とるむちのうち見るほどに遠ざかるあら手づかひの駒のあしなみ

春駒

88 春の野のかすげにまじる月もこそくもりもはてぬかげと見えけれ

89 野がひにはかくてのどかにあそぶ馬ものる人あらば千里かけてむ

かり人のともしして鹿まつ所かけるゐに

90 梓弓やどもる妻もよもすがらわが山づとをしかも《ぞ》《ゝ》待らむ

又、ある人のこへる

91 たきてまつ思ひの外にいる弓をやとおびえてや鹿のにぐらむ

春の野にきゞすあると、秋の野に鹿あると、二幅対

92 しめ野ゆく野守はあれどにくからぬ妻ゆゑ雉の音には鳴らむ

93 露わくる暁おきの妻わかれさぞなをじかのわびなきすらむ

菊と月草の花咲たる野に鶉の居たる

94 月草のうつらぬこゑをうつしゑにうつすか菊の花の咲たるうづらのゑ

95 大君の御前つかふるうねべかも領巾取かけて居る鶉鳥

池に水鳥のあそべる

96 吹風も浪ものどけき池の面にたつことしらずあそぶ水鳥

雪のふるさまに、いろ〳〵の鳥のおもしろげに雪にめでゝ、とびみだれるさまかけるゐに、記之がこへるに

97 花とちる空にきそひてとぶ鳥も又おもしろき雪の朝あけ

花の枝に鳥の居たる

98 さく花の梢にあそぶ春の鳥こゝろもよそにうつらましやは

花、鳥、虫さま〴〵書まぜたるゐに

99 物思ふ人の心も花のいろ鳥虫の音ぞなぐさめにける

萩の花さける野に蝶のとびたる

100 こまにしき紐とく萩の花の枝に思ひたはれててふやとぶらむ

てふの三つとびたるゑに

101 花園にいそぐともなくたはれつゝ空に小てふのあそぶのどけさ

蝶の二つ三つおなじかたにとびゆくを見てたてる人有

102 咲かたの花の香とめて人も又こてふに似たりいざ見にゆかむ

蜂のひとつとびてゆく所

103 こしほその妹がすがたにたとへたるすがると思へばにくからぬかな

朝がほさける籬に雀の居たる

104 あけぬとてねぐらをいづるむら鳥もしばしやすらふ朝がほの花

松の木に雀のとまれるゑ

105 いつも／＼とひこむ人を松かげにすゞめもおのが友やよぶらむ

雪ふれる江に舟に鷺のたてるに

106 降つめる雪の小船にたつさぎのおのが羽色を隠れみのにて

くひなの浅き水に魚もとめありく

107 さしよればあゆく水草の草がくれ取て喰なの魚や見ゆらむ

鳩の絵

108 鳩の杖つくとしよりをこよとよぶ声さへ千代のこもり声なる

大坂人何がし蝙蝠によせて賀の心をとこへるに

109 よの中に又何をかはほりすべき命まさきく富たらん人

水葱咲たる沢に鶺鴒ゐたる

110 さくなぎのなぐさむ世なく袖ぬらすこひぢを鳥のなにをしへけん

鷹の画に

111 手にすへてたかき人にもめでらるゝくちをしからぬ鳥は此鳥

鷹を夢に見たる人の、その見たる鷹をゑにかゝせて歌こへるに

112 鳥の名の心は高く思ふともつめをかくしてつゝしめよゆめ

松に白鷹のかしらみかへりて遠くめをつけて見くるべかしたる所

113 をちかたの鳥立をまつに木居とりてこゝろゆるべずねらふ白鷹

鷹のゑに

114 かひそめし高津の宮のその代より千代につたへて名にしおふ鳥

115 かひそめし御代の高津の宮の名をつたへて今におひきつる鳥

野がひの牛二つ書たるゑに祝ひの心

116 角もじは五つを十の訓にして百は二つの年のこゑ／＼

鼠

117 幸ひをみちびく物ととめる家にぎほふ家にたづねすみけり

琴のはらに鼠の子あまたゐたる

118 へだてなくともにねすみてむつぶればことはらからと何かお

もはむ

　俵に鼠のゐたる

119 仕へけるそのかみの代のめぐみあれや俵はなれずとめる鼠は

　犬の子三つある

120 里中の道にうらなくおきふしてさもうつくしくあそぶ犬の子

　月あり兎あるゐ

121 山のおくに世のうさきかぬその耳の長きよすがら月や見るらん

　猿の小猿を膝のもとにすゑおきて慈シむ所かけるゑに

122 こを見ても親の恵を思はざる人の面やかくあかむらむ

　神社のあたりとおぼしく石灯籠に猿のよりのぼれるゑに

123 ひるは又ともし火ならでおのが面かゝげてあかくてらす山猿

　又、猿の子をおひいだきなどしたる

124 山ざるのかたちのみかは子をおもふこゝろも人に似てやあるらむ

　鯉

125 滝つせをはしるのみかは淵にいこひゆたに遊ぶも時ところあり

　水の中に鮒の二つあそべる

126 沖ならず辺ならぬ水の藻中にしかよりかくよりあそぶつか鮒

　あさき籠に氷魚をいれて、えならぬ紅葉のをり枝そへたるゐに

127 うをの名もをりもてしればもみぢばのこゝろしらひをあさくやは見む

　同じこゝろをかくも

128 あじろ木にながれよりあふたぐひをばしれとやそふる紅葉なるらん

　石ぶしのゐに

129 ぬき川ややはら手枕かはすまも夏のよあかぬせゞの石ぶし

130 石川やせみの小川の《（マヽ）》石ぶしはすゞしき秋の夢や見るらむ

　あし原にかにあり

131 芦原の稲つきがには八束穂にさかゆく御代をいはひてやすむ

　海老のゐに

132 年浪をいくらこえけん八拳鬚長くおひたる海の老は

　鮑二つかける

133 岩根はふあはびの貝もかよりあひ心しあはゞあはざらめやは

　魚彦がかける猩々のゐに

134 酒の水わきておちくる滝の本につどひのみてぞあそぶ猩々

　和歌の浦の根あがり松に鶴ある

135 千代よばふたづが音ならで松が根もあがりて高きわかのうら道

　松のむら立たる浦洲に鶴のむれゐたる、雛も二つ三つゐたる

136 若浦の松の木陰にいざなひてひなにも千代をゆづるとぞ見る

　鶴の空より飛来て芦原におりたてる

137 塩干がたあしべをわかのうらやすに群来てあそぶ千代の友鶴

鶴のたてる
138 大君の御幸の跡もわかの浦に千代へてすめるたづやしるらむ
いつにかありけん、青木茂房が鶴のとびたるゑかける扇に、歌こひければ
139 子を思ふ親を思はゞとぶ鶴の御空ゆく名をちよにたてなん
蓬萊の山に鶴亀あり
140 松竹のときは堅磐に鶴の千代亀のよろづ代めぐる島山
池のみぎはに松、竹、鶴、亀あり
141 松竹の千とせのかげの池水にこゝろうつしてあそぶ鶴かめ
亀の五つ六つ遊べる所
142 君をこそ万代ませとわれも〳〵いはひいでつゝ共にあふがめ
大亀小亀四つ五つむれ遊べる所
143 ゆたかなる時にあひつゝ親も子もよろづ代とこそ君をあふがめ
緑毛の大亀小亀三つある
144 亀の尾のみどり子どもゝ引つれていくよろづ代かはひわたるらむ
滝に亀ある
145 千代を経てみどりかはらぬ亀の尾にぬきてやとめむ滝の白玉
大亀と小亀とある
146 大がめに小亀もそひて万代に又よろづ代といはふことぶき
山ににじのたてる
147 天地のはじめの時にわたしけるそれかとまがふにじのうき橋

滝のゑに
148 君が代のためしにひかんとことはにたゆる時なき滝の白糸
滝のおつるわたりの岩根にふかくそめたる紅葉あり
149 千代かけてかくこそは見め滝の糸も木々の錦もたえぬうつしゑ
山水のゑ
150 墨がきの筆の跡ともおもほえずたゞそのそこにあるこゝちして
滝見る人の心になりて
151 むすぼゝれうき世にかゝるふしもなし心すゞしき滝のしら糸
山家
152 たれとはぬ何のうらみか思はまし世のうさしらぬ山かげにして
ふかき山の庵に、谷川の橋をわたりてたづねゆく人あるゑに
153 すむ人の心きよさもとふ人の心ながさも見ゆる山水
野呂介石がかける山水のゑを見て
154 たくみなす筆の力に山水のふかきこゝろも見ゆるうつしゑ
養老滝のゑに
155 黒きすぢまじらぬ滝のみなかみはくむ老人ぞわかゞへるてふ
よし野山のゑに、大館高門が「よき人のよしとよく見てよしといひしよしのよく見よよき人よく見つ」といふ歌かきたるに、賛をとこへるに

156 よき人にあらで由なく吉といふもよしやとゆるせみ芳野の山
これを見て、今一人秋田正主の書そへたる歌、「山も佳し大御歌よし絵師もよし手師もよし又そへ歌もよし」
157 しきしまの青垣山にことさらに又こもりくの小初瀬の里
初瀬の山里をかけるゑに
158 神杉のふりにし道をたづぬれば高く貴し大三輪の山
三輪の神山のゑに
159 水垣の久しき世よりことのはにかけてふりぬるふるの高はし
布留の高はし
160 とふ人もたえてあらしの山松に花さきけりな雪の古寺
さがの何がし寺、雪ふりたる
161 花雪の中の光と大井川橋の名てらす秋の夜の月
同じ所、渡月橋ある
162 かげうつるおのが羽色を雪と見て入江の鷺の跡をしむらむ
雪のふりてはれたるに入江に鷺のたてるに
163 一しほは松の木の間にいろはえてたぐひあらじの山ざくら花
あらし山の花のゑ、となせの滝、大井のいかだし、えもいはずおもしろく書たるに、かける三首
164 いかだしのさをの雫も花の香にかをる大井の春の川風
165 おりてきむたが為なれや桜色におつるとなせの滝のしら糸
166 もゝの枝のたゞ一枝はをるも又ゆるす心やひろさはの池
広沢の池の辺に桃の花あり
167 のこりなくちるを心と花やさはさそふ嵐のやまにさくらむ
あらし山のさくらのゑに、二首
168 ありてうき世にもあらしの山にしもめでたき花の咲そめぬらん
169 吹よるもすゞしかりけりうす衣せみの小川の浪のゆふかぜ
加茂川にうかれめのすゞみてたてるに
170 いなり山けふはつうまと引つれてゆく人しげきすぎの下かげ
稲荷まうで
171 袖ぬれてひろふかひあるけふとてや塩干にぎはふ住の江の浜
住の江の三月三日のしほひ
172 雨雪のことの葉ふりてみわが崎さのゝわたりは家居にぎはふ
紀の国さのゝわたり、みわか崎のゑ。今の時をうつせる也
173 風しほの時を待えて思ふことなる門のうみもわたりこそすれ
阿波鳴門、うづ浪たてる
174 夢路とはたれかたどらんうつの山つたもかへでも下てらすころ
うつの山、紅葉あるゑに
175 道も瀬にちるてふ花の言の葉に関より君が名こそたかけれ
源義家朝臣、名こその関の花のかげに駒とめて立給へる
176 二並の峰のすがたは雲井にもそれとまづめにつくば山かな
筑羽山のゑに
あかしの浦のゑ。浜の家居にもみぢあり、つりする船もあり

177 あかしがた見るめえならぬもみぢばに海人の小船もこがれきつらむ
伊勢の浦わのゑに

178 立かへるこゝちこそせね花と見る浪おもしろきいせの海づら
五十鈴川の御手らしのむかひの山の桜のゑに

179 川水もにほふばかりにさくすゞのいすゞのさくら今さかりなり
二見浦に富士と朝日とかけるゑに

180 ふじのねの雪もとこよの浪間より朝日にゝほふ花とこそ見れ
立春の富士のゑ、朝日あり

181 時しらぬ雪もかすみて朝日影さすがに春のいろぞ見えける

182 朝日かげさすがに今朝は白雪も春たつ空にかすむふじのね

183 時しらぬ雪もけさより朝日影さすがに春とかすむふじのね
夏のふじのゑ

184 夏もふる雲井の雪の白妙はそらことならぬふじのうつしゑ
古風にて

185 日の本のやまとの国の宝とも神ともあふぐ山は不尽の嶺
ふじの山のゑ、清見寺の山に紅葉むら〳〵あり

186 時しらぬ雪はふじのね露霜は秋の梢のいろにいでゝも
又、ふじのゑに

187 ふじのねの雪にもいつかかけて見んすその丶山の春の霞をおもしろきもろこしの海山かけるゑ、うみづらに人々あそび居てそのけしき見る所

188 ゆたかなる磯山かげに遊びつゝ浪たゝぬ世のめぐみをぞしる
西湖のゑに、その海山見ゐたるもろこし人の心になりて

189 日の本のしがの浦人きても見よわがもろこしのにしの水海
又、山水二くだに

190 心ゆく水を軒端にせきいれて山陰きよくすむやたが庵

191 山水もおちくる岩のかた岸に庵おもしろくすむ人やたれ
宇治の茶つみ

192 うぢ山やかをる木のめを御かつまにうれつみはやしうたふ里人
今一ひら同じさまのゑに

193 山畑にかをる木の芽をかつまもちうれつみはこぶうぢの里人
大原女の薪に紅葉をそりそへていたゞけるゑ

194 秋山のみやび過さぬつま木かなきせば錦も身におはしやは
又

195 一枝は思ふつま木と共にとやをりてそふらんあきの山づと
又

196 なさけありと見るめの色も一入はそふるもみぢにそふ妻木哉
又、大原女の絵に

197 大原にみちのゆきゝもわすれつゝやせとほるてふ恋やたがする
又、おなじゑに

198 時々の花を都に来かよへとうつりかはらぬ姿なりけり
今やうのわかき女のゑの掛物に

199 かけよとてかけつゝ見するうつしゑに心うつさぬ人はあらじな

鴫たつ沢のゑに

200 今も秋の夕はあはれしられけり名にたつ沢の鴫の羽音に

西行法師鴫たつ沢のゑ

201 旅にして物がなしきもたつ沢のながめよさそな秋の夕ぐれ

西行法師のふじのね高く見あげてたてるゑに

202 西へゆかむ願もしばし空に消てふじのけぶりの立ぞやすらふ

俊成卿、灯にむかひてつく〴〵と歌案じ給ふかた、脇息に倚居給へる前に火桶もあり

203 面かげに花のすがたやうかぶらむ春日おぼゆるうづみ火のもと

定家中納言の、馬にのりて雪に立どまり給へる所

204 駒のあとゞめて千代の末遠くひかりきえせぬ雪の言の葉

俊成卿の「又やみむ」の歌のこゝろかけるゑに

205 言の葉の色香をこめて桜がりうつすかたのゝ春の曙

定家卿、さのゝわたりのゑに

206 駒とめぬさのゝわたりの言の葉に跡こそのこれ雪のゆふ暮

在原中将のゑに

207 本の身のむかしの春も忍ばれてにほひが深く残るうつしゑ

在五中将、八橋におり居て歌よみ給ふ所かゝせて二人がこへるに、かきつばたを句の上におきて

208 かれいひにきけば涙のつゆおちて花よりうたをたれもめで見む

209 かけそめし君が言ばもつたへきて橋の名くちぬたぐひとぞ見る

つくま祭のゑに

210 とりかさね人にあふみの数しるくなべかづくまの祭はづかし

はゝきゞの巻、木がらしの女の琴ひく所

211 ちりたりと紅葉にきほふこと笛のしらべも庭のきくこゝちして

竹川の巻のゑ、姫君たち碁うち給ふを、少将の君らうのかたより見る所かけるに

212 まれにかくうち見る花の夕ばえを又もあふごにかけてたのまむ

玉かづらの巻、きぬくばり

213 いろあひもあひあふきぬにその人のきよそふ姿思ひこそやれ

うつほの俊蔭、孔雀にのりてゆく所

214 琴どもはつむじにまかせみづからはくざくにのりてみそらゆく君

生田川のゑにかける三首

215 心ざしいづれ淵瀬のしられねばよる方なみに身をぞなげつる

216 もろともに射あてつる矢も水底に妹が手あしを鳥のしるしか

217 あはぬ名のながれてたえぬ生田川浅きちぎりもふかきちぎりか

或人のこへる須磨のゑ

218 恋わびてなくねにかけし面かげも月におぼゆるすまの浦人

源氏の君、須磨御館より海見やり給ふ所

219 海遠く見わたす浪も袖のうへにかゝる所のあきのうら風

紅葉賀のゑ

220 立いでし君が真袖の光りよりよゝにかゞやくもみぢ葉のかげ

青海波の舞

221 青海の浪たちならしながめする声のしらべもおもしろきかな

蘭陵王の儛のゑの賛

222 やがてそのかりの面にあらはすや武き心をしめすふるまひ

胡蝶舞

223 山吹の花のかなでにゝほふなりあそぶこてふの袖の羽風も

迦陵頻のまひ

224 おもしろきかりやうびんがの鳥の舞見る人さへに飛たちぬべし

納曽利の舞

225 くらべ馬すまひも右のかちし時こまのらさうとなそりをぞまふ

採桑老の儛

226 鳩の杖つきしとぞ思ふ八十経て世とる老のすゐのよはひも

又、同じゑに

227 ながめ残す八十の末はさゝ竹の　（以下欠）

相坂山の山中にわら屋のうちに比巴《ママ》ひくめくら法師のある。ちかき所に鹿もあり、谷川もあり

228 松のあらし谷の流も鹿の音もおなじしらべにあふ坂の山

月のあかきよる〳〵、羅城門のほとりにいでゝ、博雅三位笛吹たるに、あやしき人同じ姿にてあらはれて、同じさまに吹けるその笛を、とりかへてふかむとする所かけるゑに、その笛つひに禁裡につたはれるよしをよめる

229 とりかへてふきし月夜の笛やさは雲井に高く名も聞えけむ

楊貴妃の横笛ふく所かける清らなるゑに

230 名も高くきこゆるまゝのうつしゑに笛の音もみし世をしのぶかな

若き女のいみじうえんなるが、古今集よみゐたるかたかける。そのひらきたる文は序の文なりけり

231 うつしゑにうごく心はふみの名のいにしへ今もかはらざりけり

西王母の桃のをり枝もたる

232 三千年の春もゝかへりをり見つゝ金の母はとこをとめにて

滝ある所、児童仙の菊見る所

233 菊の露おちそふ滝のしら糸をむすびて人の千代や経ぬらむ

荘子

234 から国のをしへの道のさかしらをはやくさとりてあかし此をぢ

荘子のゑに

235 われやこてふ小蝶やわれと夢現まどふやさとり世人さだめよ

ついでにいろ〳〵よめる

236 夢やうつゝうつゝや夢とまどへるは蝶も荘子もねてかさめてか

237 夢は夢うつゝはうつゝ蝶は蝶荘子は荘子何かまどはん

238 聖人のさかしらごとをさかしらと知てそしるもからのさかしら

239 わが国の花見てあそぶ蝶ならば夢やうつゝと何かたどらん

　から人の、つりの糸はたれながらつりをもことゝせず、船のうちより山川のながれ何となく見やりつゝ、世をのがれがほなるかほつきしたるゑに、歌こへるに

240 川よどはつりの糸こそしづかなれ浪さわぐ世のうさもおもはで

　飲中八仙の絵に、二首

241 おろかなる塵の世いでゝさかし人聖の道にゑひあそぶらむ

242 うさしげくなげ木こる世にまじらはで酒の泉にあそぶ山人

　亀の甲に仙人ののりて江の水をわたる所かけるゑに、よみてかける歌。此ゑは、ある人の夢に見給ひたる図を、ゑ師にいひてかゝせたるなりとぞ

243 うら波の占もまさしくのる亀は万代を経んしるしとぞ見る

　東方朔のゑに

244 かぎりなく長きよはひとなりにけり三度ぬすみてくひし此身は

　福禄寿あるまへに海亀あり

245 長き尾も長きかしらも万代を亀と翁のちぎるよはひか

246 万代のよはひくらべん我かしら汝が尾と二つながきどちにて

　又アリ

　福禄寿

247 天津空星のかず〱くらべばやつきせぬ君が長きよはひに

　大国天てふ神の袋をかたはらにおきてつちを手にとりて玉を三つ打出し給へるかた。よくかく絵師のかける掛物に

248 うち出てあらはす玉のかず〱にこむる袋の宝をぞおもふ

　ゑびす神

249 にぎはしくゑみする人の家々に富をさきはふ神ぞこの神

　仁徳天皇の、高殿より民の家ゐを見そなはす

250 高どのゝ高きめぐみぞしられける煙にぎはふ民の家ゐに

　高砂とて松かげに老人二人あるに

251 相おひのいろをためしに妹と背の契かわらぬ高砂の松

　万歳楽とて、扇もたると鼓もたると二人たちまふ所かけるゑに

252 よろづ代と君をあふぎてまふ袖につゝみもあへぬ春のうれしさ

　三番叟

253 さいはひは鶴と亀とのよはひにて心にたちひよろこびの舞

　謡物にある、行平中納言須磨におはしける時、めしてつかひ給へる松風といふ女の、塩くみたてる所。松に衣かけたり

254 あまの子のなき名にかけしぬれ衣もよゝへてくちぬすまのうら松

宇治の茶うり、通円といふ物のことつくれる狂歌のゐに

255 埋木の花は千とせのくちやするみよりまさりて残る世がたり

静女が男舞したるゐに

256 年を経てみさをたはまぬたはやめの心もさぞな男まひして

文治の二年四月八日、鶴岡の宮の廻廊にてまはせられけるをり、貞烈の心ばせあらはなりしよし、物に見えたるを思ひてかくなん

257 なりひさご霜のあしたにうちならしとなふる声の声もさむけし

はちたゝき

うるま人、読谷山王子朝恒、明和元年御国にまゐり来て、富士の山を見て「人とはゞいかゞかたらん言の葉も及ばぬふじの雪のあけぼの」とよめりし。そのさまとてかけるゐに

258 時しありて学びうるまの島までも及びしふじのやまと言の葉

机に書ひろげて灯台あるゐをかゝせて、三人がこへるに

259 ともし火のかげをたのみて夜も猶ふみあきらむる道ぞうれしき

260 ともし火のかげをしかげとたのまずは夜さへかくて書見てましや

261 見るほどはふくる夜いはずかたらひてふみぞ中よきともし火のもと

老人三人打つどひて物語する所かけるゐに

262 世のわざもわが身の老もおもほえず思ふこゝろをかたるたのしさ

人の紙ひろげて物かゝんとする所、又それに心とゞめて見ゐたる人もあり

263 かきすさむたゞ一筆も見る人の見ると思へばはづかしきかな

随身公助、父武則に杖してうたるゝゐに

264 うつ枝のうきふしよりもにげはおはん老のまろびをいみじとぞ思ふ

265 杖の下に猶やうたれんはしりなばおひきておいのまろびもぞする

官女の絵に

266 ゐやびたるけはひも高し雲の上の御橋をわたる雲の上人

おきあがり小法師といふ人形二つかけるゐに

267 ねぬなはのねぬ名はたゞし君とわれまろびあひてもかよりあひても

おたふくの面のゐに

268 心をばうつすとなしにうつしゐの妹がゐまひぞ見るにゐまるゝ

山法師

269 ともすれば加茂の川浪あらだちてはげしきひえの山おろしかな

今の代の桶ゆひのゐに

275　本居大平『画賛歌』

270 さき竹のわれをばしばしおし曲て人の心をくみいれよかし
織戸五百根がかける琴のゑに

271 千代までもかけてたがはじうつしゑにかきなす琴の糸のしらべは
茱萸袋

272 君をいはふけふのためしときくの露千代のめぐみもかけてあふがむ
くす玉

273 長き根のあやめのためし引そへて五色の糸かくるくす玉
長生殿

274 春秋にうへもとみけり花紅葉今をさかりとにほふ此殿
秋の七草のゑ

275 いざわれもかぞへつゝ見むをちこちにさける秋野の七草の花
小桜といふさくらの枝に鶯のあるゑに

276 うつくしくさくこざくらの花の枝にわがねをそへてあそぶうぐひす
ふじ、三保松原あるゑに

277 ふじのねの雪もときはの色なればみどりもおなじ三保の松原
又

278 嶺の雪も松のみどりも千代を経てともにときはの色とこそ見れ
花鬘草

279 白露の玉もつらねてむすぶ花いかなる物のかざりなるらむ
桜のもとに官女のたてるゑ

280 たをやめの花のすがたも木のもとににしきあらそふ九重の庭
槌のゑに

281 うてば又あがるを人のことぶきに幸ひうつすさいづちやこれ
紙ひな

282 春ふかみ日長きころのすさびにやつくりそめけん妹とせのかた
桃の花ある所、かみひなある

283 をる桃の花の雫のかをふかみひなん後さへ袖やにほはん
京の上手の絵しの大津ゑに似せてかけるゑに、歌よみてとこへるに　鷹つかひ

284 つむが野にとかりすらしとよめりける殿のなかちか此たかつかひ
おやまのゑに

285 藤の花霞をとこの弓矢かも春のおやまのめでゝもたるは
鯉のゑに

286 淵にすみたきつせのぼり心ふかく勢ひたけき魚は此魚
八田義明寺善立が、あかざの杖の歌こふに

287 いつはらず命長くとねがふこそ心あかざの杖にはありける
わが翁の曙梅の歌かゝれたるによみてそへよと、人のこふに

288 言の葉の花の色香もしる人に見せばや春のあけぼのゝ梅
又、杜郭公とうづらの歌とかゝれたるに

289 森の木の間尾花がもともとり〳〵にあはれはふかくこむるこ
との葉
遊女のふるき世の姿なりとて思ひはかりてかけるゑに

290 今めきしその世のすがたふりにけり今のすがたも今やふりな
む
やよひばかりの空うらゝかなる日、六条院に鞠もてあそ
び給ひしをりのことゞもおぼゆるさまかける、今やうの
女の、すだれ巻あげたるはしにいでゝ、たてるに、猫のゐ
たるに

291 からねこのつまひく御簾のつまごひに花もあらはの春のゆふ
ばえ

292 つなひきしねこのためしもあらはなる春の夕のみすのつまご
ひ
大井川の紅葉のゑ

293 大井川うつろふ色もをしからずふかぬ嵐の山のもみぢば
わかの浦のゑに

294 すむたづも浪もさわがぬのどけさは空にしらるゝわかのうら
風
つく〳〵しのゑ

295 野べわけて花まつ人の心にはこれもまづめにつく〳〵しかな
鈴虫、松虫あるゑ

296 ふりはへてとひこし人をまちえたるやどにうれしき虫のこゑ
〳〵
草村に蛍のとまれる

297 夏ふかき草の葉がくれてらしつゝすがる蛍や露をたづぬる
三夕の人々とけしきとを一つにかけるゑに

298 かきよせてゑはさびしくもなかりけり三のあはれの秋の夕暮
すがたかたちうるはしき少女の、傀儡師のわざして人形
をまはす所かきたるに

299 手児まはしやがてくゞつの名におひて遊び少女のあそぶわざ
をぎ
蓼のゑに

300 人も虫もすぐ水たでの八穂たでを穂にいでゝ今われもめでけ
り
髑髏のゑ、介石老人の筆にてかけるに

301 老人のかく水ぐきに川がめも万代わたる数にいればや
官人三人ともなひてふじ見るゑ

302 久方の都の雲の上人もふじの高嶺あふぎてぞ見る
菊の枝に文鳥といふ鳥の二つならびゐるに

303 ゐる鳥も千とせ（ママ）のかげとめて同じかざしをかざすとぞ見る
《字足らず》
はいかい師ばせをの像に

304 片歌もよくよむことはかたかるをよくよめりける此おきなか
な
待よひの小侍従、物川の蔵人のゑに、今やうにて

305 月の都のうつろひて此大宮の小侍従がとひこむ人をまつよひ
〳〵

のその言のはもかひぞなき
306 月に乗じてこよひわが徳大寺殿おはせずはたれとひくべき物かはとその蔵人もよみつらむ
　滝口横笛のゑ
307 うき世の嵯峨の野べ遠くたづねてあはぬうきふしを横笛の音になく〳〵もかへりしときくはかなさよ
308 野べ分きつる露の袖それと見るめにうかびてもおとさずおちぬ滝口が心のなみだあはれなり
　小松のもとにわらびのもえ出たる所かけるゑに
309 下わらびもゆる春べとなるまゝに松もをりしる色ぞゝひける
　亀
310 松竹のみどりのいろをおのが尾にこむる齢やかめの万代
　紫陽花
311 いろ〳〵にうすくもこくもおのがどち咲てあらそふあぢさゐの花
312 うすくこく日数のほどをさく花の物はいはねど見するいろかな
313 うすくこく日数かさねて咲かはるいろもやつへのあぢさゐの花
　なすび
314 つねはさしもめにもとまらぬ物ながらまづめづらしき初なすびかな
　福ろく寿
315 よろこびはゑみの面輪にあらはれて長きよはひをかしらにぞしる
　天保三年五月二日詠
　野がひのうし一つあるゑに
316 うしのつなゆるす童も心あれやよそにはなれぬ野べの草村
　猿の柿木にのぼれる
317 外へさる心もあらじ秋ふかきおのがこのみの枝にあそびて
　右二つの余に紅梅もあり、田端正通がもとめ
　亀を頭に上ゲてたはぶれてある福禄寿のゑ　マヘニモアリ
318 尾とかしらいましもわれも長きどち玉の緒さへにいへばさらなり
　コレハ団扇をまへにおきて、其上に玉もある也。此玉なきゑには「長きよはひのいへばさらなり」トスベシ
　秋田の名産とてその蕗を唐紙に摺うつしたるに
319 ふりいでば道からかさにとりてさす秋田のふゞき雨はいとはず

香川景樹　『東塢画讃集』

『東塢画讃集』

（上巻）

いにしへは題をまうけて歌よむことはなかりしを、寛平延喜のころよりして、女御の入内、あるは御賀などの御屛風の画によみあはせし事どもの見えたる。

　これぞ画讃のはじめにて、それやがて題詠のもとゝは成けるならし。世くだりてより、此道いたくおとろへぬれば、さるべき歌人もよにきこえず、まして画に歌かくなどのみやびわざは、おもひもかけぬ世となりはてぬるに、ひとり故桂園の翁のみ、いにしへ今にもたぐひなく、この道をかゝげられし其いたづきの中にしも、画題はことさらに人のおよびがたき所をいひとられて、いともめでたきがおほかるを、おのれとしごろ心をつくして、をちこちよりひろひあつめたるが、こゝらの玉と数つもりぬるにぞ。

　四の時のついでをわかちて、見るべきさまにものしつゝ、さくら木にゑらしめむとする心しらひのほどを、いかなる風の雲のうへにしもふきつたへけん。それとく見そなはさんの大御気しきおはしますよし、御ほとりちかき人のもとより、ひそかにいひおこせられしは、かしこしといはむもなか〳〵になん。さるはもとよりおもだゝしきゑらびにはあらで、おのがこゝろやりにものしつるかりそめ事にて、聞たがへ書ひがめたらんも有ぬべければ、猶よくかうがへたゞして、後に書きよめばやとおもへど、時おくれ侍らんことの、いともかしこくおもひ給へらるゝに、こゝろいられのみせられて、こよろぎのいそぎものしつるしどけなさを、さるかたに見そなはしゆるさせ給へかしと

　大前の御事とる人の御もとにねぎまゐらすにこそあなかしこ

　　明治十三年十一月二十日　　正七位村山松根謹白

春歌

　庭上に国栖の笛吹たるかた

1 雲上に声を花とやちらすらんよしのゝ里の春のはつ風

　せんす万歳のかた

2 いにしへにかけしつゞみはしらねども打清めたる御代ののどけさ

3 はるたてば先敷島のやまと人万世とこそうたひ来にけれ

　福寿草のかた

4 はつ春にはじめてさけばこれをこそ先さき草といふべかりけれ

5 こぞよりも待わたりつる梅もあれど柳もあれど春のさき草

　福寿草みつおひいでたる

6 いさ川のいさ其たねはしらねどもこのさき草も花はみつ有

小松のもとに福寿草
7 わか松の千年の後にさく花を先木のもとに見するはるかな
梅やなぎの折枝有、福寿草も
8 鶯もかすみもいまだしらぬまの春とりはやすやどのうちかな
梅有、福寿草さきたり
9 うめがゝもけさこそにほへ福草のみつのはじめの春やたつらん
巌のもとに福草あり、日いでたり
10 春たつとけふぞ岩ねの下くさも千世の光にさきいでにけり
11 天人のなづるいはほのよはひをもこめて咲いでしはなのいろかな
鏡餅に海老のせたる
12 ますかゞみもちひもひろきわたつみの老の波さへかねてみゆらん
恵方柳のもとにおふくゐたり
13 あをやぎの靡く姿はしらねどもふくはうれしき春の初風
楪一枝あるかた
14 くれなゐをやがてや花にゆづる葉のはつ春にこそ時めきにけれ
ゆづる葉とつり柿あるかた
15 のどかにも木の実木の葉ぞみだれける蓬が島のおろしなるらん
楪のかた、うぐひすをり
16 雪の下にをりのこされし譲葉の色を花なる鶯のこゑ
注連に雀のとまりたる
17 ほの〴〵とあけ行春の朝すゞめこや百鳥のはつねなるらん
しめかざりたるを、猿の烏帽子着て伏をがみたる
18 おほかたはおのがまゝなる山猿もたゞしき御代春（ママ）やしるらむ
柊に鰯のかしらさしたるかた
19 やらはれし鬼のゆくへやさわぐらん西のうみなる沖つしら浪
節分の豆はやし鬼の逃ゆくかた
20 春かぜのけふよりふくはうちつけに年の始を告るなりけり
ぶり〳〵のかた
21 おほかたはとけむとすなる玉の緒も折とめけりなちよの初春
天の香具山に朝日いでたるかた
22 はる霞たなびく空に出るひの光にゝほふあまのかぐやま
手鞠つくかた、羽根もあり
23 をとめらが春立袖に花鳥の色さへ音さへ先かよふらし
てまりのかた
24 打つけに音ものどけしをとめらが手にとるからにゆらぐ其玉
根引の松に羽根あるかた
25 ひとつふたつもゝちゞまでとつくはねのひゞきや春のはつねなるらむ
おふくの手まりつくかた
26 つくまりに十五十百とかぞふれどゑみわかえたる君がすがたや

宝珠のかた

27 みがきては璞ならずあら玉の年のはじめの光なりけり

玉のかた

28 此宿にけふかきそめしあら玉のとしの光やよもにみつらむ

野辺にねのひする所

29 かぎりなくさかえん末の例には松もや君をひかんとすらむ

小松おほかり、霞たなびきたる

30 ねの日せん小松が原にあさづく日にほひそめても春はきにけり

小松あまた有

31 子日すとわが来しかども小松原ちよのかず〳〵いかにかぞへん

32 春の野のこまつにそふるこまつこそ千世にくはゝるちよの数なれ

小松のかたに

33 ことしより千世いそがしと姫小松ねといふ日にもひきおこすらむ

34 ちよをへてにほはむ花の面影もみどりにうかぶ春のわか松

35 春のたつあしたのはらの小まつばら先ひくものは霞なりけり

ひきたる小松のかた

36 ひめ小松ちよのねざしをまづ見せてうゝらん宿を思ひこそやれ

37 こまつばらあまたが中にぬきいでゝちよをみせたる一本ぞこれ

38 引すてゝ誰かおきけん姫小まついざひろひてんあたら千年を

39 初子日いはふ心やひきつらんけふしも宿にうつしゐの松

若松二本曳ちがへたる

40 はつ春のはつ子の小松引かさねちよに千世をもいはふけふかな

ねの日の松、鍬にのせたり

41 いざうゐてけふよりやどにかぞへなん二葉にこもる松のちとせを

小松にわかな鶯なきたるかた

42 松も引わかなもつまむ野べにきて聞くらしたる鶯の声

小松のもとに亀をり

43 万世をまつの子日も久しきにかめさへ尾をやひかんとすらむ

子日するかた

44 はる雨はふらばふらなんねの日すとちよの松かささしてこそくれ

ねの日の松うゐたるかた

45 若松にこまつ曳つれもていなむ千世しげ岡の春のしるしに

46 子日してうゐし小松は千年まで老せぬやどのしるしなりけり

47 ねのひしてこまつをあまたうゐたればちよ所せく見えわたるかな

根松のかたに

48 春の野にひくやねの日の松がねにあらはれわたる君がちよか

な
49 ひめこ松曳かさねても結らんちよの根ざしはあらはれにけり
薄様のうへに、ねの日の松あり
50 けふしもあれ春とつぐなり鶯のはつねも松に引やそへなん
大中臣頼基朝臣、子息能宣を杖もてうちたるかた
51 おのづから出しまに〳〵すなほなる野原の小松引なたわめそ
をかべに小松一もとあり
52 岡のべにひきのこされしわか松はいくらあまれるちとせなるらん
稚松にうぐひすのかた
53 わか松のわかゞへりきて鶯も去年のはつねのひとくとやなく
小松のかたに
54 行末にちしほそむべき程見えてうら若松のあさみどりなる
松に旭日のかた
55 ひとしほは緑とおもひし松のうへに匂へる春の朝附日かな
かすみのうちに朝日有
56 朝霞かすみてにほふはるの日のかげのうちにぞちよはみえける
画によみあはされし
57 打霞み花まつ山はとほけれど面影ちかくにほふはるかな
浜辺にたてる松のあなたよりあさひ出たり
58 わたつみの緑もかすむ波間より松にもかゝるあさ日かげかな
入江に松あり、沖に霞たてり
59 わたつみの澳をふかめて立わたるかすみは松のひまに見えつゝ
はるの野にうぐひすとぶかた、あさ日有
60 けふもまた若菜つめとか朝日影にほへるのべに鶯もなく
わかなつめるかた
61 百しきの大宮人も打いでゝわかなつむまで春めきにけり
雪間に若菜あり
62 きのふけふ野はらの雪もむらぎえぬわかなつみにと誰か来ざらん
63 春めかぬ野原と見しはあわ雪の下の若菜をしらぬなりけり
64 初わかなふかき雪まをかきわけてつむらん誰をあはれと思はん
若菜おふる野にあさ日さすかた
65 やまはまだ雪さむけれどもえいでゝ春をわかなの浅緑なり
遠山に雪のこり、すそ野に若菜もえ初たるかた
66 さえかへることしの春の七草は雪のつむにぞまかせたりける
かたみにつみいれたるわかな、野づらにあるかた
67 何によりつみすてにけん春の野は若菜の外にものもあらなくに
わかな折敷にもれり、日いでたり
68 朝附日さすや雪まの若くさも先つみとりし数にみゆらん
河辺にわかな有
69 若草の下もえそむる白河は浅みどりにもなりにけるかな
わかなつむ野に雪ふる

70沢にいでゝ根芹つみあらふ処女子が帯のゆひめに溜る雪かな
　おほみや人わかなつむかた
71はつわかなしめのゝはらに吹にけり大内山のはるのはつかぜ
　籠にわかなつみいれたる
72春の野の雪まのかずはしらねどもつみとる草はけふの七草
　籠に若菜つみいれたるに、とりのこせるも有
73籠をあらみもりしわかなにかすが野の雪まさへにもみゆるけふかな
　鈴菜ひきすてたる
74七艸にたれつみとりて此野べにふりのこしたる鈴菜なるらむ
　田舎むすめの菜つみたるかた
75うらわかみ我からなづなのべにいでゝ人につますするすがたみすらん
　松あり、霞たなびきたる
76遠近のまつのみどりを引わけてこくもうすくも見する霞か
77うちかすむ春の松ばらはる〲〵とちよのおくこそかぎりしられね
　をちこちに霞たなびきたるかた
78はなをのみまつらん人に松山のはるのかすみのいろを見せばや
　初春のあらし山のかた
79たぐひなき嵐のやまの桜花まづおもかげにたつかすみかな
　となせのかた
80行水ものどけきはるのこゝろあらば霞がくれに波の音なせそ
　春の富士のかた
81不二のねの雪よりおろすやま風も霞に靡く三穂の松原
　朝日の影に鶴飛、松下に亀と尉と姥あり
82万世をへて聞人もいかならん春のあしたのあしたづの声
　初春鶴のかた
83浅みどりかすみわたりて友づるのかへるをまつのかげはるかなり
　うぐひすのかた
84朝づく日のぼる外山の谷の戸をおのれもいづる鶯のこゑ
　竹の林に鶯かへるところ
85我やどのたけの林をやどにして夕はかへるうぐひすの声
　雪中山家鶯ゐるかた
86杉のはは雪に埋れてうぐひすの声こそ春のしるし也けれ
87みよしのゝ梢の桜さかぬまのはなとも見ゆる春のゆきかな
　竹の画によみあはされし
88すがのねの長き日影も呉竹のねぐらに帰るうぐひすのこゑ
　紅梅に鶯のとまれるかた
89紅のはなはさかりのうめがえにうつりそめたる鶯の声
90鶯の翅のみどりうちはへてうす紅のはなになくこゑ
　池のほとりに紅梅さけり、亀をり
91さく梅の深きいろには石亀も動くやはるの心なるらん
　をんな、男にけさうす、紅梅に雪ふりたるかた

92 白妙の雪の下にはみゆれども先にとけたる花のいろかな
墨絵の紅梅に旭日さしたるかた
93 水枝さへさしたる梅のくれなゐににほひおくれし朝づく日かな
こをばいのかた
94 青柳のみどり桜の白たへもおよばぬ梅のこぞめなりけり
紅梅に夕陽のさしたる
95 くれなゐのこぞめのうめに染られて影さへにほふ夕附日かな
春月に紅梅有、雪ふりたるかたよめと、徳大寺殿の御好によりて
96 かげろふのはるを心の雪なれば空にきえてもたまらざりけり
梅のはな咲たり、ゆきふるかた
97 梢よりたかき匂ひを白雪のふりうづめりとおもふなるらん
98 ゆきのうちにかくれぬものは梅花にほひのみとも思ひけるかな
99 梅花さかりは雪にゆづりつゝ匂ひばかりぞおのが春なる
うめさきたり、福寿草も有
100 はるされば先福草の花の上にかをりそへたる梅の下風
梅のかた
101 春たちて梅もさかりになりにしを猶やまかげはとふ人もなし
102 わがやどのうめはさかりに成にけり木伝来なん谷の黄鳥
103 一枝は隣のものとおもへども我にさしたるにほひなりけり
104 たれにかも誰かは告む水茎のをかべのうめは盛なれども
105 人はこずうぐひすだにもとはぬかな梅はさかりになりにしものを
106 やどるらむ初鶯を待がほにさきなびきたる梅のひと枝
107 石上去年のふる木のうめなれど若枝にゝほふ春はきにけり
108 谷の戸の鶯ならで山里のうめさきたりと誰につげまし
109 いその上ふるきの梅とおもへども春のたちえはいろことにして
110 梅花さかりにゝほふ片岡の陰にも水はとまらざりけり
梅がえに黄鳥ゐるかた
111 いかばかりのどけかればか鶯の鳴一声にはるのたつらむ
112 あさな〳〵咲そふ梅に木伝てはなをかぞふる鶯の声
113 うめが枝になく初声の長閑さは唐囀もかはらざるらん
ひとつ家のせどに梅咲たり
114 梅花見ん人もなき賎が屋のうしろやすくや香にゝほふらん
草の庵に梅さきたるかた
115 にほひこそ限りしられね窓の内にみえたる花はすくなけれども
梅に雀のゐるかた
116 ねぐらをばしむともなしに打羽ぶき花のかちらす夕雀かな
117 常きけば何にもあらぬ鳥のねも花にゝほへるはるはきにけり
118 是もまたはなの梢になく時はもゝさへづりの一ふしにして
庭の紅梅に雀のゐるかた
119 紅のうめのはな笠きてぞ鳴春にやをどるこゝろなるらむ

梅に四十雀のかた

120 梅が枝に来鳴をきけば鶯のさへづりならぬ声も長閑し

うめさけり、啄木鳥ゐるかた

121 もゝちどり春の数とて咲花にきつゝきなくも心ありけり

梅にすゞめをり、朝日出たり

122 うめが枝に鶯ならぬさへづりものどかにゝほふ春は来にけり

池に鴛鴦つがひうかべり、梅さきたるかた

123 をしのゐる池のみぎはの薄氷とけたるはなの影やみゆらん

巌に霊芝生たり、梅花さけり

124 岩がねに生たる茸の名をとへば我かと梅の匂ひ出にけり

雪中山家梅有ところ

125 雪ふりて春はへだてしやま里の垣根なれども梅がゝぞする

山に雪ふれり、麓に梅有

126 梅花にほふはるべもゆきゝえぬ外山のさとは冬ごもりして

山さとの軒ばにうめさきたるかた

127 やまがつはげにこゝろなし梅花さくともしらで冬ごもりせり

山畑に梅あり

128 山はたのをかべのわかなつむ袖にうめがゝさへもたまりけるかな

梅さきたり、月あるかた

129 さらぬだに霞めるものをうめがゝのにほひにかゝる春のよの月

130 このゆふべみちたる月にさしかはす梅の立枝もさかりなるかな

をりたる梅のかた

131 あはれにも咲こそにほへ梅のはなをられたりともしらずや有らん

瓶に梅花いけたるかた、池坊が自画に

132 我ものと君がさしたる一えだは春のしをりと成にけるかな

画中の梅のかた

133 はるさめは降しむれども梅花うきたつものは匂ひ也けり

梅林の山水

134 岡崎の門田の原を春にまづかへすは梅のにほひなりけり

水のほとりに梅花さきたるかた

135 さやかなる梅の匂ひにたぐひつゝながるゝものは心なりけり

136 枝あまた底にぞ見ゆる梅花かへる〳〵も波やをりけむ

老梅のかた

137 年をへてあれぬとみれど鶯のはなのねぐらはなつかしきかな

墨梅一枝

138 薄墨の夕のうめのさやかなるにほひばかりはかくれざりけり

をりたる梅のかた

139 うめのはなたゞ一枝のにほひさへはらひし袖にあまりぬるかな

140 鶯のふれし翅のうつり香もなつかしきまでに《はイ》ほふ一枝

梅月のかた

141 この梅のたゞ一えだに限りなき春のこゝろのこもりぬるかな

142 にほひにもおぼろに霞む春夜の月にかゝれるうめの一えだ
　うめさけり、すぐれて大きなる月有
143 梅のはないろもにほひも残りなく月のひかりになりにけるかな
　梅に満月のかた
144 ほのかにて満たるものは夕暮の月と花とのにほひ也けり
　梅さきたるに月あり
145 ふるさとの朧月夜をきてみれば老木の梅も花咲にけり
146 さきみてるうめの梢にてる月もかつらの花とにほふ夜はかな
　うめの木末に月いでたる
147 いろみえずなりし夕の梅花おぼろ〳〵とあらはれにけり
　梅に月のほのかにさしいでたる
148 梅がえの匂ひばかりにあらはれてなきか有明の月の影かな
　梅に半月のかた
149 うめがえに落てかゝれるみか月の影ほのかにもにほひけるかな
　松竹梅と鶴亀かける扇に
150 鶴の舞亀の遊びの楽しみもいまだなかばの君がよの春
　女の家にをとこきたれり、前に梅花有
151 さくうめはいろも匂ひもなかりけりあさくも君によそへつるかな
　拾遺集の「勅なればいともかしこし」のかた、堀《ママ》に来たる人々をはるかに女のみやりたるに
152 まちなれし鶯ならぬ初声におどろかされし花のやどかな
　柳つばきの折えだのかた
153 逢にあひて玉のを柳玉つばき光かはせるけふのたのしさ
　椿のかた
154 たれもみよあらたまつばき一枝の光にはなの春は来にけり
155 一枝に八千代こめたるたまつばきたま〳〵あへる春ぞのどけき
　つばき一もと
156 ふたつなきしらたま椿玉ならばなか〳〵かゝるにほひあらめや
　椿一枝
157 花瓶にいれのこしたる一枝も白たまつばき捨もおかれず
　あかき椿のをりえだ
158 さく梅の白きは後に成にけりあらたまつばきくれなゐにして
　瓶につばきいけたり
159 うちはへてこゝにさへづれ梅をのみ待らんものか春のうぐひす
　柳椿のかた
160 たをりつる白玉椿たまやなぎけふ立春のしをりなりけり
161 むすばんも手折も春のすさびかなしらたま椿玉のを柳
　梅柳の折えだのかた
162 世ははるにあら玉椿梅のはないろもにほひもをりえたるかな
　つばきあり、柳をむすびたり

163 かへり来て春のときたる青柳の枝折かへし花にむすばん

柳おほかるかた

164 みよし野の大川柳うちはへて陰行道のながくもあるかな

風前柳のかた

165 浮草のなびくはしらず青柳の末にぞ春の風はみえける

堤に柳たてり、橋有

166 川風も波をばよきて青柳のかげなるはしをわたるころかな

柳に鶯のゐるかた

167 うぐひすの鳴て木伝ふ枝みればはや青柳になりにけるかな

168 打なびく春の初音を青柳のえだにとうつるけさのうぐひす

169 あをやぎのいとになびきて鶯もみどりをそふるけさの春かな

170 浅みどりしだり柳のたての糸にぬきとも見えてかよふ鶯

171 青柳も先靡きけりうぐひすのおのが羽ぶきや春の初風

柳のうちたれたるに四十雀のとまれる

172 つねに来て囀る小鳥あをやぎのめにかゝりぬる春には成ぬ

やなぎあり、つばめふたつとぶ

173 あをやぎの風のゆくへにまかせても妻にやなびく心なるらむ

柳に燕のかた

174 つばくらめすだちの岡の青柳のいとをばいまだはなれかねつゝ

175 共にこそ靡くと見えしつばくらめやどりとめたる青柳の糸

176 つばくらめ翅やすむる青柳のえだは風にぞ猶なびきける

つばめ、海のほとりに飛

177 打よするあら磯岩の波の上にかへり〳〵てとぶつばめかな

やなぎのもとに釣たれたり

178 あをやぎのしげみがもとにけふも来てすなどりくれつあすもまたこん

柳のもとに駒あまたゐたり

179 おのがじゝあれんともせず青柳の陰にと駒もなびく春かな

翡翠、川辺の柳にとまりたる

180 かづくべき波をもよそにそに鳥の心やなぎの花のうへにして

柳にかはづのかた

181 一筋におもひかけては青柳のいとちからなきかへるならめや

柳の間よりみか月のみえたるかた

182 ほのかにもあらはれそむるみかづきにたえ〳〵かゝる青柳のいと

柳のもとに流有所、旅よそひしたる女ひとりたてり

183 とことはに靡く柳のかげみれば波さへにこそ立どまりけれ

牧童、やなぎの陰にをり

184 春の日もはやくれたりと吹笛の声にのりてもかへる牛かな

いなり焼のきつねふたつ、わらにてつなげるかた

185 草ふかき霞の谷にふみまよひかへるゆふべの家づとぞ是

ふきのたうのかた

186 いかなれば是も春咲はななるを冬の雪吹《(ママ)》の名には立らむ

薇のかた

187 もえにけりのこれる雪も早蕨のさはらぬまでになれる春かな

188 世を捨てこれのみとりしいにしへの人なつかしき春のさわら

び
　小松のほとりに蕨たかくもえいでたる
189 ねのひすと雪ふみわけし片岡の朝のはらは春たけにけり
　ゑのころふたつをり、わらびもえたり
190 山賤が垣ねがくれのいのこ草いつおひいでし二葉なるらん
　釈奠のかた
191 日本にゝほふも悲し大空の藍よりいでしからあゐの花
　春曙のかた
192 月の入紀路の遠山うち霞み梅さへかをるはるのあけぼの
　松に春月のかゝれる
193 老にけりまつもはるかにおもひいづるむかしの春やおぼろ成らん
　帰雁のかた
194 いまはとてかへる心やみだるらんたつ空なげになきかはすこゑ
　汀にゐる雁の先なるが、まづたゝんとしたるかた
195 時は来ぬいざとさそひて立かりの今はの心たれかしるらむ
　彼岸桜さきたり、蝶あまたゐたる
196 色々の桜が中のはつはなはめづらしとてや蝶も去あへず
　菩の花のかた
197 なか〳〵にけふをさかりとみてやまむさけばかつ〴〵ちり初る花
　桜の画に
198 晴わたる霞のひまにかつ見えて匂ひおくある山ざくらかな
199 作楽《さくら》花さきそめしよりさほ姫のかすみの袖にをらぬ日ぞなき
200 うつしけむ誰が花心しらねどもおもふかたえに風やふくらん
201 きのふけふ長閑にゝほふはるの日の初花ざくら開そめにけり
202 はるは今盛なりけり桜ばなしづえまでこそ咲満にけれ
　うるはしきさくらのかた
203 くれなゐの日の本人のなさけよりうす花ざくら匂ひ初けん
　やまにさくらさきたるかた
204 のどかなる嵐の山をけふみればはなこそ松のさかりなりけれ
205 こえて来ん人や待らむ逢坂の小関のさくらけふさかりなる
　おほくの山にさくらさけるかた
206 はるがすみたな引山をけふみれば花もさかりになりにけるかな
　山のふもとにさくらあり。雁のなびき落る所、そらに月てれり
207 春夜の月と花との中空にかへりたゆたふかりの一つら
　雪月花のかた
208 かをるともきゆともみえず久堅の中に生たる枝よりやちる
　霞の上に山桜の高くあらはれたる
209 春がすみ立はなれたる一枝は天津少女のかざしなりけり
　桜にうぐひすゐるかた
210 心なく踏しだくかな鶯は花のえだともおもはざるらむ
211 春雨は晴し桜の花笠を猶もきてなくうぐひすのこゑ

さくらのえだに四十雀ゐたる
212 朝まだきさへづる鳥のこゑすなりきのふの花や盛なるらん
桜にすゞめのゐたる
213 あさな〳〵きこゆる鳥のさへづりもめづらしきまで花になりゆく
さくらのもとにには鳥をり、若菜有
214 やまがつが園生にあさる庭鳥も花のさかりの時やつぐらむ
山桜に三容鳥あるかた
215 式島のやまとにはあれどからあゐの色鳥なけり花陰にして
松の木間にさくらさきたり
216 ふきすさぶ松のあらしにつゝまれてなか〳〵ちらぬやまざくらかな
桜のかげに水流れたり、水葵、河骨、杜若有
217 はなにまだあらしはいとふ春ながら涼しき色の下にみゆらむ
川づらに桜有
218 大ゐ川きしのさくらをきてみればかげさへけふぞ盛なりける
雨中嵐山のかた
219 さそふべきあらしはやまの名のみしてあめにもうつる花のいろかな
220 花もその心あらし山あめにだにちらで都の人をこそまて
221 おほゐ川嵐もふかぬあめの中にうつらん花のをしくもあるかな
222 あめをさへさそふあらしの山桜ちるばかりだにわびしきものを
月前嵐山のかた
223 久かたのつきのかつらの花ざくらかげとゝもにもちるこよひかな
224 雲をのみはらふか松のあらしやま月とはなとのかげのさやけさ
あらし山さくら咲たるかた
225 亀のをのうへにいでたるやまなれば万世ちらぬはなもさきけり
226 さればこそさかりなりけれ嵐山にほひわたれる松のかげかな
227 おほゐ川かくらむ橋の長き日をまちわたりける花ざかりかな
大堰河にいかださしたる
228 吹たえし松のあらしの山ざくら花もさかりのかげぞのどけき
229 いかだしは木のまの花のさかりともしらでや花のかげもさすらん
嵐山夜景のかた
230 のこりなく花みし人はちりはてゝよるしづかなるあらし山かな
桜咲たり、柳の陰に渡船あり
231 おほゐ川わたらむはしの月かげを花の上にもかけてこそみれ
232 うちかすむ岸のうへなる花ざくら風より先にわたりてをみむ
春江花月夜のかた
233 はなをのみ思ひ入江の波の上ににほひそめたるやまのはの月

遠山に滝みえたり、さくらさかりなるかた

234 梢にてかくれし滝の白妙にあらはれたるははなやさくらむ

やまのさくらさかりなるかた

235 いつのまに立かはりけんみよしのゝたかねの雲は桜なりけり

よしの河のほとりに桜あるかた

236 みよし野のやました滝つしらなみのはなもひとつにゝほふ春かな

よしのゝ花籠に桜のはなつみいれたる

237 つみいれし色もよしのゝ花がたみならぶものなき山づとや是

芳野山あけぼのゝかた

238 けふこそとあさな〳〵みるやまざくらいくへかさなる盛なるらん

よしの川に筏有、よしの桜さかりなり

239 よしの河岩より落すいかだしのさをのしづくとちる桜かな

須磨の関に花あるかた

240 咲花のせきをばこゆる人もなし立なかへりそすまのうら波

すまの塩竈のかた、桜有

241 しほがまの煙も春は咲はなのかげにのみこそ立くらしけれ

すまのうら、松かげにさくら咲たる

242 いにしへのわか木の作楽《さくら》老ぬれどさかりはいまもかはらざりけり

すまのうら、蜑の家にさくら有

243 海原はなきになぎさの家桜はなにぞのこるすまの浦波

ちどり飛うらにさくらさきたる

244 うら風のかよふまに〳〵桜花ちりとも空になくちどりかな

春の山水のかた

245 世中ははるとや花にさわぐらんしづけかりける滝の音かな

さくらのをりえだのかた

246 紅のひとしほ染のはなざくら薄きいろともいふ人ぞなき

247 いたづらにちるらんやまのさくらばなたがためとてか手折きつらん

夕桜のかた

248 ながむればけふもかすみてかげろひの夕日にうつるやまざくらかな

満月にさくらの枝さしかゝれる

249 はるがすみたなびくころはてる月の中なるえだも桜なりけり

さくら咲たり、月有

250 更ゆかばかすまんとのみおもふまにはなこそかゝれ春の夜の月

251 作楽《さくら》花いろもにほひもおしなべて月のさかりになりにけるかな

252 をりゝゝは袖にしられで有明のつきのかげにもちる桜かな

さかりなるはなのうへに、月いでたり

253 はなのうへにかゝりけりともあたら夜のおぼろ月よを誰に告まし

杉おほくたてる山に桜さけり、木間より月見えたる

254 木船河ながるゝ水のうづ桜ものすごき夜の月にみえつゝ
松の木間にさくらさきたるかた
255 ちりうせぬ松のときはに成にけりうつろひ安きはな桜かな
色あかき桜にあめふるかた
256 かねてよりうつろふ色のはなざくら心もおかで雨のふるらむ
緋のはかま着たる官女のかた、花有
257 百式の大宮づかへいとまあらばかざゝむと思ふ花やちるらむ
花ちりたるかた
258 梢にて見るをさかりとおもひしはみだるゝ花をしらぬなりけり
259 ちればかく雪とのみこそみだれけれあかぬや花の心なるらん
おぼろ月に落花のかた
260 折しもあれくもるばかりに霞むよの空よりゆきとちるさくらかな
名古曽の関、義家朝臣のかた
261 ちりにけん関路のはなのあとゝへばむかしの名こそ世にゝざりけれ
262 散にけむ昔の名こそきこえけれせきぢのはなのあとの山風
263 しきしまのやまと言葉の道もせに今さへ高き名こそにほへれ
湯谷のかた
264 散ぬらん心のうちの花桜にほひは世にもかくれざりけり
大原女の柴にさくらの枝をりそへたる
265 おのづからおのがゝざしと成にけりたれにをりけん花の一えだ
大原女、柴にこしうちかけてはな見たる
266 いでたゝじしばもしばしとゞめけんこゝろありける静原の里
画によみあはされし
267 一枝を折にあふぎの風のうへに中々のこるはなざくらかな
桜のはなすきいれたる扇五本、此桜仙院のはなりとうけたまはりて
268 君がよの春にあふぎの風ならばちりくる花も嬉しからまし
269 はなをのみこめし扇のかみかぜにちることしらぬ伊勢桜かな
270 おもひきやなか〳〵風のやどり成あふぎにはなのとまるべしとは
271 ほの〴〵と扇のうへに匂へるは夕がほならぬさくらなりけり
272 かつみれどとられぬ花はたとへたる扇の月のかつら也けり
おほゐ川の画かきて、あらしやまの桜の花びらいれたる
澄香扇といふあふぎに
273 風ながら扇の中にたゝまれてひらきもあへずちるさくらかな
274 ちるはなもながるゝ水もとまるよをあだなるものと何おもひけん
275 かめやまの松の嵐に吹れてはちるはなさへもときはなりけり
276 時しもあれ冬にあふぎの風さえて誠の雪とちるさくらかな
江戸にありけるころ、嵐山の花をおしたる扇をみて
277 みざりつるみやこの春の面影をあふぎの風にさそふはなかな

芳野の花を折こみたる扇のうち、滝本桜を
278 落たれど沫ともならずみよしの丶滝本ざくら流れいでにけり
桜と山ぶきのかたかきたるあふぎに
279 心ありてあふぎに春をた丶むらんはなにかさなるやまぶきの花
さくらの枝かきたるしをりに
280 めづらしとけふ見る花の一枝はなべてのやまのしをり也けり
新羅三郎義光、豊原時秋に笙の秘曲伝授のかた。さくらさきたる所
281 吹ま丶にふしねたかくかをりけり足がら山の花のおひかぜ
《字足らず》
なはしろにはなのちりたるかた
282 はなをさへ風にまかせてせきいれつはなの山田の苗代の水
花ちりたる木にうぐひすをり
283 このえだにはなはありつと鶯のきてはこひしき音をぞ鳴なる
嵯峨のあゆくみのかた
284 おほゐ川あゆとる業をけふみれば流る丶はなをすくふなりけり
桜のはなに小鮎かきまぜたる
285 いまこ丶にさくらをわけて落くるはとなせの滝の小鮎なるべし
年魚のぼるかた
286 ひさかたの月の中なるかつら年魚いづくまでとか猶のぼるらん
287 大ゐ川のぼるきのふの桂鮎けふははなにもにほひけるかな
288 よしの川瀬のぼる鮎のたえ〴〵に散たる花もまじりけるかな
小年魚、水の中に有
289 まつらがは七瀬のよどにすむ年魚の清き心をうつしてぞ見る
年魚むれてのぼるに、つりのいと有かた
290 はやき瀬をのぼるあゆ子は目にさへもか丶らぬものをつるや誰也
春駒ふたつゐるかた
291 いはえつ丶あれのみまさるはるこまもこなれぬ中は離れざりけり
駒のふしたるかた
292 君が世の春を心のこまなればはなてるま丶にあれんともせず
菜花さきたるかた
293 百千鳥囀るはるに世はなりておもひなの花いまさかりなり
月夜菜花の中に、狐ゐるかた
294 おぼろ〳〵あやなのはなのかげに待てはからん人やこむと鳴らん
款冬のかた
295 たれかすむこの岩がねを行水のみどりにうつるやまぶきのはな
紙雛のかた
296 璞《あらたま》の三年をまたで三千年のこといひそめよ姫も丶のはな

297 千世かけし契なりけり松がえにすをくふ鶴のひゝなならねど

紙ひゝな、柳、さくら有

298 三千年をかけたる桃のはなかづら柳のまゆににほふけふかな

ひゝなひとならび

299 ひなづるのちよのゆくへをいはふとて宿にうつせし雲の上かな

300 ちはやぶる此かみひなに浮橋のめをのむかしを思ひこそやれ

桜のをりえだに紙ひゝなのかた

301 桃ならぬ花のかづらもみちとせの其おもかげににほふけふかな

画によみあはされし

302 たらちねのはゝこのもちひむつまじきけふの遊びにとりはやしつゝ

曲水のえんのかた

303 はなもけふいはゞと物やおもふらんながれも綾にめぐるさかづき

304 水上はとほきまどゐの面かげもながれにうかぶ花のさかづき

闘鶏のかた

305 盛なる花の時をやつぐるらんけふの雲ゐのには鳥の声

306 をさまりし御代のつゞみの例にもあはするとりの声聞ゆ也

山に桃の咲たる

307 もゝ山のはなの下かげおのづから道あるよにもあひにけるかな

源平桃のかた

308 みちとせのもゝの初花咲わけて女をとわりなきいろやみすらん

韓人滄浪がかきたる桃花の図に

309 から人のうつせしもゝの花なれば是やかならず三千年の種

水辺なる賤が屋に、もゝやなぎ有かた

310 心なきやどには何をながすらんやよひのもゝのはなのした水

桃のはなのもとに人の酔ふしたるかた

311 ものいはぬ花さへいろにいでにけりうへしもいたくゑひにけるかな

蝶のかた

312 すゞなさく野をばはなれてとぶ蝶の翅にゝほふ花のいろかな

313 鈴菜さくのをなつかしみとぶてふのともにたはれてくらす春かな

蝶たかくとびゆく

314 百鳥のさへづる声はならはねど春の空にはうきたてるてふ

蝶ひとつとびゆくかた

315 はなかげにひとりねぶりてみる夢のこてふもにたり友なしにして

官女の庭にいでゝ蝶にたはれたる

316 てふよてふうき立春のはな心にほひばかりも人にかたるな

鈴菜咲たり、てふのたはれたる

317 こぼれけん菜種一むらいつのまに花さきぬらん蝶のとぶまでな

菜のはな咲たり

318 すゞな咲野べのにほひは花をみてかへる夕のものにざりける

春草さきたり、竹あまた有ところ

319 はなをみる人もうきふしなかるらん嵐ぞふかぬ春の呉竹

罌粟花のかた

320 まだちらぬけふの盛のはかなさもきのふの花のなごりにぞしる

夢に蕗をみたるさまをうつして、歌を乞へる禅侶有ければ

321 つまごとの音にもかよへる草の名を引てわが身のためしにやせん

すまひ草のかた

322 菫にはまけてみゆれどすまひぐさとりすてがたき花のいろかな

323 うつりきて今は山べにすまひ草さてこそ春もたのしかりけれ

あれたる家に春草有

324 あれにけりたれかはむかしすまひぐささけるかきねは小笹のみして

春の野のかたに

325 すまひぐさ菫とたれかとりわけむかちまけみえぬ花のいろかな

野亭の春のかた

326 春日野の野鳥もこのめはるのいろにもれぬめぐみのよをやしるらん

春草のかた

327 つむはなのなか〳〵おほきはるのゝにきてはたゞにもくらしけるかな

春草の中に土筆有かた

328 都人はるの日かずのたけぬまに来てもつまなんのべのもゝ草

山ざとに菫咲たり

329 よの中にゆかりなければむらさきの菫つみにとゝふ人もなし

つく〳〵しすみれ咲たり

330 たが筆のすみれなるらんつく〳〵しかけりとみゆる花のいろかな

331 あめつちのふでのすみれの薄霞たが画がきたるにほひなるらん

土筆のかた

332 春さればうらわか草の誰がつまかつく〳〵しだに物おもふらむ

やまのすそわに菫つく〳〵しあり

333 見つゝ来し高嶺の花もさもあらばあれいざこゝにしてけふはくらさん

雲雀なく野に菫咲たるかた

334 あすもこんきのふもけふもつぼすみれ咲る野原に打くらせども

すみれのかた

335 ふるさとの庭のかきねはあれたれどうすむらさきの菫はなさく

画によみあはされし

336 わがやどの岩もとすみれをしければつみとりがたし盛なれども

籠にくさ〴〵の花さしたる

337 蝶鳥の色香やふかくこもるらんたぐひなのはな春ふかみぐさ

白牡丹

338 ふかみぐさ富るまことの花の色をうかべる雲にたれかまがへん

牡丹のかた

339 此殿の春を常磐に咲みちてうへもとみける深見草かな

340 かばかりも富る花の色いかなればにほふ日かずのはつか成らん

墨絵の牡丹に

341 立いでゝみよや弥生の二十日草月まつほどもかやはにほはぬ

牡丹の白きとあかきと二輪有かた

342 月と日の光を花にさきいでゝにほひかはせるはつかぐさかな

三条右大将の君より、稲嶺がかきたる牡丹蝶鳥のかたに、歌よみてとおほせられけるに

343 蝶鳥もこゝにつどひて此殿のとめるはしるきふかみ草哉

牡丹に瑠璃鳥のかた

344 きゝしらぬとりのねすなり深見草もろこし人も今やめづらむ

牡丹の花瓶中に遊魚あり、傍に猫のうかゞひたる

345 さめぬればうつろふ花の下心こてふのみともおもひけるかな

燕のかた

346 山里の軒ばはなれてつばくらめゆくへは花のあたり成らむ

雉子のかた

347 かた岡の裾野のあさぢ穂にいでゝけふもつまとふきゞすなくなり

348 をかべにもわらびもゆらし苗代の門田のくろにきゞすなくなり

雲雀のかたに

349 やまのはに入日のあとをしたひつゝいよ〳〵あがる夕ひばりかな

春の野に雀のあそびたる

350 よそにして人はすぎ菜《野イ》の花かげにさをとる雀こゝろありけり

海棠の枝に唐鳥ゐるかた

351 もろこしのよしのゝはなのいろどりのからさへづりものどけかりけり

陽明家の衝立に藤に文鳥のかた

352 帰るらん古巣もしらず鳴とりの声のどかなり花陰にして

竹のもとに鶴たてり、日あるかた

353 くれたけのちよかくれがにやすらへどまだかたぶかぬ春の日の影

月のまへに鶴のねぶれるかた

354 蘆鶴のちよのうちなる春の日の長きねぶりに月もいでつゝかな
　鶴ふたつ舞ふかた
355 限りなき千世をともにとあしたづのかはすつばさに春風ぞ吹
　奴紙鳶のぼせたるかた
356 大空に影もさだめず久方のこやなにをとこ桂ともなし
　かへるのかた
357 ひきがへる山田のはらの苗しろに子のたねさへもおろしけるかな
　水にかはづかきたり
358 あさなゝゝ氷ると見えし池水の蛙なくまで成にけるかな
359 春のいけの水の上にて鳴くらすかはづのこゑのあわれなるかな
　岩につゝじのかた
360 いはつゝじいはねばこそあれゆくはるをいろに出てもをしむ比かな
　大原女のいたゞきたる柴につゝじの花さしたる
361 ほとゝぎす名におふはなを折そへてうるはつねのこゝちこそすれ
　独活のかた
362 ふく風はのどけき物をおのづからうごくや春のこゝろなるらむ
　仏光寺殿にて野老のかたに
363 のどかなるいづくはあれどこの殿にところえたりと見ゆる春かな
　杜若のかた
364 たをるだにをしき色なるかきつばたきぬにする人なにこゝろぞも
365 ひまもなく咲ならびたる杜若はるはいづくをもりてゆくらん
366 へだてたる春と夏との垣津簱《かきつばた》いづれにふかきにほひなるらむ
　燕子花にくひなのゐるかた
367 垣つばた春のさかひはしらねども先くひなこそおとづれにけれ
　あふぎにしろき垣津ばた咲たる
368 うのはなのへだてならねどかきつばた白きをみれば夏はきにけり
　団扇の画にかきつばたのつぼみあり
369 まき筆ににたる花をば手にとれど何をかきつばた色もわかれず
　長春いばらのかた
370 うちはへていつも春なる花のいろをうつすやがてうつるなるらん
　藤花のかた
371 ほとゝぎす忍ぶはつねは藤波のかきにかくれてきくべかりけり
372 おのれさへ春のわかれをしたふらんたちかへりぬるふぢなみのはな

373 あづさゆみはるはかぎりといふめれどのどかにみゆるふぢなみのはな

374 陰高き松にはよらぬ紫もしな〳〵みゆるふぢなみの花

松に藤の咲かゝりたるかた

375 ふぢなみのさくをおもへば立かへり松こそはなにかゝるなりけれ

376 いかばかりまつもさびしくおもふらんかゝれる藤のはなちりにけり

松に藤咲かゝれり、雉子なきたるかた

377 きゞす啼春も末野のまつがえにかゝれる藤のはな開《さき》にけり

藤花のもとに雀の羽ぶきたる

378 つねにきく鳥のこゑだにくれてゆくはるのゆふべはさびしかりけり

藤のはなの陰を燕ふたつとびゆくかた

379 藤波のはなになびきてとぶとりのゆくへもしらずくるゝ春かな

藤の一枝

380 長閑なるはるのあそびのあとゝへばをりてすてたる藤波のはな

暮春の山のかた

381 ちりはてゝ花はあとなきやまかげにひかずばかりものこるはるかな

夏歌

四月家の神祭るかた

382 うのはなを白木綿花と所していざ庭中の神まつりせむ

賀茂祭勅使のかた

383 神山のけふのみあれにひかれてもむかふやかものかはら毛の駒

新樹ある山水のかた

384 おもしろき若葉もあるをやまかげは雪のことゝも何思ひけん

夏の山水のかた

385 若葉さす木隠れにしてみわたせば山のみどりも薄くこきかな

新竹のかた

386 かぎりなき末のいくよかこもるらんまだうらわかき園のわか竹

387 今年生てうら若竹のふし〳〵にこもらんちよを思ひこそやれ

388 ちとせまでしめたるやどの竹なれや若葉の色のかはるよもなし

わか竹の靡きたるに月のゝぼれる

389 暮わたる籬の風にわかたけのなびくはつきにこゝろありけり

若楓のかた

390 もみぢばのから紅の下波をけふこそ見つれ薄もえぎなり

わかかへでに蛍のゐる

391 若楓いまだ露だにしらぬまにてるかげ見れば蛍なりけり

392 涼みする木のした闇の若楓夏くる色はほたるなりけり

雨中のかへでのかた
393 あめのうちも涼しくみゆる若楓はれたる後をおもひやるかな
滝のほとりに若葉有
394 ことさらにすゞしかりけり夏山の梢がくれのたきのしら波
夏河に年魚むれたる
395 よしの川あゆ子さばしるけふの瀬はきのふの花の淵にざりける
草のほとりを年魚ゆく
396 夏浅しまだうきくさも若あゆのゝぼる川せの色のすゞしさ
百合一本たてり
397 うちつけにすゞしかりけり風ふけばたわゝにゆりの花の一本
岩に葵のかた
398 神山のいはねがくれを所にてうごかぬ御世にあふひ草かな
かきつばたに鴫のゐるかた
399 行水に百羽のかずやかきつばたへだてし春を恋しぎのなく
かきつばたのかたに
400 垣つばたへだつる色やみえつらん咲あへぬまにいにしはるかな
垣津旗《かきつばた》うつろひがたなり
401 風わたる浅沢水のさゞ波も心にとまる夏は来にけり
藤のはなのかた
402 かへりつる春に後れし藤波はよらん方なくみえ渡るかな
松が枝に藤のかゝれるかた
403 まつなくは何によりてか匂ふべき春をはなれしふぢなみのはな
白藤のかた
404 うのはなの卯月にかゝるふぢなみははるのゆかりの色なかりけり
藤に雀の子とまりたる
405 春くれてふぢのうらばのうらわかきすゞめの声ぞけふもきこゆる
柳陰に馬洗ふかた
406 なつ川の駒のあとにやのこるらん在しやよひのみか月の影
青梅のかた
407 匂ひだにいまはとおもひしうめが枝の花のなごりをけふみつるかな
408 鶯も今はふるすにこもるらんにほひし梅も実になりにけり
実のりたる梅のをり枝
409 にほひだにとめてと何をおもひけむかたみになれる梅の一枝
枇杷のかた
410 なか〳〵にはなは霜にもあらそひて今更実こそ色付にけれ
青き酸漿ふたつ有
411 うなゐ子は今いろづかむほゝづきの心をさへもしらぬ也けり
船にて蘋とるかた
412 ふねうけてとるとはすれど浮草の中のひしつるむすぼゝれつゝ
麦の穂にいでたるかた

413 かたなりの声もらすらし子規まだ青麦もいろづかぬころ

414 山賤が里なれつらん郭公畑のおほむぎ穂にいでにけり

　青麦の畑に蜻蛉とぶかた

415 いつのまにむぎの秋津羽薄かりし日影も更にてりわたるらむ

　芍薬のかた

416 ちりたりと何をしみけむ二十日草おもかげのこす花もありけり

　さうびのかた

417 花はよし枝には袖もふれがたしつみてやとらんみてや過なん

　さうびに雀の子とまれり

418 枝しげきうばらがうへにうらわかき尾羽をなふれそ花は有とも

　川のうへに卯花咲なびきたる

419 白栲に咲うのはなの光より名にながれけむ玉川のさと

　卯花のかた、郭公有

420 ほとゝぎすおのがさつきはしらねども時をうのはないまさかりなり

　山ざとに卯花さきたり

421 うのはなのたゞ一枝をみか月の影にまがへてなくほとゝぎす

422 ほとゝぎす立くぐれとや山ざとのうの花がきはまばらなるらん

　郭公とぶかた

423 夏のよも夢は覚けり子規たゞひと声におどろかされて

424 ほとゝぎす大空高くきこえけりたが里までの初音なるらむ

　杜のうへにほとゝぎす飛

425 雲ゐより一声森のちかくゐてたれかきくらんやま郭公

　三輪の杉むらに規子（ママ）とぶ

426 杉の葉は常磐なれどもほとゝぎすなくこそ夏のしるしなりけれ

　水のほとりに森有、ほとゝぎす飛行

427 時鳥なく一声に美豆のもり水枝さしおほひ夏はきにけり

　松のもとに車をすゑて二三人空をあふぎたる

428 おのれのみ南をさして小車のあとかへりみぬほとゝぎすかな

　郭公飛雲有

429 ほとゝぎす月はいづくかしらねども声は雲にもさはらざりけり

　月にほとゝぎすのかた

430 うゑていにし山田の原のほとゝぎすまだ更ぬよの月になくなり

　ほとゝぎすとぶ半月有

431 郭公世にしのびねはまだみたぬ夕のつきのかげになくなり

　雨ふれり時鳥とびゆく

432 さらでだに聞まよふべき一声を雨よりもらす郭公かな

　新樹にさみだれふる、郭公なきゆくかた

433 さみだれのあめのうちにもほとゝぎす鳴一こゑはまぎれざりけり

雨中のもりにほと丶ぎすとびゆく

434 雨きほふ青葉が上にふりいで丶声をもそ丶ぐ郭公かな

435 ほと丶ぎすこだかく鳴てゆくこゑは雨のおとにもまぎれざりけり

五月雨いたく降夜、をすの内にをんなひとりをり、ほと丶ぎすなくかた

436 ほと丶ぎすまつよの空となりにけりたのめしものをさみだれの雨

女どもほと丶ぎすまつところ

437 子規しのぶはつねも玉だれのをすのうちにはもらせとぞおもふ

画によみあはされし

438 ぬすみやるもずのはやにへはやかくせ山郭公はつねもぞする

楓のうへをほと丶ぎすとびわたる

439 郭公こぞのふる声若がへりわがかへるでの陰になくらむ

玉川の里に卯花さきたり、郭公とぶ

440 待兼の山ほと丶ぎすをりはへて先鳴さとや玉河のさと

土橋か丶りたる川のうへを郭公なきゆく

441 行かへり山ほと丶ぎすなのる也この夜はふけぬ白川の里

滝のもとに楓あり、郭公とぶ

442 音高きたきの白波かへるでの陰にしのびてなくほと丶ぎす

山のたむけに家並たてり、時鳥とびゆくかた

443 なつやまのたかく名のれど郭公またぬさとにはいふかひもなし

月有、ほと丶ぎすとぶ

444 ほと丶ぎす月のおもてもふせつべしあまりさやかになのりけるかな

445 夏山のみねをはなれて照月のかげにとむかふほと丶ぎすかな

446 久かたの月のかげにややどりけん声はるかなりやまほと丶ぎす

447 ほと丶ぎすしばしくまともなりならむ月にさへぎるよはのひとこゑ

杉むらに月有、ほと丶ぎすとびゆく

448 鳴すて丶いづくに杉の木のまより有明の月もまちいでにけり

檜原に雨ふり、ほと丶ぎすなきゆく

449 時鳥ひばらが上にふるあめもおとたか山にいまぞなくなる

はやしのうへに雨ふりて郭公とび行

450 心ありてわか葉にそ丶ぐ村雨を山ほと丶ぎすよそになくらむ

早苗うゑわたしたるかた。つきいでたり、時鳥なきゆく

451 うゑていにし山田のはらのほと丶ぎすまだふけぬよの月になくなり

木蓮のかたに

452 蓮葉の花より先に咲いで丶いろもにほひもおくれやはする

初なりの瓜なすびのかた

453 君ならぬかたに心をつくるさへはじめてなるはうれしからずや

花菖蒲の画に
454 ほとゝぎすなくやさつきの花あやめ春のゆかりのいろは見え
つゝ
あやめ草の葉末見えたる
455 五月雨のふるのゝぬまのあやめ草くちぬばかりにみえにける
かな
花あやめ咲たるかた
456 ゆかりあれば是も軒端にふきそへてあやめははなの匂ふと思
はん
端午のかた
457 ふきわたす軒ばのあやめ打かをり風なつかしきときにはなり
ぬ
458 薬玉のかゝるをみれば郭公いつかとまちしさつきなりけり
かざりかぶと
459 君がよの末もみだれぬ例には長きあやめのねをや引らん
ひの木かぶと
460 もてあそぶ物の具とこそ成にけれさも治ればをさまれる世や
かぶとあやめのかた
461 君がよはをさまりはてゝ長き根をためしにも引あやめぐさか
な
くらべ馬いでんとするかた
462 あらそひてはしる心の駒くらべのりおくれんもよしや世の中
くらべうまやすらふかた
463 はるかにものりあまされてぶち駒のらちのほかにもいばえけ
るかな
かゞりぶねあり、雨ふる
464 日数のみふるさみれ（ママ）に湊川とらぬま梶もくちやしぬらむ
五月雨にあみ引ところ、郭公とぶ
465 さみだれにまぎれて鳴つほとゝぎす引なるあみの目にもかゝ
らず
船有、あみおろす、ほとゝぎすとぶかた
466 さみだれのはれま待出て郭公なくねとゝもにおろすあみかな
雨中山水のかた
467 さみだれの雨をかけても打あみに一声かゝるほとゝぎすかな
雨中船ひく所
468 いめ人のふしみのたよりいかならんかもの高瀬のさみだれの
ころ
さみだれふれり、壁にほたるとまれるかた
469 さみだれのふるやのかべに打むかひなれも思ひをけたんとや
する
早苗にほたるのゐる
470 打靡きちらば共にと夕露ののぼる葉末にゐるほたるかな
なびきたる藻の上にほたるとぶかた
471 糺河夕風わたるさゞ波のそこさへ見えてとぶほたるかな
芦のむら〳〵たてる沢にほたる有
472 蛍飛山沢水のそこきよみ水草のかげも見ゆるよはかな

画によみあはされし
473 いさや川あしわけ小舟さす棹にくだけぬ露はほたるなりけり
474 むら雲の晴間をまたば《でイ》明ぬべしたゞよふまなり夏のよの月
うゑたる田に水ひくところ
475 わぎもこがうゑていにつる朝たより水の心にまかせつるかな
雨ふるに田うゝるかた
476 水遠きやまだのなへは五月雨のふるを待てぞとりはじめける
早苗のかた
477 やましなの岩田のなへは大君のしろしめす世の数にとるらむ
苗うゝる田に雨ふれるかた
478 うゑはてゝ人はいにつる足引のやまだのはらにさみだれぞふ
る
河骨に亀ゐる
479 心あれや甲ほすかめも川ぼねの花のかげなる日ぐらしにして
秧雞の河にたてる
480 覚しつる夢の行へをけさとはんかの浅沢にあさるくひなよ
満月に蝙蝠の扇面
481 はしゐして思ひこそやれ不二のねの雪もきゆといふ此宵の空
かはほり飛かた、雨ふれり
482 山のはに月はさしながら夕立の一むら過し夕すゞしも
雨中鷺のかた
483 こきたれてふるさみだれの時しもあれ鷺の蓑毛のまばら成ら
ん

紫陽花のかた
484 おのづから夏の衣の色めきて咲こそまされあぢさゐのはな
485 あぢさゐの花のさかりを打むれてやどる小蝶のはねかとぞみ
し
紫陽花に雀をり
486 あぢさゐはさきつと匂ふかひもなしわがまつ鳥のこゑはきこ
えず
夕顔のかた
487 誰がやどのつまとしらねど垣間見にみし夕がほをいつか忘れ
ん
窓にゆふがほのさきたる
488 いとしろしそとものまどのたそかれに人かあらぬか花のゆふ
がほ
ひるがほのかた
489 おぼつかなたそかれならぬ道のべに咲とや我をしらぬかほ花
なでしこのかた
490 おのづから露のみ風や払ふらむ塵なきやどのとこなつのはな
491 桜のみわが敷島の花といふ人にやみせんやまとなでしこ
492 涼しさは先ぞ見えける水鳥の鴨のかはらのやまとなでしこ
人の家に瞿麦有かた
493 山がつがむぎかつ庭のちりの内にさきてもみゆる床夏のはな
人の賀しけるうしろの屏風に、なでしこあまたさきたる
ところ

494 たらちねの万世までと撫子の花のさかりになりにけるかな

　年魚の出る川辺になでしこ咲たるかた

495 たゞす川すゞしくおろすやま風に瀬のぼるあゆも打靡くらし

　川せみになでしこ

496 そに鳥のみどりもそひて川水のみぎはになびく河原なでしこ

　山のかひより海原見えたる

497 夏山のみどりとのみや見てやまん帆影ぞうみのしるし也ける

　扇のかた

498 草も木もまだしらぬまの秋風は扇のかげにやどりてぞふく

　扇の画になでしこ一本

499 朝わけし蝶の羽袖になでしこのはなの一もと人もとはなむ

　あふぎに夏の山水かきたる

500 白たへの扇にかゝる水引は先すゞしげに見えわたるかな

　扇面に水引のかた

501 やまざとの木下陰を行水の浅みどりさへすゞしかりけり

　団扇のゑに

502 みな月も涼しかりけるしら菊の露はまことに命なりけり

503 わすらるゝ夕もあるを秋風のふかぬうちはとたのみけるかな

　檳榔の葉してものせしうちはに

504 あぢまさの一葉よりこそ吹にけれ夏のなかばの秋のはつ風

　柳のもとにすゞみしたる船有

505 夏やまのかげにとのみぞよられけるはへたる糸は綱手ならねど

　女二人すゞみをるかた

506 いかばかりすゞしかるらん夏草のおもひあひたる中に吹かぜ

　讃岐国なる某の庭の五松のかた、夏の意をとあるに

507 吹風に下もみぢさへはらはせて夏のいろなきふかみどりかな

　祇園会、粟まつりのかた

508 かしこきやさゝげし粟のいひつたへうつしつたへしけふの神事

　雨乞小町のかたに

509 つよからぬ姿とたれかゆふだちの神もとゞろく大和言の葉

　夏山のたかみに薄雲のたな引たる

510 我やまの滝の瀬の音ぞまさりけるけふもふるらし夕立の雨

　虹、山より出たるかた

511 大空のにじの浮橋とだえしてわたりもはてぬ夕立のあめ

　磯辺に波うちよせ白雨ふれり

512 雲ゐよりみなぎりおつる夕立に波はかへりて音なかりけり

　槙の大木に蝉をり、夕立吹しをりたる

513 嶺おろしのおろすしばらく夕だちの声のみしきる山のおくかな

　白雨ふれり、蓮葉ひるがへりたる

514 蓮葉にかけたる露は夕立の滝の玉ともなりにけるかな

　鷺たてる川辺に柳有、夕立はれたる

515 ゆふだちのあと川柳うちしぶきまだはれぬ瀬にさぎあさるみゆ

鷺おりゐるかた
516 夏河の入江にたてるしらさぎはみるよそめさへすゞしかりけり
河骨咲たり、鷺のゐるかた
517 なつの池にうつろふ空の白雲をおりゐる鷺や友と見るらむ
青き波のうへをさぎのふたつわたるかた
518 入はてし夕日のあとのなみの上にとぶ白さぎのいろのすゞしさ
蓮の中に鷺のゐたる
519 白たへの蓮の花は散にけりたてるはさぎのうはげのみして
雷鳥のかた
520 とこ夏の雷にはなれず夕立の雨まつかげにすめるとりかな
柳陰に船有
521 うら風もこゝにとゝまる青柳のかげこそ夏の湊なりけれ
樹間細流のかたに
522 夏ふかみ茂みが下にながるれどこがくれはてぬ水のおとかな
蓮の実のりたるかた
523 後のみもむすぶはちすのうへなれど此世のはなはとまらざりけり
葡萄のかた
524 色ばかりにたりとおもひしえびかづらつるさへそれにまがひける哉
夏木立のもとに絹張してほしたるかた
525 吾妹子がはりてほしたるきぬの上にすゞしくわたる木々の下風
夏の松しづえたれたる
526 やまおろしをかべの松の枝たわに吹おとしたる蝶のこゑかな
なつの柳のかた
527 なか〳〵になびかぬかげとなりしより柳の風はすゞしかりけり
滝のかた
528 たちぬはぬこや山姫の白がさねすゞしく見ゆる滝のいろかな
529 山おろしにあられたばしるこゝちして夏ともしらぬたきのしら玉
夏山かげに大宮人むれゐたるに、ひとりが渓水くむかた
530 むすぶてにさへぎる水の白波の声のほかにはふく風もなし
大なる木にせみのとまれるかた
531 おくやまのあらしは夏もさむけきにあまりにうすしせみの羽衣
山川に年魚はしるかた
532 高野河夕日がくれの山おろしの涼しき瀬にものぼる鮎かな
氷室のかた
533 ひむろのみもるやまかげの鶯は夏より後に春を《やイ》しるらん
富士のすそ野を氷はこびたるかた
534 不二の山絶し煙はしらねどもこほりの御つぎたつよなりけり
夏のふじの山のかた

535 水無月のてる日の空にあらはれて消ぬをみするふじのしら雪
　はらへしたるかた
536 みそぎ川かぎりなき身のうき事をはらへつくさば夜も明ぬべし
（上巻終）

（下巻）
秋歌
　桐の一葉のかた
537 きのふまで結びし袖に吹にけり石井のもとの秋のはつかぜ
　竹の画に
538 このねぬるあさ篠竹のはごもりに露見え初て秋はきにけり
　蘆間にみをつくしのかた
539 夏刈のあしまにのこるみをつくししるしばかりの秋のはつ風
　七夕まつりする女たらひにむかひたる、空に月有
540 ねがふことこよひたらひの水底におもはぬ月の影ぞうつれる
541 天川先わがそでをぬらしけりたらひの水にかげをみるとて
　大なる梶の枝に小さきまりつけたり
542 たなばたの思ふあまりのゆふ露や梶の小枝にむすびそふらむ
　織女のかぢの葉にむかひたる
543 うれしさを先かきやらん秋風のさそひそめたるけさの一葉に
　橋上に鵲飛かた
544 鵲もつばさのはしやいそぐらんふきこそわたれ秋のはつ風
545 なきかはしたゞよひけりな七夕の今宵わたらん橋造るとて
　画によみあはされし
546 棚ばたの手にまかせても立ぬはゞ花染衣いかゞにほはん
　彦星とたなばた物かたらふさま
547 天河とほき渡りをわたりきてあへる夜いかにうれしかるらむ
　木槿の花のかた

548 たなばたにこよひたむけん七艸のなかの朝顔夕かげにさけ

酸漿一本有

549 少女子が手ふれもてあそぶほゝづきの色にいでゝも恋る比かな

550 さしおける園のほゝづき見てぞおもふかの子も今は色付ぬらん

をみなへしのかた

551 秋のはなおほかるなかに女郎花姿ことにもたてりけるかな

女郎花すゝきまじりたる

552 をみなへし薄をなれのたもとにてかへす〲も誰をこふらん

月のまへにをみなへしあり

553 てるつきのかゞみにうつるかげ見れば色さへしろきをみなへしかな

をみなへしに松むしゐるかた

554 をみなへしまつてふむしの声せずば花の心をたれかしらまし

女郎花三本ばかりたてり、うづらをり

555 夕まぐれうづらのあさる野べみれば粟とまがへる花のいろかな

萩のはなさけるかた

556 あだならん露の心もしらずして打なびきたるはぎが花づま

557 故郷のもとあらのはぎ咲にけり妹がそでにもつゆやおくらん

558 しらつゆのこゝろやふかくむすぶらん下になびきし萩がはな妻

559 秋はぎは粟田の山にさをしかのこゑする時ぞ盛なりける

萩一本

560 おほかたはうつろひはてし秋はぎのさかりをのこす一もとぞこれ

はぎなびきたるかた

561 おしなべて露にはひもをときたれどなびきし枝やはぎが花妻

萩の古枝に花さきたり

562 おもひ出てわが見にくれば故郷のふるえの萩もはなさきにけり

画によみあはされし

563 けさみれば露にふしたる秋はぎのはなとゝもにもねたる蝶かな

萩にかたわれ月のかた

564 秋はぎのさかりのいろのあやまでもかくれぬばかりすめる月かな

はぎのはなさかり也、ゐのころたはぶれたる

565 うつしゐのころは秋ともわかねばやさをしかならぬ萩のしがらみ

荻と萩うちなびきたる

566 故郷に月はすむやときてみれば露もあらしもやどりけるかな

萩さきたり、をばなも有

567 はなすゝきまはぎこきまぜ咲にほふ野べこそ秋のにしきなりけれ

568　色ながら野はしろたへに成にけり更たる夜露いかにおくらん

秋の野に臥猪のかた

569　さをしかの妻やかるもの床の上に打なびきたる秋はぎのはな

猪のしゝ飛ゆくかた、萩一むらさけり

570　匂へどもわがならすとやゐのしゝのかへりみもせぬ萩がはなづま

白萩のかた

571　あきはぎの下ばにむすぶ白露の色さへはなにまがひけるかな

仏光寺殿にて薄の風になびきたるかたを

572　花すゝき西吹風にうちなびきあまねく人をまねきけるかな

薄一もと

573　秋されば一もとすゝき一筋になにをかほにはおもひいづらむ

すゝきの穂の紅に匂ひたる

574　おなじくは秋のこゝろをしる人にみせばややどのしのゝをずゝき

薄の水にうつれる

575　しのすゝきみくまがくれに打なびく影の袖こそあらはれにけれ

すゝきおひたり、みか月あるかた

576　しのすゝき吹しく風にみかづきの影さへいたくかたぶきにけり

一本たてる薄にあさがほのまとひたる

577　篠薄風になびかぬ露のまをさかりとたのむ朝がほのはな

薄穂に出たり、りうたんの花あり

578　これもそのをばながもとのこむらさきおなじゆかりのたが思ひ草

をばなのもとに野菊咲たり

579　いとたかく草の袂にかゝげけんあらはにみゆるよめがはぎかな

をばなの末に小鳥ゐるかた

580　打なびくをばなが末にゐる鳥のやどりがたきはこの世なりけり

を花のもとにうづらのゐたる

581　うづらなく野べは深草たれかこんまねくもあやなしのゝを薄

582　おもひ草たれをうづらのほにいでゝをばながもとに音をばなくらん

薄の上に月有

583　花すゝきこよひ穂に出てゝる月の光りのうへにやどる露かな

すゝきむら〳〵生たり

584　風わたるむらゝゝすゝきむらさめのはれたる後に露のちるらん

尾花風になびきたるかた

585　花すゝきいくへともなく秋の野にかさぬる袖をたつあらしかな

をばな一もとかぜになびきたり

586　行秋のかたしきすてし袖ならしうちなびきたるひともとを花

木槿の花のかた

587 紅のはなのあさがほあすしらぬけふのさかりをけふ見つるかな

烏頭のはなのもとにすゞめをどりたるかた

588 庭雀はなかげにきて何にまたおもひうつれる心なるらむ

朝顔のかた

589 はかなさはいまだしられず朝な〳〵咲あさがほのけさの初花

590 うつりゆく人のこゝろにくらぶれば露あさからぬあさがほのはな

591 ねざめしておもひつるよのはかなさもけさわすれたり朝顔の花

592 おきいでゝ見ざらむものか露のまのさかりにかゝるあさがほのはな

593 世中にいまとりはやす色々のすがたもあれどもとのあさがほ

594 ほの〴〵と明はなれたる大空の色をさかりのあさがほのはな

595 中々にありてうき身のゆふべをもしらぬこゝろの朝顔のはな

朝顔のはひわたれるかた

596 はかなくもうゑ捨にけるあさがほの花のさかりに逢にけるかな

朝がほ咲たり、雀おや子ゐるかた

597 たれもみなおもふ此世をあさがほのはなれかねてもなく雀かな

あさがほおしたる紙に

598 うらやましおしとめぬれば槿のはなもよにこそ猶のこりけれ

をはぎの花に赤卒のたはれたる

599 夏もすぎ秋さりくればかげろふの飛火のをかにをはぎはなさく

若き大原女、をはぎのはな咲たる山路を行

600 たがつま木誰が嫁菜かはしらねども色も匂ひもおほ原の里

秋海棠のかたに、杜子美が寡情の詩あり。そがうへにかいつけたる

601 たぐひなく匂ふから花から歌の情もしらぬやまと言の葉

葛の花のかた

602 これをみようらみなき世はくずの葉の風だにしらぬ花ざかり也

603 くずのはのかへるを何にうらみけん咲かくれたる花もこそあれ

くずなでしこ穂すゝきのかた

604 くずの葉のうらなくみゆる心かなをばながそでになでしこのはな

くずに蟷螂のゐるかた

605 くずのはのかへるを花にわすれつゝ汝が斧の柄もこゝにくたさん

葛にむしすがれり

606 くずのはにあたる秋風はた〳〵のむしの身にしむうらみ成らん

くずのもとにうづらをり

607 何にかはうづらなくらむくずのはもうらみぬ秋のけふのゆふべを

画によみあはされし

608 あさぢ原夕日がくれに成ぬれどめにつきくさのはなのいろかな

月草に蟷螂ゐるかた

609 名にしおへばくさにいとはんかまきりの心もしらぬ花のいろかな

蘭にかげろふのかた

610 ゐては立たちてはゐてふ草のうへにはねもやすめぬ秋のかげろふ

木芙蓉に四十雀とまりたるかた

611 春見つる花より上のはなのうへにきなく鳥さへめづらしきかな

秋の野のかた

612 木実さへ匂ひけるかな穂にもいではなにもさかむおもしろき野に

613 真葛はふをかべの道の秋風に人の袖さへうらがへるらむ

秋の野川のかた

614 時わかぬ水のみどりも八千種の花にや秋の色をしるらむ

秋の草花さま〴〵かきたるに

615 うつしける人の心もいろ〳〵にそめてみせたるやちぐさのはな

秋の野にしかのゐるかた、をみなへし有

616 おのがつまとふらむ小野のさをしかもかへり見したる女郎花かな

草をあまたかきたる所々に蝶ゐるかた

617 とびさらぬてふはさながら秋の野の草の花ともみえまがひけり

草花のもとに鵲をり

618 こよひしも橋とわたさむかさゝぎの翅ににほふ野べの七草

あきくさの中にうづらをり

619 うづらなく里はふか草野とならばかりにといひしをみなへしかも

620 いざけふはうづらなくなる秋の野の花みがてらに小鷹狩せん

小鷹がりのかた

621 こたかすゑ手馴の駒に磐余野の鶉ふませてゆくはたが子ぞ

622 おもしろきはなのにもあるか明日よりは小たかすゑてはいでしとぞ思ふ

松虫鈴虫のかた

623 君ふたりしらべかはせる声なくは秋の長夜もむなしからまし

くさ〴〵のむしの行列したるかた

624 空にとぶ雁がねならぬ一つらのむしは秋をやおくるなるらん

萩の葉に鈴虫をり、満月てりたるかた

625 今宵はと満たる月にさく鈴のこゑふりきらし虫もなくなり

むぐらのかた
626 やへむぐらしげみが下にかくれても鳴むしのねはきく人もなし
月にかはほりのかた
627 おぼつかないつかはほりの夕月にちぎりおきてもうかれ初けん
月山よりいでかゝりたるに蝙蝠とぶ
628 つきになるふもとのさとの夕ぐれにとぶかはほりのゆくへしらずも
やまをこゆるはつかり
629 あかねさす夕日は入りしたかねより一つらくだるはつかりの声
伏水山のほとりに雁わたるかた
630 ふしみやま松を秋風ふきもあへずそらにきこゆるはつかりのこゑ
雁一羽おりくるかた
631 大ぞらにさそひし友やおくれけんわればかりとも鳴くだる見ゆ
をばなおほき野にかりくだる
632 をばなちり秋野の末に打なびきおりくるかりのこゑのさびしさ
月のかたに
633 久かたのそらのかぎりもあらはれてすみのぼりたる月の影かな
634 待いでゝまたるゝものは更て後そふらん月の光りなりけり
雲のうへにてる月
635 うき雲もおよばぬそらに成にけりすみのぼりたる秋の夜の月
夕月のかた
636 引ためて末にみちなん弓張のつきはいるをやいそぐ成らん
望の夜の月のおもてにぬれたる松がえさしいでたり
637 おもひだにかけぬのきばの木のまより雫もさやにいでし月かな
下弦の月のかた
638 おしてとも引かへされぬひかりかなかたぶく末の弓はりの月
松に月有かた
639 さしのぼる月よりいまぞ吹いでんくれしづまりし軒の松風
松林月
640 世々をへて松の変らぬ陰なくは何にやどらむ秋のよの月
641 くるゝより月まつ原は遠けれどはやくもかげの匂ひけるかな
竹のもとより月いでたり
642 呉竹にやま風わたる折しもあれ在明の月ほのめきにけり
靡きたる竹の半のほどみえたる月ほのめけり
643 有明の月かげいまやいでつらん吹たつ風のおとぞきこゆる
月有、竹の生たるひまより賤が屋見えたる
644 露とゝもに月こそのぼれ呉竹のふして見ぬ人をしくもあるかな

木陰の水に月うつれり

645 雲をのみ何かはそらにうらみけん月はなみにもさはりけるかな

芦の上に月いでたるかた

646 すみだ川すだの渡りの夕潮におくれてのぼる月の影かな

河有、月てりたる

647 てる月のうつろふかげし清ければよるさへ見ゆるしら川の水

648 さをしかのこゑとゝもにも澄にけり月のかげゆくしら川の水

粟田山に月のいでたる

649 くるゝより待ける月は粟田やまあはれいまこそさしのぼりけれ

月てれり、遠山に松あまた有

650 月かげのにほへるみねはとほけれどあらはれそめつ松のむら立

玉川のかた、月あり

651 秋はぎのはなずり衣つゆながら月にうつらん玉川のさと

むさし野に月いでたり

652 在明の月のかげこそみちにけれこの野の原のはては見えねど

おなじ野に月てれり、水ながるゝ所

653 むさしのゝいづくまでもとてる月の影には更に逃水もなし

いと広き波の上にさをはとりながら空うちみたる

654 おほぞらの月のさしゆく船なればはつるや天の河原なるらむ

月てれり、狩衣きたる人わらはつれてゆく

655 雪をのみふむこゝちして照月の影にも道をまどふよはかな

野づらの垣根あたりにかり衣きたるをとこたてり、又遠方にとくさかる翁、月をうちあふぎたる

656 信濃なる位の山にすむ月は峯もふもともへだてざりけり

うしろつき老たる人の、さうぞく着たるが琴ひく。わかき今ひとり打むかひてさうふく

657 心さへしらべあはせて千々の秋たのしむ声ぞ空にきこゆる

火桶によりて月打ながめたる、かたへに硯など有

658 いかにせん秋のよ風も寒けれど月ばかりこそ老がつまなれ

月有、大木の茂りたる陰に家あるかた

659 暁と月もかたぶく梢よりねたるからすの一声ぞする

有明の月にからすとぶ

660 村烏ほがらと鳴ててる月ものこりなくこそ夜は明にけれ

あばらなる壁のもとにひとり月にむかひをるかた

661 ひとつだに物はなしといふ心にもこよひの月はとまらざらめや

草庵に月を見る

662 引むすぶ庵はもとより草なればたがならすとや月もすむらん

すゝき穂にいでたり、満月あるかた

663 はなすゝきこよひほにでゝてる月の光の上にやどる露かな

山寺に月てりたる

664 我宿のかつらも月のかげに成てしたゝる露の音ぞきこゆる

有木山の古寺の月のかた

665 有木やま在明の月にのこりけり世にふる寺のふるき面影
駒むかへのかた

666 あひにあひてさやけかりけり久方の月にひくなるかひの黒駒
月前擣衣のかた

667 てる月を見るとはなしにからころもうつれる声も空にすみつゝ

668 しづのめはきぬたの上にてる影のくもる時にや月をみるらん
おなじかたすゝきあり

669 衣うつ袖にたぐひてなびくかな月のまへなるしのゝをすゝき

670 やちぐさのはなのかげこそうつりけれつきや野もりのかゞみなるらん
月下に草花おほくたてり

671 いろ〳〵の虫のこゑさへこきまぜてのべおもしろき月のよはかな
月有、大豆を根引にしたるかた

672 くらべ見よ最中の秋の月かげもこのさや豆のさやにてりけり
月下に雁一羽とびゆくかた

673 ひとつらのひとつみえたるかりならしてりたる月に翅つばらや

674 あま雲は空にはらひてとぶかりのつばさにかゝる秋のよの月

675 ともにこそさやけかりけれすむ月ののぼれば落る雁の一声
満月のかた、雁あり

676 足引の山鳥ならぬかりがねも月のかゞみのかげになくらむ
水月のかた

677 うき瀬にも月こそやどれいさぎよき水の心をしる人にして
波のうへに月のうつりたる

678 よもすがら白きは月のひかりにて波こそなけれ大沢の池
広沢の池に月のてりたるかた

679 ひろ沢のいけの心のむなしきに大空ながらやどる月かげ
竹に月あり

680 雲はなしかげはさやけし呉たけの葉分は月にふかずともよし
紫式部石山にこもりたるかた

681 たゝへたる心の海にてる月のひかりやこよひうかびそめけん
山のいたゞきのみ見えて、船二艘有、月出たり

682 沖つ波よるもとまらずゆくふねは月の光りやおひてなるらむ
布袋和尚、月をあふぎたるかた

683 たがためのねざめなるらんまだ明ぬよは長月の有明の影
月てれり、すゝき一把つかねたり

684 二葉にもあらぬ薄をてるつきのかつらにそへていはふけふかな
さや豆のかた

685 さやまめのさやと吹立夕風にこよひの月を思ひこそやれ
月てれり、すゝきみだれたる

686 露にちり影にはなれて月はなほをばなが末に心とむらん
すゝきに月有、鹿たてるかた

687 あくがれて月になくなるさをしかを妻とふ声と人やきくらむ
しのゝめに鹿たてるかた

688 さをしかの上毛のほしは秋の夜のあけはてゝこそあらはれにけれ
すゝきに鹿のかた
689 秋の野の草のたもとや匂ふらむ妻とふしかの過がてにする
小川の汀にしかたてり
690 踏こえば底にみだれん八千ぐさの影をゝじかの立やいざよふ
山に鹿たてり、森あり
691 思ひには秋ももゆべきわか草のやまたちならししかぞ鳴なる
画によみあはされし
692 雲ふかき月はをぐらの山のはにすみこそわたれさをしかの声
693 つまこひの心を分て胸分にちるらん露ををじかなくなり
月の前に鹿たてり
694 今はとて山へもいらず有明の月ののこりて妻やこふらむ
松山に鹿たてり
695 さをしかの妻まつのはのつれもなきかげにやひとりねをばなくらん
やまの上にしかの立てかなたの谷をのぞきたる
696 さをしかは谷よりおくのこもりづまさよふけたりと出てとふらむ
高嶺に鹿たてり、谷底に月有
697 へだてけんたにの心のつれなさを月にうらみて妻やとふらん
白鹿苑のかた
698 小男しかの昔の園をうつし画も花にや後の千歳なるらむ

葦に鴫のゐる
699 あしの葉は風にそよぎて飛しぎの羽音悲しき秋の夕ぐれ
四十雀つくばねにとまりたる
700 葉をしげみ打なびきたる一枝に独来て鳴こゑの寂しさ
柳に鳥をり
701 よのつねはなつかしからず思しに汝が声さへも秋は悲しき
渡月橋のかた
702 くるゝより月のわたらんはしの上に心もしらずなびく川霧
扇面に不二の画
703 白雪のみがきあげたるふじのねを秋の日影にさらしけるかな
柘榴のかた
704 手にとれば拆鈴に似て千早振かみくだきけん昔ともなし
三夕をひとつにうつしたるかた
705 寂しさはいづくもおなじ秋なるを何今更にかきあつめけん
柳に小鳥ゐるかた
706 うらぶれて小鳥しばなく秋さればみし青柳も色づきにけり
うづらのかた
707 ふたりねん夜も寒からん秋風に夕をかけてなくうづらかな
穂蓼に鶉のかた
708 夕日さす秋のほたでの穂に出てさびしきうへにうづらなくなり
かやつり草にうづらゐるかた
709 故郷はうづらの床とあれはてゝかやつりぐさに秋風ぞふく

かれ野にうづらゐる
710 いつよりかちぎりかれ野の片鶉床もよさむの秋やわぶらん
なでしこのさきたる中にうづらをり
711 ふるさとのあれたる庭に咲しより秋はうづらの床夏のはな
栗樫の実おちたるかた
712 尋ぬれど紅葉はまだき山路かないざこれをだに拾ひてゆかん
柿と栗のかた
713 山づとに言伝さへもそひてけり初紅葉がりおもひたちてむ
714 三年八とせ後れ先だつ初花もみのなるはてはかはらざりけり
かしの実のかた
715 花は世にさかぬものからかしのみの昔のみこそ恋しかりけれ
栗の実
716 山づとの栗の一枝笑てけり紅葉の色もほどやなからむ
717 やまづとゝもて出なんのあらましも日かずふりぬる村しぐれかな
柿の木にからすをり
718 もる人もなき山がきの夕烏あくことしらぬ世をのがればや
柿のをりえだ
719 何ひとつならぬこの身を忘れては人にましらの心もぞつく
つり柿のかた
720 山がきの世をうみはてゝ後にこそ甘き心もあらはれにけれ
穂蓼ひともと有
721 わがやどのほたで一本人もこず寂しき秋の夕日さすなり

大なる鶴たてるほとりに穂蓼あり
722 大かたはさびしき秋の山びこも万代とこそうたふべらなれ
千日紅に蜻蛉のかた
723 限りなき日かず匂へる花の上におのれはかなき秋のかげろふ
蕎麦のはな咲たり、月いでたるかた
724 信濃なるきそばの白き月の色をくだけぬ先の花にみすらん
錦木に雀とまりたる
725 一つがひとまるすゞめはそばの木のそば〳〵しくもみえぬ暮かな
726 みちのくにあらぬ錦木立ながら千代ともちぎる夕すゞめかな
秋田に案山子たてり、鳴子の糸かゝれり
727 打靡き風になるこの拭縄をかゝしの引とおもひけるかな
稲穂のかたに
728 梓弓八束の初穂ぬきいでし民のちからもあらはれにけり
稲の打なびきたるに、かゝしたてり
729 足引のやまだの原の案山子さへ年ある秋にあひにけるかな
730 おのれのみ引やかゝしの白真弓八束のいなほ打なびくよに
731 ひきつめしかゝしの弓のたゆまぬにをさまる御世の秋は見えけり
稲のいろづきたる
732 豊年のとよ芦原の秋風になびく瑞穂の国の豊けさ
山田に引板ひきわたしたり、雀ゐるかた
733 鳴子引やまだの原の稲雀たちゐにつけてさわがしの世や

いね刈すてたる

734 露霜の身にしみわたる時にこそやま田の里は秋をしるらめ

老人稲をになへるかたはらに、童子の小魚を竹柴にさしてもたるかた

735 老人の養ひ草にとりそへんとし有秋の小田のいろくづ

きぬたうつところ

736 よそにてはこれもあはれときこゆらん荒栲衣打つけにして

737 誰がつまかたが唐衣うちつけにうらむるこゑのそらにきこゆる

山ざとに二人むかひゐて衣うつかた

738 しづの女がしげき砧に声そへて山彦さへや打かはすらん

をばながもとに衣打、月も有

739 月に打砧のおとの身にぞしむをばなが袖も霜やおくらむ

きぬたうつところ、すゝきむら〳〵あり

740 さむしとてをばなが袖もかられねば我小夜衣打かへすらん

白き衣うつところ

741 白栲の霜をかさねて夜もすがら打から衣うらみごゑなる

やまべの家に衣うつかた

742 衣うつこゑさそひけり信楽の山風いかに夜寒なるらむ

松茸のかたに

743 片岡の小笹かきわけし誰が袖の匂ひはしらず秋の香のよさ

しめぢのかた

744 こはたれかさしも草ばをかきわけてしめぢが原のつともとめけん

松のもとに玉蕈生たり

745 ちよまでとたれかしめぢが原ならん松にもたけの匂ひけるかな

重陽の几帳に、茱萸袋かけたるかた

746 ますらをは高きにけふやのぼるらんこゝにもかけて思ひやるかな

茱萸袋のかたに

747 さつきより匂ひふりたるくす玉のおもかげけさものこる秋かな

748 けふといへど楽しかりけりうき事をさけてものぼるやまぢならねば

菊のかたによみてかけるうたども

749 浦風は長閑に成て白ぎくの匂ひばかりをふき上のはま

750 なか〳〵に一本ぎくの人もこぬ山路の秋ぞのどけかりける

751 菊のはな雪も氷も千代なるを露ばかりとも思ひけるかな

752 仙人のかざし捨たるきくの花こぼるゝちよはたれかひろはむ

753 白ぎくのはなのしろきはなか〳〵に霜にうつらぬかぎりなりけり

754 おなじくはけふのさかりを見に来なんちることしらぬ花には有とも

755 中々に手折人なき故郷のきくこそ千代はさかりなりけれ

756 菊のはな露の千年のおもければたもちかねても靡きけるかな

757 あきのせに一本たてるきくのはな目さへもちらぬものにぞありける

758 一本のきくのにほひぞ余りける人もとひこぬやどのまがきに

759 八重にさくきくのはなこそ万世をかさね〳〵て見するなりけれ

760 さかづきのこがねの色に咲きく《はなイ》の露のちとせの底ぞしられぬ

一もとの大菊のかた

761 一もとにまことちとせもこもるべしやへに匂へる大ぎくのはな

菊のはな一本たてり

762 よのなかにたぐひはなしときくのはなひとりやおのれちよをへぬらん

岩のもとにきくさけり

763 いはがねのもとのさゞれやたねならし露さへちよの白菊のはな

764 さきにけり遠きさゞれのむかしより千代とかはせるねざしなるらむ

きくにきせわたしたる

765 年々の菊のきせわたいくかさね露の千年にそへておくらん

766 きくのうへに露のぬれ衣きせわたのちよは君こそかさぬべらなれ

折えだのきく

767 挿頭にとをりしたれをばしらねども千代あらはなる花のいろかな

768 仙人の手折捨たる一枝のきくやあまりしちとせなるらん

白菊のかた

769 白菊のはなのさかりをきてみればちよの露さへ深きやまかな

770 しらぎくの花のさかりに成にけりおくらんつゆのちよのかずみん

黄菊のかた

771 よの中の露にうつりて咲にほふきくも黄金の色にならひぬ

菊の枝に尾花をりそへたる

772 きくのはなたをりし袖はいかならん草の袂もかにゝほひけり

宮人きくをかざしてたてるかた

773 うつろはゞ折かへしてもかざしてんきくの色々けふさかりなり

殿上人二人たてる所、菊のはなおほくあり

774 一すぢに千世のかざしとおもへどもをりまどはせるきくの色々

女有、家の庭にきくの花咲たり

775 君まさばかざゝむものときくの花われさへをらでうつろはしつる

枯木に蔦紅葉かゝれり、雁とまりたり

776 さし渡る夕陽さびしき山陰の秋はかうともなくからすかな

夕の松に蔦のはひかゝれる

777 やまのはにゆふ日の影はかくろひてのこる誠の秋のいろかな

滝有、蔦紅葉せるかた

778 いはがねのつたのかづらにことよせて秋をかけたる滝のしらいと

桂のもみぢしたるかた

779 久かたの月のかつらはしらねどもかゝるひかりの此世にやある

紅葉の折枝のかた

780 くれなゐに匂ふをみればひさかたの月の桂は色なかりけり

781 誰しかも立枝ながらにたをりけんそめたるまゝの露もみだれず

やまにもみぢ有

782 松のいろも紅葉のためと龍田姫心有てやそめのこしけん

山路にもみぢあるかた

783 紅葉のかくもてりたるやまぢをばいかにくれゆく秋にか有らむ

もみぢあり、山路を樵夫のゆくかた

784 心なきこゝろはしらずもみぢ葉のいろになりゆく秋の山陰

山川に紅葉のえださしいでたるかた

785 もみぢばも風にうつらぬかぎりをば山下水もえこそさそはね

もみぢせる山に滝おちたり

786 やま風もいまださそはぬもみぢ葉を影にておとす滝のしらなみ

秋景密画山水のかた

787 うしとのみ何おもひけんおもしろき色も身にしむ秋のゆふべを

紅葉に小鳥一羽とまれるかた

788 さへづりし春の百鳥ひとりきてなくねかなしき秋の夕ぐれ

紅葉に四十雀とまれる

789 色こきはこの一枝とゑらみ来てひねもすさらぬ鳥のこゑかな

もみ（ママ）のもとに鹿たてり

790 さをしかの妻こふやまのもみぢ葉は色ことにこそ染いでにけれ

791 秋山のもみぢのもとになくしかの声先からす木がらしの風

家の軒に松と紅葉有かた

792 つねに見てかはらぬ松のみどりさへもみぢのためにめづらしきかな

水のほとりに紅葉有

793 木のもとにさそはんみづも流るればちらぬまでにもそめし色かな

夜の紅葉のかた

794 やみの内にたゝみこめたるから錦はやとりいだせさゝらえ男

通天橋の紅葉、月あるかた

795 久方の天にまよへるはしの上につきの桂ももみぢしにけり

雨中嵐山紅葉のかた

796 ふるほどは色たゞならぬあらしやま松もしぐれの染るなるらむ

嵐山紅葉のかた

797 もみぢばもたぐひあらし山春見つる花の匂ひを下染にして
798 身にさむき秋の嵐のやまなれど紅葉のかげは過うかりけり
　あかしの浦の松のひまに紅葉有、風にちりたるかた
799 てる月のあらしのうらに今宵きて秋のかぎりの色を見しかな
　明石のうらにもみぢ有かた
800 もみぢ葉の明石のうらをけふみれば月さへよるの錦なりけり
　海辺に紅葉あり、しぐれふる
801 船よするみなとのもみぢ色ぞこき時雨にとまる秋ならねども
　あじろ木にもみぢ流れよりたる
802 もの丶ふのうぢ山おろし吹にけりもみぢいざよふせゞのあじろ木
803 あじろ木にたまるもみぢのくれなゐをひるもかゞりの影かとぞ見る
　黒木うる女の紅葉のえだをりそへたる
804 みやこ人けふ見そめつるはつしほは大原山のもみぢなりけり
　紅葉のちりたるところに鹿たてり
805 わか草のつまとふしかはもみぢ葉の秋の色にもうつらざりけり
　神護寺の秋景
806 高雄山もみぢのかげをうつすとて秋きよたきのながれなるらん
　龍田川のかた
807 立田川絶ぬにしきのなか〳〵にわたる嵐のあとやみすらむ
　塩竈のかた、もみぢ有
808 しほがまの煙の空にこがれけむからくれなゐにみゆるもみぢ葉
　おほ井川紅葉あるかた
809 大ゐ河ゐせきにか丶る白波もかげのもみぢにそむる秋かな
　をりたるもみぢのかた
810 折すてし袖のつらさを染にけん露のこ丶ろやいはでおもはん
　源氏ものがたり紅葉の賀
811 夕づく日さすやかざしのもみぢ葉も君が光に色なかりけり
　謡曲もみぢがりのかた
812 限りあれば酔をす丶めしもみぢ葉のほのほもきえし秋の霜哉
　もみぢのちりたるかた
813 誰が秋のいつからにしき織すて丶嵐のたつにまかせそめけむ
　おち葉のうへにかまきりをり
814 長月のなが斧のえもいかならむ木葉くたしてしぐれふる比

冬歌

　しぐれふる川船さしゆくかた
815 いそげどもゆふべとなりて朝日山しぐれさへふるふねのうちかな
　もみぢにしぐれふりたる
816 紅葉のいろのかぎりをしらずしてちりか丶るまで降しぐれかな

817 いろに出てうつらんとするもみぢ葉にけふもつれなくふるしぐれ哉

818 むら時雨紅葉はよきてふりなゝむきのふぞ色はちしほなりける

しぐれのもみぢさそひたる

819 神無月しぐれ吹おろすやま風にうれしくまじる初紅葉哉

820 むら時雨おのが染たる色なれどあまり心にまかせけるかな

紅葉の二葉三葉ちりゆくかたに

821 大空はさながらくれて夕しぐれふるおとばかりのこりけるかな

旅人のしぐれにあへるかた

822 たび人の袖もひとつに吹しをりしぐれこきおろす山おろしの風

御玄猪はこぶかたかけるに

823 道すがらちりかゝりたるもみぢ葉をそへてもちひの御貢なるらん

玄猪の餅つゝみのうへにのせたるかた

824 神無月木葉にまじるいろ〳〵は大内山のおろしなりけり

天保二年十月廿二日修学院御幸の図

825 音羽山あり明の月にもみぢ葉もてりのこりてや御幸まつらん

茶の花をり枝のかた

826 冬がれに匂へるはなも有ものを何わかばのみつみはやしけむ

827 一枝の花もめづらしもみぢ葉はとくちりはてしうぢのやまづと

かれをばなの中に小鳥のゐるかた

828 霜ふかき冬の野べこそ寂しけれあさる小鳥も友なしにして

霜おきわたしたるかた

829 つゆしもに下紅葉さへかゝりけり見えぬ梢をおもひこそやれ

冬がれの木に夕陽のにほひたる

830 夕しもは今かおくらん山がらす寝にゆく声もさむげなるかな

かれたる木に山鳩とまれるかた

831 あしひきのやまばとなけり木がらしのふく夕ぐれはさびしきものを

枇杷に雀とまれり

832 夕すゞめねぐらしめんとやどりあへず霜とおどろく花のいろかな

入江の冬景

833 白波もはなとちり来て冬ながら春のいりえのけさの明仄《あけぼの》

大根畑のかた

834 冬がれの比にしなればやまはたの大ねの葉さへめづらしきかな

岡べに大根二本あるかた

835 はなをみむ心のたねはなけれども春まてとこそ曳のこしけれ

二また大根のかたに

836 これを見て白きたゝむきさしかへし昔を神もおもひいづらん

石田氏の自画の大根にかいつけたる

837 えせものゝ所うるともいはゞいかならん其いさをおほねの若葉はるは来にけり

天王寺蕪のかたに

838 難波津の大寺の名におふときく是や御法の甘菜なるらむ

堀《ママ》出したる大根のかた

839 なか〳〵に根は霜雪の色にしてすゞ葉《ママ》は冬もうつらざりけり

色赤き木実の其名しられぬかたに

840 紅のもみぢのいろに似たれどもみはしりがたきものにざりける

水仙花のかた

841 しも雪のいろを匂ひに咲いでゝかるといふ冬もしらぬはなかな

月いでたる松下に家あり

842 かぜさむみ冬ごもりたる松のうへにひとりいでたる月のかげかな

「ものゝふの矢並つくろふ」といへる歌の意かきたる画に

843 言の葉のたばしる声を打つけにゑがきなすのゝ玉あられかな

小笹に霰ふるかた

844 たちかへり秋みし露や残りけんあられみだるゝたまざゝのうへ

冬の山に滝あり

845 おくやまもみぞれふるらしおちたぎつ滝のしら波おとさえ増る

秋田蕗のすりものに

846 山ふゞきまこと雪吹もしのぐべしとりしもあへぬきぬ笠にして

波に千鳥のかた

847 かぜふけば翅をこゆる浦波にたゞよひかねてちどりなくなり

848 潮時のあしべの波はたつちどりさしていづこの干潟とふらん

松のうへにちどりむれたる

849 風ふけば須磨のうら波立かへり松よりうへになくちどりかな

須磨のかた、千鳥あり

850 津の国のすまの松ばらよるゆけば袖になづさふむらちどりかな

雪中千鳥とぶかた

851 みゆき散加茂の河風さえくれて翅もそらになくちどりかな

ちどりふたつ飛、月有

852 てる月に鳴や千鳥の一つがひなるゝとすれど寒きよはかな

千鳥つがひとびゆく、有明の月あり

853 有明の影さえわたる妻とだに寝がたきよはと鳴千鳥かな

半月あり、千鳥一羽とびゆく

854 あはれにも声と影とをかはすかな友なし千鳥かたわれの月

氷のうへにもみぢちりたり

855 紅葉をおれる氷のうすものはみだりに波もたゝまざりけり

氷のうへに松葉おちたり

856　霜をへてかつあらはれしまつのはをふたゝび閉るうす氷かな
857　木がらしのよたゞ吹つるあとみえて松のはなからこほる池水
　　水田の面氷れり、稲穂一ふさ見えたり
858　みなと田はいつかりがねのついばみしきのふともなく氷るけさかな
　　氷のうへに月うつれり
859　さえゝゝて月もともにやこほるらん岩こす波に影もくだけず
　　池のほとりにもみぢあり、水仙花、きくの花、鴛鴦など有
860　龍田姫おれるにしきををしどりの声のあやさへのこる冬かな
　　あしの穂のうへに月あり、鴨なくかた
861　みしま江の入江の月はふけにけり満たる霜に鴨ぞ鳴なる
　　山川に鴨一つがひゆく
862　やま川のみをさかのぼるあしがものむねやすからぬ世にこそ有けれ
　　池にをしのうかべるかた
863　よの中に立名も何かをし鳥のかばかり深きちぎりなりせば
864　いけ水にすむをし鳥の一つがひいかにこほりのとけてねぬらん
　　渓川に鴛鴦のさかのぼるかた、枯蘆あり
865　山河のはやき月日ををしどりのことしも芦の一夜とやなく
　　池に鳰どりのゐるかた
866　ふゆごもり人はとはねど池水の鳰のよひはいまだ絶せず
　　をしどりひとつ　　　　　　　　　　　　　　　《字足らず》
867　一夜だにをしとおもふ夜ををしどりの何につがひをはなれきつらん
868　いけ水のうきねのとこははなれてもきぬ〴〵しらぬをしの契りや
　　画によみあはされし
869　かよひぢは氷にとぢてしをれあしのかれし一夜ををしの思ひ羽
870　にほ鳥のかへるとすれど霜がれの池のあしべはかかひなかりけり
　　をしつがひ有、左右のきしに寒菊さけり、雪つもりたる
871　夜もすがら翅にかけし白雪をはらはぬ花のうへに見るかな
　　あしのもとに鴨のゐるかた
872　霜の上に嵐ふくよをあし鴨のひとりねがたみ音をや鳴らん
　　あしに雪いさゝかふる
873　ふる雪もかつたまらねば芦べゆく水の翠は色もかはらず
　　池に鴨をり、雪ふるかた
874　あしがもの羽がひの上にちる雪も嵐ぞはらふ広沢の池
　　冬の入江に翡翠のゐるかた
875　あしの葉は皆かれはてゝそみどりのみどりのいろぞいとゞかくれぬ
　　水仙花の画に

876 冬がれの中に咲いでし花なれば霜の色にもまがひける哉
水仙に鶺鴒のかた
877 さゞき鳴岡の垣ねに咲花の色さむげなる朝ぼらけかな
水僊に椿のかた
878 冬を誰さびしといひけん鶯のまだしらぬまの花のいろ〳〵
水仙に山橘をりそへたる
879 さかえさへ実さへ花さへ有ものを冬がれなりとおもひかるかな
山橘に雪ふりたり
880 ふるゆきをやまたちばなもいたゞきて誰がおく髪の末いはふらん
大鷹狩のかた
881 御狩野はすゑたるたかもをどりつゝけふはとみゆる雲のうへ人
雪ふれるかた
882 大空の風のまに〳〵いづくにかみだれて雪のかたもしられず
やまに雪ふれり
883 白雪のふりてつもれる冬山のふかきけしきをしる人ぞなき
884 しらゆきのふりのみつもるこのころは山の心もさびしからまし
雪中草の屋有
885 なか〳〵にさはらんくまも埋れて雪にぞみゆるしら河の里
画によみあはされし

886 ふる雪はかつはれにけり大日枝のたかねもいまやうちいでの浜
やまざとに雪ふる
887 雪ふかきおくの山里すむ人のあとだになきをたれかとふべき
山里に雪ふれり、軒の松うづもれたり
888 ゆきふれどまつとも今は告やらずかへる人あらば来るにまかせん
雪中山家のかた
889 おぼつかな誰がやまざとの冬ごもり垣ねも見えず雪はふりつゝ
890 なか〳〵にとふべき人ぞまたれけるゆきに山路のたえはてしより
山里に雪ふりたり、人のふえふきたるかた
891 やまかぜに吹かはりても谷の戸の雪をめぐらすふえの声かな
雪中山家からす飛
892 山がらすさえたるけさの一声につもれる雪を空にしるかな
戴安道のかた
893 明ぬらん川瀬やいづこ柴の戸の夜はまだふかき雪の内かな
月下雪中扁舟のかた
894 雪にのる誰がやまかげの船ならん月もいまこそさしいでにけれ
おほきなる松に雪のふりかゝれる
895 おもしろく松の上ばにふる雪のひかりのうちにとしはくれつゝ
896 さらぬだに木だれしちよの松がえに心もおかずつもる雪かな

雪のうちに梅有

897 あすたゝむ隣の春ぞなつかしき年のこなたのうめの匂ひに

紅梅に雪ふりかゝれる

898 白雪のうづむとすれど紅はとしのうちにもかくれざりけり

雪の中に松梅有、をし鳥つがひゐるかた

899 松もあれど梅もあれどもくれてゆく年をやをしのもろ声に鳴

ゆきふれり、松に小鳥のゐるかた

900 百千鳥さへづりそめん春のいろは雪の中よりあらはれにけり

よるの竹に雪ふる

901 くれたけのよぶかくつもる白ゆきにやみの色さへ埋れにけり

竹に雪のふりかゝれる

902 空晴てうす雪ふれるくれたけの影を有明とおもひけるかな

竹に雪の深くつもりたるに、雀ひとつとまりかねてみゆるかた

903 ふるゆきにとまりおくれて夕雀ゆふくれたけのかげになくらん

山茶花に雪ふりかゝれるかた

904 打なびきおのればかりとゆきのうちにほこりがほなる花の色かな

南天燭に雪つもりたる

905 雪ふりてとふ人もなき我やどの木実もりはむひえ鳥のこゑ

南天の枝かきたるに

906 庭さきにをれたる玉の一枝はふりしあられのなごりなりけり

雪のつもりたるに鳥のなくかた

907 雪の夜にやもめがらすもうかれけんしら〴〵しくも鳴わたるかな

ゆきつもれるをのへに鹿のたてる

908 冬ごもる山のさをしか尾むかひによばひし妻やおもひいでけん

炭竈のかた

909 世の中にわびてすみがますみのぼる煙の末もあはれなるかな

定家卿の「駒とめて袖うちはらふ」のかたに

910 三輪が崎ふりにし雨のなごりなくおもしろきまでつもる雪かな

唐の翁、馬にのりて雪中をゆく、童子梅の枝をかたげてしたがへり。そのうめにも、のりたる人の笠にも雪いたくつもりたり

911 冬ごもるわが山陰の鶯のつとこそえたれうめのはつ花

雪ふれり、頬かぶりせる男の割竹ひきゆくかた

912 時もりが引やさゝらのさら〳〵にさむきこのよをたれとかもねん

竹に雪ふりかゝれる

913 夕まぐれふるともしらぬ白雪もたまるとみえてなびく竹かな

ゆきに靡きたるたけ有

914 くれたけのをれぬをつもる限りにてはれしや雪のこゝろなるらん

竹のもとに雀おりゐたり、雪ふれり
915 初雪はたけのはら〳〵庭雀ついばむばかりちる朝げかな
雪中の山水、雁あるかた
916 住や誰しらぬ常世のかりがねを友とのみきく冬籠して
ゆきのうちに鷺のゐるかた
917 雪のうちにあさりつかれて立さぎのみのげにかゝる芦の下をれ
雪中猪のかた
918 ゆき深き山にむかひていかりゐの誰が狩場をかはなれきぬらん
山に雪ふれり
919 さびしさは限りもみえず成にけり槙立山につもるしら雪
松にゆきふりたり、炭がま煙たちのぼるかた
920 すみがまも年の寒さにあらはれて松よりうへにたつけぶりかな
雪中の松のかた
921 ふりつもる雪はやがても花なれば冬こそ松のさかりなりけれ
雪中小松のもとに鹿たてるかた
922 ゆきふかきかた野のこまつふみしだきいまだつれなき妻やこふらん
冬の野に狩したる
923 かりくらしかへらんとする大原の野べしろたへにふれる雪かな

山里に雪ふるかた
924 信楽の外山のさとの冬ごもり春よりほかにまつ人はなし
火桶に火箸さしたるかた
925 おもふこと何かは下にうづみびのかきあらはしていざかたらはん
臘梅のかた
926 鶯も春もしらずや此梅の色は雪にもまがはぬものを
柊の枝、塩鯛あり
927 はらへつる鬼のゆくへの西のうみの塩瀬もこゝに見る今宵かな
節分のかた、玉あり
928 しるや誰またあらはれぬあらたまの年の内なる春のひかりを
山たちばなのかた
929 雪ふればやま橘も今はとてとしくれなゐの色にいでにけん
歳末にかはらけうるかた
930 よはひをばいまかさぬらんかはらけのかはらぬ声も春めきにけり

雑歌

富士山図
931 空の池雲の波間に蓮葉のひるがへりたるふじの遠山
932 さらぬだに雲ゐのよそにきく物をほの〴〵にほふ不二の遠山
933 みな月のてるひをおほふ白雲の高ねも不二のふもとなりけり

934 大空にあやしきばかりあらはれてふじともみえぬ富士のしばやま
935 水無月の大空にたつ白雲のうへにあやしきみねはふじのね
936 あしひきの山といふ山の中空にひとり秀たる峯はふじのね
　富士の裾にうろめいたる所有
937 不二の嶺はいづくはあれどむかし人見し所こそところなりけれ
　旭峯のかた
938 有明のつれなくみえし松のはも匂へるけさの朝附日かな
　神路山のかた
939 万代を杉のむら立更にまたいくよろづよをすぎのむら立
　雨中山水のかた
940 あめをさへおろす嵐に松陰の水のこゝろもさわぐけふかな
　巌のかた
941 動なきいはほなれども君が代の例にのみはひかれけるかな
　唐土山水のかた。家有、橋有、空に月あり
942 大空の月をたゝへて洞のうちに波しづかなるよをや楽しむ
　宇治橋の夕景、柴船くだすかた
943 柴ぶねのしばしとむかひし朝日山夕かげにさへ成にけるかな
　檜原に烏をり、月いでたり
944 とまるさへ大おそ鳥の音をや鳴くれぬ檜原の夕月の影
　五十三駅のかたかける中、大津
945 相坂を打出のみなとはるかにも船のほの〴〵浪のうへ見ゆ
　豊後国岡城のかたに
946 打なびく雲のはたても豊国の岡の高城の高き名ぞこれ
　はるかなる空よりおち来る滝、木のしげみの中より見えたる
947 織かけし布かとみえて木間よりなかばくりいだす滝の白糸
　滝のかた
948 なか空にはなれておつる山陰のたきこそ水のすがたなりけれ
　箕面の滝のかた
949 雨衣みのおのたきを来てみればしぶきにぬるゝ名にこそ有けれ
　西国三十三所観世音の霊場第一番那智のかた
950 御仏の御名にたぐひてきこゆなり世に音たかきなちの大滝
　岩のうへに松たてり、下に波よす
951 いはがねになみはさわげど万代をまつの心ぞのどけかりける
　二見のうらのかた
952 しめはふるふた見の巌かた〴〵にひかぬや神のこゝろなるらん
953 あらたまの春かとみゆるしめのうへに夢ばかりにもうかぶ不二のね
　ふた見の浦より富士のみえたる
954 誰あけて取いだしけん玉くしげ二見のうらのふじの遠山
　文台の絵に扇有、二見の浦かきたり
955 玉櫛笥ふた見のうらは万世の春にあふぎをひらくなりけり

塩がまの浦に松あり
956 藻汐焼蜑が磯屋に立馴て松さへからきちよやへぬらん
957 汐がまの煙の末にしらなみも音せぬ松の風を見るかな
塩竈のかた、沖に船あり
958 もしほやくけぶりの末にみゆるかな沖こぐふねのけふのおひ風
しほ屋のかた、煙たちのぼれり
959 くみいれてやくしほがまのけぶりこそふたゝび波に立かへりけれ
松島のかた
960 松しまの雄島のかずはつくすともあかぬやうらのけしき成らむ
海のほとりに里めく所有
961 なか／＼にうきたるよをやはなれけん立ならびたる波のうへの宿
浦に松あり、帆かけたるふねあまたいりくるかた
962 住よしの松にかゝれる白ゆふは沖こぐふねのほかけなりけり
浦の松のかた
963 うら風もなぎになぎたるけふなれば松の浪さへ音せざりけり
若のうらに鶴とぶかた
964 わかの浦汐路はるかにつるなきてのどかになりぬ沖津しら波
すまの浦のかた
965 むかしにはかへらぬ波のたかすだれおろしすてたるすまの山風
舞児の浜のかた
966 明石がた舞子の浜のはま松の陰ものどけし波たゝぬ日は
海松のうへに貝いろ／＼有かた
967 よのなかにみるはちぐさの浜なれど思ふかひこそすくなかりけれ
不破の関のかた
968 ふはの山いつのせき屋の板びさし久しき世よりもる人はなし
鶴のむれゐるかた
969 春霞たつことしらぬあしたづのちよのまどゐのゆたかなるかな
芦のもとに鶴たてり
970 踏しだくあしの下ねのうちはへて長きはつるのよはひなりけり
鶴の画によみあはされしうたども
971 誰もみよ声にはつるのたてねどもちよはすがたにあらはれにけり
972 住の江の松にちとせはしめおきて浅沢沼にあさる鶴かな
973 打むれて鶴の羽衣たづもちよゐるもちよなる声ぞきこゆる
974 をりはへて誰かまさるとあしたづのくらべん千世は君ぞさだめん
975 松がえの千年を千重やかさぬらんたゞみあげたる鶴の毛衣
976 万代も松のときはにさかゆべき宿なりけりとつるのなくらむ

977 あさな〳〵松の上葉にのぼる日のかげもやちよのともづるの声
978 これもなほ千世の数にやはらふらんつばさにかゝる松のした鶴
979 いづる日の光や空ににほふらんあしべのたづのもろ声になく
980 あしたづの独り心にかなへりと鳴なる空は雲ものこらず
　鶴の年ふれるかた
981 洞の中に寝たるあしたづ春の日の長き千世のみさぞ思ふらむ
　つるのふしたるかた
982 末遠きちよをたゝみてひなづるのふしたる洞の中ぞのどけき
　鶴のうしろむきたる
983 いまゝでにいくらのちよをへにけんとかへりみしてもたてるつるかな
　鶴つがひゐるかた
984 雲ゐにはきこえぬばかり芦鶴のかたらふちよをたれかしるらん
　古松二株あり、鶴みつよつ立まふかた
985 芦たづのすだちの岡の松みれば木間さへこそ千年なりけれ
　磯の松につるをり
986 松のうへにたてるあしたづわたつみの千ひろにちよの影やそふらん
　岩のうへに鶴をり、波たつ
987 あしたづのへなん千年のありかずにかぞへよせたる波のしら玉
　鷺のかた
988 心せんさぎのあさりの下にごりよのわたらひもかくこそ有けれ
　風前の鷺のかた
989 やま風のおろすを雨にまがへけんみのげみだしてさぎさわぐ見ゆ
　岩のうへに鷺の羽ぶきたるかた
990 大崎のいはほの上にゐる鷺のうちはふにもさわぐ波風　《字足らず》
　孔雀の尾のかた
991 足引の山どりならぬしだりをもひとりまなびの友とこそなれ
　鯉のかた
992 のぼりけん契もつらし龍ならぬ門をもこひの心ならめや
　鯉のをどりあがりたる
993 鰭きりてのぼるを見れば白波のたつの心をこひねがふらん
　蛤の玉を吹たるかた
994 和歌の浦の春の浜ぐり口ひらきうたへば玉の声ひゞくなり
　貝づくしのかた
995 おもふそのかひはなぎさにとりとめつ誰をなぐさの浜づとにせん
　河豚魚のかた
996 山風のふくとはあたる名なりけり花にのみとは何おもひけむ

海老のかた

997 数ならぬえびの友にもはねられんあやしきまでに老しすがたは

竜の昇天するかた

998 うらやまし浦島海老はやちよへむ老を常磐の姿なりけり

鼠のかた

999 雨雲のよそにきかめや世中にたつといふ名はかくこそ有けれ

1000 影みれば玉のうさぎにかよひけりこやかの月のねずみなるらむ

荒猪の風にむかひて走るかた

1001 あなはげし何にむかひていかりゐのたけるいぶきの山おろしの風

ゐのころみつ玉をもてあそぶ

1002 ゐのころはをどりあがりて雲ゐより龍のおとせし玉やとりけん

犬の子ふたつゐるかた

1003 はらからをうつしゐのころ黒やさき白きをのちといかゞさだめん

猿のかた

1004 くれざるやくるゝもしらぬこのみもてあしたに何をみつとこたへむ

田中村なる徳大寺殿の別荘にものせらるゝ猿猴の掛物に

1005 とりえたる月の輪川の影みればなれよりわれぞましらなりける

亀のかたによみてかける歌ども

1006 淵をいでゝ背をほすかめの一つがひきのふもけふも万世の中

1007 うき木のみ何かはいはん万代の春にあへるも契ならずや

1008 水の上にいでゝはかめのあそべども浮しづむ世はしらずや有らん

岩のうへに亀のゐるかた

1009 万世のよはひのみかは何のうへもをさむる道に手も足もなし

1010 さゞれ石のなれるいはほも万世のかずならずとやかめはみるらん

1011 さゞれいしのいはほとなれる君がよをわがよはひとや亀はおもはむ

1012 更にへんよはひにかぞへかへすらむなれるいはほのもとのさゞれを

池にかめのうかべるかた

1013 いけ水にうきたるよともみえぬかな限りしられぬかめのよはひは

亀の水中にあるかた

1014 水底にわが玉のをゝひくかめのへん行末はしる人ぞなき

かめの月にむかひたるかた

1015 月よみのもてるをち水こひのみていく万代をへぬらんやかめ

小松のもとに亀のゐるかた

1016 万世をまつのねがひも久しきにかめさへ尾をやひかんとすら

ん

竹のもとにかめのゐるかた

1017 くれたけのふしてちよをやかぞふらん尾を引かめのゆたかなるかな

藻かりぶねのかた

1018 かりそめの玉もがなかに住虫のわれからやすきよにこそ有けれ

雲のうへなる宝船をうつせるかたに

1019 さしのぼるはてなきものは久方の天の河原にうき木なりけり

玉のかた

1020 おぼつかな手にもとられぬから玉の光りを誰かみがきあげたる

1021 人しれずみがき〳〵てをさめ置し心の中のしら玉ぞこれ

熨斗に宝珠のかた

1022 たれもみよ是や蓬が島のしのうへに上なき玉もてりつゝ

羊車に玉をのせたるかた

1023 是をみよ羊のあゆみおそけれどおもひの家ははなれてぞこし

竜田の本宮の古瓦のかたすりたるに

1024 誰しかも竜田がはらの水茎にむかしの跡をかきのこしけん

はゝきと巻物あるかた

1025 浜ちどりあとなき塵の世にいでゝ立居もともに風のうへなり

香合に羽箒のかた

1026 うちかすむ煙をのみや払ふらんちりなきやどの松風のこゑ

風鈴のかた

1027 をのへにはあらぬ軒ばの鐘の音も松ふく風にきこえけるかな

払子のかた

1028 雲ならではらはむちりもなかりけりふきもふかずもみねの松風

霊芝のかたに

1029 木にもあらぬくさびらなれどこのたけも千世をこめたるたぐひならずや

岩のもとに霊芝おひたり

1030 いはがねに生るとなればくさびらもときはのものとりはやしつゝ

四季の草花のかた

1031 いくかへりいつはと時はわかくさのはなさくまでに見ん人やたれ

蓮、梅、菊をひとつにかける画に

1032 たをりけむたが袖のかはしらねどもこの一枝のなつかしきかな

蘭に雀のかた

1033 かをるなり声きゝしらん唐人にきかばやいかにめでゝなくらむ

盆栽あまた有かた

1034 かめのうへにおふるをみれば草も木も蓬が島のこゝちこそすれ

あふみかぶらのかた
1035 あふみぢやから崎のなのいかなればあまきこゝろに生そめにけむ
竹のかたに
1036 折ふしにいろもかはらぬくれたけのよはかくてこそへぬべかりけれ
1037 うちなびきたけのすなほにをさまれる世はそよとふく風もきこえず
1038 一ふしのすさびにかける竹なれどこもりて見ゆるよろづよのかげ
豊後国なる亀齢軒がゑがける竹に
1039 ためずして直入の山のくれたけはふしもおきんもおのがまに〳〵
修竹園のかた
1040 いざとはんかげたかむらのおくにこそ遠き千年の道はみえけれ
竹に雀のかた
1041 たけにきてちよとなくねを聞しらぬ人はむかしもあらじとぞ思ふ
1042 見えぬまで日もくれたけの夕雀やどりかねたる声きこゆなり
1043 呉竹にとまる雀のふしもなきこゑさへ友となるゆふべかな
紫式部のかたに
1044 此山にかゝり初つる紫の雲のなごりやよにゝほふらむ

伊勢が滝見たるかた
1045 落滝つたきよりうへにきこゆるは言葉の玉のひゞきなりけり
深養父が琴ひくを兼輔聞ゐるかた
1046 宵ながら明ぬる月のしらべさへ空にきこゆるみねの松風
浦島の子、亀にのりて竜宮にいたれるかた
1047 万世もあはせしかめのうら島の行末まさにあらはれにけり
仲麻呂をもろこし人のせんしたるかた
1048 もろこしのみなとの波のかへりこんちぎりもかけず立わかれけん
井筒姫のかた
1049 つゝ井筒もとのちぎりのかゝればやかへりしよはの沖つ白波
三十六歌仙、船遊びのかたかけるに
1050 天地も浮てより来む水の上にかずかきながす言の葉の友
古今集の撰者、承香殿につどへるかた
1051 残りけり雲ゐの月に面なれていにしへ今をゑりし其影
業平朝臣、あづまくだりのかた
1052 上もなき雪のしらべも不二のねにたえずや有らん君がことの葉
小町のかた
1053 よきをみななやむたとへの言のはのすがたやがて姿なるらん
源氏物がたり若むらさきのかた
1054 なか〳〵にはなれしとりのゆくへこそ末の雲ゐのちぎりなり

けれ
おなじく初音の巻
1055 琴のねにかよはんものと松風も梢の雪やかきはらひけむ
おなじく浮舟の巻
1056 にほふらんかげなつかしき立花の小島がくれのよるのうきふね
西行法師のかた
1057 のがれきてかへり見すれば春秋の花も紅葉も塵のよの中
常磐女、伏水の里のかた
1058 ふる雪はうづむとすれど行末をまつの常磐の名こそかくれね
吉田兼好、灯下に書見たるかた
1059 日ぐらしにむかふ硯の海辺にてよるさへ光る玉ひろひけむ
楠公のかた
1060 和泉なる信太のもりのくすの一本日のもとの《ものゝふのイ》陰とぞたのむ《あふぐイ》楠のひともと
おなじく桜井の駅のかた
1061 終に身はしのだのもりの言の葉に鳴音かなしきよぶこ鳥かな
海上随鷗先生の画像に
1062 いく薬くすしき種のひとくさをとよあし原にまきし人これ
藤林先生の画像
1063 又たぐひ少彦名の神すらもしらぬさかひにいたれりや君
楽山の肖像に
1064 こゝにこそ我は有けれなきたまもうつすゝがたにうつりきにけん
許由のかた
1065 耳無の山下がくれゆく水の音ぞながれて猶きこえける
西王母のかた
1066 みちとせの春いくかへりかけつらんしぼまぬもゝの花かづらして
霊照女のかた
1067 あたひなき是や宝の玉かつまうるやいかなる光なるらむ
二十四孝剡子のかた
1068 さをしかの乳房はやがてたらちねのめぐみをうけし命なりけり
車胤書よむかた
1069 玉鉾の道のひかりと成にけりとぶや蛍のかずならねども
鍾馗剱をぬきもちて、はしをわたりゆくかた
1070 とらでやはさりとてやみの目にみえぬ鬼の行へやゆめの浮橋
おきな朝日にむかひたる
1071 高砂の尾上さしのぼるひかげにはかしらの霜もとけやわたらむ
昔咄の老婆、川にきぬ洗ふかた
1072 今ひとつひとつひとつとながれきて昔語りとつもる年かな
をとこ女むかひゐるかた
1073 雪と消氷ととけて墨ぞめのゆふべは閨の雨とふるらむ
朝妻船のかた

1074 かはらんもよしやあし間をこぎかへり同じ人をもまたばこそあらめ
あさづま船の遊女つゞみをもてり、岸に柳有
1075 折かへしよる〳〵うたふ青やぎのなびきさだめぬ波のうへかな
大原女のかた
1076 真柴のみゆふやねりそのさねかづらぬる夜はしらじ閨の黒髪
大はら女の駒ひきたる
1077 都へとこま引むけてけふもまたはこぶしばしもいとまなの世や
つくま祭のかた
1078 人しれずかさねしそでの数々はあらぬかづきにあらはれにけり
釣夫のかた
1079 うちはへてくるしき世をばなか〳〵にかけはなれたるあまのつり縄
骸骨の座禅くみたるかた
1080 咲ちるをとし〴〵何とながめけむかれ木ぞもとの花の色なる
鉢たゝきのかた
1081 後の世のこはたねひさごうてやうて仏ももとははなの夕顔
漁人小船にのりて磯辺にかへるかた
1082 あしの葉もおなじ一はのうへなれどかへるや波のこゝろなるらん
寿老の図
1083 天くだるほしのよばゝむ万世のこゑは南の山びこにして
1084 彼山の石とひとしくうごかねば落たる星のよはひなりけり
1085 我ものともたる齢のよろづよもこの一巻の中にこめけん
1086 おりたちてともにあそべとおもへどもかの北山のほしはうごかず
1087 石となる例ならねど天つ星くだるは御代の光りなりけり
少彦名神のかた
1088 はじかれてちらせし粟の国原にくしき種をもまきし神これ
蛭子鯛をいだきて岩のうへにゐるかた
1089 波の上にたれたるあとぞ動きなき天の磐樟つり船にして
おなじく鯛をつりあげたる
1090 つりあぐる糸のたは業誰がみてもわかしと君を世にはいふらん
1091 此鯛に千五百の米をとりかけていざきこしめせちよの後まで
1092 けふこそはわが言代の神無月みあえ手づからいはひまをさん
大黒の玉をさゝげてたてるかた
1093 この玉も君にさゝげて百不足八十くまでにや我はかくれむ
大判の中に大黒の像有
1094 穴尊高きたからの光には神のすがたもあらはれにけり
大黒天俵の上に槌を頬づゑにつきたる
1095 守るらむほかにものをもおもはねどつくつら杖もたからなりけり

蛭子大黒もちつくかた、其もちは玉にてきねは槌なり

1096 くだけ〳〵砕けて後ぞ打出の浜の真砂も玉とこそなれ

七福神のかた、空に鶴まふ

1097 つるも舞亀もいま来んよろづ世に千代こきまぜしこの神遊

布袋和尚眠れるかた

1098 さめぬべき其暁はしらねどもゐゝるやもとの心なるらむ

布袋の空をあふぎたるかた

1099 あまりにもそのあかつきの遠ければ先此くれの月やまたまし

貧乏神のかた

1100 ちはやぶるわが神風をいとふなようかべる雲の富はらふなり

人の賀に画によみあはされし

1101 君がよは何のあたごの山もなしちとせをまつの陰ばかりして

鈴鹿連胤が祖母の八十の賀、若竹の画に

1102 八十へて君がうつせし若竹の末のふし〴〵いかにさかえむ

浜辺に松あるかたかきて、八十の賀の歌こへるに

1103 君ならでひとりよはひも高砂の松にはならぶかげなかりけん

無垢浄光塔のかたに賀の歌もとめけるに

1104 百万有が中子の染紙の一重も千世にあまりぬるかな

執筆　喜村行納

結　語

総論および各論全八章を通して、近世和歌画賛について述べてきた。

ここでは、まとめの意も兼ねて、序に掲げた問題意識に対しての現時点での考えを示すことで、本書を締めくくることとしたい。

まず、第一番目の「なぜ近世期に盛んに詠まれるようになったのか」については、文化の成熟という近世の時代性に起因する部分と、当時の歌人が抱いていた、歌題を本意本情に添って歌に詠むという和歌文学の閉塞感に対して働きかけるものがあったという、歌人の側に起因する部分があるということが言える。

第二番目の「どのような場で詠まれていたのか」については、総論および各論にて検討してきた通り、一人静かに絵に向き合って詠むだけでなく、酒宴や遊山などの遊興の場や、書画会、席画会など絵師とともに即興で制作される場合、歌会のあとの余興としてなど、様々な場面で詠まれていて、それが歌人や絵師、そのほか多様な文化人たちの交流の具となっていることは見逃せない点であると思われる。

次に、第三番目の「和歌画賛の独自性とはどこにあるのか」という点について述べたい。この点については、他の文芸での画賛との比較と、和歌の中で、画賛と一般の詠歌と比較するものとの両面がある。まず、他の文芸での画賛との違いを考えてみたい。

近世という多種多様な価値観を受け入れる時代にあっても、和歌の権威というものは揺るぎないものであり、当代を許容する部分を持ちつつ、伝統に裏打ちされた温雅な文芸である和歌の賛は、新興の文芸である俳諧や狂歌とは違った趣を持つものであった。俳諧や狂歌の賛が絵に対して穿った見方や奇抜さを添える要素があるのに対して、和歌は基本的には絵画に協調し、調和のとれた美を目指すものであり、画面に連綿体の仮名文字などが書き添えられることで絵に優美さが加えられたのである。

また、和歌内部のこととしては、描かれた絵という視覚的な題を与えられ、多様な題材を詠み込むことが可能になったという面と、一般的な題詠にはない、絵・享受者・着賛という詠む際の規制が加わることで、一回性の強い歌が詠まれているという特徴が挙げられる。また、兼題の歌会で詠まれた熟考や推敲を重ねた歌と、席画会などで即興で書きつける画賛には、自ずと違いが生じてくる。稚拙な表現や意味の分かりにくいものも時に見られる画賛ではあるが、即興や当意即妙の歌など、本来、和歌の持っていた興趣が発揮されるという点でも、独自性を保っているのではないだろうか。

最終的な目標であった「なぜ絵に和歌を添えるのか」についても述べておかなくてはならない。この設問は「なぜ絵に詩歌を添えるのか」ということや、題画文学全体の意義というさらに大きな問題にも関わるものであり、これまでの調査や考察から安易に答えを見つけることのできるものではないが、見通しとして、今後取り組むべき課題の再確認を兼ねて述べていきたい。

ここで近代人の目から見た画賛（ここでは俳諧や漢詩の画賛も含む）として、正岡子規（慶応三年〈一八六七〉生、明治三十五年〈一九〇二〉没。三十六歳）の『病牀六尺』（一九〇二年発表）の画賛観を援用して考えてみたい（本文は『子規全集』第十一巻「随筆」一〈講談社、一九七五年〉によった）。

子規のここでの論理は明確で、次の二箇所に表れている。

・「山水などの完全したる画には何も文字などは書かぬ方が善いので、完全した上に更に蛇足の画賛を添へるのが心得ぬ事である。」
・「要するに画ばかりでも不完全、句ばかりでも不完全といふ場合に画と句を併せて、始めて完全するやうにするのが画賛の本意である。歌を画賛にする場合も俳句と違ふた事はない。」

絵が完全か不完全かによって、賛を必要とするか否かが決まるというものである。「不完全」という言葉は否定的で、馴染まない感じも受けるが、この「不完全」ということこそ、絵に賛が添えられる意味ではないだろうか。絵も賛も書もそれぞれ余情を残しつつ、一幅の中で一体となって存在している、いわば「詩書画一致の美」を求める日本人、あるいは東洋人の本来的な気質が、絵に賛を添えることを要求しているのではないだろうか。

伝統的な絵画は和歌の美意識に寄り添い、和歌もその世界観を保証するものであって、いわば共存していた。近代以降の絵画や詩歌は、一般にはそれぞれ別個のものとして成り立っており、そのことが子規をして画賛は不完全なもの同士によるものと言わしめているのであろう。「詩書画一致の美」として、また総合芸術として画賛を捉えることで、個の営みではない近代以前の文芸の在り方が見えてくる。

平安初期に日本にもたらされて以降、様々に展開してきた題画文学の伝統によって、絵には賛が添えられるものという既成概念が根底にあることが「絵に賛を添える」理由であるということをひとまずの結論とし、ではその根本には何があるのかという事については、今後の和歌画賛研究を通じてじっくりと取り組む課題としたい。

以上、本書を通して述べてきた近世和歌画賛は、文化的に成熟した近世において成し得た、絵画と詩歌の高度な融合の一形態として存在し、題画文学の中での一つの到達点であると位置付けて、結語としたい。

初出一覧（全体にわたって加筆訂正を行った）

序　書き下ろし

論文編

総論　書き下ろし

ただし「題画」（『江戸文学』第三十四号、特集「江戸文学のスピリッツ」、ぺりかん社、二〇〇六年六月）を部分的に取り入れた。

各論

各論部概要　書き下ろし

Ⅰ

第一章　清水浜臣『泊洦舎集』の画賛

（『和歌文学研究』第八十九号、二〇〇四年十二月。本章の内容は、和歌文学会五月例会〈二〇〇四年。於　東京医科歯科大学〉における口頭発表に基づく）

第二章　伴蒿蹊の画賛――和歌と和文と――

（『日本女子大学大学院文学研究科紀要』第十一号、二〇〇五年三月。本章の内容は、日本女子大学国語国文学会秋季大会〈二〇〇四年十一月。於　日本女子大学〉における口頭発表に基づく）

Ⅱ

第三章　香川景樹の画賛——歌日記を中心に——
（『和歌文学研究』第九十四号、二〇〇七年六月。本章の内容は、平成十八年度第五十二回和歌文学会大会〈於駒澤大学〉における口頭発表に基づく）
第四章　千種有功の画賛——画賛制作と流通の一側面——　書き下ろし

Ⅲ
第五章　本居大平の画賛——宣長の後継者として——
（『国語と国文学』第八十五巻第九号、二〇〇八年九月）
第六章　香川景樹の画賛歌集『絵島廼浪』と明治の桂園派歌壇
（『季刊　悠久』第一〇七号、特集「敷島の道Ⅱ」、二〇〇七年三月）

Ⅳ
第七章　村田春海の題画歌——千蔭歌も視野に入れて——
（『国文目白』第四十三号、二〇〇四年二月。原題「村田春海の画賛」。本章は大幅に加筆訂正を行った）
第八章　類題和歌集の画賛——『類題鰒玉集』『類題和歌鴨川集』の場合——　書き下ろし

資料編
本居大平『画賛歌』　書き下ろし
香川景樹『東塢画讃集』　書き下ろし

結語　書き下ろし

後　記

本書は、二〇〇八年九月に、日本女子大学に提出した学位請求論文に基づくものである。審査を賜り、口頭発表の席上で御教示と御批正を頂いた、主査の児玉竜一先生、副査の廣木一人先生、髙野晴代先生、石井倫子先生、鈴木健一先生に、この場を借りて深謝申し上げたい。

本書の主題である、和歌画賛との出会いは、修士一年生の七月に、修士論文のテーマについての面談で、指導教授であった鈴木健一先生から、清水浜臣の画賛について調べるという課題を頂いたことにある。そのころ、和歌の画賛を実際に見たことがあったかどうか定かではないのだが、画賛について、歌の表現や画題を調べたり、歌と絵との関わりを考えたりする作業は大変楽しく、ひと夏かけて浜臣の画賛六十二首についてのノートを作り、小論にまとめ、結局それが修士論文のテーマとなり、博士論文へと繋がって、以来、約十年の歳月が流れた。十年の研究成果と言うにはあまりにも心許ない小著ではあるが、なんとかここまで辿り着けたことを嬉しく思っている。

卒業論文以来、いつも温かく励まして下さる恩師、鈴木健一先生の御教導なくしては、本書の刊行も、これまで研究を続けてくることも果たせなかったことと思い、衷心より感謝申し上げている。学部三年生の時に、考えてもみなかった大学院への進学を熱心に勧めて下さった東聖子先生にも、特に記して厚く御礼を申し上げたい。

そのほか、たくさんの先生方や先輩方、友人・知人との恵まれた出会いがあり、御教導や御批正など学恩を賜り、公私にわたって支えられてきた。御芳名を全て挙げることは叶わないが、お一人お一人に深い感謝の念を抱いている。

また、御所蔵資料の全文翻刻をお認め下さった宮内庁書陵部と東京大学国文学研究室、資料の閲覧や図版の掲載を許可して下さった各機関と関係各位に深く御礼申し上げる。

末尾ながら、本書の出版をお引き受け下さった汲古書院社長の石坂叡志氏と、営業部の三井久人氏、編集部の飯塚美和子氏に心より深謝申し上げる。特に、飯塚氏には非常に丁寧で正確な編集作業と優しいお心遣いとによって刊行まで導いて頂いた。

常に変わらず応援し支え続けてくれている母と家族にも感謝の意を表して、筆を擱きたい。

平成二十五年三月

田代一葉

著者略歴

田代　一葉（たしろ　かづは）

1978年、栃木県生。日本女子大学大学院文学研究科日本文学専攻博士課程後期単位取得満期退学。博士（文学）。現在、日本学術振興会特別研究員、茨城大学・日本女子大学非常勤講師。

主要著書・論文――「百人一首注釈史の江戸―「逢坂山のさねかづら」歌をめぐって―」（『江戸の「知」　近世注釈の世界』森話社、2010年。共著）、「幕末の歌人たち」（『和歌史を学ぶ人のために』世界思想社、2011年。共著）、「江戸の和歌画賛が描いた魚たち」（『鳥獣虫魚の文学史　魚の巻』三弥井書店、2012年。共著）、「「寄絵恋」の系譜」（『和歌文学研究』第103号、2011年12月）、「清水浜臣主催泊洦舎扇合」（『文学』第13巻第3号、2012年5月）など。

近世和歌画賛の研究

平成二十五年五月二十日　発行

著　者　田　代　一　葉
発行者　石　坂　叡　志
整版印刷　富士リプロ㈱

発行所　汲　古　書　院
〒102-0072東京都千代田区飯田橋二-五-四
電　話　〇三（三二六五）九七六四
FAX　〇三（三二二二）一八四五

ISBN978-4-7629-3607-4　C3092

KYUKO-SHOIN, Co., Ltd. Tokyo.

索　　引

人名索引

あ行

か行

さ行

た行

な行

は行

ま行

や行

ら行

わ行

書 名 索 引

あ行

か行

さ行

た行

な行

は行